AF290859

Stefan Frieser wurde 1971 in der Nähe von Regenburg geboren. Nach Veröffentlichung einiger Kurzgeschichten entschloss er sich, die Erlebnisse seines Großvaters zu einem Roman zu verarbeiten. Nach fast vier Jahren intensiver Arbeit entstand daraus dieses bewegende Buch.

Stefan Frieser

der Himmel und die Luft zum Atmen

wolfstein

Neuauflage 2018

© 2018 WOLFSTEIN
in der Spielberg Verlag GmbH, Neumarkt
Umschlaggestaltung: Ronja Schießl
Bildmaterial: © Shutterstock.com
Herstellung: BoD - Books on Demand, Norderstedt
Alle Rechte vorbehalten
Printed in Germany

ISBN: 978-3-95452-730-4

www.spielberg-verlag.de

Inhalt

Dies ist die Geschichte von Gottfried Frank. Er ist Vater einer Tochter und eines Sohnes, Großvater von drei Enkeln und Urgroßvater von drei Urenkeln. Sie sind auf der Welt, weil er überlebt hat.

1. Vater

Juni 1932

Es ist mitten in der Nacht, und ich wache auf, weil jemand an die Haustür klopft. Ich höre, wie Mutter im Schlafzimmer den Kleiderschrank aufsperrt. Es ist gleich nebenan, und es kann nur Mutter sein, denn Vater ist nicht da. Sie macht kein Licht und huscht mit einem lauten Gähnen durch unser Kinderzimmer. Der Holzboden knarrt. Ich bin jetzt ganz wach und sitze im Bett, mein Bruder Albert neben mir atmet tief und gleichmäßig, und obwohl es so dunkel ist, kann ich sehen, wie sich Rudi unruhig zur Seite wälzt. Albert ist schon acht Jahre alt, Rudi sieben und ich erst sechs, und weil wir die drei Kleinsten sind, müssen wir uns ein Doppelbett teilen. An der Wand zum Schlafzimmer stehen die Betten von den beiden Großen. Bina und Hans. Hans ist schon vierzehn, heißt genau wie mein Vater und schnarcht auch wie er, und Bina schläft ganz ruhig und hat zwei lange Zöpfe. Ich mag ihre Zöpfe, und auch der Scheitel von Hans gefällt mir, aber niemals möchte ich so aussehen wie Rudi und Albert mit ihren Glatzen, und darum laufe ich lieber mit einem wuscheligen Lockenkopf herum.

Draußen redet Mutter mit einem Mann. Er klingt wie einer, der etwas angestellt hat, und Mutters Stimme ist heller und aufgeregter als sonst. Ich muss unbedingt wissen, was vor sich geht, klettere aus dem Bett, schleiche durch die Küche und stelle mich in die Tür zum Hausgang. Der Mann trägt einen schmutzigen

Arbeitsanzug, und seine schwarze Mütze wandert von einer Hand zur anderen wie ein heißes Stück Kohle. Mutter starrt an dem Mann vorbei. Hinaus in die Dunkelheit. Sie weint.

»Schuld war die Ventilatorenanlage, Frau Frank … die ist ausgefallen.«

Mein Mund steht offen. Ich höre nur mein Schnaufen und den Mann.

»Die Sanitäter verbinden ihn unten im Werk.«

Er meint Vater. Vater hat Nachtschicht. Was ist mit ihm? Ich muss es wissen, ihn sehen. Jetzt. Barfuß und im Nachthemd wie ich bin, schlüpfe ich zwischen Arbeiter und Tür hinaus, laufe auf den Hof, am Klohäuschen vorbei und die Steige hoch zu dem Feldweg, der zum Eisenwerk führt. Kleine Steine stechen in meine Füße. Auf einer Seite geht es hinunter zu einer Wiese, und der Mond scheint so hell, dass ich das Gras sehen kann. Ich laufe und laufe, und da unten, wo das Gras war, sind jetzt die Arbeiterbaracken. Es geht bergab und meine Beine laufen von selbst, und weil ich nicht mehr bremsen kann, lasse ich mich mit den Knien auf den trockenen Boden fallen. Es tut weh, und das macht mich wütend. Leise weine ich in mich hinein, und durch meine nassen Augen hindurch kann ich die Schornsteine sehen. Wie Strohhalme stechen sie aus dem Eisenwerk heraus. Es ist so still. Stiller als sonst. Ich dachte immer, das Werk könne nicht ruhig sein. Seit ich auf der Welt bin, lebe ich mit dem Brummen der Maschinen, dem Summen und Scheppern, wie wenn jemand schwere Eisentrümmer auf den Boden krachen lässt, und ich weiß nicht, was hinter all dem Lärm steckt. In der Maxhütte stehen Öfen, in denen Eisen geschmolzen wird, erzählen die Erwachsenen, und es ist so heiß, dass die Arbeiter rote Gesichter bekommen. Sie rühren flüssiges Eisen mit Stäben um, und mit einer großen Zange müssen sie glühende Klötze greifen.

Meine Schwester Bina erzählte mir einmal von der Hölle. Es ist ein Ort mitten in der Erde, sagte sie, und da ist es so heiß, dass man fast keine Luft mehr kriegt, und überall brennen Feuer, und es gibt dort einen Ofen, der größer ist als ein Haus, und der Teufel schürt ihn mit einer riesigen dreizackigen Gabel, und seine Hörner glühen. Die bösen Menschen kommen nach dem Tod dort hin, sagte sie.

Genauso stelle ich mir das Eisenwerk vor. Vater erzählt nicht viel davon. Er sagt nur: Ich bin Maschinist im Eisenwerk. Ich male mir aus, dass zwischen dem Maschinenraum, in dem Vater arbeitet, und der Halle, in der sie das Eisen schmelzen, eine Tür ist, und wenn Vater die Tür aufmacht, steht er vor einem Abgrund und kann zu dem Feuer und dem Ofen hinuntersehen. Wie ein Mensch, der in die Hölle sehen kann.

So stelle ich mir das Eisenwerk vor. Und ich kenne seine Geräusche.

Ich muss aufstehen und weiterlaufen, durch das große eiserne Gittertor, am Pförtner vorbei, gleich was dieser sagt, und weiter in den Maschinenraum, wo Vater mich in die Arme nehmen und meine Angst verscheuchen wird. Ich wische mir das Weinen aus dem Gesicht und stehe auf. Hinter mir schnauft jemand. Ich habe den Mann nicht gehört, und jetzt steht er auf einmal hinter mir.

»Hast du dir wehgetan?«

Der Arbeiter aus dem Eisenwerk, der mit Mutter an der Haustür geredet hat, ist mir nachgelaufen. Er hält mich am Arm fest. »Komm, wir gehen zurück zu deiner Mama. Sei vernünftig.«

»Nein! Lass mich! Ich will zu meinem Papa!«

»Die lassen dich da unten gar nicht rein, Bub. Komm.«

»Dann sag du mir, was mit meinem Papa ist. Ich will alles wissen!«

»Ach Bub … was soll ich dir sagen …«

»Sag es mir! Sag es!«, schreie ich.

»Ist ja gut, ich erzähle es dir. Du weißt ja, dein Vater ist Maschinist. Wir waren sieben Leute im Maschinenraum, und mit einem Schlag ist die Windleitung explodiert. Dein Vater und noch ein Mann sind direkt davor gestanden. Wir haben Kübel genommen, die haben wir immer wieder mit Wasser gefüllt, bis die beiden nicht mehr gebrannt haben. Jetzt machen die Sanitäter einen Verband auf die verbrannte Haut von deinem Vater, dann wird alles wieder gut. Du siehst ihn gleich.«

»Ich will ihn jetzt sehen! Jetzt!«, schreie ich, aber der Arbeiter drückt meine Hand so fest, dass es wehtut. Die seine ist ganz nass, und so führt er mich nach Hause.

»Ich bringe den Ausreißer zurück«, sagt er zu Mutter. Er hält die Mütze in der Hand und schiebt mich durch die Tür zu ihr.

Sie weint und streicht über meine schwarzen Locken.

»Alles Gute für den Hans, Frau Frank. Gute Nacht.« Er verbeugt sich wie ein Diener und geht.

In der Küche sitzen meine vier Geschwister mit kleinen Augen am Tisch. Mutter dreht sich zum Fenster, ihr Gesicht spiegelt sich in der Scheibe, und ich hänge die ganze Zeit an ihrer Schürze.

»Und, kommt er?«, fragt Rudi.

»Sei still!«, sagt Bina. Sie hat ihr dunkelblaues Kleid mit den roten und weißen Blüten angezogen, in dem sie so erwachsen aussieht mit ihren zwölf Jahren, und meine Brüder haben kurze Hosen an. Es herrscht Stille. Nur Mutters Schluchzen ist zu hören und das Geräusper von meinem großen Bruder Hans. Es kratzt ihn gar nicht im Hals, und ich weiß nicht, warum er das immer macht. Es ist, wie wenn er etwas ausgefressen hat. Als er einmal im Winter nicht zur Zitherstunde gehen wollte und die Zither als Schlitten benutzt hat und ihn Vater deswegen ausgeschimpft hat, da hat er sich auch immer geräuspert.

Wir sitzen so da, bis wir den Motor des Sanitätswagens auf dem Hof hören und hinauslaufen. Aus den oberen Fenstern gaffen die Nachbarn. Zwei Sanitäter steigen aus, der eine hat graue Haare und öffnet hinten die großen Türen, dann ziehen sie den Vater auf einer Trage heraus und gehen Mutter in die Wohnung nach. Wir Kinder laufen neben und hinter der Trage herum, und Hans schießt nach vorne, um die Schlafzimmertür aufzuhalten, obwohl sie schon offen steht. Ich stelle mich auf die Zehenspitzen und schaue über Alberts Schultern, und ich sehe Vaters Gesicht hell unter dem Glühbirnenlicht. Ganz weiß ist seine Haut, und die Augen hat er weit geöffnet, viel weiter als sonst. Von seinem blonden Bärtchen ist nichts verbrannt. Sein Kopf schaukelt im Takt der Sanitäterschritte. Im Schlafzimmer heben sie ihn auf Mutters Seite des Doppelbettes. Mutter beugt sich zu ihm über das Bett. »Hans!«, sagt sie, »Hans!«, und streichelt sein Gesicht.

»Anna«, antwortet Vater. Es ist mehr ein Stöhnen. Weniger ein Wort.

»Der Doktor ist schon unterwegs«, sagt der Sanitäter mit den grauen Haaren. »Geben Sie ihm Wasser und decken Sie ihn mit ein paar Wolldecken zu.«

Der andere Sanitäter legt die Hand auf Alberts kahl geschorenen Kopf und streichelt vorsichtig darüber. »Das wird schon wieder, Junge«, sagt er, und Albert schaut nur auf den Boden.

Der Werksarzt Doktor Laubach ist gekommen. Sonst lacht er immer, aber jetzt sieht er ernst aus, und als er so in unserem Schlafzimmer steht, dieser Riese mit Glatze, habe ich ein bisschen Angst vor ihm. Er bringt mit seinem Parfüm den Duft der kleinen Blumen auf den Wiesen mit, und darüber bin ich froh, denn seit Vater hier ist, riecht es so seltsam. In der einen Hand hält der Doktor eine braune Ledertasche, die andere legt er auf Mutters Arm.

»Frau Frank, Ihr Mann verliert Flüssigkeit über die offenen Wunden. Geben Sie ihm viel Wasser oder Tee. Und decken Sie ihn gut zu. An den verbrannten Stellen wird die Haut nicht mehr durchblutet, darum friert er.«

Nachdem er das gesagt hat, habe ich keine Angst mehr vor ihm und seiner Glatze. Er hat so helle Augen, und was er sagt, versteht man gut, auch wenn man weit weg steht und er leise redet. Ich glaube, es gibt nichts, das er nicht weiß.

»Die Kinder sollten rausgehen«, sagt er zu Mutter.

»Geht in die Küche«, murmelt sie. Ich glaube, sie schämt sich für ihr Weinen.

Wir sitzen am Tisch und warten. Mir gegenüber sitzt Bina. An einem normalen Tag hätte sie längst ihre Nase in ein Buch gesteckt. Meine Schwester ist die einzige von uns, die Bücher liest, und wenn es in der Küche nichts zu helfen gibt, liegt eines vor ihr auf dem Tisch. Mit ihrem breiten Gesicht sieht sie Mutter sehr ähnlich. Ihre Augen stehen weit auseinander, sie hat zwei schwarze Zöpfe, und ich glaube, sie ist klüger als wir Buben zusammen. Die Klugheit macht sie sehr hübsch. »Er wird wieder«, sagt sie.

Keiner antwortet, nur Albert blickt hoffnungsfroh zu ihr auf. Rudi sitzt neben Albert. Er ist geladen. Wie der große bissige Hund aus der Arbeitersiedlung, wenn er knurrt. Ich glaube, gleich steht er auf und tobt wild im Zimmer herum. Gut, dass der Doktor in die Küche kommt.

»Kinder, wir sehen uns in ein paar Stunden wieder. Legt euch jetzt hin und schlaft.«

»Wer soll denn jetzt schlafen können?«, sagt Rudi, als der Doktor weg ist.

Wir warten auf Mutter. Sie bleibt noch lange alleine bei Vater, dann kommt sie in die Küche und setzt sich zwischen Bina und mich. »Kommt, Kinder. Wir beten.«

Sie nimmt Binas Hand und meine, und alle halten sich an den Händen. Wir sehen die Mutter an und warten, dass sie ein Gebet spricht, aber sie schließt nur die Augen. Wir machen sie auch zu. Ich muss alles geben beim Beten. Gott hilf! Kurz mache ich die Augen wieder auf und schaue auf die weiße Keramikfigur an dem Kreuz im Herrgottswinkel über dem Ofenrohr. Still spreche ich zu dem weißen Jesus. »Lieber Herr Jesus, ich werde in meinem Leben immer machen, was du willst, nur jetzt, Jesus, jetzt musst du meinen Papa wieder gesund machen. Du kannst noch viel von mir haben, wenn ich einmal groß bin, später, Jesus. Vater unser. Vater unser.«

Ich sitze an Vaters Bett. Hier ist es genauso warm wie in der Küche, aber Vater liegt unter drei Wolldecken und einem Federbett und zittert. Mutter schüttelt die Decke auf, und ich kann seinen ganzen Körper sehen. Die wenigen unverbundenen Stellen sind schwarz wie Kohle. Beim Bauch ist so eine Stelle. Rau und zerfetzt ist das schwarze Fleisch, glatt und sauber der Verband daneben. Er riecht verbrannt. Den Kopf hat er zur Seite gedreht, sodass ich den Hals sehen kann. Die Hälfte davon ist schwarz und gelb und weiß, wie wenn jemand ein Blatt Papier angezündet und wieder gelöscht hat. Auf einer Seite wird die Haut nach oben hin dunkler, sein Ohr ist nicht mehr da, nur noch ein schwarzer Knopf mit einem Loch in der Mitte. Seine Augen sind offen. Wie blass er ist! Ich kenne ihn nur blass, im Eisenwerk scheint keine Sonne, sagt er immer, aber heute ist er weißer als sein Kopfkissen, und seine Lippen, die immer so voll waren, sind dünn und aufgeplatzt. Er presst sie zusammen. Dann deckt Mutter ihn wieder zu, Bina hält eine Tasse Tee an seine Lippen, und ich gehe zu meinen Brüdern in die Küche.

Rudi packt auf einmal die Wut. Er hebt seine dünnen Arme,

haut ein paar Mal mit den Fäusten auf den Tisch, springt auf, schreit »Kruzefix! Kruzefix!«, sieht unsere traurigen Gesichter und setzt sich wieder hin.

Wir reden in dieser Nacht fast gar nichts. Ich weiß auch nicht, was ich sagen soll. Hans sagt, das wird schon wieder, sieht an uns vorbei zum Fenster, und als keiner antwortet, dreht er den Kopf und starrt in eine Ecke. Seine Haare sind ganz durcheinander, sonst hat er immer einen Seitenscheitel. Alle paar Minuten räuspert er sich.

Die Sonne geht schon auf und scheint auf den Wald. Man sieht den Wald, wenn man aus dem Küchenfenster schaut, und auch hinter dem Gemüsegarten ist Wald, und rund um das Eisenwerk ist Wald. Das Eisenwerk liegt in einem Loch, und unser Haus gehört ihm, hat Vater gesagt, dem Eisenwerk, so wie alle Häuser, die du hier siehst, dem Eisenwerk gehören.

Außer uns Franks wohnen noch drei Familien in dem Haus. Die junge Frau Ehmann aus der Wohnung gegenüber will von Mutter wissen, was genau passiert ist.

»Eine Gasexplosion, Frau Ehmann, sonst weiß ich nichts«, antwortet sie. »Schlecht steht es um den Hans.« Als sie es ausspricht, muss sie wieder weinen. Sie wedelt mit der Hand vor meinen Augen herum und spricht mit erstickter Stimme weiter. »Fragen Sie den Buben, der weiß mehr als ich«, und ich erzähle, die Hand an ihre blaue Mantelschürze geklammert, was ich mir von den Worten des Arbeiters gemerkt habe.

Alle Nachbarinnen sehen kurz zu uns herein und erkundigen sich nach Vater, und ich erzähle ihnen, was ich weiß. Auch zwei der Männer kommen vorbei. Heute fällt die Frühschicht aus, sagen sie. Mutter redet im Hausgang mit Frau Sperl und Frau Ehmann, meine Geschwister sitzen in der Küche, und ich besuche Vater im Schlafzimmer.

Ich stelle mich neben das Bett und schaue ihm fest in die Augen. »Werd doch wieder gesund, Papa. Bitte.«

»Gottfried«, flüstert er nur. Ganz langsam streckt er die Hand aus, legt sie hinter meinen Rücken und zieht mich ins Bett. So liege ich in seinem Arm, den Kopf auf seiner eingebundenen Brust. Der Gestank stört mich nicht mehr, denn er riecht so, wie er immer riecht, wenn er von der Arbeit kommt und geschwitzt hat. Jetzt, am frühen Morgen, wäre seine Nachtschicht zu Ende. Ich würde aufstehen und ihn begrüßen, mich auf seinen Schoß setzen und zuschauen, wie er sein Brot in den Malzkaffee brockt. Er würde warten, bis alle aufgestanden sind und er jedem einen guten Morgen gewünscht hat, und erst dann würde er sich schlafen legen. Und am Nachmittag, wenn er ausgeschlafen hat, würde er mit uns spielen.

Wenn er mit uns spielt, ist er nicht mehr dreiundvierzig Jahre alt. »Alle auf mein Rad!«, ruft er dann, und Albert, Rudi und ich turnen um ihn herum. Vater steigt auf, Albert und Rudi zwängen sich auf den Gepäckträger, und ich, der Kleinste, halte mich an seiner Hand fest und sehe zu ihm hoch. »Na, Gottfried? Was ist? Hopp!«, sagt er, greift mir unter die Arme, setzt mich seitlich auf die Stange und fährt los. Fährt hinunter zu dem breiten Feldweg in Richtung Burglengenfeld, hinein in den Wald, bergab, immer schneller, und wir Buben schreien und feuern ihn an. Meine Beine baumeln über Vaters Füßen, wackelig sitze ich auf der Stange, aber ich habe keine Angst, so nah an Vaters Körper, genau wie jetzt, als ich bei ihm im Bett liege, den Kopf auf seiner Brust.

Bina kommt herein und hält ihm Tee an den Mund. Er stützt sich auf und ich sehe wieder den schwarzen Knopf und nicht sein Ohr. Ich renne aus dem Zimmer und hänge mich an Mutters Schürze.

Um halb acht kommt Doktor Laubach zurück. Er drückt mit

dem Daumen an Vaters Handgelenk und wartet, und wir Franks
stehen um das Bett. Vaters Augen sind zu.

»Schwach«, sagt der Doktor.

Die Standuhr tickt. »Zu schwach, Frau Frank.«

»Was meinen Sie damit, Herr Doktor?«

»Der Puls. Das habe ich befürchtet. Der Kreislauf wird kollabieren.«

»Wie, kollabieren?«

»Frau Frank. Wir brauchen den Herrn Pfarrer.«

Der Pfarrer hat auch eine braune Ledertasche, genau wie der
Doktor. Er flüstert etwas wie »Grüß Gott« zu Mutter, und uns
sieht er gar nicht an. Ein seltsamer, viereckiger Hut sitzt auf seinem Kopf, und der weiße Umhang über dem schwarzen Gewand
fliegt ihm hinterher ins Schlafzimmer. Mutter folgt ihm.

»Was macht der Pfarrer im Schlafzimmer?«, fragt Albert, und
Hans weiß nicht recht, was er antworten soll.

»Da kommt eben der Pfarrer. Wenn … bei einem Schwerkran-
ken … wenn der Pfarrer betet, hilft es eher, und … das heißt
nicht, dass der Vater … ach, ich weiß es auch nicht … ich meine
…«

Hans hat Glück, dass er nicht weiterstottern muss, denn Mutter
kommt aus dem Schlafzimmer. »Unser Vater muss jetzt beichten.
Danach holt uns der Pfarrer zur letzten Ölung«, sagt sie.

Vater sagt nichts mehr. Seine Augen sind offen, aber sie glänzen nicht mehr wie früher, und sie sehen dem Pfarrer zu, wie er
eine goldene Kapsel und ein Kreuz aus der Tasche holt. Auf der
Kommode stehen schon ein goldener Teller, ein Kerzenständer
mit einer Kerze darauf, ein zweites goldenes Kreuz und eine Holz-
schale mit Weihwasser. Die Dinge erscheinen im Kommoden-
spiegel ein zweites Mal. Es ist wie in der Kirche. Wir falten die
Hände. Der Pfarrer leiert ein paar Gebete herunter, in einer frem-

den Sprache und so schnell, dass ich an gar nichts mehr denken kann, öffnet die Goldkapsel, tunkt den Mittelfinger hinein und verreibt das Öl auf Vaters Stirn. Die Ärmel des weißen Umhanges sind an den Enden verziert wie eine Tischdecke, sie hängen über Vaters Gesicht.

Ich stupse Albert an. »Was macht er da?«

»Weiß ich nicht«, flüstert er. »Ich glaube …«

Der Pfarrer unterbricht ihn. »Durch diese heilige Salbung helfe dir der Herr in seinem reichen Erbarmen …«

Als Mutter um zehn Uhr sagt, Kinder, jetzt ist es mit unserem Vater vorbei, und unser Vater seine Augen für immer zumacht, ist der Herr Pfarrer längst weg. Gleich nach dem Sakrament hat er sich aus dem Staub gemacht. Gesegnet hat er uns auch noch, aber das Segnen hätte ich nicht mehr gebraucht. Der Kirchenmann kann mir gestohlen bleiben, genau wie der Keramikjesus in der Küche. Wie er da hängt, so kalt und als ginge ihn das alles nichts an. Am liebsten würde ich ihn mit seinem Kreuz packen und über die Ofenplatte schmettern, damit er in hundert Scherben zerbricht. Dich gibt es doch gar nicht, sage ich zu ihm, sonst hättest du meinen Vater nicht sterben lassen, und das Annerl auch nicht. Das Annerl war wirklich unschuldig. Mutter hat mir seine Geschichte einmal erzählt, als ich beim Streunen in den Schubladen unter einer kleinen Glasplatte eine blonde Locke fand. Das Annerl war Mutters erstes Kind. Geboren und gestorben, bevor mein ältester Bruder Hans auf die Welt kam. Sie wurde zwei Jahre alt und lag eines Tages tot in der Wiege. Seit sechzehn Jahren bewahrt Mutter die blonde Locke in der Kommodenschublade auf. Als Andenken.

*

Obwohl Vater noch den ganzen nächsten Tag und die nächste Nacht und noch einen Tag und noch eine Nacht im Schlafzimmer liegt, begegne ich ihm als Totem nur ein einziges Mal. In der ersten Nacht nach seinem Tod.

Mutter schläft jetzt bei uns im Kinderzimmer, es ist schon ein bisschen hell, und ich bin als Erster aufgewacht. Ich denke daran, dass Vater jetzt tot ist, aber weg ist er noch nicht. Er liegt im Schlafzimmer, Mutter hat ihn alleingelassen, und ich denke darüber nach, dass man alleingelassen wird, wenn man tot ist. Wenn ich ihn besuche, wird er sich bestimmt freuen, wenn er vom Himmel heruntersieht. Ich schleiche mich zu ihm. Auf zwei Stühle haben sie den Sarg gestellt. Er ist aus dunklem, fast schwarzem Holz, und in dieser Kiste ruht der Vater. Er sieht aus, als würde er schlafen und von etwas Schönem träumen, und ich wünschte, er könnte aufwachen und mir seinen Traum erzählen. »Was träumst du?«, frage ich ihn und betrachte ihn ganz genau. »Lieber Papa, lieber Papa«, flüstere ich und beuge mich langsam zu ihm herunter. Seine Lippen sind jetzt wieder so dick wie vor dem Unfall, und ich küsse sie. Sie sind kalt. Kalt und hart. Was da liegt, ist nicht mein Vater. Nicht richtig. Ich habe Angst, laufe in unser Bett zurück und rolle mich unter der Decke zusammen.

Am dritten Tag richtet ihn die Totenfrau her. Sie ist eine kleine Person mit grauen Zöpfen, und sie hat ein Gesicht wie ein junges Mädchen. Ihre Haut ist durchsichtig, und auf der oberen Seite der Hände und auf den Armen sieht man blaue Adern wie Zweige, wie blaue Flüsse auf einer Landkarte. Ich frage Bina, was die Frau so lange macht, alleine mit Vater im Schlafzimmer, und Bina sagt, sie bürstet ihm die Haare und packt ihn in seinen Sonntagsanzug. Trennt den Stoff hinten auf, damit sie seine Arme nur noch in die

Ärmel zu stecken braucht. Ein Hemd braucht er nicht, sagt sie, dafür nimmt er den Verband mit ins Grab.

Zwei Rösser bringen ihn auf einem schwarzen Fuhrwerk zum Friedhof.

Nach der Beerdigung sagt Mutter, Vaters Arbeitskollege Georg Sturm ist heute auch gestorben, aber Sturm und Vater, sagt sie, sind weder die ersten, noch werden sie die letzten Opfer des Eisenwerkes gewesen sein, wo doch kaum ein Jahr vergeht, in dem kein tödlicher Unfall passiert. Jetzt müssen wir sparen, Kinder, sagt sie, ich weiß gar nicht, wie ich mit dem bisschen Rente über die Runden kommen soll.

Die Nachbarn schauen mich nicht mehr traurig an, Bina schläft jetzt bei Mutter im Schlafzimmer und Albert an der Wand. Vater ist jetzt einer von den Toten auf dem Friedhof, aber ich denke noch jeden Tag an ihn.

Einmal, als wir alle in der Küche sitzen und auf das Essen warten, liest uns Mutter einen Brief vor. »… und darum ist es für uns eine Selbstverständlichkeit, für sämtliche Kinder Ihres verstorbenen Gatten einen Arbeitsplatz in der Eisenwerk-Gesellschaft Maximilianshütte bereitzuhalten … Schaut her, da kriegt jeder eine Lehrstelle.«

»Da leid ich lieber Hunger«, sagt Hans, und weil niemand antwortet, melde ich mich zu Wort.

»Mama, hast du vom Papa auch Haare aufgehoben?«

»Wir brauchen keine Haare, Gottfried. Euer Papa ist da drin«, sagt sie, und legt die Hand auf die Stelle über ihrem Herzen.

2. Schule

Mai 1934

Die Sonne hat sich hinter den Wolken versteckt, und der ganze Himmel ist grau. Die dünnen Äste der Sträucher am Wegrand sehen aus wie Regenwürmer. Braun, schwarz und nass sind sie und schlingen sich umeinander. Alle sagen, es ist Frühling, aber heute ist es einfach nur nass. Mit dem Schulranzen auf dem Rücken schlurfe ich über den aufgeweichten Feldweg. Immer näher kommen die Baracken mit ihren schwarzen Kappen aus Pappe, diese flachen Dächer über den niedrigen grauen Wänden. Auf meinem Schulweg muss ich an den Arbeiterkasernen vorbei, und im ersten Block wohnen die Schusterbrüder. Ich kann schon ihre Köpfe im Fenster sehen. Meine Schritte werden kleiner. Einer der Brüder hat Locken wie ich, der andere hat eine Glatze.

»Lockerlmadam. Hahaha, Lockerlmadam, huhu!«, singen sie, und ihre Stimmen klingen dabei so, als wäre ich ein Clown mit einer roten Pappnase.

Bald bin ich direkt vor ihrem Fenster, ich gehe schneller, schaue weg und kneife die Augenbrauen zusammen.

»Lockerlmadam! Haha!«

Ich schaue wieder hin. Die beiden recken die Hälse aus dem Fenster, und Xaver, der Ältere, der mit dem Glatzkopf, ruft »Deine Trompete hast vergessen, Negerlein!«

Von Negern kenne ich nur die Zeichnungen, auf denen schwarze Männchen mit dicken Lippen Trompete spielen, und unser Lehrer hat erzählt, sie seien uns Weißen geistig weit unterlegen und könnten nur tanzen und wilde Musik machen. Also hat Xaver mich schwer beleidigt. Die Fratzen grinsen aus dem Fenster heraus und mein Kopf wird heiß.

»Ihr zwei blöden Affen, lasst mich in Ruhe!«, rufe ich.

»Komm doch rein«, ruft Fritz, der acht ist wie ich. »Kannst bei uns die Kuchl putzen. Den Lumpen hast ja schon auf dem Kopf!«

»Pass auf, was du sagst! Hast doch selber einen Lockenkopf. Gib bloß Obacht!«

»Jetzt haben wir aber Angst vor dir, Hosenscheißer!«, säuselt Xaver. »Holt die kleine Lockerlmadam Verstärkung? Kommt dein Papa vom Friedhof raus und verhaut uns?«

Das ist zu viel. Ich kann nichts mehr denken, renne zur Haustür und hämmere mit den Fäusten darauf. »Aufmachen! Ihr feigen Schweine! Ich hau euch die Tür ein!«

Als sie aufmachen, sind meine Handkanten rot. Mein Kopf ist heiß, meine Nase voll Rotz und meine Augen feucht. Sie bauen sich vor mir auf. Xaver ist einen Kopf größer als ich und breit, er lehnt schief an der Tür und lächelt blöd auf mich herab. Brüllend hämmere ich auf seine Brust, so wie ich gerade auf die Haustür gehämmert habe. Er macht eine kleine Drehung und schubst mich durch den Hausgang in die Küche. Der Schulranzen federt meinen Rücken ab, als ich gegen den gusseisernen Ofen pralle, mir den Kopf anstoße und den Hintern prelle. In der speckigen Küche der Schusters riecht es nach Essen von gestern und vorgestern, irgendetwas zwischen Bratkartoffeln und ranziger Butter. Weiße und braune Fettinseln kleben neben und unter mir auf dem Holzboden. Ich bin an Mutters peinliche Sauberkeit gewöhnt, und die Küche der Schusters ekelt mich an. Über mir grinst Fritz mit seinem spitzen Gesicht und der langen Nase. Er packt mich am Hemdskragen und zieht mich hoch. Ich will ihn wegschubsen, doch er legt seinen Arm um mein Genick und drückt uns beide nach unten. Wir ringen miteinander, wälzen uns ein paarmal auf dem Boden, dann bleibt er auf mir sitzen, klemmt die Knie auf meine Oberarme und gibt mir eine Ohrfeige. Eigentlich streichelt er nur meine Wange, aber er tut es in der Art, wie man jemandem eine Ohrfeige gibt, und ich fange an zu flennen. Plötzlich sieht er aus, als wolle er sich entschuldigen, aber er sagt nichts und steigt nur langsam von mir herunter. Sein Bruder nimmt meine Hand, hilft mir hoch und wühlt kumpelhaft in meinen Haaren. »Darfst schon gehen.«

Drohend richte ich meinen Zeigefinger auf ihn. »Wir sind noch nicht fertig! Ihr müsst euch bei mir entschuldigen!«

Sie packen mich unter den Schultern, schleifen mich nach draußen und schließen die Haustür. Den Kampf habe ich zwar verloren, aber immerhin habe ich gekämpft und war kein Feigling. Fast jeden Tag haben sie mich wegen meiner Locken verspottet, und diesmal habe ich mich gewehrt, und jetzt bin ich froh, dass ich mir keine Glatze habe scheren lassen, nur weil zwei Idioten mich Lockerlmadam nennen. Auch wenn alle Buben außer Fritz und mir in meinem Alter eine Glatze tragen und Rudi eine Glatze trägt und Albert eine Glatze trägt, weil man so keine Läuse bekommt, und auch wenn sie mich wegen meiner Locken verspotten: Kahl sein will ich nicht, und bald muss ich sowieso nicht mehr an den Arbeiterbaracken und am Fenster der Schusterbrüder vorbei, denn in ein paar Tagen wird sich mein Schulweg ändern.

Nach der Rauferei gehe ich meinen alten Schulweg weiter, durch den Wald, an einem Feldweg entlang, an der Kirche vorbei und durch ein zweites Waldstück. Vorne rechts geht es runter zur Schule, aber ich bleibe lächelnd vor einem frisch verputzten Neubau stehen. Das ist unser neues Haus! Die unbepflanzte Erde vor mir wird unsere Wiese, das Gemüsebeet hat Mutter schon mit

Steinen eingefasst, und hinter der weißen Fassade werden wir Franks bald wohnen. Im Haus werden die letzten Arbeiten gemacht, und aus dem offenen Fenster des künftigen Wohnzimmers dringt ein Hämmern. Die Wände müssen drinnen noch gestrichen werden, hat Mutter gesagt, dann können wir einziehen. Die Sonne blitzt aus den Wolken hervor, und da die Schule sowieso längst ohne mich angefangen hat, gehe ich gemächlich an unserem neuen Schuppen entlang, rieche das frische Holz und genieße die Wärme der Sonne auf meinen Schultern. Eine Runde drehe ich noch um das Haus und sehe mir die Bäumchen an, die eingesetzt wurden. Später werden sie einmal Äpfel und Birnen tragen, sodass wir uns mit Obst versorgen können und es von niemandem kaufen müssen. Wir werden von niemandem abhängig sein, denke ich, und mit einem Gefühl von Freiheit mache ich mich langsam auf den Weg zur Schule, und jetzt wird die Freiheit in meinem Kopf kleiner und weicht der Angst um meine Fingerkuppen, auf die der Rohrstock wartet mit seinen beißenden Schlägen.

Herbst 1934

Wir haben ein WC direkt im Haus. Ein echtes WC. Man zieht an einer Kette, und aus einem Behälter kommt Wasser und spült alles in den Kanal. Baden müssen wir im Waschhaus, in der grauen Blechbadewanne, aber das Waschhaus ist nah vor der Haustür, im Nebengebäude. Da haben wir auch Hühner und Hasen, und dran ist ein Holzschuppen gebaut. Dort lagern wir das Brennholz für die Wintertage, das Mutter im Sommer kleingehackt hat. Wir Buben durften nur sägen, nicht mal Hans mit seinen sechzehn Jahren durfte die Axt in die Hand nehmen. Ihr haut euch die Finger ab, meint Mutter. Überhaupt hält sie die Zügel fest in der Hand, auch die von dem Pferdefuhrwerk, das am Umzugstag unsere Sachen den Hügel hinauf und durch die beiden Waldstücke zu unserem neuen Haus brachte. Sie baute mit Hans die Schränke und Betten und Kästen auf, aber das Geschirr und unsere Anziehsachen räumte sie alleine ein. Ich will kein Durcheinander, sagte sie. Ordnung ist Mutters erstes Gebot. Kein Teller, kein Stück Brot und kein Handtuch dürfen am falschen Platz liegen, der Vorhang muss sauber aufgezogen sein, die Tischdecke darf keine Falten werfen, und dreckiges Geschirr gehört immer sofort abgespült.

Oben gibt es drei Zimmer. Zwei will Mutter vermieten, und im dritten schlafen wir Buben. Bina schläft unten bei Mutter, und dann haben wir noch etwas ganz Besonderes: ein schönes Wohnzimmer. An der Wand steht ein Kanapee mit rotem Samtüberzug, und überall hängen Fotografien. Über dem Kanapee lächelt uns Vater von einem Porträtfoto als Soldat entgegen, daneben hängen ein Gruppenbild von Vaters Infanteriedivision im Weltkrieg und ein großes Bild von Vater und Mutter. Mutter sitzt auf einem Stuhl, und Vater steht daneben in Uniform. Da waren sie noch jung. Auf der anderen Seite, neben dem Fenster, hängt unser Familienfoto samt Vater. Im vergangenen Jahr waren wir beim Fotografen, und der hat durch einen Trick den Vater in Anzug und Krawatte auf das Bild gezaubert. Er sieht ganz ernst und würdig in die Kamera, und unsere Gesichter passen gut dazu, denn keiner lacht, nur Albert grinst. Mit seinem grauen Strickpullover ist er als einziger nicht fein angezogen, er sieht aus, als würde er nicht dazugehören, und das hat eine Vorgeschichte: Albert steht nie gerne im Mittelpunkt, und ihm graute schon vor dem Gang zum Fotografen. Als wir uns alle frisierten und die Feiertagsgewänder anzogen, machte er sich aus dem Staub. Wir suchten in allen Zimmern und rund um das Haus, im Garten und zwischen den Bäumen. Hans entdeckte ihn am Ende in einer Ecke hinter dem Schuppen. »Wie ein grauer Kater ist er in der Ecke gehockt«, sagte er, und Mutter wetterte über die Verspätung und klopfte ihm hastig den Dreck von Hose und Pullover, aber zum Umziehen blieb keine Zeit mehr. So entstand dieses Foto mit Albert im Strickpullover neben Bina in einer weißen Bluse, Hans im schwarzen Anzug und im weißen Hemd mit dem breiten Kragen, Rudi und ich in dunkelblauen Matrosenanzügen und Mutter in ihrer weißen Bluse und einer dunklen Weste mit Brosche. Und Albert als einziger grinsend. Ich glaube, er lachte darüber, dass wir so feine Pinkel waren und er nicht. Oder er hatte sonst was im Kopf, worüber er lachte, denn wenn es nichts zu lachen gibt, denkt sich Albert etwas aus. Nie ist er sauer, so wie Hans, der sich im Keller einsperrt, wenn ihm etwas nicht passt, und er ist auch nie so aufbrausend wie Rudi, der fast jeden Tag auf dem Schulhof bei einer Rauferei dabei ist, aber ein Dickkopf ist auch Albert, da sind wir Franks alle gleich. Nicht nur wir Buben. Auch Bina.

Eine böse Auseinandersetzung hatte sie an einem warmen Sommerabend mit unserem Nachbarn, Herrn Semmler. Es ging los, als Semmler hinter seinem Zaun auf der anderen Straßenseite mit Politik anfing. »Vom Ausland lassen wir Deutschen uns nichts mehr gefallen. Darum geht es ja wirtschaftlich wieder aufwärts. Jetzt wird aufgeräumt! Das ist schon ein Führer, der Hitler, glaubtses mir, da seids mal beruhigt«, rief Semmler über die Straße.

Semmler ist Ofenmann im Blechwalzwerk, und er ist einer von den Männern, die so reden, als hätten sie immer recht. Breit lehnte er am Gartenzaun, die Eisenwerkerholzpantoffeln an den Füßen, und seine hässliche Frau mit dem blassen, aufgedunsenen Gesicht stand wie ein Schaf daneben. Ich muss immer aufpassen, dass ich nicht laut loslache, wenn sich Semmlers dünne Lippen bewegen und sich der Kranz roter Härchen auf seinem Kopf im Wind aufstellt.

»Und vor allem«, sagte er und streckte den Zeigefinger in die Höhe. »Der Hitler hat was für uns Arbeiter über!«

Albert und ich warfen mit Semmlers Sohn Heiner auf der Straße einen Ball hin und her, und Heiner griff die meiste Zeit daneben und musste ihm hinterherlaufen, weil er zum Ballspielen seine Hornbrille mit den dicken Gläsern nicht aufsetzen durfte.

Bina stand am Zaun neben Mutter. »Aber warum hat die NSDAP so viele Bücher verbrennen lassen?«, rief sie zurück.

Semmlers dünne Lippen wurden breiter, er lachte über Bina. »Die Bücher, ach Mädel, welche Bücher denn? Ein bisschen Schund vielleicht. Les lieber das, was erlaubt ist.«

Bina wurde munter. Sie hob den Kopf und fauchte Semmler an. »Schund? Thomas Mann ist jetzt verboten. Bertolt Brecht. Und Erich Kästner auch. Die Braunen können wohl gar nicht lesen? Ich habe sie bis jetzt nur marschieren sehen.«

Semmler schüttelte den Kopf. »Mädel, Mädel!«

»Ein Mädel bin ich schon, Herr Semmler, aber ich weiß …«, fing Bina an, doch dann unterbrach Mutter sie.

»Ja, Mädel, ja, und wir gehen jetzt ins Haus, gleich läutet es zum Abendgebet! Gute Nacht miteinander!«

»Heiner! Komm herüber!«, rief Semmler.

Als wir um sieben Uhr bei Malzkaffee und Brot zusammensaßen, nahm Mutter meine Schwester ins Gebet.

»Jetzt sag ich dir mal was, mein Fräulein. Politik machen die anderen, nicht wir. Wenn dir etwas nicht gefällt, dann halt deine Goschn.«

Ich traute mich kaum in mein Brot zu beißen. Mutter wurde lauter. »Der Semmler verkehrt jeden Tag mit dem Gürstner Josef, und der ist Blockleiter! Was glaubst du, was los ist, wenn der

Semmler dem Gürstner erzählt, was du über die Nazis gesagt hast?«

Bina sagte nichts. Sie hielt sich an ihrer Tasse fest, und eine Träne lief an ihrer Wange herunter. Für einen Moment herrschte Stille, bis Rudi sagte: »Der Semmler ist doch ein Depp!«

Mutter beachtete ihn nicht. »Über Politik will ich von euch nichts mehr hören, damit das klar ist«, sagte sie.

Mir war das egal. Ich weiß gar nicht, was das genau ist, Politik, aber ich weiß, dass sie etwas Schriftliches ist. So wie die Schule. Wenn ich einmal groß bin, will ich nichts Schriftliches machen. Ich will mit den Händen arbeiten und mit Autos und Schiffen fahren und mit Flugzeugen. Nur nichts, das so ist wie die Schule.

Mein Körper sitzt im Klassenzimmer, aber alles andere von mir ist draußen im Freien, auf dem Pausenhof und überall, nur nicht hier. Ich sehe hinaus zum Fenster, und meine Schulkameraden sitzen gebückt über ihren Heften und schreiben. Für mich gibt es nichts zu schreiben. Unser Lehrer wandert vor seinem Pult hin und her und kontrolliert uns aus dem Augenwinkel. Oberlehrer Stolz ist ein windiger Kerl, dürr, mit Spitzbart und Nickelbrille, und immer grinst er. Er beobachtet mich verstohlen, aber ich sehe ihn gar nicht an. Beim Einsammeln der Hefte steckt er das meine ganz unten in den Stapel.

Um vier Uhr nachmittags, als die Schule aus ist und alles aufbricht, sagt er kühl: »Gottfried, du bleibst hier!«

Soll er mich ruhig ausschimpfen. Was hätte ich schreiben sollen? Die Aufgabenstellung hat mich schon verärgert: *Was arbeitet euer Vater, und was hat er euch beigebracht?* Stolz weiß genau, dass ich keinen Vater mehr habe, und nur weil ihm das egal ist, werde ich nicht irgendetwas in mein Heft fantasieren, und Entschuldigung werde ich auch nicht sagen. Nur zwei Sätze habe ich geschrieben, und die liest er mir jetzt vor: »Mein Vater war Maschinist im Eisenwerk. Dort ist er verbrannt.« Er baut sich vor meiner Bank auf und blickt mich streng an. »Da schreibt man über seine Mutter oder über die Großeltern, aber nicht so etwas. Du bist einfach zu faul, Frank.« Er sagt es ruhig, dann klatscht er mir das Heft vor die Nase. »Du stehst erst auf, wenn da ein ordentlicher Aufsatz steht!«

Er blickt eine Weile auf die Decke. »Sonst hau ich dich, Gottfried. Das ist dir schon klar, oder?«

Ich tauche meinen Füllfederhalter in das Tintenfässchen. Die leeren Bänke umkreisen mich, und ein knorriger Oberlehrer sitzt mir gegenüber auf seinem Pult wie ein Richter. Dann fange ich an zu schreiben.

»Unser Vater ist unsere Mutter. Sie hat uns ein Haus gebaut, das hat achttausendfünfhundert Reichsmark gekostet. Jeden Monat zahlt sie dafür Geld bei der Bank. Den Zins. Die Bank ist in Burglengenfeld. Jedes Mal, wenn wir mit ihr zum Zinszahlen gehen, kriegen wir beim Metzger eine Speckwurst und eine Semmel. Meine Brüder Albert und Rudi und ich. Jeder für zwanzig Pfennig. Immer haben wir genug zu essen. Meine Mutter ist eine ausgezeichnete Köchin. Wir sind fünf Kinder, und wir helfen immer zusammen. Deswegen muss ich jetzt heim, weil sie auf mich warten.«

Ich klappe mein Heft zu, marschiere zur Tür und rufe laut und deutlich: »Heil Hitler!«

»Bleib hier!«, schreit Stolz.

Aber ich bin nicht mehr aufzuhalten.

3. Hitlerjugend

April 1938

Die Augen gerade auf mein Spiegelbild gerichtet, drehe ich langsam den Kopf nach rechts. Die Tischlampe taucht meine linke Gesichtshälfte in gelbes Licht. Ich mustere meine Nase im Profil, drehe den Kopf auf die andere Seite und betrachte meine Züge im Schatten. Habe ich mich in der letzten Zeit so herausgewachsen? Werde ich bald ein Mann? Oder liegt es nur an dem schwarzen Halstuch und dem braunen Hemd, dass ich so stattlich herauskomme? Zum ersten Mal trage ich die HJ-Uniform. Sie ist frisch gewaschen und gestärkt. Meine Schultern kommen mir darin breiter vor, meine Nase hat genau die richtige Größe, meine Lippen wirken wie gemeißelt, und mein Blick ist voll Ehre und Aufrichtigkeit. Die Uniform macht mich unendlich stolz. Zu Weihnachten hat uns Mutter eine gekauft. Jedem kann ich keine Uniform kaufen, hat sie gesagt, für so was haben wir kein Geld. Also wechseln wir uns ab, und heute darf ich sie zum ersten Mal anziehen. Ein Ledergürtel hält meine schwarze Kniehose. Ich zurre ihn um ein Loch enger und bastle die beiden Flügel meines Halstuches in die perfekte Position, als bliebe der Stoff genau so liegen, wie ich ihn modelliere. Noch ein Mal zupfe ich an meinem Hemdkragen und streiche den Stoff glatt.

Morgen hat der Führer Geburtstag, und heute, am Vorabend, findet die Aufnahmezeremonie für die neuen Pimpfe statt. Alle Zehnjährigen leisten einen Fahneneid, und hinterher marschiert die ganze HJ und die SA mit Fackeln, Fahnen, Posaunen und

Trommeln durch die Straßen. Ich bin zwölf, seit zwei Jahren beim Deutschen Jungvolk, und heute darf ich als Trommler dabei sein.

Draußen wird es dunkel. Ich lasse die Hand mit sanftem Druck über meine Haare gleiten. Aus dem wilden Busch sind glatte Wellen geworden, und das habe ich einem jungen Friseurgesellen zu verdanken.

»Ist doch gleich, wie du sie mir schneidest«, habe ich frustriert gesagt. »Meine Locken machen sowieso, was sie wollen.«

Er hörte mit dem Schneiden auf, trat einen Schritt zurück und musterte meinen Hinterkopf. »Man könnte sie schon glatt kriegen«, sagte er und ließ die Schere an einem Finger nach unten baumeln. »Pass auf. Du machst sie vor dem Bettgehen nass. Klitschnass. Dann kämmst du sie streng nach hinten. Wenn noch was wegsteht, machst du sie nochmal nass und kämmst sie nochmal nach hinten. Dann setzt du ein Haarnetz auf …«

»Ein Haarnetz?«

»Das sieht ja keiner. Kaufen kannst du es bei mir.«

Er schnitt nur die Spitzen ab. »Das reicht«, sagte er. »Wenn sie zu kurz sind, legen sie sich noch nicht hin, aber wenn sie so lang sind, dass du sie in den Mund nehmen kannst und du immer schön das Haarnetz drauf tust, dann bist du deinen Krauskopf los.«

Seitdem ist ein halbes Jahr vergangen, und ich trage meine zurückgekämmten Wellen. Vor dem Spiegel setze ich mein Schiffchen auf und rücke es in die richtige Schräglage. Von unten höre ich Albert rufen. »Trommler, was ist? Komm runter!«

Hitlerjungen, Pimpfe und ein paar SA-Männer treffen sich vor dem Schulhaus. Im Keller ist unser HJ-Heim, und hier lagern auch die Trommeln, Fahnen, Medizinbälle, Seile, Stöpselgewehre – das ganze Zeug eben für die Heimabende und Geländespiele. Herr

Wiesner, unser Fähnleinführer, gibt mir eine der Landsknechts-
trommeln. Sie ist weiß lackiert, mit gleichmäßigen roten Flammen. Unter der Regie Wiesners und eines SA-Mannes stellen wir
uns in Neunerreihen auf.

»Fackelträger nach vorne«, ruft Wiesner.

Rudi und Albert haben sich Fackeln aus dem Keller genommen, und jetzt stellen sie sich mit ihren Lederhosen in die zweite
Reihe. Sie haben sich braune Hemden herausgesucht, damit sie
nicht so sehr von den anderen abstechen, denn die meisten tragen
eine Uniform. Hinter ihnen weist der SA-Mann mit kreisenden
Armen die Pimpfe mit den Jungvolkfahnen in die Reihe, und
dann folgen die älteren Buben mit den Gefolgschaftsfahnen.

»Hier die Trommler!«, kommandiert Wiesner, und wir stellen
uns auf.

Ich halte den Rücken gerade und in jeder Hand einen Trom-
melstock und warte mit geschlossenen Füßen auf den Abmarsch.
Die rot-weiß-roten Gefolgschaftsfahnen versperren mir die Sicht
auf meine Brüder. Hinter uns kommen die Fanfaren, dahinter die
Flöten, dann zwei Reihen mit SA-Männern. Was sonst noch marschiert, ist bunt gemischt, in Zivil und in Uniform. Wiesner und
der SA-Mann gehen mit ihren brennenden Fackeln durch die
ersten Reihen und zünden die Dochte an. Das Feuer streut Licht
auf die Flaggen, die schwarzen Hakenkreuze stechen aus dem
Rot-Weiß-Rot der Gefolgschaftsfahnen hervor wie die Speerspit-
zen eines Heeres, und die weißen Blitze auf den schwarzen Jungvolkfahnen sagen spitzig *S* wie Stahl und *S* wie Sieg. Keine Sterne
und kein Mond erhellen die Nacht, nur die Flammen der Fackeln
werfen einen orangefarbenen Glanz auf den Lack der Trommeln.
Auf Wiesners Kommando marschieren wir im Gleichschritt los.
Im Rhythmus der Schritte schlagen wir auf die Trommeln. Die
Flöten und Posaunen stimmen ein, und bald erreichen wir die

Hauptstraße mit den Siedlungshäusern. Die Straße ist feucht vom Regen am Nachmittag, es ist windstill und für den neunzehnten April zu kühl. Auf der Hauptstraße schließen sich immer mehr Menschen an, nur die Alten und die Mütter mit kleinen Kindern bleiben am Straßenrand stehen oder winken aus den Fenstern. Bald werde ich zum Trommelwirbel ansetzen. Ich habe es lange geübt und beherrsche es perfekt. Das kräftige Rot der Hakenkreuzfahnen prangt an den Häuserwänden, es riecht nach frisch gewaschenen Uniformen und brennenden Fackeln. Klong … klong …, schallen die Trommeln, die Bläser schmettern los, und ein Heer von Kehlen stimmt gemeinsam ein.

Wir sind die Hitlerjugend
Und helfen euch befrein
Wir stehn mit unserm jungen Blut
Für Volk und Heimat ein!

Tritt ein in unsre Reihen!
Was säumst du, Kamerad?
Alldeutschland sich zu weihen,
Ist keiner je zu schad!

Und bald kommt mein Trommelwirbel. Ich bin bereit.

August 1938

Rudi, der Kammerl Michel und ich liegen im Schatten einer Fichte auf der Lauer. Auf den Wiesen türmen sich Heuhaufen. Vor uns plätschert der Bach, und rechts von uns beginnt der Nadelwald, hinter dem Saltendorf liegt, die Heimat unserer Feinde.

Es ist ein milder Nachmittag im späten August, ein Mittwoch, und mittwochs ist immer HJ. Geländespiel ist angesagt. Wehrertüchtigung. Wir nennen es einfach Kriegerles. Den Feind auskundschaften, Kartenlesen, den Feind einkreisen, Nahkampf. Wir drei sind zum Auskundschaften abkommandiert, und die restlichen sechs Pimpfe aus unserer Jungenschaft sind nach Nordwesten gezogen.

»Militärisch gesehen müssen wir in den Nordwesten«, hat unser Jungenschaftsführer gesagt. »Hier bleiben nur der Kammerl und die zwei Franks. Wenn die Saltendorfer aus dem Wald laufen, schießt ihr sie ab!«

Unser Jungenschaftsführer ist ausgerechnet unser Nachbar Heiner, der kurzsichtige Semmlerjunge, dieser Idiot.

Mit Stöpselgewehren bewaffnet und auf dem Bauch liegend erwarten wir die feindliche Übermacht. »Und wenn die aus dem Wald kommen«, sage ich zu den beiden, »machen wir Pengpeng mit unseren Stöpselgewehren, und die stürzen sich auf uns. So ein Blödsinn!«

»Die lachen uns aus«, ruft Kammerl grinsend.

»Der Semmler ist ein Depp«, schimpft Rudi. »Da liegen wir jetzt wie die Idioten. Aber lange warte ich nicht.«

Lange müssen wir auch nicht warten. Geschlossen stürmt die Saltendorfer Jungenschaft aus dem Wald, und dass wir nur zu dritt sind, ist ihnen egal. Das Ploppen unserer Stöpselgewehre geht in dem Gejohle unter, und selbst wenn es die Saltendorfer gehört hätten, wäre es ihnen egal gewesen. Im Normalfall erfolgt jetzt der Nahkampf, eine Rauferei, aber in diesem Fall ergeben wir uns mit erhobenen Händen und hören uns an, was die Jungen des benachbarten Fähnleins mit uns anstellen wollen.

»Wir binden sie an die Bäume«, befiehlt ihr Führer.

Sie binden uns mit stabilen Seilen und fachmännischen Knoten an drei Fichten am Waldrand und verschwinden. Die Saltendorfer glauben, unsere Leute werden uns befreien, aber wir sind uns nicht sicher, ob Semmler so weit denkt.

Meine Hände sind hinter dem Stamm zusammengebunden und ziehen die Schultern nach hinten. Ein zweiter Strick spannt sich über meine Brust, ein dritter fixiert meine Füße. Beim Versuch, mich zu befreien, wetze ich mir die Haut auf. Es riecht nach Harz. Die Schultern tun mir weh. Es ist, als hätte mir jemand einen Nagel hineingeschlagen. Nach einer Stunde spüre ich sie nicht mehr. Ein Gefühl von Taubheit tritt an die Stelle des Schmerzes. Ich muss mich kratzen. Immer stärker wird der Drang. Wenn man einmal damit anfängt, auf einen Juckreiz am Körper zu achten, wandert er herum wie ein Floh. Auf der Nase, am Kopf, zwischen den Beinen oder über dem Ohr: Überall will ich mich kratzen.

Die nächste Stunde vergeht und eine weitere. Die Sonne steht tief, Fliegen kitzeln uns und Mücken zerstechen uns die Haut. Hier am Bach gibt es genug von ihnen, und der Juckreiz wird zur reinsten Folter. Nebenbei kämpfe ich gegen meine volle Blase an, und Kammerl verliert die Nerven. »Scheiße! Scheiße! Scheiße!«, schreit er mit heller Stimme. »Ich mag nicht mehr.« Sein Kopf läuft rot an. »Schweine! Die Schweine!«

Er lässt das Kinn auf die Brust fallen und kneift die Augen zusammen. An seinen strammen Schenkeln laufen kleine Rinnsale herunter. Seine Blase hat kapituliert. Ich behalte es für mich, will ihn vor Rudi nicht bloßstellen, denn Kammerl ist ein lieber Kerl. Viele halten ihn für dumm, aber das ist er nicht, und seine kurzen Ausraster sind eher lustig. Er kommt mir dann vor wie ein fünfjähriger Junge.

Rudi schwitzt kaum. Er schaut grimmig, aber er ist so zäh, wie er schmächtig ist. Ich glaube, er hat Kammerls nasse Hose auch bemerkt, aber auch er sagt nichts darüber, versucht, ihn zu beruhigen. »Bleib ruhig, Kammerl. Alles geht vorbei. Die suchen bestimmt schon nach uns.«

Aber nur einer sucht nach uns.

Kurz vor Sonnenuntergang kommt Albert auf dem Fahrrad über die Wiese gefahren. Stehend tritt er in die Pedale. Mich befreit er zuerst.

»Albert! Wenigstens du denkst an uns«, sage ich, während er mit seinem Fahrtenmesser die Stricke durchschneidet.

»Ich hätte euch so lange gesucht, bis ich euch gefunden hätte. Ich war heute mit der Flieger-HJ unterwegs. Als ihr noch nicht daheim wart, bin ich runter ins Heim, und da sind sie alle gessen und haben mit Papierfliegern herumgeworfen. Der Semmler hat nur dumm geschaut, als ich ihn nach euch gefragt habe. Die sind jetzt bestimmt schon daheim, hat er ganz gescheit gesagt, und die anderen haben erzählt, dass ihr in Saltendorf auf der Lauer gelegen seid.«

»Der Semmler ist ein Depp!«, ruft Rudi.

Am nächsten Tag beim Abendessen haben wir die Marterpfahlgeschichte schon fast vergessen und fiebern dem Montag entgegen. »Schade, dass du nächste Woche nicht beim Zeltlager dabei bist«, sage ich zu Albert, während ich an meiner Brotrinde kaue.

Albert säbelt eine Scheibe vom Laib. »Ich hätte auch lieber Ferien, als dass ich mit flüssigem Eisen in der Gießerei rumrenne und mich einnebeln lasse, das darfst mir glauben«, sagt er, denn vor vier Monaten hat er eine Lehre zum Former im Eisenwerk begonnen.

»Einer muss ja mit mir das Haus hüten«, sagt Mutter und schenkt mir Malzkaffee nach. »Sonst wär ich ja ganz alleine.«

Unsere Familie ist geschrumpft. Bina hat einen Studenten aus München geheiratet. Sie lernten sich im letzten Jahr kennen, als er die Ferien bei seiner Tante in Maxhütte verbrachte, und jetzt leben sie zusammen in der Landeshauptstadt. Auch Hans ist nur noch am Wochenende hier. Er hat über die Woche ein Zimmer in Regensburg gemietet, wo er bei der Bahn als Elektriker arbeitet, und wenn Rudi und ich im Zeltlager sind und Albert beim Trachtenverein, ist Mutter alleine im Haus.

»Ach was«, sage ich, »du hast doch den Filax«, stecke zwei Finger in den Mund und setze zu einem ohrenbetäubenden Pfiff an.

»Gottfried! Du mit deinem Hundsköter!«, wettert Mutter.

Filax, unser Mischlingsrüde, kommt angehechelt. Er legt die Vorderpfoten auf meinen Oberschenkel und reckt sich schnuppernd zu mir hoch. Bis auf die herunterhängenden Schlappohren sieht er aus wie ein Schäferhund. Meine Pfiffe hört er über fünfhundert Meter, vom Schulhof bis zu unserem Garten, und wenn ich in der Pause die Finger in den Mund stecke, dauert es nicht lange, bis er über den Zaun gesprungen kommt und meine Klassenkameraden mit ihm spielen können. Ist die Pause zu Ende oder ein Lehrer im Anmarsch, sage ich nur: »Geh wieder heim«, und er springt wieder aus dem Schulhof und schleicht davon. Mutter hat ihn vor einem Jahr einem Bauern als Welpen abgenommen. Er gehört uns allen, aber sein Herrchen bin ich. Mir gehorcht er, und ich bin es, der ihm das Apportieren, das Springen über eine Schnur, die Beachtung der üblichen Befehle wie Platz! oder Aus! beigebracht und ihn stubenrein gemacht hat. Filax und ich haben ein Ritual. Wenn ich beim Arbeiten im Garten oder beim Holzsägen meine Arbeitshandschuhe anhabe, wartet er hechelnd, bis ich sie endlich ausziehe und er sie in seiner Schnauze ins Haus tragen darf. Vermutlich ist es der Geruch von meinem

Schweiß, der sie für ihn so attraktiv macht, oder er hat einfach Freude, mir zu helfen. Ich glaube, er hat einen Narren an mir gefressen, und ich liebe ihn auch.

»Eine Woche wirst jetzt schon auf ihn verzichten müssen«, sagt Rudi, der mit nacktem Oberkörper vor einem Glas Wasser sitzt. »Oder du nimmst ihn mit und bringst ihm das Exerzieren bei.«

Am Montagmorgen ist es so weit. Unser Fähnlein, in unserem Fall das komplette Maxhütter Jungvolk, sammelt sich im HJ-Heim. Achtzig Buben zwischen zehn und vierzehn. Sie stehen mit ihren Tornistern in Gruppen zusammen, als Rudi und ich den Kellerraum betreten. Kammerl ist auch schon da.

»Der Kammerl mit dem Schifferl aufm Kopf!«, begrüßt ihn Rudi.

Kammerl hebt das Kinn und verschafft sich Überblick. Außer ihm trägt keiner eine Kopfbedeckung, und als ihm das klar wird, reißt er sich hastig sein Schifferl herunter.

»Hast dich wieder erholt vom Marterpfahl, Kammerl?«, frage ich.

Er grinst und schüttelt wild den Kopf. Mit dem Finger deutet er auf jemanden hinter mir. »Da steht er! Haha! Da steht er! Bohoho!«

Ich drehe mich um und sehe, wen er meint. Heiner Semmler, in tadelloser HJ-Uniform, erklärt ein paar Jungen wichtigtuerisch etwas auf einer Landkarte.

»Da hast du recht, Kammerl«, sagt Rudi. »Dem Semmler, diesem Deppen, dem haben wir das zu verdanken.«

Um Punkt acht Uhr taucht Herr Wiesner auf, unser Fähnleinführer. »Alle Mann ins Glied!«

In Dreierreihen marschieren wir ins benachbarte Burglengenfeld, zu einer Lichtung auf dem bewaldeten Brunnberg.

Am Waldrand sind zwanzig graue Zelte in gleichmäßigen Abständen aufgestellt. Wir marschieren darauf zu. Pfützen glänzen in der Sonne zwischen grünen und braunen Flächen, und die Nässe sickert durch meine Schuhe. Links von den Zelten ist der Turnplatz: Drei Trampoline und ein Pauschenpferd sind aufgebaut, an einer hölzernen Kletterwand hängen Seile, vier Reckstangen sind da und ein Barren. Dahinter geht es den Berg hinunter zur Naab. Umringt von Semmler und ein paar anderen Buben in Uniform, marschiert Wiesner auf den freien Platz. »Sammeln!«

Als alle mit dem Reden aufgehört und einen Kreis gebildet haben, beginnt Wiesner mit seiner Ansprache. »Heil Hitler, Deutsches Jungvolk! Ich begrüße euch zu unserem Zeltlager auf dem Brunnberg ...«

Wiesner ist ein kleines Männlein und mit fast vierzig Jahren ein ungewöhnlich alter HJ-Führer, wenn man bedenkt, dass die Mehrzahl der Fähnleinführer nicht älter ist als sechzehn. Entsprechend abgeklärt tritt er auf. »Eine Woche lang wollen wir mit Sport, militärischen Übungen und Unterricht den nationalsozialistischen Geist atmen, Kameraden! Euer Mut, eure Ausdauer, euer Wille und eure Entschlusskraft sollen geformt werden. Disziplin und Ordnung sollt ihr lernen, ohne dass ihr die Freude an der Gemeinschaft verliert. In der einen Woche wird sich euer Wissen erweitern, ihr werdet aber auch schöne Spiele und echte Kameradschaft erleben. Wir halten einen genauen Tagesablauf ein. Nach dem Frühstück starten wir den Tag mit einem Geländelauf. Dann hissen wir die Fahne, machen eine Stunde Unterricht, dann Geländespiele, Mittagspause. Am Nachmittag Leibesertüchtigung, militärische Übungen, Flaggenappell. Wenn es dunkel ist, sitzen wir gemütlich am Lagerfeuer bis zum Zapfenstreich Punkt zweiundzwanzig Uhr, meine Herrschaften! Ab diesem Zeitpunkt herrscht Ruhe in den Zelten. Und jetzt machen wir einen kleinen Rundgang.«

Er erklärt uns die verschiedenen Turngeräte und zeigt uns die Essensausgabe und das Sanitätszelt. Er sagt, wir sollen uns selbst auf die Sechsmannzelte verteilen und Quartier beziehen. Rudi, Kammerl und ich sind im selben Zelt. Wir werfen nur unsere Rucksäcke hinein und gehen gleich wieder nach draußen, wo sich eine größere Gruppe vor einem Zelt versammelt hat. Dort schleudern sie einen Jungen durch die Luft. Das Spiel ist in der Hitlerjugend ungemein beliebt: Vier Buben halten eine Decke an den Ecken fest, ein fünfter legt sich darauf und lässt sich durch gleichmäßiges Auseinander- und Zusammenziehen der Decke in die Luft katapultieren. Der Junge rudert mit den Armen und schreit hell auf. Meine Brüder haben mich auch schon einmal fliegen lassen, darum kenne ich das Kribbeln im Bauch, das Gefühl zwischen erschrecken und pissen müssen, und ich weiß, wie aufregend es ist.

Von Unterricht und militärischen Spielen werden wir am ersten Tag verschont. Wiesner gönnt uns eine Eingewöhnungsphase. Wir bolzen mit dem Fußball herum und versuchen uns an Turngeräten, bis Wiesner zu einem Ausscheidungsturnier im Ringen aufruft. Die beiden Jungzugführer fungieren als Schiedsrichter und teilen die Paarungen ein. Die erste Runde gegen einen kleineren, jüngeren Buben überstehe ich locker. In der zweiten Runde treffe ich auf einen alten Bekannten: Fritz, den jüngeren Schusterbruder aus der Arbeitersiedlung, der zwei Zelte weiter schläft.

»Servus Lockerlmadam«, sagt er, als man uns zusammenführt. Seine Stimme klingt freundlich, aber sein Grinsen beleidigt mich und wühlt alte Emotionen auf.

»Die Zeiten sind vorbei, Schuster«, antworte ich, vor Ehrgeiz brennend.

Der Jungzugführer schneidet mit der Handkante die Luft. Das

Startsignal. Wie wild stürze ich mich auf Fritz und umklammere seinen nackten Oberkörper. Er schlingt seine Arme um mein Genick und zieht meinen Kopf an sein Gesicht. Ich rieche seinen Atem und spüre den Schweiß auf seiner Haut. Seine Nähe ekelt mich an, ich will ihn nur noch wegstoßen, hole mit der rechten Hand aus und schlage ihm auf die Schläfe, doch er hält mich weiter umklammert. Wir drehen uns, orientierungslos, und fallen gemeinsam auf den Boden, fast wie damals in der Küche der Schusters. Ächzend wälzen wir uns auf dem feuchten Gras. Als sich unsere Griffe lockern, stoße ich mich von ihm ab und wuchte mein Knie in seinen Magen. Er kneift die Augen zusammen und saugt Luft durch die Zähne.

»Aus! Aufhören!«, ruft der Jungzugführer. »Schuster Sieger – Frank disqualifiziert!«

Mit gesenktem Kopf stehe ich auf. Gleich wird mich der Jungzugführer zur Schnecke machen, vielleicht wird er Wiesner verständigen, und der schickt mich am Ende nach Hause, und ich darf mich nicht einmal beschweren, denn ich bin selbst schuld. Fritz krümmt sich noch immer auf dem Boden. Ich fühle mich wie ein Verbrecher. Die groben Rüpel aus meiner Klasse sind mir zuwider, und jetzt verhalte ich mich nicht besser. Der Jungzugführer beugt sich über Fritz und zerrt an seinem Arm. »Auf, Schuster! Bist du ein Hitlerjunge oder ein Waschlappen?«

Fritz kämpft mit den Tränen.

Der Jungzugführer packt ihn grob und reißt an ihm. »In der nächsten Runde musst du beweisen, dass du kämpfen kannst!«

Er ruft den Nerlinger Dieter heran, einen stämmigen Kraftprotz, Sohn eines alten Schlägers und Feierabendboxers. »Dieter, du zeigst dem kleinen Schusterjungen jetzt mal, was ein Griff ist.«

Eigentlich wollte ich mich bei Fritz für den Magenstoß entschuldigen, aber keiner der Anwesenden, inklusive Fritz, scheint das zu erwarten, und so tue ich ihm wenigstens den Gefallen und verschwinde.

Ab dem zweiten Tag läuft es streng nach Plan. Um sechs Uhr weckt uns die nervige Stimme unseres Jungenschaftsführers Semmler. »Guten Morgen! Heil Hitler! Bataillon aufstehen! Heil Hitler! Zackzack!«

»Der Semmler macht sich draußen mal wieder zum Affen«, nuschelt Rudi schlaftrunken, während ich nach einem Hemd suche und Kammerl die Nase im Kissen vergräbt. Ich stehe auf, mache vor dem Eingang ein paar Dehnübungen und beobachte den Nachbarsbuben. Wie ein Aufseher stolziert er in Uniform an den Zelten entlang, steckt überall seinen Kopf hinein und posaunt, man solle sich beeilen.

Rudi kommt heraus. »Jetzt fehlen ihm nur noch die Schaftstiefel, dem Deppen, dann ist er es! Dann ist er es wirklich!«, sagt er.

Die meisten beachten Semmler nicht und schlendern verschlafen zum Versorgungszelt oder erledigen ihr großes Geschäft, so wie ich. Das Kacken ist hier eine spartanische Sache. Man setzt sich auf eine Eisenstange, die über einem langen Graben montiert ist, und drückt ab. Zum Waschen stehen Blechschüsseln auf Biertischen bereit. Spiegel gibt es nicht, aber das ist mir hier egal. In einem Geist der Gleichheit und Einreihung fühlt man sich mehr als Teil der Gemeinschaft, weniger als Einzelner. Im Versorgungszelt frühstücken wir an Zehnertischen, bevor wir auf dem Sammelplatz zum Geländelauf antreten. Über Hügel, am Boden liegende Äste und Steine laufen wir eine Stunde lang durch den Wald. An Bewegung sind wir gewöhnt, auch Kammerl, obwohl man es nicht glaubt, wenn man ihn nur oberflächlich betrachtet. Er ist breit gebaut und korpulent, beinahe fett sieht er aus, aber nur auf den ersten Blick. Bei genauerer Betrachtung erahnt man an Kammerl mehr Muskeln als Fett, und auch wenn er in vielen Dingen ungeschickt ist, so macht er es beim Sport durch seine Kraft wieder wett. Das Laufen liebt er nicht so wie das Fußballspielen. Fußball wäre mir auch lieber, aber ich tröste mich mit der schönen Aussicht. Zwischen den Bäumen sieht man nach unten ins Naabtal und auf den Fluss, der grünbraun durch die Auen kriecht. Ich spüre beim Laufen die Feuchtigkeit des Bodens, aber der Himmel verspricht Trockenheit für den Tag. Der Morgen mit seiner Frische ist der richtige Zeitpunkt für einen Geländelauf. Rudi läuft mit vorneweg, ich bilde mit Kammerl die Nachhut, es ist nicht zu schnell und nicht zu langsam, aber Semmler galoppiert hechelnd und hustend vor uns her, als liefen wir über Wüstensand. Bei den anschließenden Dehnübungen macht er eine entsprechend erbärmliche Figur. Er sieht niemanden an, würde am liebsten sein puterrotes Gesicht verstecken, und ich glaube, er wäre gerne alleine. Aber das würde er niemals zugeben.

Eine halbe Stunde später, beim großen Flaggenhissen, hat es Semmler wieder ganz wichtig und tut großkotzig. Er steht stramm und bereit neben dem Mast. Die Fahne gilt als *das* Heiligtum, und täglich um neun Uhr wird sie im Rahmen einer feierlichen Parade gehisst. Wiesner steht vor Semmler, hat die Hände in die Hüften gestützt und wartet, bis sich achtzig Pimpfe hintereinander aufgestellt haben. Dann eröffnet er die Zeremonie.

»Heil Hitler, Lagermannschaft!«

»Heil Hitler, Fähnleinführer!«

»Augen gerade … aus! Die Losung des heutigen Tages heißt: Herbert Norkus!«

Semmler sagt ein Gedicht auf, dann fährt Wiesner fort.

»Am 24. Januar 1931 wurde im Beusselkiez in Berlin unser fünfzehnjähriger Kamerad Herbert Norkus von Kommunisten erschlagen. Er hatte als Hitlerjunge weiter nichts getan als seine Pflicht, und das eben brachte ihm den Hass der Kommune ein. Wir wissen, dass es um unserer toten Kameraden willen niemals eine Verständigung geben wird zwischen dem Bolschewismus und uns!« Er gibt Semmler das Zeichen zum Hochziehen der Fahne. »Stillgestanden! Wir singen beim Hissen der Fahne: Ein junges Volk steht auf, zum Sturm bereit; erster Vers. Zur Flagge-hissung Augen rechts! Heiß Flagge!«

Wir singen den Vers, und Semmler zieht an dem Seil. Die rote Hakenkreuzfahne baut sich vor uns auf. Ein feierliches Hochamt wegen eines Stückes Stoff auf einem Zeltplatz.

»Augen gerade … aus! Rührt euch!«, ruft Wiesner am Ende, und wir dürfen verschwinden.

Nach Geländelauf und Flaggenparade sollten wir in der rechten Verfassung sein für den Unterricht, aber ich bin nie in der Verfassung für Unterricht, auch wenn es bei Wiesner einigermaßen interessant ist. Schon die Art, wie er redet, lässt einen aufmerken, egal was er sagt. Man hat das Gefühl, er spricht einen direkt an, leiert die Dinge nicht herunter wie ein Automat, zwingt einen förmlich dazu, mehr über das jeweilige Thema erfahren zu wollen. Der Mann ist ein echter Glücksfall. Für die Ideologie und für uns. In anderen Fähnlein im Umkreis versuchen jugendliche Möchtegernführer hilflos, nationalsozialistisches Gedankengut in Sätzen zu formulieren, um ein paar noch jüngere Kameraden zu langweilen, die sich dann heimlich über die Möchtegernführer lustig machen. Ich habe so etwas erlebt, als Semmler zum einzigen Mal unterrichtet hat. Er erzählte uns irgendeinen Nonsens über deutsche Götter, verwechselte ihre Namen, dann schwieg er wieder eine halbe Minute und starrte durch die dicken Brillengläser über uns hinweg. Den Mund hatte er bitter nach unten gezogen, errötet vor Scham und Anstrengung, bis ihm irgendetwas über das Wassermonster einfiel, das er zusammenhanglos herunterstotterte. Man wusste nicht, ob es nun peinlich oder lustig war. Einmal prustete ich laut los und verkaufte es hinterher als Hustenanfall.

Wiesners Unterricht hingegen hat Struktur. Er ist unwahrscheinlich gebildet, beherrscht sieben Sprachen, und man kann ihn alles fragen. Im Laufe meiner Zeit beim Jungvolk habe ich von Wiesner etwas über germanische Götter und Helden erfahren, über Deutschtum im Ausland und über die Geschichte der ersten SA-Kampftruppen und der Hitlerjugend in der Kampfzeit vor 1933. Wir müssen HJ-Lieder und Fahnensprüche auswendig lernen, und den Lebenslauf des Führers sollte man in groben Zügen kennen: Geboren 1889 in Braunau, in der Schule schon ein Führer seiner Mitschüler, im Weltkrieg als Gefreiter tapfer für das deutsche Volk gekämpft, mit dem Eisernen Kreuz ausgezeichnet, das deutsche Volk aus der Not und Arbeitslosigkeit in den Wohlstand geführt. Das genügt im Groben. Militärische Themen behandeln wir auch. Wiesner erklärt uns, wie man einen Brückenkopf bildet, eine von den übrigen Truppen getrennte Stellung im Territorium des Feindes, die Raum schafft für den Nachschub. Offiziell heißt das Ganze *Weltanschauliche Schulung*. Hier auf dem Brunnberg nutzt Wiesner die Schautafeln aus, die es nur in den HJ-Lagern gibt. Auf den Tafeln sind Kopfformen der verschiedenen Menschenarten dargestellt. Judenköpfe, Zigeunerköpfe, Arierköpfe. Aus allen Positionen. Rassenkunde. Der Unterricht ist im Freien.

»So wie ihr bei den Kopfformen deutliche Unterschiede zwischen den Rassen erkennen könnt, so unterscheiden sich die Menschen auch in ihrer Körperhaltung«, erklärt Wiesner und kratzt mit einem Zeigestab entlang des Körpers eines abgebildeten Juden senkrecht nach unten. Der Jude trägt nur eine Unterhose.

»Und – auch das ist erwiesen – in ihrer Natur. Der Jude ist nicht dumm, nur besitzt er einen verkrüppelten Charakter. Niemand von euch wird einen Juden schon einmal körperlich arbeiten gesehen haben. Oder? Kammerl, hast du schon mal einen Juden körperlich arbeiten sehen?«

»Nein!« Kammerl schüttelt grinsend den Kopf. »Nein!«

»Sie verkaufen Waren, die sie vorher billig eingekauft haben, oder sie verleihen Geld und verlangen dafür Zinsen von den Armen. Und dagegen kämpft Adolf Hitler. Der Charakter der nordischen Menschen ist geprägt von Willenskraft, Ehrlichkeit und Gerechtigkeit. In Einzelfällen kann sich das bis zum Heldentum steigern, und dafür ist unser Führer das beste Beispiel.«

Ich habe also alle Voraussetzungen, ein guter Mensch zu werden! Mehr noch: Ich bin es scheinbar von Geburt an.

Nach der weltanschaulichen Schulung stehen bis zum Mittag Geländespiele auf dem Programm. Wir stecken die Köpfe zusammen über Landkarten, benutzen den Kompass, formulieren Meldungen, schätzen Entfernungen und Angriffsziele ein oder machen Schießübungen mit dem Luftgewehr. Punkt zwölf gibt es das Mittagessen. Eintopf. Mit viel Fleisch.

Die einzige Zeit, über die wir frei verfügen können, ist die Stunde nach dem Essen. Manche errichten vor den Zelten kleine Beete. Mit Steinchen formen sie ein Hakenkreuz oder das SS-Zeichen und schmücken es mit Blumen und Gras. Auf dem Boden und auf Zeltflächen kann man Inschriften lesen wie *Wir schmieden Deutschland!* oder *Ein Volk, ein Führer!*

Nach den Leibesertüchtigungen am Nachmittag – Fußball, Turnen und Leichtathletik – heißt es Exerzieren. Beim Exerzieren nimmt Wiesner Kammerl den Glauben, alles sei nur ein Spiel.

»Antreten!«, ruft der Fähnleinführer, und wir stellen uns in einer Reihe auf.

»Stillgestanden!«

Das Gemurmel verklingt.

»Die Augen … links!«

Die Köpfe schnellen nach links.

»Tiefflieger von rechts! Volle Deckung!«

Wir werfen uns bäuchlings auf den Boden.

»Bis zum Horizont, marsch, marsch!«

Wir marschieren.

»Stampfschritt! … Stechschritt!«

Als wir uns wieder in Reih und Glied geordnet haben, streckt er die rechte Hand aus.

»Heil Hitler! Wir üben den deutschen Gruß!«

»Heil Hitler!« Wir strecken den Arm aus.

Das vierzig Mal.

»Bis zum Horizont, marsch, marsch!«

Wiesner hat Kammerl im Visier. Er fällt aus der Reihe. Beim Marschieren muss sich der linke Arm parallel mit dem rechten Bein bewegen und umgekehrt, und bei Kammerl pendeln beide Arme bei einem Schritt nach vorne und beim nächsten wieder zurück.

»Kammerl! Vortreten!«, ruft Wiesner, als wir uns wieder aufgestellt haben.

Kammerl macht einen Schritt nach vorne.

»Weißt du, was du falsch machst, Kammerl?«

Kammerl grinst und schüttelt den Kopf.

»Sieh mich an! Schau genau zu!«

Wiesner marschiert in Zeitlupe. »Linkes Bein und rechter Arm – rechtes Bein und linker Arm. Versuch es!«

Kammerl versucht es. Wie ein Unfallopfer, das mühsam wieder gehen lernt, bewegt er seine Glieder. Bei jedem Schritt muss er sich konzentrieren. Es funktioniert, aber die Bewegungen sehen gestückelt aus, und kaum wird er schneller, bewegen sich beide Arme gleichzeitig, als hingen sie an einem Seil. Fünf, sechs Mal führt Wiesner es ihm vor, leistet ihm Hilfestellung. Ohne Wirkung.

»Eine Runde Strafexerzieren um das Lager. Vielleicht lernst du es dann!«

Kammerl, der längst nicht mehr grinst, reißt die Augen weit auf.

»Nein, Wiesner! Das ist ungerecht! Das mach ich nicht! Nein!«

Wiesner baut sich vor Kammerl auf.

»Eine Runde um den Platz! Und vorher zehn Liegestützen!«, brüllt er.

So habe ich unseren Fähnleinführer noch nie erlebt. Er ist eine natürliche Autorität und hat es sonst nicht nötig, laut zu werden. Keiner gibt mehr einen Mucks von sich. Kammerl schießen Tränen in die Augen.

»Pah!«, keift er, dreht ab, macht zehn Meter weiter hastig seine Liegestützen wie ein Irrer und stampft wie ein Elefant seine Strafrunde ab. Obwohl der Vorfall für Kammerl nicht lustig ist, muss ich in mich hineinlachen, als ich seine Arme von Weitem schwingen sehe.

Der letzte Tag. Wie jeden Abend sitzen wir gemeinsam am Lagerfeuer. Ein Ritual, das unser Gefühl für Gemeinschaft stärken und die Bilder des Tages, Hakenkreuze, Fahnen, Braunhemden, ja die ganze Ideologie in der knisternden Wärme durch die strahlenden Flammen in unsere Herzen brennen soll. Vier Feuerstellen gibt es für achtzig Hitlerjungen. Ich habe einen Platz neben Semmler erwischt. Es ist windstill. Ich spüre die Hitze des Feuers an den Füßen, an den angewinkelten Knien und auf der Brust. Bis auf drei, vier Meter Höhe lodern die Flammen und schimmern auf unsere sonnengebräunten Gesichter. Wir singen zwei Lieder, die wir im Unterricht gelernt haben. Ich bin nicht ganz textsicher und mühe mich, es zu vertuschen, indem ich nur stumm die Lippen bewege. Am Ende singen wir alle gemeinsam das Lied der Hitlerjugend.

Nun lasst die Fahnen fliegen
in das große Morgenrot,
das uns zu neuen Siegen
leuchtet oder brennt zum Tod

»Brennt zum Tod!«, ruft Semmler begeistert.

Die Singstimmen sind verklungen. Ich sehe ihm durch seine dicken Brillengläser in die Augen und höre das Brennholz knacken.

»Willst jetzt sterben, Semmler?«

»Das ist doch nur ein Lied, Frank. Wir werden immer größer. Großdeutschland. Die Sudetendeutschen holen wir auch bald heim ins Reich. Die beten schon dafür.«

»Hör mir auf mit der Beterei. Das habe ich mir schon lange abgewöhnt.«

»Dann bet doch zum Führer! Den kennst du wenigstens, und der kann dir helfen. Vielleicht hört er es. Ich bete nur noch zum Führer!«

Du bist nicht mehr ganz frisch im Kopf, denke ich mir im Geheimen.

»Ich kanns ja mal versuchen«, antworte ich.

Er malt sich aus, welche Gebiete der Führer nach dem Beitritt des Sudetenlandes als Nächstes »heim ins Reich« holt und kommt zu dem Schluss, dass am Ende die ganze Welt nationalsozialistisch sein wird. Ich höre ihm bald nicht mehr zu. Politik interessiert mich nicht. Ohne an etwas Bestimmtes zu denken, fixiere

ich einen Punkt in dem Nazifeuer, das nur wenige Jahre später
ganz Europa verbrennen wird.

4. Regensburg I

Heiliger Abend 1940

Am Heiligen Abend sollte man mit der Familie im Wohnzimmer sitzen, sich gegenseitig beschenken und Plätzchen essen, gewärmt vom Ofen und festlich gestimmt durch die goldenen Flammen der Christbaumkerzen. Stattdessen stehe ich hier in der leeren Bahnhofshalle unter dem kalten weißen Licht der Elektrizität, und der einzige Mensch in meiner Nähe ist der Beamte hinter der Scheibe im Kassenhäuschen. Ich habe meinen Zug versäumt.

Ich schaue durch die Glastür nach draußen über den Bahnhofsplatz hinunter auf die breite Maximilianstraße. Die Schneedecke liegt grau auf der Straße und schimmert weiß unter den Laternen. Keine Fußspuren im Schnee, kein menschlicher Atem, den die Kälte in eine Nebelwolke verwandeln würde. Sie sitzen in ihren Wohnzimmern und essen Würste mit Kraut oder feiern Bescherung, oder sie sind auf dem Weg nach Hause, in jenem Zug, den ich soeben verpasst habe.

Ausgerechnet heute hat sich das Ausliefern hingezogen. Der Schnee erlaubt kein schnelles Fahren, und die Krankenhäuser und Altenheime brauchen am Heiligen Abend mehr Würste als sonst in einer ganzen Woche. Ein Blick auf die Bahnhofsuhr. Kurz vor halb acht. Der nächste Zug nach Maxhütte fährt um halb zwölf, und ich gehe meine Möglichkeiten durch. Bis der Zug kommt, könnte ich durch die Parks und Gassen der Altstadt wandern, aber da könnte ich ebenso gut zu Fuß nach Hause laufen, das würde auch nicht länger dauern. Und dann? Blieben sie daheim noch eine Stunde wegen mir wach. Wenn überhaupt. Das Beste wird sein, ich schlafe in Regensburg. Spaziere ein bisschen durch die Altstadt und genieße die Stille, bis ich vom Gehen warm genug bin für meine unbeheizte Kammer. Eine Kerze müsste ich noch irgendwo haben. Die werde ich anzünden, die Decke bis zur Nase hochziehen, mir ausmalen, wie sie zu Hause Weihnachten feiern, und einschlafen. Lieber würde ich den Abend bei meiner Chefin verbringen, aber das Kindermädchen und das Lehrmädchen sind bei ihr, und ich käme mir vor wie ein Eindringling.

Ich stelle den Kragen meiner Daunenjacke auf, schließe den obersten Knopf und trete hinaus auf die Stufen. Meine Füße tauchen in den Schnee, eine schwache, kalte Brise trägt ein paar einsame Flocken durch die Nacht. Das Licht der Kronleuchter aus dem Saal des Hotels Maximilian färbt die Fenster gelb. Vor mir liegt die Stadt, in der ich seit neun Monaten arbeite, die zu meinem zweiten Zuhause geworden ist. Das Gehen, die Stille und der Sauerstoff klären den Kopf, und ich denke an die Zeit zurück, als alles neu und schwierig war und an die Dinge, die geschehen sind in den neun Monaten, seit dem Ende meiner Schulzeit im April.

April 1940

Direkt nach der Schulzeit muss man sein Landjahr machen. Von April bis November ist man in einem Lager auf dem Lande untergebracht und hilft den Bauern. Zum Ausgleich gibt es vormilitärische Ertüchtigung, Sport, weltanschauliche Schulungen und Appelle. Dafür gibt es ein Gesetz. Das preußische Landjahrgesetz von 1934, und in § 1 heißt es:

Die Landjahrlager sind Stätten straffster körperlicher, geistiger und charakterlicher Erziehung und keine Erholungsstätten für schwächliche oder nur bedingt leistungsfähige Jugendliche. Für das Landjahr werden daher nur Jungen

Das galt 1934, aber heutzutage muss man schon eine Behinderung haben, um dem Landjahr zu entkommen. Ich habe keine Lust darauf, denke mit Abscheu an die Misthaufen und Güllegruben der Bauernhöfe und an die Geländespiele und Flaggenappelle, die mir nach vier Jahren Hitlerjugend schon aus den Ohren wachsen. Ich will mein eigenes Geld verdienen, etwas Sinnvolles machen. Einen Beruf will ich lernen. Am liebsten Automechaniker. Den Winter über habe ich gelegentlich bei einer Autowerkstatt ausgeholfen, mich gar nicht schlecht angestellt und schon kleinere Reparaturen übernommen, aber ohne Landjahr wollen sie mich nicht einstellen. Im Eisenwerk hätte ich anfangen können, wo sie jetzt Granaten produzieren. Albert und Rudi machen dort ihre Lehre, und wer in einem kriegswichtigen Betrieb lernt, braucht kein Landjahr zu machen, aber dieses Höllenloch, diese Kulisse meiner Albträume ist der letzte Ort, an dem ich arbeiten will, auch wenn Mutter meine Abneigung nicht verstehen kann.

Seit einer Woche sitze ich zu Hause. Jeden Morgen durchforsten wir die Stellenanzeigen in der Tageszeitung, doch niemand will einen Automechaniker ausbilden. Bald ist es mir egal, welchen Beruf ich lerne. An einem Freitagmorgen lese ich die Anzeige in der Burglengenfelder Zeitung.

Metzgerlehrling für sofort gesucht.
Vorzustellen bei Metzgerei Jentsch,
am Arnulfsplatz in Regensburg.

»Ich könnte Metzger werden. Was meinst du, Mama?«
Mutter hat eine Hand in der Socke versteckt und zieht mit der

anderen die Nadel durch die Wolle. Ihr ist es egal, welchen Beruf ich mir aussuche. Hauptsache Arbeit.

»Freilich, Gottfried. Wenn sie dich nehmen.«

Gleich nach dem Mittagessen steigen wir auf unsere Räder. Ohne Mutter wäre ich eine halbe Stunde früher in Regensburg, aber ich bin froh, dass sie dabei ist. Die Metzgerei ist mitten in der Altstadt, am Arnulfsplatz, wo sie beim Kneitinger Bier trinken, und wo es nur drei Gehminuten bis zum Haidplatz und zum Bismarckplatz sind. Wir betreten die schwarzen und roten Fliesen. Ein sauberer Laden. Hinter der Theke steht eine große Blondine mit einem Gesicht wie ein Pfannkuchen. Mutter sagt, wir sind wegen der Stellenanzeige gekommen, und der Pfannkuchen führt uns durch den Hausgang, klopft an eine Tür und steckt den Kopf durch den Spalt.

»Chefin. Wegen dem Vorstellungsgespräch.«

»Kommen Sie herein«, sagt Frau Jentsch freundlich lächelnd. Sie begrüßt erst Mutter und dann mich mit einem Händedruck. »Nehmen Sie Platz.«

Vor dem Fenster sind grüne Vorhänge, und der Boden ist mit hellbraunem Teppich ausgelegt. Die Chefin lacht mich an, hat die Arme ausgebreitet und die Hände auf dem Tisch, und ihr Blick sagt: Dumme Situation, so ein Vorstellungsgespräch, ich kann mir denken, wie du dich fühlst.

»Du willst also Metzger lernen bei uns.«

»Ja … das … das könnte schon was für mich sein.«

»Ja, warum nicht? Wissen Sie, Frau Frank, mein Mann ist seit Oktober als Soldat an der französischen Grenze stationiert, da können wir Unterstützung gut gebrauchen. Zum Glück ist von den drei Gesellen noch keiner eingezogen worden, aber lange wird das nicht mehr dauern. Ich weiß nicht, ob Sie es schon gehört haben, gestern ist die Wehrmacht in Dänemark und Norwegen einmarschiert.«

Wir haben nichts davon gehört.

»Aber das ist Politik. Du willst bestimmt etwas über unsere Metzgerei erfahren.«

Ihre Augen werden zu Schlitzen, wenn sie lächelt, und ihre glänzenden, schwarzen Haare hält ein Knoten zusammen.

»Wie gesagt: In der Wurstküche arbeiten drei Gesellen. Es gibt viel zu tun, und du müsstest früh aufstehen. Wir liefern an Krankenhäuser, Altenheime und Gaststätten, die brauchen die Ware regelmäßig. Die Arbeit geht uns nicht aus.«

Vielleicht liegt es nur an der Herzlichkeit dieser Frau, aber ich will unbedingt bei der Metzgerei Jentsch in die Lehre gehen. Von meinem ausstehenden Landjahr haben wir noch nichts erwähnt, und ich überlege, ob ich es fürs Erste verschweige, aber Mutter rückt damit heraus. »Frau Jentsch, wir müssen Ihnen vorher noch etwas sagen. Mein Sohn ist zum Landjahr einberufen.«

»Ich würde lieber die Lehre bei Ihnen anfangen«, mische ich mich ein.

Das scheint ihr zu gefallen. »Bis zum November stelle ich dich als Ausfahrer an. Dann ist eben das dein Landjahr, wenn jemand fragt. Da lassen wir uns nicht verrückt machen. Am Montag brauchst du erst um halb neun zu kommen.«

Eine Geisha, denke ich. Sie sieht aus wie diese japanische Geisha mit dem weißen Gesicht, von der ich einmal ein Bild in der Radiozeitung gesehen habe.

In den ersten Wochen schärfe ich Messer, drehe Fleisch durch den Wolf, sehe den Gesellen auf die Finger oder putze hinter ihnen her. Der Netteste von den Dreien heißt Helmuth und ist Sachse. Er nimmt sich für mich Zeit, erklärt mir die Abläufe, und wenn ich das Wasser im Kessel zu heiß werden lasse oder das Fleisch falsch zerlege, weist er mich in freundlichem Ton auf meinen Fehler hin. Der Anfang ist schwer. Alles ist neu, und durch die ungewöhnliche Arbeitszeit ändert sich mein ganzer Rhythmus. Um ein Uhr muss ich jede Nacht aus den Federn, und bis zum frühen Nachmittag stehe ich in der Wurstküche. Wo der Dunst von Fleisch und süßem Blut in der Luft hängt und der Edelstahl kalt blitzt. Wo das Wasser in zwei Kesseln kocht, der Kutter rotiert und sich silberne Klingen durch rotes und weißes Fleisch schneiden. Knochensägen, Rückenspalter, Abhäutemesser, Stechmesser und Fleischzerlegesägen sind mein Werkzeug, und wenn die Gesellen in der Wurstküche Feierabend machen, beginnt für mich die Tour durch die Krankenhäuser, Altenheime und Gaststätten. Das ist der schönste Teil des Arbeitstages, wenn ich mit dem Dreirad über die Plätze und durch die Straßen kurve. Die Chefin kümmert es nicht, dass ich keinen Führerschein habe, und ich liebe es, nachmittags den Dieselmotor anzuwerfen und mit dem Pritschenwagen durch die Stadt zu rattern, Kränze von Würsten und Fleisch auf der Ladefläche, bis ich um drei oder vier Uhr fertig bin und Regensburg zu Fuß erkunden kann. Mit der Zeit finde ich mich immer besser zurecht. Jeden Tag laufe ich durch die schmalen Gassen mit ihren Kramerläden und Lebensmittelgeschäften, jeden Tag sehe ich den Dom, das alte Rathaus und die historischen Gebäude, und jeden Abend beobachte ich, wie die Stadtmenschen leben. Bis abends um sieben bin ich unterwegs, denn außer schlafen kann ich in meiner Kammer nichts anfangen. Freunde habe ich nicht, ich schlage mich alleine durch. Bis zu dem Tag, an dem ich zum ersten Mal Berufsschule habe.

*

Von meiner Kammer im Hinterhof der Metzgerei aus sind es nur dreihundert Meter bis zum Haidplatz, wo die Schule ist. In der Nacht habe ich nicht gut geschlafen, und der schöne Frühlingstag kann mich nicht über die trübe Aussicht auf Unterricht hinwegtrösten. Ich bin noch nicht ganz bei mir, überquere mit schweren Augenlidern den Hinterhof zur Berufsschule und schlurfe die Treppen hinauf. Ein Schild mit einem Pfeil und der Aufschrift *Metzger* führt mich zum Klassenzimmer. Geräuschlos trotte ich durch die Reihen und setze mich auf die hinterste Bank. Vor mir die Hinterköpfe zukünftiger Metzger, die auf den Lehrer warten und sich abtastend unterhalten. Einer hat Locken. Ich fürchte, es ist Fritz Schuster, mein Widersacher und Ringkampfgegner aus Kindertagen, und als er das Gesicht zur Seite dreht, sehe ich seine lange Nase. Ich weiß nicht, wie ich mich verhalten soll. Verhalten will. Am besten, ich ignoriere ihn. Seit dem Ringkampf hatten wir kaum miteinander zu tun, und wenn wir uns in Maxhütte zwangsweise über den Weg liefen, grüßten wir uns wie Fremde und gingen unserer Wege. Beim besten Willen bin ich nicht erfreut, ihn hier zu treffen. Wenn ich Fritz sehe, habe ich immer ein schlechtes Gewissen, das Gefühl, ich müsse mich für den Magenkick im Zeltlager entschuldigen. Aber ich bin viel zu stolz, um es wirklich zu tun.

Im Pausenhof lehne ich an der Wand neben drei Burschen aus der Klasse. Einer von ihnen beschreibt die Konstruktion der Räucherkammer seines Vaters. Fritz kommt um die Ecke. Sieht mich. Geht auf mich zu. Wenn du mich jetzt vor den anderen Lockerlmadam nennst, schlage ich zu, denke ich. Diesmal fehlt das schelmische Grinsen in Fritzens Gesicht, und meine Miene lädt ihn auch nicht dazu ein. Sag es nur. Trau dich, Bursche.

»Servus, Gottfried«, sagt er. »Wirst auch ein Schweinsmörder?«

»Metzger eben.«

»Wo lernst du?«

»Metzgerei Jentsch. Arnulfsplatz.«

»Ich bin beim Träger in der Ludwigstraße! Das ist ja nur ein Katzensprung. So ein Zufall! Meine Chefin ist vielleicht eine Wachtel. Einen Hintern wie ein Brauereipferd und dumm wie eine Knackwurst. Bin direkt froh, dass heute mal Schule ist. Aber müde bin ich. Die ganze Nacht konnte ich nicht schlafen. Musst du auch so früh aufstehen?«

»Um eins.«

»Ich um halb zwei. Normal sollte man da erst ins Bett gehen.«

Ich gebe ihm keine Antwort.

»Gut, Gottfried. Wir sehen uns ja.«

Getrennt gehen wir zurück ins Klassenzimmer.

Warum bin ich so kalt zu ihm gewesen? Eigentlich hat er mich aufgeheitert mit seinem Gerede, mir direkt in die Augen gesehen, und freundlich war er auch. Mein Banknachbar ist schüchtern und langweilig. Den Rest des Schultages kämpfe ich gegen das Einschlafen und gegen das schlechte Gewissen wegen Fritz an, bis der Unterricht nach einer Unzeit zu Ende geht. Ich steige alleine die Stufen hinunter, verlasse das Gebäude und schlendere auf dem Haidplatz am Justitiabrunnen vorbei. Vor mir tippelt Fritz mit seiner Ledermappe unter dem Arm.

»Fritz!«, rufe ich.

Er dreht sich um und lacht. »Gottfried! Alter Musterschüler! Auch keine Lust mehr auf Stillsitzen?«

»Hör mir mit der Schule auf. Was machst du heute Abend?«

Heiliger Abend 1940

Ich stapfe über den Schnee am Dom vorbei und weiter über den Kohlenmarkt und den Haidplatz zum Arnulfsplatz. Vor dem

Eingang der Metzgerei Jentsch bleibe ich stehen. Aus dem Wohnzimmerfenster im oberen Stockwerk scheint Kerzenlicht. Christbaumkerzenlicht. Ich streiche über meine graumelierte Daunenjacke, ein Geschenk der Chefin. Jeder Mitarbeiter hat fünfzig Mark Weihnachtsgeld bekommen, und mir gab sie ein paar Schleckereien dazu und diese Jacke. Erst wollte ich sie nicht annehmen, aber sie überredete mich. »Du bist unser Ausfahrer, Friedl«, sagte sie. »Im Winter frierst du sonst. Ich habe mir schon immer gedacht, deine Jacke ist zu leicht. Die anderen brauchen es ja nicht zu wissen, Friedl, denen sagen wir nichts.«

Ich sehe zum Fenster hinauf. Wie schön wäre es jetzt, zu den drei Frauen zu gehen und mit ihnen Weihnachten zu feiern! Bitten will ich nicht darum. Also gehe ich hinunter zur Donau und denke wieder an meine Anfangszeit, als ich mich mit der Chefin anfreundete, und an diesen Auftrag, den sie mir Anfang Mai gab und der in meinem Kopf so viel durcheinander bringen sollte.

Mai 1940

Seit fünf Wochen bin ich Lehrling in der Metzgerei Jentsch. Die Chefin mag mich besonders, das Mädchen aus dem Laden mit dem Pfannkuchengesicht ist stets freundlich, und in der Wurstküche darf ich schon das Brät würzen und abschmecken. Helmuth, mein Lieblingsgeselle, und Sepp, der schnell laut wird, es aber gut meint, loben mich jeden Tag für meine Sauberkeit. Einmal habe ich gehört, wie die beiden über mich geredet haben.

»Den stört aber auch jeder Spritzer auf der Arbeitsplatte«, hat Helmuth leise zu Sepp gesagt. »Hundertprozentig ist der Junge. Hundertprozentig!«

Und Sepp stimmte zu: »Dem sein Kittel ist immer der sauberste! Ein ganz, ganz sauberer Arbeiter ist der Bub!«

Nur mit einem Gesellen habe ich Probleme. Mit Grimm. Vor ein paar Tagen hat er mich zum ersten Mal geohrfeigt. Ich stand am Brühkessel. Er kam auf mich zu. Wie immer trug er seinen ekelerregenden Kittel, der immer blutverschmiert ist, weil er hundertmal am Tag das Messer daran abstreift. Er sah mich aggressiv an mit seinem nach unten gerichteten Oberlippenbart, mit dem er auf die Welt gekommen sein muss, und der ihn immer böse aussehen lässt. »Zu heiß!«

»Kocht doch nicht«, sagte ich, und darauf haute er mir eine runter.

In Wirklichkeit ist Grimm das Wasser im Brühkessel scheißegal. Er hat einfach Lust auf Gewalt, und an einem Lehrling kann er diese Lust ausleben. Lehrlinge zu schlagen ist normal, und Grimm denkt, es sei sein gutes Recht, mich zu ohrfeigen. Ich versuche, ihm aus dem Weg zu gehen, und wenn ich etwas brauche, frage ich Helmuth oder Sepp.

Ich stehe mit dem Knochenspalter am Hackstock und teile die Hälfte eines Schweinerückens in Koteletts auf, als Franzi, das Kindermädchen, in die Wurstküche kommt. »Gottfried! Die Chefin braucht dich.«

Ich blicke von den Fleischteilen auf. Am liebsten würde ich Franzi für eine Nacht zu mir ins Bett nehmen. Sie schläft alleine in ihrer Kammer und ich in meiner, und das ist genau genommen eine Idiotie. An ihren schlanken Beinen lehnen die beiden Kinder von Frau Jentsch und sehen mich mit großen Augen an. Der Bub ist vier, hat einen Eierkopf und Segelohren, und neben ihm steht das kleine blonde Mädchen von zwei Jahren, das seinem Bruder immer nur nachtappt, still und brav wie ein Engelchen.

»Ich komm gleich.«

Ich staple die Koteletts sauber auf die Seite, wische den Knochenspalter mit einem feuchten Lappen ab und gehe zur Chefin in die Küche. Sie steht am Waschbecken und trocknet sich die Hände. »Mach bitte die Tür zu, Friedl.«

Sie lehnt sich an die Anrichte. Es riecht nach Tee. »Friedl, ich habe einen privaten Auftrag für dich. Ich frage dich, weil ich dir am meisten vertraue. Aber du musst es nicht machen!«

Sie nimmt eine gefüllte Stofftasche von der Anrichte. »Da drin sind Würste. Die müsstest du in die Rote-Hahnen-Gasse bringen, zu einer Familie.«

Sie kommt näher und sieht mir in die Augen. »Aber Friedl … die Leute sind Juden.«

»Das macht nichts.«

Es beeindruckt mich wirklich nicht. Wenn ich Frau Jentsch damit helfe, mache ich es gerne. Ich weiß, dass man als Deutscher mit Juden keine Geschäfte machen darf, aber die Chefin wird ihre Gründe haben.

Sie gibt mir die Tasche. »Es ist das Haus gegenüber vom *Roten Hahn*. Die Gaststätte kennst du ja, an die lieferst du ja immer. Halte dich nicht lang beim Eingang auf, es braucht dich niemand zu sehen. Im zweiten Stock klopfst du bei Gold. Und sei unauffällig!«

Ich binde den Knoten meiner Schürze auf und wasche mir die Hände.

»Und wenn jemand fragt, was das für Würste sind, dann sagst du, die sind für das Evangelische Krankenhaus. Du machst das schon, Friedl.«

»Freilich, Chefin, Sie brauchen sich keine Sorgen zu machen.«

Das Haus, in dem die Golds leben, ist schmutzig und grau, wie die meisten Häuser in der Altstadt, und im Treppenhaus riecht es nach gekochtem Kohl. Ich nehme immer zwei Stufen auf einmal. An einer Tür im zweiten Stock ist ein Messingschild befestigt, in das der Name *Gold* eingraviert ist. Die Tasche baumelt an meinem Handgelenk und verbreitet einen Duft von geräucherten Lyonern und Regensburger Knackern. Ich klopfe zwei Mal und nicht zu laut. Die Tür geht langsam auf, und ein zierliches Mädchen sieht mich mit großen Augen an. Ich lächle. Ich muss lächeln, ich kann nicht anders bei ihrem Anblick.

»Grüß Gott. Ich soll das von Frau Jentsch bringen.«

»Papa!«, ruft sie. Sie lächelt auch. Wir warten auf Herrn Gold, und ich weiß nicht, wohin ich schauen soll. Es ist der Ausdruck in ihrem Gesicht, der mich unruhig werden lässt. Wie ein Kind kam sie mir im ersten Augenblick vor, aber bei näherem Betrachten habe ich ihre kleinen Brüste bemerkt. Sie muss jünger sein als ich, vielleicht erst dreizehn, aber ihre Augen sehen klug aus. Nein, sie sieht nicht aus wie ein Kind, dem man noch Märchen erzählt. Für einen Moment meine ich, sie hätte gezwinkert.

Ihr Vater kommt und bringt mich zurück in diese Welt. Wenn man einmal von seinen Pantoffeln absieht, ist er angezogen wie ein Kellner. Er drückt meine Hand. »Der junge Mann kommt von der Metzgerei Jentsch, nehme ich an. Richtig?«

»Ja. Die Chefin schickt mich. Hier.« Ich gebe ihm die Tasche.

Er steckt die Nase hinein. »Ja! Hmmm! Das duftet! Deine Chefin ist ein Schatz. Sag ihr, sie ist ein Schatz und vielen Dank. Warte!«

Er verschwindet, und wieder bin ich mit dem Mädchen alleine. Sie lächelt.

Ich lächle zurück. »Wie heißt du?«

»Elfi.«

»Ich bin der Gottfried.«

Als ich ihr die Hand geben will, kommt der Vater mit einer Münze zurück. »Fürs Bringen. Das macht nicht jeder!«

Ich nehme das Zehnpfennigstück, bedanke mich und rausche davon.

»Machs gut, Junge!«, ruft Herr Gold mir hinterher.

Heiliger Abend 1940

Am Fluss entlang wandere ich bis zur Hengstenbergbrücke und biege in die Ostengasse ein, wo die Häuser den Wind abschirmen. Zum Schlachthof ist es nicht mehr weit, und ich will sehen, ob dort am Heiligen Abend die Waffen der Metzger ruhen. Der Schlachthof ist im Stadtosten, in Richtung Hafen. Ein schäbiges Viertel.

Heute herrscht Stille. Den typischen Geruch der erstochenen Tiere und des warmen Fleisches kann ich nur erahnen. Im Hochsommer ist das anders, und als ich ein Rind muhen höre, fühle ich mich zurückversetzt an einen heißen, stickigen Tag im Juni.

Juni 1940

Im Schlachthof wird mehr geschrien als gesprochen. Es wird laut gelacht, und ständig lärmen die Motoren der verschiedenen Maschinen. Schlachttiere brüllen um ihr Leben. An zwei Haken hängt eine abgestochene Sau, aus der Grimm und Sepp die Innereien wühlen und in eine Blechwanne werfen, dass es platscht. Ich stehe ein paar Meter daneben und drücke die Scheiße aus dem Darm in den vorgesehenen Eimer. Obwohl wir unter dem Hallendach nicht unmittelbar der Sonne ausgesetzt sind, tropft der Schweiß von meiner Stirn in den Eimer und vermischt sich mit dem Schweinekot. Kälber und Schweine werden vorbeigeführt. Sie grunzen so, als wären sie nervös, und ich glaube, sie deuten die Oink-Laute aus dem hinteren Bereich der Halle als das, was sie sind: Todesschreie ihrer Verwandten. Ich lege den leeren Darm in eine Blechschüssel und trage ihn zu einem der

Doppelwaschbecken. Am Boden liegen fettige Fleischreste. Ich bewege mich langsam, damit ich nicht ausrutsche. Am Waschbecken stelle ich die Schüssel ab, drehe den Darm auf links und spüle ihn mit Essig durch, um die letzten Kotreste, die Muskelschicht und die Schleimhaut zu lösen. Hinter meinem Rücken ertönt helles Gebrüll. Ich drehe mich um und sehe, wie zwei Lehrlinge einer Sau Fußfesseln anlegen. Die Sau wehrt sich und brüllt wie ein hysterisches Weib.

Ein paar Minuten später ist es still, und trotz des Essigdunstes rieche ich die verbrannten Haare und die versengte Haut der Sau. Ich sehe nicht hin. Erst später, als die Lehrbuben laut lachen, drehe ich mich um. Die Sau liegt rücklings tot auf den Fliesen, und zwischen ihren Hinterbeinen steckt ein Messer. Etwas Fleischiges fliegt durch die Luft und klatscht dem einen Lehrbuben auf die Schulter. Er nimmt es in die Hand und breitet es an den Enden aus wie ein Stück Hefeteig. Wie eine Trophäe hält er es über den Kopf, sodass ich das rosarote Teil genauer sehen kann. Es ist das Geschlechtsteil der toten Sau. Die Burschen haben es ausgeschnitten und das Messer anschließend wie einen Penis zwischen ihre Beine gesteckt. Sie schreien herum wie zwei Betrunkene im Bierzelt. Die Kakophonie des Schlachthofes hallt in meinen Ohren.

Zurück in unserer Ecke, lege ich den Darm auf die Seite und sehe Grimm und Sepp zu, wie sie eine Schweinehälfte auf den Tisch wuchten. Ich gehe ein paar Schritte rückwärts zur Wand. Neben mir steht ein Blecheimer. Unter das Kreischen der Maschinen und das Klagegebrüll der Tiere mischt sich Gelächter. Aus dem Eimer starren mich tote Kuhaugen an. Ich will weg von dem süßen Dampf und weg von dem ekelhaften Eimer, dessen Inhalt mich fast kotzen lässt. Nur nicht mehr hinsehen, nur nie wieder in einen Eimer mit toten Augen sehen müssen, denke ich, und in diesem Moment sehen mich zwei lebendige an. Braun und unschuldig sind sie und gehören einem Kälbchen, das am Nebenplatz angebunden wurde. Als ich es streicheln will, deutet Grimm wie ein Dompteur auf die Schweinehälfte. »Frank! Zerteilen!«

Ich suche Spalter und Knochensäge, während sich die Hintern der beiden Gesellen in Richtung Wirtshaus entfernen. Es ist nach zehn und Zeit zum Biertrinken. »Die schnelle Halbe« nennen es die beiden. Oft werden daraus fünf oder sechs, dann wird Grimm zur Wildsau. Der Schlachthof ist sein Wohnzimmer. Jeden Dienstag und Donnerstag müssen drei von uns Metzgern hierher, und einer bleibt in der Metzgerei. Aber Grimm bleibt nie in der Metzgerei. Er ist mehr Schlachter als Metzger.

Nach einer Stunde wackeln die beiden zurück. Die Schweinehälfte habe ich fachgerecht zerlegt, ich streichle dem Kälbchen die Stirn und klopfe ihm freundschaftlich auf die Seite. Gerade wurde es erst geboren, und jetzt soll es schon erschossen, gehäutet, zerlegt und aufgefressen werden. Armes Tier. Am liebsten nähme ich es mit nach Maxhütte. Ich lege den Arm um seinen Hals und rede ihm zu. »Na? Du weißt ja noch gar nichts von der Welt. Was du für ein weiches Fell hast! Ja, ist ja gut.« Tiere habe ich schon als kleines Kind geliebt, und in solchen Momenten zweifle ich an der Richtigkeit meiner Berufswahl. Mit starrem Blick kommt Grimm auf mich zu. Ich sehe ihn an, dann wieder das Kalb und wieder ihn. Er verzieht keine Miene, holt aus und schlägt mir mit der flachen Hand ins Gesicht.

»Weißt du warum?«, brüllt er. »Weiß du warum?«, wiederholt er lallend.

»Jetzt reicht es!«, rufe ich und balle die Faust.

Er schubst mich zurück, dreht sich um und kramt einen Packen Seile aus einer Holzkiste. »Komm einmal mit!«

Ich folge ihm über den Platz zum Kuhstall, und immer deut-

licher höre ich das monotone Muhen der Kühe. Vor mir wackelt
Grimms fetter Hintern, als käme bei jedem Schritt ein Furz heraus. Wie gerne würde ich hineintreten!

Im Stall zwängen sich die Rinder eng zusammen. Grimm mustert sie der Reihe nach und sucht fünf junge Kälber aus, denen er
Schlingen um die Hälse bindet. Eines nach dem anderen führt er
zu der Wand am Ausgang und bindet es an einem rostigen Haken
fest. Fell drängt sich an Fell, Hälse ruhen auf Genicken. Als er alle
fünf Kälber beisammen hat, bindet er sie wieder los und vereinigt
sie an einem der Seile. Das Ende drückt er mir in die Hand.

»Die führst du jetzt schön rüber zum Schlachthaus. Vorher will
ich dich nicht mehr sehen.«

Er lächelt selbstgefällig, und aus seinen Augenschlitzen funkelt
die Dummheit. Dann trottet er davon. Ich mustere seinen fahlen,
blonden Hinterkopf und spucke auf den Boden.

Gefühlvoll ziehe ich an dem Seil, streichle die Kälber, und sie
folgen mir durch das Stalltor. Im Freien, unter der senkrecht stehenden Sonne, bremsen sie wie auf Kommando ab. Einfühlsam
rede ich jedem einzelnen zu und streichle über die weichen Felle.
Durch heftigeres Ziehen lote ich ihren Widerstand aus. Keines
der Kälber bewegt sich auch nur einen Zentimeter. Ich schnalze
mit der Zunge. »Gehen wir, gehen wir«, sage ich ruhig, aber ich
blicke nur in blöde, sture Riesenaugen. Ich ziehe stärker. Sie bewegen sich ein Stück, bleiben wieder stehen. Ich ziehe noch stärker, ziehe mit aller Kraft, und sie bewegen sich einen Schritt. Ich
kämpfe an dem Strick gegen die Rindersturheit an, klopfe aufmunternd auf die Rücken der Tiere, ziehe wie ein Ochse. Nach
fünf Minuten habe ich sie zu drei oder vier Schritten bewegt.
»Kommt, ihr Viecher, gehen wir«, sage ich. Die Blechdächer blitzen weiß im Sonnenlicht. Die Luft steht. Auf dem staubigen Erdboden trocknen Blutpfützen. Sie schimmern schwarz wie Altöl.

Bald spreche ich kein Wort mehr mit den Tieren und spare mir die Zungenschnalzer – die Viecher glotzen so oder so nur verständnislos, gleich ob ich ihnen süß ins Ohr flüstere oder sie beschimpfe. Zwanzig Minuten brauche ich bis zur Mitte des Platzes. Männer mit blutverschmierten Kitteln marschieren gleichgültig vorüber. Mein Nacken badet in dem Schweiß, der zusammen mit den Tierabfällen einen Geruchszirkel um mich bildet. Von außen erhitzt die Mittagssonne meinen Schädel, und von innen bringt mich das dumme Muhen der Kälber zum Brodeln. Aus der Schlachterhalle höre ich es scheppern und poltern. Ich werde roh, schlage mit den flachen Händen kräftig auf die Rücken. »Ich steche euch ab, ihr Drecksviecher! Mit meinen eigenen Händen steche ich euch ab!« Ich boxe die Kälber, zerre an ihnen, trete sie mit den Füßen. Nach einer Dreiviertelstunde habe ich sie endlich auf der anderen Seite. Grimms Lektion hat gewirkt. Von heute an sind mir die Tiere gleichgültig. Meine Feuertaufe als Metzger ist gelungen.

Heiliger Abend 1940

Entlang der Bahngleise gehe ich zurück in die Altstadt. Ein Güterzug mit offenen, rostbraunen Anhängern rattert an mir vorbei. Er wird kleiner und verschwindet. Wenn Sommer wäre, würde ich mit dem Rad nach Hause fahren. In den warmen Monaten lege ich jede Woche vierzig Pfennige von meiner Mark Lohn auf die Seite, damit ich im Winter die Einszwanzig für den Zug bezahlen kann, um von Samstagabend bis Sonntagabend in Maxhütte zu sein. Bei Mutter und meinen Brüdern in der Küche. Dort wo es duftet.

Es ist Samstagabend, und ich bin daheim. Wir essen Rindssuppe und Brot.

»Ich kann mir nicht vorstellen«, sagt Albert kopfschüttelnd, »dass ausgerechnet du so ein Vieh umbringen kannst, Gottfried.«

Ich schlürfe die warme Brühe aus dem Löffel.

»Ach, so ein Kalb ist dumm wie ein Holzscheit, das weiß doch gar nicht, was los ist. Die blöden Augen müsstest du mal sehen, wenn man so einem Vieh was erklären will.«

Hans, mein ältester Bruder, hat seine Suppe schnell gelöffelt und hält den Teller schräg, um den letzten Rest herauszukratzen. Mein Gerede amüsiert ihn.

»Was willst ihnen denn erklären, Gottfried? Den Weg zu den schönsten Mädchen in Regensburg?«, fragt er.

Wir lachen, nur Mutter sieht bedrückt aus. Sie ist mit ihrer Suppe fertig und steht am Fenster.

»Gewiss hast ein Gspusi in Regensburg«, zieht Hans mich auf.

»Ja, drei Stück, fast so viele wie du«, schieße ich zurück.

Vom Flur her dringt ein blechernes Husten, und einen Augenblick später steht ein Herr mit silbernen Haaren in der Tür.

»Buben! Ich will gar nicht weiter stören. Einen schönen Abend wünsche ich euch!«, ruft er und verschwindet. Mutter eilt ihm hinterher.

»Wer war das?«, frage ich.

»Das ist der Rinner«, sagt Hans. »Mamas neuer Mieter.«

»Der hat damals im Weltkrieg einen Lungenschuss abgekriegt«, erklärt Albert und schöpft Suppe in seinen Teller. »Drum hustet er, als hätte er eine Mundharmonika verschluckt.«

»Es ist ja auch fast so«, sagt Hans. »Die Kugel steckt heute noch in seiner Lunge, hat er erzählt.«

»Ist ein patenter Kerl«, sagt Albert. »Jeden Tag sitzt er mit der Mutter bis spät in die Nacht vor dem Haus und erzählt, was er schon alles erlebt hat. Und fragen kannst den alles.«

»Der Rinner ist in Ordnung«, sagt Rudi und schneidet sich ein Stück Brot herunter.

Mutter kommt zurück. »Gottfried. Komm einmal mit.«

Hans verzieht den Mund, als wolle er sagen: Oh, jetzt ist es so weit, Rudi murmelt ganz komisch »na, was solls«, und Albert sieht mich mitleidig an. Irgendetwas ist passiert, und die Art, wie Mutter *Komm einmal mit* sagt, kann ich nicht genau einschätzen. Ist es ein *Komm einmal mit, du darfst dir eine Henkersmahlzeit aussuchen* oder ein *Komm einmal mit, leider müssen wir dich einschläfern lassen?*

»Komm, Gottfried. Geh!«, sagt Albert.

Ich folge Mutter nach draußen an den Gartenzaun. Ein frischer Wind raschelt durch die Bäume vor dem ockerfarbenen Haus, in dem die Semmlers wohnen. Am Horizont brauen sich schwarze Wolken zusammen. Es riecht nach Sommergewitter. Mutter und ich schauen zu den Bäumen. Endlich fängt sie an zu reden.

»Gottfried … der Filax ist gefallen.«

»Was? Ein Hund kann doch nicht gefallen sein!«

»Ich habe einen Brief bekommen, Gottfried. In dem stand, er ist in Belgien gefallen. Für Volk und Vaterland.«

»Aber das kann nicht sein! Wir haben doch gerade Paris eingenommen. Da können doch keine deutschen Hunde gestorben sein!«

»Vielleicht ist er über eine Mine gelaufen. Ich weiß es nicht. Wenn du meinst, es sterben keine Hunde oder Menschen, dann täuschst du dich. Ihr jungen Leute glaubt immer, beim Krieg geht es zu wie beim Geländespiel mit der Hitlerjugend, aber der Krieg ist etwas Ernstes, Gottfried. Etwas Schlimmes. Im Krieg sterben Menschen. Und Hunde erst recht.«

Hätte ich ihn doch versteckt. Wäre ich doch nicht mit ihm zu dieser verdammten Musterung gegangen.

Direkt nach Kriegsausbruch musste sich jeder melden, der einen größeren Hund hat. Auf einem Sandplatz in unserer Straße hatten drei uniformierte Männer vom Wehrbezirkskommando zwei Schreibtische aufgestellt. Dobermänner, Schäferhunde und Rottweiler beschnupperten sich und sabberten, nur Filax interessierte sich nicht für die anderen und blieb stumm an meiner Seite. Er sah zu mir hoch mit seinem fragenden Blick, der mir zeigte, wie sehr er mir vertraute, diesem Blick aus diesen ehrlichen Hundeaugen. Als wir an der Reihe waren, sollte ich ihm das Maul öffnen, und der Prüfer bückte sich und sah sich darin um wie ein Zahnarzt. Der andere Beamte hatte einen Stoffballen um den Arm gewickelt, stellte sich vor die Gruppe und zog eine Pistole aus der Innentasche seiner Jacke. Alle Hunde blieben still, nur Filax knurrte.

»Heben Sie lieber nicht den Arm, der wird wild«, warnte ich den Uniformierten.

»Da passiert nichts.«

Aber ich kenne meinen Hund. Filax ging auf ihn los. Erschrocken wich der Beamte zwei Schritte zurück und hielt ihm den eingewickelten Arm hin. Filax biss zu.

»Der ist aber lebendig! Halt ihn fest, Bub!«

Ich hielt ihn am Halsband. Der Prüfer gab einen Schuss in die Luft ab, ein Rottweiler zuckte zusammen und drei Hunde drehten sich mit eingezogenem Schwanz ängstlich um, nur Filax bellte aus voller Kehle.

»Der Mischling ist k.v.«, sagte er zu seinem Kollegen am Schreibtisch. Das bedeutet kriegsverwendungsfähig.

Am nächsten Tag luden sie ihn in einen Kastenwagen und verfrachteten ihn als Sanitätshund nach Polen. Im Mai bekamen wir ein Schreiben, sie hätten ihn nach Belgien versetzt. Das ist das Letzte, was ich von ihm gehört habe. Dort haben sie ihn wahrscheinlich getötet.

Ich lasse Mutter am Gartenzaun stehen und renne zur Scheune. Mit meiner ganzen Wut trete ich gegen die Tür, öffne sie mit einem Ruck und schnappe mir den Spaten. In der hintersten Ecke des Gartens, unter dem Schatten des Apfelbaumes, grabe ich ein Loch. Wie ein Irrer ramme ich den Spaten in die Erde, spucke auf den Boden und fluche auf den Krieg, auf die Belgier und Franzosen, auf den Musterungsbeamten, auf Gott und auf die ganze Welt. Als ich bis über die Knie in dem Loch stehe, stütze ich das Kinn auf den Griff des Spatens und schnaufe dreimal durch. Ich setze mich auf die Kante und halte mir die Hände vors Gesicht. Erdkruste klebt an ihnen. Ich weine. Blase Atem durch die Finger. Atme ein. Die Erde vermischt sich mit den Tränen zu einem moderig riechenden Öl. Mein Atem wird gleichmäßiger. Ich denke an Filax im Feld. Bestimmt hat jemand gepfiffen. Irgendein Soldat. Und Filax rannte los, weil er dachte, ich sei es gewesen, der gepfiffen hat. Er hat ja nur auf mich gehört. Ich hole meine Arbeitshandschuhe aus dem Haus, die Handschuhe, die Filax immer in seiner Schnauze zum Kellerabgang getragen hat. Ich werfe sie in das Loch.

Dann schaufele ich es zu.

*

Heiliger Abend 1940

Die Feuchtigkeit des schmelzenden Schnees auf der Innenseite meines Kragens lässt für einen Moment den Geruch in meinem Kopf entstehen, den Filax immer an sich hatte, wenn er von der regennassen Wiese hereinkam. Die Zeiger der Kirchturmuhr auf dem Neupfarrplatz stehen auf kurz vor neun. Der Wind ist rauer geworden. Ich grabe das Kinn unter den Kragen, beschleunige meine Schritte und biege ab in die Rote-Hahnen-Gasse. Unter dem Vordach des Mietshauses mit der aschgrauen, rissigen Fassade stelle ich mich unter und lese die Namensschilder auf den Briefkästen. Drei davon sind ohne, drei mit Namen. Ein Name lautet *Gold*. Das Schild haben sie noch nicht abgenommen. Was tue ich hier überhaupt? »Vergiss sie!«, rufe ich laut in die Nacht hinein. »Vergiss sie endlich!«

Juli 1940

Fritz ist ein echter Freund geworden. Wir gehen ins Kino, machen Radtouren an der Donau oder spazieren durch den Stadtpark. Mal schlendern wir stumm nebeneinander her, mal reden wir über die Arbeit. Fritz spricht mir Mut zu wegen Grimm und ich ihm wegen seiner Chefin. Oder wir reden von zu Hause. Es sind Gespräche unter Vertrauten, aber es sind Männergespräche. Kein Jammern, keine Weinerlichkeiten, und niemals würde ich zugeben, dass ich verliebt bin, doch an diesem flirrenden Hochsommerabend drohe ich zu zerplatzen. Morgen werde ich dieses Mädchen wieder sehen. Am liebsten möchte ich meine Gefühle an die Oberfläche schäumen lassen, meine Freude mit Fritz teilen, die Vorfreude auf morgen hinausposaunen. Ich behalte es für mich. Niemals und an niemanden darf ich ein Wort verlieren über die Golds, das habe ich der Chefin versprochen. Sie hat mich heute früh gefragt, ob es mir etwas ausmache, der jüdischen Familie wieder ein paar Würste vorbeizubringen. Nein, Frau Jentsch, im Gegenteil, habe ich beteuert, und sie hat mir mehr von den Golds erzählt. Herr Gold war ihr Chef, als sie noch als Lehrmädchen in einem Steuerbüro arbeitete, und jetzt erledigt er jedes Jahr ihre Steuererklärung. Früher war so etwas legal, aber seit 1936 sind Juden als Steuerhelfer verboten, und seitdem ist Herr Gold arbeitslos. Derartiges Zubrot wie diese Würste haben die Golds dringend nötig. Juden bekommen wesentlich weniger Lebensmittelmarken als wir Deutschen, sagt die Chefin, und Herr Gold kann seine Familie kaum noch ernähren. Mit Essbarem ist den Leuten am meisten geholfen, meint sie.

Ich spaziere mit Fritz über die Steinerne Brücke und versuche, mir das Gesicht des Mädchens vorzustellen. Ihre braunen Augen sind mir im Gedächtnis geblieben, zierlich ist sie, und etwas Magisches ging von ihr aus, etwas, das meinen Bauch aufwärmte wie Melissengeist. Nur ihr Gesicht fällt mir nicht ein.

Fritz reißt mich aus den Gedanken und erzählt von seinem Bruder Xaver. Xaver ist als Besatzungssoldat in Frankreich eingesetzt, und letztes Wochenende war er auf Urlaub daheim.

»Gottfried, du kannst dir gar nicht vorstellen, was der Xaver in Paris treibt! Das sind alles Huren dort! Wenn du da als deutscher Soldat in eine Bar kommst, hängen schon zwei Weiber an dir dran. Und die Wehrmacht, sagt er, hat Puffs eingerichtet für die Soldaten, und für ein bisschen Sold dürfen sie die Französinnen besteigen. Und essen, sagt er, tun sie jeden Tag Camembert und Fisch oder Fleisch, und als Nachspeise rauchen sie dicke Zigarren. Und Cognac saufen sie wie Wasser! Gottfried, wir zwei in Paris, das wärs doch!«

»Fritz … hast du schon einmal ein Mädchen geküsst?«

»Ja … beinah.«

»Mir würde eine gefallen. Aber was sagt man in so einem Fall?«

»Der Gottfried ist verliebt!«

»Red nicht so saudumm daher! Überleg dir lieber was.«

»Wer ist es?«

»Eine von den Krankenschwestern«, lüge ich.

»Ich weiß, was du machst!«

Fritz bekommt einen Lachanfall.

»Was denn?«

Er kriegt sich nicht mehr ein. »Ha! Ja! Ja, das ist es! Ha! Haha! Das ist es!«

»Sag schon, Kindskopf!«

»Du schneidest dir mit dem Schlachtermesser den Hintern blutig und lässt dich von ihr verbinden! Der Rest ergibt sich von selbst!«

»Blöder Hund.«

»Komm, gehen wir ein Eis essen«, sagt er, und das ist der beste Vorschlag seit Langem. In jeder Hinsicht!

Mit zitternden Knien stehe ich mit der Wursttasche am Arm vor der Wohnungstür der Golds. In diesem Zustand kann ich nicht anklopfen. Die Aufregung hat mich ohne Warnung überfallen, und sie ist töricht, denn wahrscheinlich kann sich das Mädchen gar nicht mehr an mich erinnern. Ich versuche, mich zu entspannen, rede mir ein, es sei ein ganz normales Mädchen, aber ihr Name blitzt wie ein Diamant in meinem Kopf. Elfi heißt sie, das habe ich nicht vergessen. Mein Herz hüpft. Ich kneife die Augen zusammen und klopfe. Die Tür öffnet sich langsam und still. Natürlich ist es Elfi, die Sanfte, und wäre die Tür schwungvoll geöffnet worden, hätte ich mir eingeredet: Natürlich ist es Elfi, die Lebensfrohe. Ihre dunkelbraunen Augen wandern von mir zu der Stofftasche und wieder zu mir. Sie hat ein Gesicht aus Wachs.

»Grüß dich, Gottfried.«

»Du hast dir meinen Namen gemerkt?«

»Ist ein schöner Name. Vor allem im Krieg.«

»Aber Gott bin ich keiner. Und Frieden kann ich auch nicht machen.«

Wir lächeln. Es ist einer dieser Momente, in denen die Zeit als Dimension entfällt, weil man nicht an das Ende des Augenblicks denkt. Kein Gestern, kein Morgen, kein heute Abend. Kein Treppenhaus. Nur Elfis Augen. Diese Augenblicke sind es, für die man lebt. Ihr Blick ermutigt mich, zu sagen, was ich mir vorgenommen habe.

»Aber ich kann etwas anderes«, sage ich.

»So? Was denn?«

»Dich auf ein Eis einladen!«

Sie strahlt, und ihr Gesicht färbt sich rosa. »Ja! Vanille und Erdbeer!«

August 1940

Der Chef ist auf Heimaturlaub da, und wenn es nach mir ginge, könnte er für immer bleiben. Seit er da ist, schlägt mich Grimm nicht mehr, hat einen Schafspelz über seine Rohheit gezogen. Normalerweise vergeht kaum eine Woche ohne Ohrfeige oder Hieb auf den Rücken, und meistens hat er einen dummen Vorwand, aber eigentlich schlägt er nur zu seinem Vergnügen. Vor dem Chef traut er sich das nicht, und ohne ihn bekommt er mich kaum zu greifen, denn Herr Jentsch ist ständig in der Wurstküche und arbeitet wie ein Tier. Auch die Chefin ist nicht mehr die Gleiche. Aus der starken Geschäftsfrau ist ein verliebtes Mädchen geworden. Mit ihrem Mann im Rücken kann sie endlich sie selbst sein, eine mädchenhafte Frau, die lieber mit den Angestellten lacht, als sie zu regieren. Das Delegieren überlässt sie ihm.

»Meine Chefin würde bestimmt gerne mal mit ihrem Mann zum Tanzen gehen«, sinniere ich, als ich mit Fritz im Stadtpark auf der Bank vor dem Springbrunnen sitze.

»Was ist das für einer, dein Chef?«

»Rotblonde Haare hat er und groß ist er. Mindestens eins neunzig ist der. Und ein prima Metzger. Der versteht sein Handwerk. Er hat mir gezeigt, wie man Weißwürste macht, richtig gut macht, und er lernt mir alles über die verschiedenen Gewürze. Und anpacken tut er auch, mein Lieber! Vor dem Chef haben alle Respekt. Und die Chefin schaut aus, als fielen Weihnachten und Ostern auf einen Tag.«

»So wie du, wenn du dich mit deiner Krankenschwester getroffen hast!«

Fritz habe ich in dem Glauben gelassen, ich hätte eine Krankenschwester als Freundin, so kann ich mit ihm über Elfi sprechen, ohne etwas über ihre Herkunft zu verraten. Zwei Mal in der Woche treffe ich mich mit ihr, und an den restlichen Abenden treffe ich mich mit Fritz.

»Morgen habe ich übrigens keine Zeit.«

»Verstehe, alter Casanova«, sagt Fritz und klatscht seine Hand auf meinen Oberschenkel.

Am nächsten Tag nach der Arbeit hole ich Elfi von zu Hause ab. Diesmal trägt sie ein rotes Kleid. Beim letzten Mal war es ein smaragdgrünes, und als wir zum ersten Mal Eisessen waren, hatte sie ein hellblaues an. Wir machen einen Spaziergang im Stadtwesten, schlendern entlang der Villen mit ihren Vorgärten, wo kunstvoll geschnittene Büsche Spalier stehen, steinerne Löwenköpfe auf Sockeln thronen und Zuchtrosen in Beeten wachsen.

»Komm Elfi, wir gehen in den Dörnbergpark und legen uns in die Sonne«, schlage ich vor.

»Gottfried, ich bin doch Jüdin.«

Ich kenne das Schild JUDEN UNERWÜNSCHT am Eingang des Parks, und auch die aufgepinselten Hinweise NUR FÜR ARIER auf den Bänken sind mir nicht neu, aber nachgedacht habe ich darüber noch nie.

»Das weiß doch keiner«, sage ich.

»Aber durch die Parks laufen SA-Männer und kontrollieren die Ausweise. Mir ist das zu gefährlich.«

»Komm, Elfi! Mehr als rauswerfen können sie uns nicht.«

Sie bleibt trotzig stehen und verschränkt die Arme vor der Brust.

»Willst du wissen, was ich glaube?«, faucht sie. »Ich glaube, du hast überhaupt keine Ahnung! Ein Cousin von meinem Vater sitzt im Gefängnis, nur weil er eine arische Freundin hatte. Und weißt du überhaupt, wie ich heiße?«

»Elfi Gold. Mach doch keine Witze.«

»Nein, Gottfried. Seit zwei Jahren heiße ich Sarah Elfriede Gold. Bei allen Behörden müssen jüdische Frauen den Namen Sarah angeben, und die Männer heißen Israel, damit jeder weiß, dass er uns behandeln kann wie den letzten Dreck! Vater darf seinen Beruf als Steuerberater nicht mehr ausüben und bekommt auch sonst keine Arbeit mehr. Und Auto fahren darf er auch nicht mehr. Sie haben allen Juden die Führerscheine weggenommen. An den Sonntagen sitzen wir nur noch in unserer finsteren Altstadtwohnung und spielen Mensch ärgere dich nicht. Nicht mal ein Radio dürfen wir haben. Ich darf keine Bibliothek betreten und nicht ins Theater gehen. Ins Kino auch nicht!«

Ihre Stimme wird heller. »Wenn ich ins Hallenbad zum Schwimmen will, hindert mich am Eingang ein Schild FÜR JUDEN STRENG VERBOTEN daran.«

Sie weint. Ich lege die Hand um ihre Schultern und sage nichts.

»Und du bekommst auch Probleme, Gottfried, wenn sie dich mit mir zusammen erwischen. Ich bin gefährlich für dich.«

Sie legt ihren Kopf an meine Brust. Ich umarme sie und streichle ihren Rücken.

»Elfi. Ich halte zu dir. Die können mir nicht vorschreiben, mit wem ich meine freie Zeit verbringen darf.«

»Aber sie tun es, Gottfried. Sie tun es!«

Sie sieht mich mit glasigen Augen an. Wie sie mich ansieht … mir wird schwindelig vor Glück. Wir sprechen über traurige Dinge, aber ich bin so froh darüber, dass ich sie in meinen Armen halten darf – in den Armen halten als *mein* Mädchen! Ich fühle mich stark genug für uns beide.

»Gottfried, ich habe Angst.«

Ich drücke sie fester an mich. Wir sehen uns tief in die Augen, unsere Lippen bewegen sich aufeinander zu und berühren sich für eine Sekunde. Sie schmiegt sich eng an mich.

»Ich bin doch da«, sage ich.

Zurück gehen wir Hand in Hand.

Oktober 1940

Heute bin ich alleine in der Wurstküche. Die Gesellen sind im Schlachthof, und ich mache Presssack. Dafür hole ich einen Schweinskopf aus dem Kühlhaus, weiche ihn in einer Schüssel mit kaltem Wasser auf, hole ihn heraus, fahre mit dem Rasiermesser vom Rüssel zu den Backen über die Augenpartien und tauche ihn wieder in das Wasser. Vor mir stehen plötzlich die beiden kleinen Jentschkinder und sehen mir mit offenen Mündern beim Arbeiten zu. Zum Spaß drehe ich den Saukopf mit dem Gesicht zu ihnen und wackle damit, als wäre es eine Puppe.

»Bäh!«, ruft der Fünfjährige, und seine kleine Schwester kichert. Blonde Locken kräuseln sich vor ihrer Stirn. Die blauen Augen hat sie von ihrem Vater, aber ihr Blick und ihre Bewegungen verkörpern die Chefin im Kleinformat. Sie wird einmal eine Schönheit. Vor lauter Dummheiten mit den Kindern bemerke ich die

Chefin gar nicht, die mich die ganze Zeit von der Tür aus beobachtet hat.

»Friedl, heute darfst du wieder in die Rote-Hahnen-Gasse liefern.«

»Das mache ich doch gern, Frau Jentsch.«

»Du magst die Tochter, gelt? Herr Gold hat es mir gesteckt, als ich ihn vorgestern getroffen habe.«

»Ja. Ein nettes Mädchen.«

Ich habe Angst, die Chefin könnte mir raten, mich nicht mehr mit Elfi in der Öffentlichkeit zu zeigen oder mir ganz verbieten, mich mit ihr zu treffen.

»Schön, dass du dich mit dem Mädchen abgibst«, sagt sie stattdessen, und mit einem Grinsen rasiere ich den Kopf fertig, werfe ihn in den Brühkessel und beobachte, wie er sich langsam von rosa nach grau färbt.

Ich bin mit meiner Arbeit fertig. Die Wurstküche blitzt. Jetzt noch zwei Gaststätten beliefern und dann zu Elfi. Ich bugsiere die Kiste mit der Wurst auf den Pritschenwagen und starte den Motor. Wie immer fahre ich ohne Führerschein. Einmal hat mich ein Polizist kontrolliert. Ich musste am Abend beim Revier vorbeikommen und den Schein vorzeigen, also nahm ich den von Helmuth und legte ihn dem Beamten auf die Theke. Er schluckte es, ohne das Foto anzusehen, und so fahre ich weiter illegal. Die Kiste klimpert, und es riecht nach dem blauen Dieselrauch, der sich im Nebel verflüchtigt. Tiefhängende, graue Wolken drohen mit Regen, aber in meiner Brust scheint die Sonne der Liebe. Ich habe Elfi seit sechs Tagen nicht mehr gesehen, sie fehlt mir, und ich rase durch die Straßen, als gäbe es kein Morgen. Stürmisch liefere ich bei den Küchenchefs der beiden Gaststätten die Ware ab. Jetzt schnell in meine Kammer zu Seife und Duftwasser, damit ich nicht nach Metzger stinke. Dann noch kurz bei Fritz vorbei, um ihm für heute abzusagen. Mit halb aufgeknöpftem Hemd und nassen Haaren steht er vor seiner Kammertür.

»Fritz! Heute geht es leider nicht.«

»Gehst wieder zu deiner Krankenschwester?«

»Ja. Bitte sei mir nicht böse.«

»Verstehe ich doch.«

»Danke. Bis morgen dann.«

Beim Gehen rufe ich ihm nach: »Und heute küsse ich sie!«

Als ich über den Haidplatz gehe, fängt es an zu regnen. Die Straßenbahn spritzt mir die Hose voll, und die roten Dächer glänzen feucht unter dem Grau des Himmels. Vor der Eisdiele räumt ein Kellner Stühle nach drinnen, aus einigen Fenstern scheint elektrisches Licht. Der Sommer ist endgültig vorbei. Ich will ins Trockene und zu Elfi.

Schon einmal haben wir einen Regentag zusammen in ihrem Zimmer verbracht. Wir saßen auf dem Kanapee und hörten klassische Musik. Unter unseren Füßen war ein roter Teppichboden, an den Wänden klebte eine dunkelrote Tapete mit grünen Längsstreifen, und auf einem dreibeinigen Tischchen stand ein Grammophon. Elfi liebt Klassik, hat Platten von Mozart, Beethoven und Komponisten, deren Namen ich mir nicht merken konnte. An dem Nachmittag hatten wir uns eng aneinander geschmiegt und der Musik gelauscht, dem Knistern der Schallplatte und den Regentropfen auf der Fensterscheibe.

Mit der Stofftasche laufe ich nach oben. Klopfe. Warte. Kämme meine nassen Haare mit den Fingern nach hinten. Lege ein Ohr an die Tür und horche. Nichts. Ich klopfe lauter. Fünfmal pocht mein Knöchel auf das Holz. Ich trete einen Schritt zurück. Erst jetzt fallen mir die beiden Löcher auf, wo zuvor das Messingschild mit der Aufschrift *Gold* hing. Noch einmal klopfe ich. Verzweifelter. Länger. Zu lange und immer weiter. Mir ist zum Schreien, aber ich bleibe stumm, hämmere wild mit der Faust gegen die Tür, bis eine feindselige Frauenstimme von oben ruft.

»Hören Sie sofort auf mit dem Krach! Die Juden wohnen hier nicht mehr!«

»Seit wann?«

Keine Antwort. Ich schieße die Stufen nach oben.

»Warum?«, rufe ich durch den Türspalt, der sich mit einem kalten Klacken schließt. »Warum!«

Keuchend platze ich mit der vollen Wursttasche in den Laden. Die Chefin sortiert Lebensmittelmarken, und das Pfannkuchengesicht wischt den Boden.

»Chefin! Haben Sie Zeit?«

Wir gehen in die Küche, und ich werfe die Tasche mit den Würsten auf die Anrichte. »Die Familie ist weg, Frau Jentsch! Einfach weg! So was gibt es doch nicht! Wie kann es so etwas geben?«

Frau Jentsch weiß auch keine Antwort. Sie telefoniert mit Behörden. Vier, fünf Telefonate sind es. Dann legt sie den Hörer auf die Gabel, lehnt sich zurück und blickt ins Leere. »Von niemandem eine anständige Auskunft. Die Wohnung wird für Deutsche benötigt, hat der Finanzbeamte gesagt, und er könne mir gerne den Termin für die Versteigerung des Besitzes mitteilen.«

»Wo gibt es so was, Frau Jentsch? Nicht mal die Stadt hat er genannt? Überhaupt nichts?«

»Ach Friedl. Was ist das nur für ein Land geworden?«

Heiliger Abend 1940

Durch einen Torbogen neben dem Metzgerladen gelangt man in das Hinterhaus. Hier, in einem ehemaligen Pferdestall, habe ich meine Schlafstube. Ein Bett, ein Schrank, ein Nachtkästchen. Auf dem Boden sind alte Teppichreste verlegt, grau und gelb und braun, und an der Wand haben sich drei graue Flächen gebildet, dort wo der Putz abgefallen ist. Sie sehen aus wie die Umrisse von Ländern auf einer Weltkarte, und ich nenne sie China, Deutschland und Italien. Oben im Winkel, einen Meter über China, sitzt eine gelbbraune Spinne. Sie hängt in ihrem Netz und blickt auf mich herab. Wie es aussieht, werde ich mit ihr alleine den Heiligen Abend verbringen. Eine Heizung gibt es nicht. Vielleicht sollte ich eine Kerze anzünden, um einen Schimmer von Weihnachten in mein Zimmer zu bekommen. In ihrem Schein könnte ich durch das Fenster dem Schnee beim Fallen zusehen. Ich krame in meinem Nachtkästchen herum. Eine Unterhose, ein paar Pfennige, ein Messer, ein Schraubenzieher, Zahncreme, aber keine Kerze. Jetzt ist es mir egal. Dank meines Kerzenmangels habe ich wenigstens einen Vorwand, die Damen im Wohnzimmer zu stören.

Ich stapfe über den Hof durch die Hintertür und steige die Treppe hinauf zur Wohnung der Chefin. Durch die Scheibe der Wohnzimmertür flackert das Licht der Christbaumkerzen. Frauengelächter. Schüchtern klopfe ich an.

»Frau Jentsch, entschuldigen Sie die Störung am Heiligen Abend, aber hätten Sie eine Kerze für mich?«

Die Chefin schlägt die Hände zusammen. »Friedl!«

Am Tisch sitzen die Chefin, Kindermädchen Franzi und Lehrmädchen Fanni, das Pfannkuchengesicht. Es riecht nach Tannenzweigen, und der Christbaum ist mit silbernen Kugeln und roten Kerzen geschmückt.

»Ja warum bist du denn nicht daheim am Heiligen Abend?«

»Hab nur den Zug verpasst. Gleich bin ich wieder weg. Brauche nur eine Kerze.«

»Das sieht dir gleich. Mit einer Kerze allein in deiner Kammer! Am Heiligen Abend!«

»Ihn schaut an!«, sagt sie zu den beiden Mädchen. »Wo wir doch froh sind, dass wir jetzt einen Mann bei uns haben.«

Der Pfannkuchen lacht laut, das Kindermädchen grinst still. Mein Blick fällt unweigerlich in das Dekolleté der Chefin. Sie trägt ein schwarzes Kleid mit Spitzen, die wie Blumen die weiße Haut ihres Busens garnieren.

»Jetzt zieh deinen Mantel aus und setz dich zu uns. Mettenwürste kriegst auch. Aber zuerst trinkst ein Glas Wein, du schaust so traurig!«

Ich setze mich neben Franzi. Auf dem Tisch stehen eine Schüssel mit Plätzchen, eine halbvolle Flasche Rotwein und drei Gläser. Die Chefin bringt ein viertes, schenkt mir ein, verschwindet und kommt zurück mit einem Brotkorb und einem Teller mit vier Pfälzer Würsten. Ich esse mit Genuss, und den Frauen scheint das zu gefallen. Nachdem ich gegessen habe, öffnet die Chefin die zweite Flasche Rotwein. »Der Friedl darf jetzt einmal trinken«, sagt sie beim Nachschenken. »Ist ja fleißig genug das ganze Jahr über. Sechs Mal in der Woche um ein Uhr aufstehen! Und dann noch zwei Mal in der Woche zur Hitlerjugend! Wie schaffst du das überhaupt, Friedl?«

»Das geht ganz gut«, sage ich grinsend. »Zu denen in Regensburg sage ich, ich gehe in Maxhütte in die HJ, und zu denen in Maxhütte ...« Schreiendes Gelächter unterbricht mich.

»Das ist mal ein gescheiter Bursche«, sagt der Pfannkuchen, und Kindermädchen Franzi lächelt mir zu. Franzi ist eine Schönheit mit hohen Wangenknochen und ernsten braunen Augen. Ich frage mich, ob ihr bewusst ist, wie gut alles an ihr harmoniert. Die Perlenkette hebt sich von ihrem dunkelroten Pullover in der gleichen Art ab wie die schneeweißen Zähne von ihrer hellbraunen

Haut. Dank der Kinder finde ich ein geeignetes Gesprächsthema für Franzi. Ich erzähle ihr, dass ich dem Jungen vor ein paar Wochen meinen alten Spielzeugbauernhof geschenkt habe.

»Von dir hat er den? Das ist sein Heiligtum!«, sagt sie, und wir reden über die Kinder.

Frau Jentsch öffnet die dritte Flasche. Es ist das erste Mal in meinem Leben, dass ich Alkohol trinke. Je später es wird, desto mehr reduziert sich mein Blickfeld. Bald wechselt es nur noch zwischen den Brüsten der Chefin, meinem Weinglas und Franzis Augen. Genau in dieser Reihenfolge.

»Es ist so schön, mit euch jungen Leuten Weihnachten zu feiern«, sagt die Chefin. »Prost!«

»Prost, Frau Jentsch!«

»Friedl, ab heute bin ich für dich die Irmi!«

Als sie die vierte Flasche öffnet, sehe ich schon doppelt. Mein Blick hat sich zwischen ihren Brüsten verheddert.

»Also die Plätzchen, Irmi, die kriegt nicht mal meine Mutter so gut hin, was kommt da alles rein?«, fragt der Pfannkuchen, und als ich ihn in meinem Rausch so ansehe, sprudelt es aus mir heraus.

»Also die besten Pfannkuchen, die macht meine Mutter. Mit Preiselbeeren!« lalle ich.

»Wie kommst du jetzt auf Pfannkuchen?« fragt Franzi.

»Einfach so.«

Später versuche ich nur noch, den auch nicht mehr nüchternen Damen zu erklären, wie klar ich noch denken kann, und dass es mir nur an der Aussprache und am Gleichgewicht mangelt, aber die Erklärungsversuche führen nur zu noch lauterem Gelächter. Weit nach Mitternacht torkele ich in meine Kammer.

5. Regensburg II

Juli 1941

Barfuß, in kurzen Hosen und Unterhemden sitzen Fritz und ich neben dem Domportal. Auf dem zwei Meter hohen Sockel lehnen wir mit den Rücken an der Säule, haben die nackten Beine ausgestreckt und beobachten die vorbeilaufenden Menschen unter unseren Füßen. Ein Handwerker im Blaumann trottet den Bürgersteig entlang, eine alte Frau zieht einen polternden Bollerwagen über das Kopfsteinpflaster, Radler überqueren den Platz, Motorräder brausen vorbei, und zweimal hält die Straßenbahn. Direkt unter uns flanieren drei Bürofrauen in Blusen und Faltenröcken mit Handtaschen in Richtung Altstadt und sehen kurz zu uns hoch. Gut möglich, dass sie uns für Brüder halten. Wir sind gleich groß, haben beide schwarze Locken und sind schlank, aber nicht schmächtig. Auch sonst sind wir wie Brüder.

Fritz fängt an zu reden. »Eigentlich geht es uns nicht schlecht, so als Lehrlinge, was, Gottfried?«

»Könnte schlechter sein.«

»Weißt du, früher habe ich immer meinen Bruder beneidet, aber bald ist das schöne Leben für ihn vorbei. Schluss mit L'amour und roten Strapsen. Nach Russland muss er. An die Ostfront. Aber wenn er Glück hat, ist er im August wieder zu Hause.«

»Wer sagt das?«

»Hörst du kein Radio? Die ganzen Sondermeldungen von den eroberten Städten. Minsk, Balistock, Grodno oder wie das alles heißt. Was die Wehrmacht anfasst, wird zum Blitzkrieg. Zack, rumms und Deckel drauf.«

»Unser Untermieter, der Rinner, sagt, wenn die Wehrmacht nicht bald weiter kommt und die Russen sich zurückziehen, dann wird es eng, weil wir dann nicht ans Getreide und ans Öl kommen. Er sagt, Getreide und Öl, das sind die wichtigsten Dinge im Krieg. Das Getreide für die Soldaten und das Öl für die Maschinen. Und der Rinner muss es wissen, der war Offizier im Weltkrieg.«

»So?«

Eine Papiertüte flattert ein Stück über dem Boden durch die Luft. Der Abendwind bringt Kühle, aber unsere steinige Unterlage hat die Hitze des Tages gespeichert.

»Mensch Fritz, das hab ich dir noch gar nicht erzählt! Was glaubst du, wie der Rinner dem Grimm eingeheizt hat!«

»Du meinst den Gesellen, der dich immer abwatscht?«

»Abgewatscht *hat*! Jetzt schaut er mich kaum noch an, und wenn er was braucht, sagt er schön brav Bitte. Als ich daheim erzählt habe, wie er mich schikaniert, ist der Rinner gleich am nächsten Tag mit dem Zug in die Stadt gefahren. Du hättest sehen müssen, wie er in unsere Wurstkuchl geplatzt ist! ›So, Gottfried, wer ist jetzt der Grimm?‹, hat er mich gefragt, und dann hat er ihn am Kragen gepackt und ihm gedroht. ›Rühr den Buben noch ein Mal an, Freund, noch ein Mal, dann dreh ich dich durch den Fleischwolf!‹, hat er zu ihm gesagt.«

»Und der Grimm hat sich nicht gewehrt?«

»Ach wo! Gegen den Rinner ist doch der Grimm ein Hampelmann. Erst hat er es abgestritten, aber als er gemerkt hat, er kommt nicht durch, hat er geschworen, dass nichts mehr vorkommt. Und bis jetzt ist nichts mehr vorgekommen.«

»Da kannst du froh sein, dass ihr so einen Untermieter habt. Aber was er über Russland sagt, gefällt mir gar nicht«, sagt Fritz und beobachtet nachdenklich die Tauben auf der Straße. Sie stelzen über das Kopfsteinpflaster, dann flattern sie wieder ein paar Meter weiter. Immer auf der Suche nach Nahrung.

Endlich ist Samstagnachmittag! Ich habe ein Zugabteil für mich alleine. Früh ist der Winter hereingebrochen in diesem Jahr, und draußen deckt die Dämmerung einen grauen Schleier über die verschneiten Felder. Angestrengt kämpfe ich gegen die Schwere meiner Augenlider an. Mein Körper verlangt nach Schlaf, ich fühle mich ausgebrannt.

Die letzten Wochen sind nicht leicht gewesen. Ich habe gearbeitet bis zur Erschöpfung. Jeden Tag stehe ich kurz nach Mitternacht auf und schüre den Kessel und das Leberkäsrohr, damit wir mit dem Wursten anfangen können, wenn die Gesellen da sind. Spätestens um halb acht muss die Ware im Laden zum Verkauf bereitstehen, um neun beliefere ich die Krankenhäuser, und ab Mittag arbeite ich in der Wurstküche weiter. Donnerstags, wenn warm gewurstet wird, brauchen wir kiloweise Fleisch für Presssack und Speckwurst, dann muss ich kleine Stücke von Gekochtem in Streifen schnipseln, in Schweinemägen füllen und nochmals kochen. An solchen Tagen komme ich meistens erst um sieben Uhr in meine Kammer und stehe fünf Stunden später wieder auf. Diesen Zustand des pausenlosen Schaffens verdanke ich dem Krieg. Erst wurde Grimm eingezogen, und ich freute mich darüber. Zum Abschied gab er mir die Hand, ich ging zum Waschbecken, rieb mir seine Bakterien mit Seife ab, und das Kapitel Grimm fand einen runden Schluss. Es dauerte nicht lange, dann riefen sie den Sepp zu den Waffen, und seitdem müssen Helmuth und ich die ganze Arbeit zu zweit bewältigen.

Mit halboffenen Augen, eingelullt von dem monotonen Rauschen der Räder auf den Schienen, denke ich an das bevorstehende Wochenende. An Mutter in der Küche, wie sie Suppe in die Teller schöpft, an die unbeschreibliche Duftmischung aus Kartoffelsuppe und Reiberdatschenfett, an Albert und Rudi, wie sie gierig auf das Essen warten und an Rinner, wie er jeden Teller nimmt und unter die Kelle hält und jedem zweimal einen guten Appetit wünscht, erst beim Eingießen, und dann noch einmal vor dem Essen. Einen Guten, Rudi. Einen Guten, Albert. Gottfried, guten Appetit. Anna, das duftet aber herrlich, lasst es euch schmecken, Buben. Rinner gehört schon richtig zur Familie. Er hilft beim Schneeräumen, hackt Holz, repariert und bastelt. Jeden Abend sitzt er mit Mutter in der Küche. Ohne Rinner kann ich mir die Mutter gar nicht mehr vorstellen, und er ist für alle eine Bereicherung. Dafür fehlt neben Bina jetzt auch Hans. Im Osten des aufgeblähten Reiches fehlte es an Elektrikern, und die Eisenbahn hat meinen ältesten Bruder nach Mies in Westböhmen versetzt.

Von meiner Familie wandern meine Gedanken zu Elfi. Durch ein neues Gesetz der Nazis muss ich wieder öfter an sie denken, genau genommen seit zwei Monaten, und immer dann, wenn mir auf der Straße ein Mensch über den Weg läuft mit einem gelben Stern auf der Brust, auf dem das Wort *Jude* steht. Um Elfis Bild deutlicher in meinem Kopf erscheinen zu lassen, schließe ich die Augen. Schlafe ein.

Im Traum sitze ich mit meiner Familie in der Küche. Plötzlich kommt Elfi ins Zimmer. Auf ihrer Brust leuchtet gelb der Judenstern, und in ihrer Hand hält sie die Stofftasche, die ich in der Hand gehalten habe, wenn ich den Golds Würste gebracht habe, und die an meinem Arm hing, als ich an ihre Tür geschlagen habe und niemand mehr da war. Sie lacht, schüttelt fröhlich ein paar Judensterne auf den Tisch und klebt jedem von uns einen auf die

Brust. So gelb wie die Stoffsterne sind, so heiter ist unsere Stimmung. Wir lachen und freuen uns über das Geschenk, als sei es der neueste Schmuck, aber es fällt kein klares Wort, wie es eben in Träumen manchmal ist. Schnitt. Ich bin in meinem Traum auf der Straße, unter Menschen. Bis auf wenige Ausnahmen trägt jeder einen Stern. Auf einer Tribüne steht Adolf Hitler und hält eine mitreißende Rede. An seiner Uniform klebt auch ein Judenstern. Jeder Deutsche, ob klein oder groß, müsse ab sofort einen Judenstern tragen, predigt er. Plötzlich trage ich als einziger Mensch keinen. Die Leute gaffen mich an, als wäre ich nackt, und so fühle ich mich auch. Mein Traum entwickelt sich zum Angsttraum. Zwei Gestapomänner greifen mich auf und sperren mich in ein dunkles Kellerloch. Ich bin alleine in dem Loch, ohne einen Funken Licht, ich rufe um Hilfe, und plötzlich sitzt Elfi neben mir. Auch sie trägt keinen Stern. Wir umarmen und küssen uns, glücklich, wieder vereint zu sein, bis eine tiefe Männerstimme von oben her ruft: Endstation! Das ist die Endstation! Wir gehen zusammen in den Tod, sagt Elfi. Endstation! Dann höre ich nur noch die Stimme des Mannes.

Jemand berührt meine Schulter. »Junger Mann! Wachen Sie auf. Endstation! Weiter fährt der Zug nicht.«

Ich bin bis nach Hof gefahren. Zum Glück gibt es heute noch eine Verbindung nach Maxhütte, und um acht Uhr bin ich endlich zu Hause.

»Gottfried, wo bleibst du!«, begrüßt mich Rudi. »Heute ist doch die HJ-Versammlung!«

Daran habe ich nicht mehr gedacht. Morgen jährt sich der gescheiterte Hitlerputsch zum achtzehnten Mal, und zu Ehren der Opfer versammelt sich unsere gesamte Gefolgschaft im HJ-Heim. Albert und Rudi haben auf mich gewartet, und wir werden zu spät kommen. Ich begrüße kurz Mutter und Rinner, hole eilig ein sauberes Hemd aus dem Schrank und marschiere mit den Brüdern zum Heim. Vierzig Hitlerjungen, die meisten in Zivil, scherzen, trinken Brause und spielen Karten. Rudi will eine Zigarette rauchen, und Albert und ich begleiten ihn vor das Haus. Es ist kurz vor elf und es schneit, und wir haben uns beim Dachvorsprung untergestellt. Mit Gewalt halte ich die Augen offen. Rudi lehnt krumm an der Wand, Albert erzählt irgendetwas über Schnapsbrennen, und vor uns stolziert Semmler in Uniform und glänzenden Schaftstiefeln auf und ab, als hätte er den Befehl erhalten, den Schnee platt zu treten. Semmler hat sich inzwischen zum Scharführer bei der Hitlerjugend hochgedient. Er spielt den tapferen Nazi, aber ich kenne ihn zu gut und weiß, dass sich hinter der Fassade ein weinerlicher Bubi versteckt.

»Friert dich nicht, Semmler? Bei der Kälte, im Hemdchen?«, spöttelt Rudi.

Scheinbar unbeeindruckt stelzt er auf uns zu, das Kinn wie ein Pfau in die Höhe gereckt. »Burschen, alles klar bei euch?« Er versucht, wie ein alter Hase zu klingen, der sich mit grünen Pimpfen unterhält. »Morgen früh um sieben Uhr Treffpunkt Hüttenschänke! Brandblätter sammeln! Der Tommy hat heute Nachmittag welche abgeworfen. Wenn wir alle zusammenhelfen, sind wir bis Mittag fertig, Burschen!«

»Meinst, der Schnee fängt sonst Feuer?« frotzelt Rudi.

Die vergrößerten Augen wandern unruhig hinter den dicken Brillengläsern umher. Semmler fühlt sich angegriffen. »Wenn sie trocken werden, können sie sich jederzeit entflammen. Brandblätter sind aus weißem Phosphor!« Er sieht uns fast bittend an, als wolle er eine Anerkennung für die lehrreichen Worte. Wir sagen nichts.

»Wir sehen uns Punkt sieben Uhr vor der Hüttenschänke!«, sagt er abschließend.

»Ich muss morgen ausschlafen«, sage ich.

»Nein, Gottfried. Die Teilnahme an Veranstaltungen der Hitlerjugend ist Pflicht!«

»Der Gottfried kommt nicht«, sagt Albert.

»Es gibt keine Sonderregelung für Metzger«, antwortet Semmler.

Lässig wie ein Cowboy zertritt Rudi seine Zigarette auf dem plattgedrückten Schnee, tritt dicht an Semmler heran und stupst ihn an die Brust, so dass der Nachbarsjunge einen halben Schritt nach hinten taumelt. »Hör auf!« ruft er.

Rudi packt ihn an seinem braunen Kragen. Nervös streckt Semmler die Hände aus, um ihn wegzudrücken.

»Albert, halt ihn fest!«

Albert ist der Angriff zuwider, er will doch immer mit jedem gut auskommen. Halbherzig greift er unter Semmlers Arme, als verrichte er eine lästige Arbeit. Semmler, eingeschüchtert und gar nicht mehr Scharführer, lässt es mit sich geschehen. Sein Kopf färbt sich rot. Rudis Augen durchbohren ihn. Semmlers Lippen verkrampfen sich. Er kämpft mit den Tränen.

»Freundchen, Freundchen!«, sagt Rudi, und kickt ihm die Faust in den Bauch. Nicht brutal, eher vorsichtig, aber es reicht, um bei Semmler Panik auszulösen.

»Lass mich! Lass mich gehen!«, kreischt er wie ein hilfloses Kind.

Albert steht aufrecht hinter ihm und hält seine Hände fest.

»Gut, Semmler«, sagt Rudi. »Wenn du nicht abgewatscht werden willst, wie du es in deinem ganzen Leben nicht mehr vergisst, dann hör mir jetzt gut zu.« Er führt die Hand an Semmlers Hals und drückt ihm den Kopf nach hinten. Semmler wimmert leise. »Du wirst unseren Bruder in Ruhe lassen. Er steht jeden Tag um ein Uhr auf, sechs Tage in der Woche. Und am Sonntag, wenn er ausschlafen kann, kämst du daher und würdest verlangen, dass er im Wald rumrennt und Brandblätter aufsammelt. Mein Bruder bleibt morgen liegen, und wenn er will, dann bis Nachmittag um fünf. Wenn dir das nicht passt, hol ich dich jede Nacht um ein Uhr aus dem Bett, und bestimmt nicht mit dem Wecker. Haben wir uns verstanden?«

Semmler nickt. Rudi lässt ihn los, und Albert klopft ihm kumpelhaft auf die Schulter, als wolle er sich entschuldigen. Dann schleicht Semmler nach Hause, ohne sich von den anderen Kameraden zu verabschieden. Niemand soll die feuchten Augen hinter der dicken Hornbrille entdecken.

März 1942

Sie wollen die Chefin ins Zuchthaus sperren. Vor zwei Monaten hat sie ihre kleine Tochter verloren. Woran das Kind gestorben ist, weiß ich nicht, und ich habe auch nie danach gefragt. Das Lehrmädchen sagte mir eines Morgens nur, das Kind sei gestorben und die Chefin sei in München, um es zu beerdigen.

Seit dem Tod ihrer Tochter betäubt sie sich mit sinnloser Arbeit. Sie putzt jeden Abend die Ladentheke und die Wurstküche, wischt den Boden nach, und als ich einmal von meiner Kammer nach Feierabend in die Stadt aufgebrochen bin, habe ich sie von draußen durch das Fenster beim Messerwetzen beobachtet. Der Pfannkuchen hält den Laden immer sauber und ich die Wurstküche, und die Messer wetzt Helmuth jeden Morgen, aber wie mir scheint, kann die Chefin die Stille und das Nichtstun nicht mehr ertragen. Oft steht sie bei mir am Arbeitstisch, um mir zu helfen. Mechanisch werkelt sie, als sei jeder Handgriff ein Manöver gegen die Trauerstarre, und sie spricht nur noch das Nötigste.

Draußen erwacht die Natur aus dem Winterschlaf, und in der Metzgerei Jentsch geht alles zu Ende. Sie erzählt es mir, als wir zusammen am Kutter stehen. »Friedl, du musst dir eine neue Arbeit suchen.«

Ungläubig sehe ich zu, wie sie die Schachtel mit Rosmarin zur Seite stellt und ihre Hände an der Schürze abwischt. »Irmi, warum?«

»In zwei Wochen muss ich ins Gefängnis. Die Gestapo hat erfahren, dass ich einem Soldaten ohne Lebensmittelmarken was verkauft habe … und die Nazis haben ein Gesetz, nach dem man dafür drei Monate ins Zuchthaus muss.« Sie schmunzelt verächtlich, so wie man über die ungezogenen Kinder anderer Leute schmunzelt. »Das Geschäft kann ich zusperren, Friedl. Wir müssen nächste Woche alle Vorräte aufbrauchen.«

Ich kann ihr wachsendes Unglück nicht ertragen. »Ich setz mich für dich rein.«

Es ist mein Ernst, am liebsten würde ich die Strafe für sie absitzen.

»Das würdest du für mich tun?«

Ich nicke. Sie bricht in Tränen aus und drückt mich fest an sich.

Der Laden ist seit drei Tagen geschlossen, und ich will mich von der Chefin verabschieden. Wir sitzen in der Küche. Sie sagt, sie will nach ihrer Haft nach München gehen zu ihren Eltern und sich dort eine Bürostelle suchen. Vor mir steht eine Tasse mit schwarzem Tee.

»Es bricht mir das Herz, dass du wegen mir deine Arbeit verloren hast, Friedl«, sagt sie.

Und der kleine Bub auf ihrem Schoß blickt mich mit unschuldigen Augen an.

6. Maxhütte

Mai 1942

Kohle ist wichtig in diesen Zeiten. Die Loks werden damit geheizt, und die Züge sind es, die für den Nachschub an der Front sorgen. Auch das Benzin wird neuerdings aus Kohle hergestellt, denn das Erdöl ist knapp. Im Süden von Maxhütte stehen die *Oberpfälzischen Braunkohlewerke*. Sie gelten als kriegswichtiger Betrieb, und wer hier arbeitet, hat gute Karten, nicht eingezogen zu werden. Das Fleisch und die Wurst für die Arbeiter des Braunkohlewerkes liefert der Metzgerwirt Josef Wanninger. Damit ist auch er aus dem Schneider. Wanninger ist Anfang vierzig und hat die letzten beiden Wochen des ersten Weltkrieges als junger Soldat im Schützengraben erlebt. Er wurde nicht verletzt, und trotzdem haben die zwei Wochen gereicht, ihm die Lust auf das Soldatenleben für alle Zeiten zu verderben. Der Direktor des Braunkohlewerkes macht seinen Einfluss geltend, damit Wanninger nicht in den Krieg muss, aber bei seinen Gesellen konnte auch er nichts machen. Sie wurden eingezogen, und der Meister brauchte dringend Ersatz. Ich suchte eine Metzgerei, in der ich meine Lehre fertig machen konnte, und so wurde Wanninger im April 1942 mein neuer Chef. Er ist Metzgermeister, Prüfer, Geschäftsmann, Wirt, Kartenspieler und Biertrinker in einer Person.

Wanninger ist viel mit seinem dunkelgrünen Opel P4 unterwegs zu den Bauern, Brauereien, Gaststätten oder zur Handwerkskammer, und ich bin die meiste Zeit alleine mit einem frisch ausgeschulten Lehrling und einem Berg Arbeit. Eines aber lässt Wanninger sich nicht nehmen: das Weißwurstmachen. Weißwürste sind

Chefsache, und an diesem Morgen ist es wieder so weit. Der Lehrling hat Berufsschule, und ich bin mit Wanninger alleine in der Wurstküche.

Der Fleischwolf rattert. Wanninger stopft Kalbfleisch hinein, und ich lege Brennholz in den Ofen unter dem Wasserkessel. Das Gehackte gibt Wanninger in den Kutter. Die Sichelmesser rotieren und häckseln es zu Brei, Wanninger streut Gewürze dazu und probiert von der Masse. »Da brauchst ein ganz ein feines Gespür«, sagt er. »Auf der Zunge musst es spüren beim Abschmecken, was für Gewürze fehlen. Erfahrung brauchst, Bub!«

Ich merke, dass er es mir nicht zutraut. Er würde mich nie freiwillig heranlassen. Aber heute läuft es anders.

»Josef! Josef!«, schreit seine pausbäckige Frau vom Hausgang her über das Dröhnen der Maschinen hinweg.

»Was ist denn?«

»Der Obermeister Braun von der Handwerkskammer hat angerufen. Sollst sofort nach Schwandorf fahren, weils eine Aufsicht brauchen für die Zwischenprüfung!«

Wanninger spreizt die brätbeklumpten Hände von sich und fängt an zu schimpfen. »Herrschaftszeiten! Jetzt kommt der daher! Jetzt, wo i grad angfangen hab!« Er schüttelt den Kopf. »Jetzt steh i da!« Stampft zum Waschbecken. »Walburga, dreh mir das Wasser auf.« Schüttelt nochmals den Kopf, trocknet sich die Hände und kommt zu mir an den Kessel. »Weißwürst, Gottfried?«

Ich gehe in die Hocke und schließe die Ofenklappe.

»Traust dir das zu?«

»Gehen Sie nur, Herr Wanninger, ich mach das schon.«

»Ja … dann probierst es halt … ja … i fahr dann …«

Nervös hampelt er aus der Wurstküche, und zwei Minuten später setzt sich draußen der Motor seines P4 in Gang. Es hat mich von Anfang an gewurmt, dass Wanninger glaubt, ich könne keine

Weißwürste machen, und heute will ich es ihm zeigen. Ich hole Schweinespeck und Schwarte aus dem Kühlraum und gebe es zu dem Kalbsbrät im Kutter. Das muss reichen – Wanninger nimmt immer zu viel Schweinefleisch. Ich gebe fünf geschälte Zwiebeln, frische Petersilie aus dem Garten und Weißwurstgewürz dazu. Der Elektromotor brummt, die Messer häckseln. Jetzt noch Zitronenschale! Wanninger nimmt nie Zitronenschale, aber sie gehört unbedingt in die Weißwurst, das hat mir der Chef in Regensburg beigebracht, und ich hole aus der Wirtsstube eine Zitrone, raspele die Schale in den Kutter und gebe kaltes Wasser zu. Dann stülpe ich die Ärmel zurück und mische das Brät mit den Händen durch. In meine Nase steigt die Würze. Ich probiere, gebe noch Weißwurstgewürz zu, schmecke ab und schütte das Brät in eine Wanne, die ich zur Füllmaschine trage. Das Brät kommt oben in den Zylinder, ein Schweinedarm an das Füllrohr, ich drehe an der Handkurbel, und unten kommen die Würste heraus. Alle fünfzehn Zentimeter binde ich ab, und als nach einer knappen Stunde alles durchgelaufen ist, werfe ich die rohen Weißen in den Kessel mit dem achtzig Grad heißen Wasser zum Brühen.

Es dauert nicht lange, bis Wanningers dreiundzwanzig Pferdestärken angerattert kommen. Ich wische die letzten Spritzer vom Schneidetisch, und die Wurstküche blitzt in Edelstahl. Ein süßlicher Dampf steigt vom Kessel auf. Aufgeregt braust der Meister herein.

»Servus Gottfried! Was ich mitmach, Bub, was ich mitmach! Da waren Lehrlinge bei der Prüfung! Also Lehrlinge waren das ... die dürft man nicht mal an den Fleischwolf lassen. Eine Schand! Eine Schand für unsern Beruf!« Er atmet schwer. »Was ist mit den Weißwürschten, Gottfried? Sinds Weißwürscht?«

Krapfen sind es keine, denke ich, und deute mit einem Kopfnicken zu dem Kessel. »Sie können schon eine probieren.«

Mit einer zweizackigen Gabel sticht er in die Brühe und spießt eine Wurst auf. Er schneidet die Hälfte herunter, pustet hastig daran und löst das Brät mit den Zähnen heraus. Mit großen Augen kaut er und kaut, sagt kein Wort und schießt aus der Wurstküche, ohne die Tür hinter sich zu schließen. Vom Hausgang her hallen seine Schritte. Ich weiß nicht, was ich davon halten soll und blicke auf die halbe Wurst, die zwischen den Ganzen im Kessel schwimmt. Wanninger scheint an den Unterton der Zitrone nicht gewöhnt zu sein, denke ich, und jetzt stört ihn etwas am Geschmack, weil er es nicht kennt. Gerade will ich von der halben Wurst aus dem Kessel probieren, als die Aushilfsköchin in der Tür steht. »Sollst sofort in die Wirtsstube kommen zum Chef!«

Schnell probiere ich noch ein Stück von der heißen Weißwurst und presse zischend kühle Luft durch die Zähne. Tadellos, für meinen Geschmack. Ich binde die Schürze ab, wasche mir die Hände und laufe über den Hof zum Wirtshaus. Die Sonne blendet mich. Soll der Alte sagen, was er will, den Tag lasse ich mir von ihm nicht verderben. Auf dem kühlen Gang trabt er mir aufgeregt entgegen, breitet die Arme aus und lacht. »Dreh um Gottfried, dreh um! Hol einen Kranz Weißwürscht und setz dich zu uns in die Wirtskuchl! Wir machen anständig Brotzeit!«

Wir essen Weißwürste mit Brezen. Die beiden Köchinnen, Wanningers Frau und ich haben auf der Eckbank Platz genommen, und am Kopfende sitzt Wanninger, der sich dazu eine Maß Bier hat einschenken lassen. Er kaut und mampft und schluckt sein Bier.

»Der Gottfried«, sagt er mit vollem Mund, »der Gottfried macht ab jetzt immer die Weißwürscht. Gottfried …« Er steckt sich das nächste Stück hinein. Mampft. »Sag einmal … mh … wo hast du das so gut gelernt?«

Und ich erzähle von der Metzgerei Jentsch und wie selbstständig ich dort gearbeitet habe, und von der Masse an Würsten, die wir an die Krankenhäuser geliefert haben, und Wanninger sagt, von nun an sei ich der Chef in der Wurstküche.

Der jüngere Lehrbub wird »mein Lehrling«, und ich erziehe ihn zu Sauberkeit, denn Unordnung kann ich nicht leiden. Mit ihm teile ich ein Zimmer im zweiten Stock über dem Wirtshaus. Wir schnarchen uns die Anstrengung aus den Gliedern, während Wanninger unten im Dunst von Bier, Rauch, Fett und Arbeiterschweiß bis Mitternacht Karten spielt. Meine Tage beginnen zwischen drei und fünf Uhr am Morgen, wenn es noch stockfinster ist, und sie enden in den Abendstunden zwischen sieben und neun, das hängt vom Betrieb im Wirtshaus ab. Geht am frühen Abend der Leberkäs aus, muss ich neuen machen, egal wie lange es dauert. Nach Hause hätte ich es nicht weit, aber schlafen kann ich auch bei Wanninger, zumal in meinem Lohn Kost und Logis enthalten sind. Ich stehe ihm rund um die Uhr zur Verfügung. Mein Leben besteht aus Arbeiten und Sonntagen. Das ist alles.

Meine Woche beginnt am Montag früh um drei mit einem Marsch nach Kallmünz zu dem Bauern, bei dem Wanninger sein Vieh kauft. Zwei Stunden dauert die Wanderung durch die Dunkelheit, wenn ich zwischen den Waldstücken, Feldern und Wegen nicht die Orientierung verliere. Auf dem Rückweg mit dem Vieh brauche ich mindestens vier oder fünf Stunden, das hängt von der Sturheit der Rinder ab, und bei Kälte oder Sturm bin ich heilfroh, wenn ich zurück bin.

Am Dienstag wird geschlachtet. Das Schlachthaus ist hinter der Wurstküche, und es riecht streng nach den Säften der abgestochenen Tiere. Weiße Fliesen mit roten und dunkelgelben Sprenkeln von trockenem Blut, schwarz gefliester Boden, zwei Gitter für den Kanalabfluss, ein aufgerollter Wasserschlauch, eine Elektrisierzange, ein Brühkessel, große und kleine Schüsseln, eine Blechwanne, ein Kessel für das Blut und Messer, Messer, Messer.

Ich will beschreiben, wie das Schlachten abläuft: Zuerst töten wir das Schwein. Mit dem Schussapparat. Ich halte der Sau die Pistole an die Stirn und drücke ab. Sie fällt auf die schwarzen Fliesen und streckt alle viere von sich. Zum Blutablassen hält der Lehrling die Schüssel an den Hals der Sau, und ich drücke mein linkes Knie auf ihren Rumpf. Das rechte lege ich unter ihren Rüssel und drücke ihr den Kopf zur Seite, um den Hals frei zu legen. Mit einem spitzen Messer steche ich in die Halsschlagader. Das Blut spritzt in die Schüssel, dann fließt es, und immer wenn die Schüssel voll ist, schüttet der Lehrling das Blut in einen Eimer. In dem Eimer rührt er so lange mit einem Holzstab um, bis an der Oberfläche Schaum entsteht, damit es nicht stockt. Während er das Blut rührt, es salzt und in das Kühlhaus stellt, spritze ich den blutleeren Körper mit kaltem Wasser ab und bestreue ihn mit Pechpulver. Ich verreibe es mit der Hand, damit die Borsten verkleben. Dann liegt die Sau flach auf dem Boden, dreckig schwarz von dem Pech. Zusammen rollen wir sie in einen Blechtrog und schütten kochendes Wasser darüber. Die Borsten weichen auf, und ich reibe sie mit der Kette von der Haut. Blonde Haare fliegen durch die Luft, bleiben am Rand der Wanne hängen und mischen sich mit den schwarzen Haaren auf meinem Handrücken. Es riecht nach Pech, Harz und toter Sau. Von der Wanne kommt sie auf einen Tisch, und ich rasiere die letzten Borstenreste von der Haut. Dann folgt der schwierigste Teil. Das Häuten. Erst vor ein paar Monaten ist es für alle deutschen Metzger zur Pflicht geworden. Die Ostfront hat sich auf zweitausend Kilometer ausgedehnt, die Versorgung stößt an ihre Grenzen, und die Soldaten brauchen Stiefel. Stiefel werden aus Leder gefertigt, und Leder gewinnt man aus Tierhäuten, deshalb gibt es jetzt ein Gesetz, wonach die Metzger die Tiere häuten und die Haut zum Gerben abliefern müssen. Mit einem feinen Messer muss ich die Haut am Rücken vom Fleisch lösen, bis ich sie wie einen Regenmantel abnehmen und ins Kühlhaus legen kann. An einem Seil ziehen wir dann die enthäutete Sau hoch und hängen sie mit den beiden Hinterläufen an zwei Haken. An der Bauchseite schneide ich sie vom Schambein bis zum Hals auf. Die Innereien plumpsen aus dem Bauch. Ein weiteres Produkt. Lunge oder Leber werden so verkauft, wie sie aus dem Schwein kommen; Nieren, Därme und Milz verarbeiten wir zu Wurst. Den leeren Körper trenne ich am Rückgrat entlang in zwei Hälften, und die Hälften lagern wir im Kühlhaus.

Am Mittwoch zerlegen wir das Fleisch. Die hinteren Teile wolfen und kuttern wir zu Brät und geben Pökelsalz zu, so bleibt es im Kühlhaus zwei Tage frisch.

Der Donnerstag ist Warmwursttag. Schweinsköpfe, Bauch und andere Teile werden gekocht, zerkleinert und zu Presssack, Leberwurst oder Speckwurst verarbeitet, und am Freitag, dem Kaltwursttag, verarbeiten wir das Brät aus dem Kühlhaus. Je nach Gewürzen, Dauer des Kutterns, Verhältnis von Schweinefleisch und Rindfleisch und Dauer des Räucherns entstehen Lyoner, Regensburger, Wiener, Bratwürste oder Fleischwurst.

So geht es Woche für Woche, und erst am späten Samstagnachmittag sehe ich Mutter, Albert und Rinner. Rudi sehe ich nicht. Der ist seit April Soldat. Er hat sich freiwillig gemeldet, und jetzt sitzt er in der Wanne irgendeines Panzers in Rumänien. Rudi hasst die Arbeit in der Maxhütte, und den Krieg stellt er sich vor wie ein Wildwestabenteuer in einem Karl-May-Roman. Ich denke, er sieht die Sache zu euphorisch, aber um die Arbeit im Eisenwerk habe ich ihn auch nicht beneidet.

Herbst 1942

In der zweiten Jahreshälfte höre ich nur noch Siegesmeldungen aus der Ostfront und Nachrichten von gefallenen Soldaten aus Maxhütte, Burglengenfeld und Teublitz. Viele von ihnen habe ich gekannt.

Die Briten greifen jetzt immer öfter und mit geballter Kraft aus der Luft an. Auf dem Land ist man sicher, aber in Maxhütte bekommen es die Menschen mit der Angst zu tun. Bei der Kirche haben sie eine Kanone aufgestellt, um das Eisenwerk im Ernstfall zu verteidigen.

Januar 1943

Mutter heißt jetzt Rinner. Rinner ist der einzige Mensch, den ich kenne, der geschieden ist. Seine erste Frau sei hysterisch gewesen, hat er erzählt, und Haare hatte sie auf den Zähnen, und da man nur einmal lebe, hätte er sich damals von ihr scheiden lassen. Mit Mutter kann er sich nur verbessern, und ich freue mich für die beiden. Im August haben sie Hochzeit gefeiert, im kleinen Kreis, und ich kam im Metzgerkittel auf ein Stück Torte und ein Glas Bowle vorbei. Zwei Tanten und ein Onkel waren da und zwei Nachbarinnen. Rinner hat keine Angehörigen, außer einem Sohn, der sich nur blicken lässt, wenn er Geld braucht. Ich bin das einzige von Mutters Kindern, das kommen konnte. Die Zeiten haben sich geändert.

Einen Tag nach Neujahr kommt Wanninger mit einem Blatt Papier in die Wurstküche, und gleich denke ich an die Einladung für meine Gesellenprüfung, die ich ungeduldig erwarte. Er setzt sich an den kleinen Tisch und steckt den Kopf in das Schreiben, als hätte er es nicht längst gelesen. »Du, Gottfried. Die Kammer hat mir geschrieben.« Er sagt es wie beiläufig. »Zur Prüfung wollens dich nicht zulassen. Das erste Jahr war das Landjahr, schreiben sie.«

Offiziell mögen die Herren von der Kammer im Recht sein, aber ich habe in den letzten drei Jahren nichts anderes getrieben, als von morgens bis abends zu metzgern, und auf keinen Fall werde ich ein viertes Jahr als Lehrling schuften für eine warme Mahlzeit am Tag, ein Bett und ein kleines Taschengeld. Ich trockne meine fettigen Hände an einem Lappen und baue mich mit verschränkten Armen vor Wanninger auf. Ich kneife die Brauen zusammen. Vor Wut könnte ich heulen.

»Dann geben Sie mir meine Papiere!«

»Gottfried, sei doch gescheit. Wennsd einfach aufhörst, war doch alles gar umsonst!«

»Das ist mir gleich! Ein viertes Jahr lerne ich nicht! Morgen bin ich weg!«

Wanninger kann mich nicht entbehren. Nicht morgen und nicht übermorgen. Er sieht mich mit weit aufgerissenen Augen an, als bete er zu mir. »Gottfried, ich brauch dich doch! Schau her, gleich morgen früh fahr ich in die Handwerkskammer und red mit den Herrschaften. Das kriegen wir schon hin, du brauchst dich um nichts zu kümmern.«

Er hat es geschafft, die Leute von der Kammer umzustimmen. Wie er es gemacht hat, weiß ich nicht, aber sein weibisches Mundwerk und seine Beziehungen als Prüfer werden geholfen haben — schließlich ging es um seinen eigenen Vorteil.

Am zweiundzwanzigsten Januar 1943 stehe ich als einer von fünf Lehrlingen mit fünf Prüfern, zwei Kälbern und drei Schweinen im Schwandorfer Schlachthof. Eine kleine Halle ist für uns Prüflinge eingerichtet worden. Weiße Fliesen glänzen, der Boden ist sauber und die Mülleimer leer. Es sieht aus, als wäre hier nie geschlachtet worden. Jeder hat sein Reich mit Arbeitstisch, Blecheimer, Wannen und Schüsseln. Auf dem Tisch sind die Messer sortiert wie vor einem Fünf-Gänge-Menü, daneben liegt die Elektrisierzange mit Stromkabel und zwei Schwammstücken. Die Prüfer, allesamt Metzgermeister, holen die Tiere vom Stall. Ein Prüfer von Mitte vierzig mit Babygesicht und roter Haut übergibt mir ein Schwein an einem Strick und beobachtet mich still. Ich nehme die elektrische Zange, und der Prüfer hält das Schwein für mich fest, indem er es zwischen Arm und Bein klemmt. Die Sau grunzt und quietscht und grunzt und quietscht. Ich tränke die Schwammstücke mit Wasser, stecke sie an die Enden der Scheren und klemme sie dem Tier an die Schläfen. Dann schalte ich den Strom an. Die Quietschlaute und das Grunzen verstummen. Innerhalb einer Sekunde bricht das Schwein zusammen. Stechen, Blut ablassen, rasieren. Alles Routine, bis auf das Häuten, das verlangt Kunstfertigkeit. Ich muss die Fläche auf dem Rücken rundum ausschneiden und mit einem abgerundeten Messer vorsichtig unter die Haut fahren. Eine Furche im Fleisch oder ein Durchstich, und alles wäre verpfuscht. Ich lasse mir Zeit und konzentriere mich, bis ich dem Prüfer die abgelöste Haut zeigen kann. Innenseite wie Außenseite sind unversehrt. Das Schwierigste ist geschafft.

Am zweiten Tag kommt jeder Lehrling zu seinem Prüfer in die Wurstküche. Das Brät ist schon vorbereitet und ich muss Weiße, Krakauer und Bauernseufzer machen.

Die Theorie in der Berufsschule am dritten Tag drückt mein Prüfungsergebnis, aber bestanden ist bestanden. Der Rest ist mir egal.

Am achtzehnten Februar hält Joseph Goebbels im Berliner Sportpalast eine Rede, die über alle deutschen Rundfunksender ausgestrahlt wird. Genau an diesem Tag habe ich mich im Burglengenfelder Schulhaus zur Musterung einzufinden.

Ich muss mich ausziehen, und ein Arzt klappert mit allen möglichen Geräten meinen Körper ab. Nach der Prozedur sitze ich gelangweilt einem langweiligen Beamten in einem überheizten Büro gegenüber. Auf dem Regal zwischen den Aktenordnern steht ein Volksempfänger.

Wollt ihr den totalen Krieg?, dröhnt die Stimme des Propagandaministers aus dem Lautsprecher.

Der Beamte hämmert unbeeindruckt auf die Tasten seiner Schreibmaschine.

Wollt ihr ihn, wenn nötig, totaler und radikaler, als wir ihn uns heute überhaupt noch vorstellen können?

Ich weiß nicht recht, denke ich so bei mir. Der Beamte tut, als höre er die Goebbelssche Anfeuerung nicht. Nach den Meldungen der letzten Tage können die Worte aus dem Berliner Sportpalast kaum noch jemanden begeistern. Vor zwei Wochen brach die Nachricht von der Kapitulation der sechsten Armee in Stalingrad herein, so etwas kann auch der schlaueste Propagandaminister nicht verheimlichen. Den ganzen Tag spielten sie Trauermusik. Eltern bangen um ihre Söhne, bei hunderttausend Gefangenen allein in Stalingrad weiß keiner mehr, welches Ausmaß das alles angenommen hat, und allem Elend zum Trotz will dieser hinkende Berliner den totalen Krieg. Den Exzess.

»Voll tauglich«, sagt der Beamte so trocken, dass mir fast die Füße einschlafen.

Wanninger will mich auf keinen Fall abgeben. Er kämpft mit

allen Mitteln um meine Rückstellung und spricht beim Direktor der Braunkohlewerke vor, damit dieser seinen Einfluss geltend mache. Ich aber rechne mit meiner Einberufung und glaube, Wanninger kämpft gegen Windmühlen, denn die Wehrmacht braucht jetzt mehr Soldaten als jemals zuvor.

März 1943

Ich habe mir meine drei Wochen Resturlaub genommen. Gegen den Willen Wanningers. Gerade jetzt brauche ich dich so dringend, hat er gejammert. Aber er braucht mich immer dringend. Er will es nicht wahrhaben, dass ich am ersten April in einen Eisenbahnwaggon steigen und zu meiner ersten Station als Soldat fahren werde. Ich dagegen gehe fest davon aus, und meine letzten Tage als Zivilist werde ich bestimmt nicht in seinem Schlachthaus verbringen und auch nicht in seiner Wurstküche, da kann er sich auf den Kopf stellen. Niemand weiß, ob mich innerhalb des nächsten Jahres eine Granate in Stücke reißen oder eine Kugel mein Herz durchbohren wird, und keine Mutter eines Soldaten weiß, ob ihr Sohn sie überleben wird, oder ob sie auf seine Beerdigung gehen muss, wenn es überhaupt eine Beerdigung gibt.

Eine Nachricht wie Daumenschrauben macht uns das bitter klar.

Ich sitze im Wohnzimmer und lese immer wieder die Postkarte. Albert liegt schwer verletzt im Lazarett in Würzburg, heißt es. Lendenschuss. Mutter wird verrückt vor Kummer.

»Nein, nein, Anna«, sagt Rinner. »Heute noch nehmen wir den Zug nach Würzburg. Der Gottfried, du und ich. Da lassen wir keine Zeit verstreichen!«

Zur Mittagsstunde sitzen wir im Zug nach Nürnberg mit Anschluss nach Würzburg. Fetzen von Regentropfen verirren sich auf der Fensterscheibe. Das Grau des Himmels drückt eine Trübe auf die Gräser und Bäume, und als der Regen stärker wird, sieht alles grau aus. Mutter weint nicht. Sie hält sich ein Taschentuch vor den Mund, und ich kann die Sorgen in ihren Augen lesen. Rinner hält ihre Hand, und ich male mir aus, wie das wohl passiert ist mit Albert. Zum Reichsarbeitsdienst haben sie ihn nicht eingezogen, weil er im Eisenwerk Granaten goss. Im Oktober letzten Jahres wurde er von der Wehrmacht zur Ausbildung nach Oberschlesien gerufen, an deren Ende ihm auf einem Truppenübungsplatz in Berlin der letzte Schliff verpasst wurde. Dann kam er als Infanterist ins dänische Aarhus. So hat er es uns geschrieben. Dieses Jahr im Januar haben sie ihn an die Front versetzt, nach Krasnodar in Südrussland, und jetzt, keine zwei Monate später, müssen wir um sein Leben fürchten.

Schon von Weitem glitzert das rote Kreuz auf dem nass glänzenden Dach des Würzburger Krankenhauses. Unten an der Pforte sagt eine Schwester, wir kämen außerhalb der Besuchszeit, aber Rinner mit seinem Charme erklärt ihr, sie müsse eine Ausnahme machen, wir seien von so weit her angereist und machten uns große Sorgen um unseren Buben, und die Menschlichkeit sei doch sicher noch nicht ganz ausgestorben. »Zimmer achtundsechzig, zweiter Stock«, sagt sie.

Wir steigen die breite Holztreppe hinauf und öffnen die Tür zu einem dunklen Gang. Es riecht nach Karbol und nach Jod, und dieser Geruch macht mir Angst. Rinner sagt beim Hinaufgehen, »das werden Achtbettzimmer sein« oder »da wird sich der Albert jetzt aber freuen.« Er sagt das, um das beklemmende Schweigen zu brechen, aber Mutter und ich sprechen kein Wort. Rinner klopft an die Zimmertür und wir gehen hinein. Acht Betten sind es, wie Rinner gesagt hat. Bei jedem Bett steht ein Nachtkästchen und am Fußende ein Stuhl. Rechts vom Eingang ist ein Waschbecken, das ist alles. Der Jodgeruch ist stärker geworden, zum Glück, denn er neutralisiert halbwegs den Gestank der Kranken. Überall riecht es nach Schweiß und Eiter. Es ist, als hülle sich eine Decke aus Eiter langsam um mein Gesicht. Im ersten Bett auf der rechten Seite röchelt einer. Von roten Fasern durchwobener Speichel rinnt an seinem Mundwinkel herab, die Lippen sind wie weggewischt. Er hustet so, wie Rinner immer hustet, nur schwächlicher. Zerbrechlicher. Bestimmt hat er einen Lungenschuss. Ihm gegenüber liegt ein Bursche halb abgedeckt, ich kann seinen verbundenen Beinstumpf sehen. Er endet oberhalb der Stelle, wo das Knie wäre, und durch den Verband am Ende des Stumpfes dringt ockerbraune Jodlösung. Ich schätze, der Beinstumpf hat großen Anteil an dem Eitergeruch im Raum. Ein Bett weiter liegt ein junger Kerl mit verbundenem Kopf. Ein Auge hat er frei, der Verband über dem anderen Auge ist rotbraun gefärbt. Keiner der Männer ist älter als dreißig. Mein Blick wandert zum Fenster, wo ein Patient aufrecht im Bett sitzt und liest. Er ist der einzige, der einigermaßen lebendig aussieht zwischen diesen Halbbleichen, aber sein Nachbar scheint eine weitere Quelle des Eitergestankes zu sein, denn mit jedem Schritt in die Richtung wird er stärker. Ich mustere den Elenden aus sicherem Abstand. Ein kahlrasierter Kopf liegt auf dem Kissen, die Augen stehen einen Spalt offen, die Haut ist blassgrau und sieht aus, als wäre sie durch ein Zementbad gezogen worden.

»Hier ist er nicht«, sagt Mutter. Rinner blickt auf die bleichen Gesichter in den Betten. Ich spähe hinunter auf den gepflasterten Vorplatz der Klinik.

»Kein Albert hier. Fragen wir nochmal die Krankenschwester«, sagt Rinner.

Die beiden verlassen das Zimmer. Ich bleibe. Die Tür fällt von außen mit einem leisen Klack zu. Der Lesende hört zu lesen auf, beugt sich hinunter zum Boden und steckt sein Buch in eine Tasche. Mein Blick fällt auf die Fieberkurve am Fußende des Bettes daneben, in dem der Kahlrasierte, Eitergestankverbreitende liegt. Mir wird ganz anders, als ich die Aufschrift lese.

Albert Frank
Geb. 1. Februar 1924

Ich trete seitlich an das Bett, tauche in die unsichtbare Dunstwolke. Flach atme ich durch den Mund und sehe mir den Kahlkopf genauer an. Die Wangenknochen stechen hervor wie die Kufen eines Schlittens, und durch den offenen Mundspalt kann ich die Zähne sehen. Sie sehen aus wie verklumptes Mehl. Ich schließe die Augen. Nur der Joddampf erinnert mich daran, dass ich mich in einem Krankenhaus befinde und nicht in einer Leichenhalle, so morbide ist der Geruch. Ich öffne die Augen, beuge mich näher zu dem Gesicht, und erst als ich den Wuchs der Augenbrauen und das helle Blau zwischen den halb offenen Lidern betrachte, erst jetzt wird dieses verkörperte Schicksal in der Rille zwischen Leben und Tod zu meinem Bruder.

»Albert.«

Er dreht den Kopf ganz leicht. Die Stirn ist überstark gewölbt. Der Ansatz eines Lächelns umfängt die dünnen Lippen, und wie eine Muschel, die sich öffnet, erweitern sich die Augenschlitze. Wie hellblaue Murmeln stecken die Augen in den knöchernen Höhlen, und das Trübe darin bekommt einen schwachen Glanz, als er mich erkennt. Die Lippen bewegen sich, und ich verstehe so etwas wie »Pfied.«

»Am Vormittag hat er die Auge länger offe ghabt. Wird immer

besser mit ihm«, sagt der Bettnachbar. Im selben Moment rollt eine alte, kleinwüchsige Krankenschwester einen Beistellwagen mit Verbänden, Scheren und Fläschchen herein. Die Gläser klappern, der fahlbraune Zopf der Schwester wippt, und hinter ihr tappen Rinner und Mutter herein.

»Sehen Sie, Ihr Sohn hat seinen Bruder schon entdeckt!« Sie nimmt Verband und Schere aus dem Wagen. Mutter presst die Hand vor den Mund, als sie Albert sieht, und Rinner stellt sich kerzengerade vor dem Bett auf, verzieht mitleidig den Mund und murmelt: »Oh Bub. Oh je, der Bub.«

Die Schwester trägt fix zwei Stühle ans Fenster. »Am besten, Sie setzen sich da vorne hin, während ich die Binde wechsele.«

Rinner legt die Hand an Mutters Rücken und führt sie zu den Stühlen. Ich bleibe an Alberts Bett stehen. Am Fußende hängen zwei Eisengewichte, die zwei Schnüre straffen, welche über Leichtmetallstangen zu seinen Beinen führen. Die Stangen laufen parallel entlang an den Beinen bis über die Knie und sind an einer Achse befestigt, einer Metallachse, die sich quer durch Alberts Oberschenkel bohrt.

»Das ist ein Streckverband«, erklärt die Schwester. »Der ist notwendig, damit bei Ihrem Bruder alles richtig zusammenwächst.« Sie hat sich über ihn gebeugt und zieht ihm das Nachthemd bis zur Brust hoch. Alles liegt frei. Zwischen verfilzten Schamhaaren kleben kleine Kotstücke, und sein Glied liegt wie eine schlafende Raupe neben dem gelbbraun gefärbten Mullverband. Die ganze linke Seite von der Lende bis zum Oberschenkel ist eingebunden, und der Unterkörper ist komplett vergipst. Das Gesäß liegt eingebettet in zwei Schalen, die als Rinnen bis zu den Fußfesseln reichen. Albert dreht den Kopf zur Seite. Seine offenen Augen blicken ins Nichts.

»So, Herr Frank«, sagt die Schwester zu Albert. »Jetzt bekommen Sie wieder einen sauberen Verband.« Es klingt wie zerreißendes Papier, als sie den Stoff abzieht. Albert stöhnt auf. »Den größten Schmerz haben Sie schon überstanden«, sagt sie.

Der Gestank ist nicht mehr zu ertragen. Ich schmecke Eiter auf meiner Zunge und habe das Gefühl, als seien meine Nasenhärchen besudelt mit dünnflüssigem Kot. Ich halte den Atem an, und trotzdem rieche ich die Verwesung. Was ich in der Wunde entdecke, die jetzt frei liegt, bringt mein Zwerchfell zum Zucken: In einem Loch, so groß wie eine Suppenkelle, aalt sich ein Volk von weißen Würmern in einem Tümpel voll Eiter und blutigem Kot. Mit einem Lappen saugt die Schwester die Schmiere auf, und als er ganz voll gesaugt ist, nimmt sie einen zweiten. Eiter und Dreck verschwinden allmählich, zurück bleiben die brütenden Würmer, und erst jetzt sieht man die vielen kleinen Knochensplitter. Wie Stachel ragen sie aus dem Fleisch. Ich frage mich, wie Albert das aushält, oder ob er gar nichts mehr spürt. Die Schwester legt den getränkten Lappen vom Bett auf den Wagen, direkt an meiner Nase wedelt sie ihn vorbei, und mein Magen dreht sich. Ich muss raus, renne durch die dunklen Gänge, finde eine Toilette und kotze hinein.

Draußen atme ich tief durch, spaziere eine Weile durch den Garten und genieße die frische Luft und die Sonne, die hinter den Wolken hervorgekommen ist. Gruppen junger Männer mit Krücken und Kopfverbänden unterhalten sich auf Parkbänken. Ich trotte stumm grüßend an ihnen vorbei, betrachte die Apfelbäume mit ihren kahlen Baumkronen, die bald sprießen werden, und irgendwann fühle ich mich stark genug für die Fortsetzung der Geruchsfolter.

Die Schwester kümmert sich um den Burschen mit dem Beinstumpf, und ich setze mich zu Mutter und Rinner an Alberts Bettkante.

»Albert, mein Bub«, sagt Mutter und hält seine Hand. »Bald besuchen wir dich wieder. Bald. Übermorgen, ganz bestimmt.«

»Ja«, antwortet Albert. Ein kratzendes Flüstern.

»Da bringe ich dir deine eigene Wäsche mit.«

»Ja … ja.«

»Und sag der Schwester, sie soll dir …«

Ein starker Hustenanfall des Lungenpatienten bei der Tür unterbricht Mutters Rede, und Rinner stimmt in das Husten ein. Als beide wieder zur Ruhe gekommen sind, sagt Mutter, es sei Zeit zu gehen. Sie streichelt Albert zum Abschied über die Wange, und Rinner drückt ihm vorsichtig die Hand. Zuletzt gebe ich ihm die Hand. »Servus Albert«, sage ich.

»Schaut bald wieder mal vorbei«, antwortet er, als hätte er sich die Kraft des ganzen Tages für diesen einen Satz aufgespart.

»Darauf kannst du Gift nehmen«, sage ich, und knuffe ihn mit der Faust auf die Brust, vor lauter Freude über seine Worte.

Ich sitze mit Rinner vor dem Haus und warte auf das Mittagessen. Von der Küche her duftet es herrlich nach Pfannkuchen, und Rinner hält die Augen geschlossen und das Gesicht in die Sonne. Am Zaun steht der Postbote. Er hat einen Brief für mich.

»Jetzt ziehen sie mich ein«, sage ich, reiße das Kuvert auf und lese vor. »Dem Antrag auf Reklamation seitens Ihres Arbeitgebers wird nicht stattgegeben … was hab ich gesagt! … sich am ersten April 1943 zum Antritt Ihres Reichsarbeitsdienstes pünktlich im RAD-Lager Saalfelden im Gau Salzburg einzufinden.«

Ich falte den Zettel zusammen und murmle »Saalfelden.«

»Das liegt zwischen Salzburg und Innsbruck«, sagt Rinner. »Früher haben sie beim Arbeitsdienst Bäume gefällt und Autobahnen gebaut, aber jetzt ist der RAD direkt der Wehrmacht unterstellt. Sie brauchen Soldaten. Die werden dich an eine Flak stellen.«

Sieben Tage bleiben mir als Zivilist. Ich möchte sie nutzen, um Albert noch einmal zu besuchen.

Die Besuchszeiten beschränken sich auf drei mal zwei Stunden pro Woche. Sonntag, Dienstag und Freitag, jeweils von vierzehn bis sechzehn Uhr. Am Sonntagnachmittag komme ich am Würzburger Bahnhof an. Die Stunde bis zur Besuchszeit nutze ich zu einem Spaziergang und tauche in den Charme der historischen Stadt im Frühling, mit ihrer Residenz und dem Hofgarten, der Mainbrücke mit ihren Figuren, den alten Häusern und dem Blick auf die Festung Marienburg. Hier könnte ich länger bleiben. Ich könnte einen kleinen Urlaub in Würzburg machen und Albert am Dienstag ein zweites Mal besuchen. Eine Unterkunft wird sich finden lassen.

Als ich den Krankensaal betrete, hebt Albert den Kopf und lächelt. Das Grau seines Gesichtes hat sich in halbwegs menschliche Blässe verwandelt, und sein Händedruck ist kräftiger als vor sechs Tagen.

»Das freut mich aber, dass du gekommen bist, Gottfried.«

»Gut siehst du aus, Mensch! Viel besser!«

»Jetzt können wir uns unterhalten.« Er legt die Hände auf die Ränder der Matratze und versucht mit verzerrtem Gesicht, sich nach oben zu stemmen. Erschöpft sinkt er zurück. »Nur bewegen kann ich mich nicht richtig.«

»Dann halte dich ruhig.«

Er zeigt an eine Stelle auf Höhe des Bauchnabels. »Bevor ich in Würzburg angekommen bin, war bis hier oben alles eingegipst, bis runter zum Knöchel. Und überall waren Läuse. Unter meinem Arsch sind jetzt noch welche, da unter dem Beckengips, weißt du, Gottfried. Gejuckt hats mich, dass ich geglaubt hab, ich werd ein Narr. Die Viecher haben meine ganze Kniescheibe aufgefressen.«

Er zeigt mir die Kruste auf seinem Knie, eine kreisrunde Kraterlandschaft von der Größe eines Bierdeckels. »Ich habe immer mit den Fingern von oben hineingelangt, da bei der Hosennaht, und mich gekratzt, knapp über der Wunde. Meine Finger haben zehn Tage lang nach Eiter und Scheiße gestunken. Da ist alles offen, weißt du. Weil der Mastdarm beschädigt ist. In Würzburg haben sie mich gleich operiert. Den Darm zugemacht, weißt du.«

»Musst du noch mal operiert werden?«

»Ich glaube schon. Aber erst müssen die Beckenknochen zusammenwachsen, dafür sind sie in der Gipsschale. Das Bein wollten sie mir schon abnehmen in Russland, Gottfried, aber ich hab sie nicht gelassen. Wenn ich mit dem Bein nicht durchkomme, habe ich gesagt, dann habe ich eben verloren. Hier in Würzburg meinten sie, ich hätte sowieso ein Riesenglück gehabt. Wenn mich die Kugel einen Zentimeter weiter rechts getroffen hätte, am Steißbein, dann wäre ich jetzt querschnittsgelähmt.«

»Hat sie dich von hinten getroffen?«

»Ja, in den Arsch. Beckendurchschuss. Hinten ist die Kugel rein und vorne wieder raus. Ich war leichtsinnig, weil es düster war. Abends war das. Ich bin aus dem Schützengraben gestiegen und habe so einen Verschluss von einer Kiste repariert, wollte nur schnell ein Klebeband darum wickeln, damit den anderen am nächsten Tag das Zeug nicht vor die Füße fällt. Ich habe mir gedacht, die Russen sehen mich nicht, und meine Kameraden haben das auch gedacht, aber irgendwie haben sie mich erspäht. Auf einmal ging das MG-Feuer los, und ein Schuss hat mich getroffen. Erst bin ich nur erschrocken, ein Druck war es, wie wenn dir jemand mit dem Stiefel in den Hintern tritt, aber nicht von unten her, sondern waagrecht. Ich habe nur gemerkt, dass ich das Bein nicht mehr belasten kann und bin auf einem Bein zu meinen Kameraden in den Schützengraben gehüpft. Die erste Zeit hab ich keinen Tropfen Blut auf meiner Hose gesehen, bis es dann nass durchgegangen ist. Sie haben mich gleich ins Lazarett gebracht, und dort haben sie mich vom Bauch weg eingegipst. Vier Tage bin ich da gelegen, bis ein Lazarettzug nach Würzburg gefahren ist. Und dann die Fahrt, Gottfried, die Fahrt! Gefroren hat mich wie einen Schneider in dem Waggon, die ganze Zeit habe ich nackt auf einem Feldbett gelegen, nur diesen verlausten Gips am Körper. Drei oder vier Tage hat die Fahrt gedauert, aber wurst, jetzt habe ich es überstanden. Und hier kümmern sie sich ja gut um mich. Weißt du, Gottfried, ich habe ihn wenigstens überstanden, den Krieg. Wer weiß, vielleicht wäre ich gefallen oder in Gefangenschaft gekommen.«

»Was sagen die Ärzte wegen den Würmern?«

»Das sind Maden. Die helfen mir, sagt der Doktor. Sie fressen den Eiter auf.«

Seit einem halben Jahr ist Albert nicht mehr zu Hause gewesen, und wir reden, bis die Besuchszeit vorbei ist und die Schwester mich bittet, zu gehen.

»Am Dienstag um zwei komme ich wieder, Albert. Ich habe mir bis übermorgen ein Zimmer in Würzburg genommen. Am Donnerstag muss ich nach Saalfelden. Reichsarbeitsdienst.«

»Du musst einrücken?«

»Der Rinner meint, sie stellen mich an eine Flak.«

Albert schweigt und blickt eine Weile an mir vorbei zum Fenster. »Gottfried. Bitte.«

»Was?«

»Bitte pass gut auf dich auf.«

7. Saalfelden

April 1943

Aus allen Ecken des Reiches stoßen die neuen Arbeitsmänner zur Einheit, und mit Mamminger ist unsere Stube komplett. Mamminger ist einer von denen, die mehr nach Jungvolk als nach RAD aussehen. Mit seinem Rucksack und dem sauberen Hemdskragen steht er in der Tür, als wäre er ein Junge aus dem Dorf, den die Mama für den Sonntag sauber angezogen hat: Speckgesicht, kurze Hose und unbehaarte weiße Beinchen.

»Heil Hitler! Heinz Mamminger, Krefeld«, grüßt er mit seiner Knabenstimme und hält sich den Rucksack vor die Brust.

»Ober mir is no frei«, antwortet Sawatzky, unser Wiener.

Unsere Stube besteht aus drei Etagenbetten mit Strohsäcken und grauen Wolldecken, sechs Spinden, einem Tisch und sechs unbehandelten Holzschemeln. Sawatzky und Dollinger machen ihre Betten, Flieder und Brückner schaffen in ihren Spinden Ordnung, und ich putze meine Stiefel.

»Der rechte ist deiner«, sage ich zu Mamminger und klatsche mit der flachen Hand auf die Spindtür. Er stellt den Rucksack davor und beginnt, sein Zeug einzuräumen.

»Auf dem Hof bin ich so einem Kleinen begegnet, mit Schnauzer«, sagt er. »Der sah mich an, als hätte ich etwas verbrochen. Ich habe ›Heil Hitler‹ gesagt, und er ist einfach weiter gegangen. Ist der etwas Höheres?«

»Des is da Reit«, klärt Sawatzky ihn auf. »Der hot uns scho sauba exerziern lossn. Mit Liegestütz! Bei dem muasst schoaf aufpassn.«

»Feldmeister Reit«, sage ich. »Das ist ein Gefährlicher.«

Feldmeister ist ein Rang im Reichsarbeitsdienst. Vor dem Krieg und bis zum Russlandfeldzug wurden die Einheiten des RAD beim Bau der Autobahnen eingesetzt oder halfen beim Holzroden und in der Landwirtschaft. »Dienst am Volk« und »gemeinnützige Arbeiten« hießen die Schlagworte. Die Jugendlichen schleppten Steine und Wassereimer oder schaufelten Gruben. Das Symbol des Reichsarbeitsdienstes ist der Spaten. Er ist auf der Lagerfahne abgebildet, und der Arbeitsmann exerziert mit ihm wie der Soldat mit dem Gewehr. Spätestens seit Stalingrad hat sich diese Grenze verwischt.

Seit der RAD der Wehrmacht unterstellt ist, besitzt der Arbeitsmann ein Gewehr, und die Einheiten sind nichts anderes als Flakbatterien. In Saalfelden verpassen sie uns den ersten militärischen Grobschliff.

Mamminger beugt sich über das Bett und streift seine Wolldecke glatt, als Lehner hereinkommt. Lehner ist kaum älter als ich, aber er ist unser Gruppenführer und darf sich Obervormann nennen.

»Achtung!«, rufe ich als Stubenältester, und alle stehen vor Lehner stramm, nur Mamminger kennt das Ritual noch nicht und blickt ängstlich in die Runde.

»Stube vier mit sechs Mann beim Stubendienst«, rufe ich.

»Rührt euch!«, ruft Lehner. »Ich sehe, die Stube ist jetzt vollzählig. Heute Nachmittag um halb zwei findet die Einkleidung statt.«

Er wendet sich ab, dann fällt ihm noch etwas ein. »Wenn einer von euch der Metzger ist, sollte er sich jetzt melden.«

Seit ich hier bin, fragt der Gruppenführer jeden Tag nach dem Metzger. Ich habe mich nicht gemeldet. Beim Militär will ich kein Fleisch zerlegen und auch keine Kartoffeln schälen, sondern Motorräder fahren und Kastenwagen, und wenn die Fahrzeuge kaputt sind, will ich sie reparieren. Geschütze würden mich auch interessieren. Marine wäre noch besser, oder Flieger bei der Luftwaffe. Ich bin siebzehn und will etwas erleben.

»Ich bin Metzger«, sagt Flieder, der erst gestern Abend angekommen ist. »Im dritten Lehrjahr.«

»Drittes Lehrjahr …« Lehner denkt nach. »Der ausgelernte Metzger hat sich nicht gemeldet. Dann teile ich dich zum Küchendienst ein. Name und Herkunft?«

»Manfred Flieder, Plauen.«

Unser Lager besteht aus drei Baracken und einem sandigen Exerzierplatz. Dahinter grenzt ein Waldstück an, und hinter dem Waldstück liegen die Häuser von Saalfelden, aber der Ort verliert sich unter den schneebedeckten Bergen, die alles überragen. Ihr Anblick beruhigt mich, als wir zur Kleiderkammer in der Baracke gegenüber marschieren.

Eine ganze Stunde müssen wir Schlange stehen, dann bin ich endlich an der Reihe. Den Arbeitsanzug ziehe ich gleich bei der Ausgabestelle an. Dazu bekommen wir Essgeschirr, Feldflasche, Knobelbecher, Schirmmütze und Stahlhelm und als Krönung die dunkelbraune Ausgehuniform mit dem Dienststellenabzeichen, einem Aufnäher mit den Zahlen 2/332. So heißt unsere Abteilung. Kein Kragenspiegel, keine Schulterklappen. Als Arbeitsmann stehe ich am untersten Ende der Befehlskette und muss Obervormännern wie Lehner gehorchen, der muss Feldmeistern wie Reit gehorchen, der gehorcht Oberfeldmeister Schild, und alle gehorchen dem Reichsarbeitsführer in Berlin.

Nach der Einkleidung überprüfen sie in der Schreibstube unsere Personalien. In dem Drillichanzug und mit Schirmmütze stehe ich Feldmeister Reit gegenüber, der mit verbissenem Gesicht hinter seinem Schreibtisch sitzt. Seine Wangen und sein ganzer Kopf sind puterrot. Immer ist sein Kopf puterrot. Egal ob er brüllt oder ob er auf einem Stuhl sitzt und schreibt.

»Nehmen Sie die Mütze ab, wenn Sie vor mir stehen!« Er blickt auf seine Unterlagen, und ich nehme die Mütze in die Hand. Wie eine Maschine spuckt er meine Daten aus. »Frank. Gottfried. Stimmt das.«

»Jawoll, Herr Feldmeister.«

»Geboren elfter zweiter 1926.«

»Jawoll, Herr Feldmeister.«

»Beruf. Metzger.«

»Jawoll …«

»Warum meldet er sich nicht, wenn gefragt wird nach einem Metzger jeden Tag?«

»Geht es um die Einteilung?« Eine bessere Antwort fällt mir nicht ein. Mein Kopf wird heiß.

»Reden Sie keinen Stuss, Frank! Sie werden noch darum betteln, in der Küche arbeiten zu dürfen! Wegtreten!«

Ab dem nächsten Morgen herrscht Lageralltag. Sechs Uhr wecken, ab zur Waschbaracke, zurück in die Stube, hinein in die Drillichanzüge, Spinde in Ordnung bringen, Betten bauen. Betten bauen bedeutet Kopfkissen und Strohsack aufschütteln, Wolldecke glatt ziehen und auf den Zentimeter genau falten. Lehner kontrolliert die Stube ohne Beanstandung. Dann Frühstück und Morgenappell auf dem Hof. Wir stellen uns in Reihe auf, und Feldmeister Reit schickt uns direkt wieder in die Stuben, da wir die Spaten nicht dabei haben.

»Morgenappell immer mit Spaten, meine Herren! Exerzieren immer mit Spaten! Marsch, marsch! In drei Minuten steht ihr wieder in Reihe!«

Keine zwei Minuten später halten wir vor Reit die Spaten in die Höhe. Er geht die Reihe ab und mustert jeden gründlich und mich noch gründlicher. Er nennt mich nur noch den Fleischer, schreit mich an. »Fleischer! Spaten kerzengerade!«, und die geschriene Luft aus seinem Mund riecht nach Schikane. »Geländelauf in den Wald«, befiehlt er dem Trupp, und mit Tornister und Spaten beladen traben wir los. Nach einer längeren Steigung müssen wir anhalten und stramm stehen. »Fleischer! Aus dem Glied!« Ich trete vor den Feldmeister. Er deutet auf eine Kiefer. »Erklettern!« Ich sehe ihn ungläubig an. »Fleischer, was ist? Auf den Baum klettern!« Ich lege Tornister und Spaten auf den Boden und klammere die Hände an den Stamm. Er ist nicht dick, ich kann ihn fast umarmen, und ich frage mich, wie ein Mensch auf so einen Baum klettern soll. Nirgendwo kann ich mich einkrallen. Es ist ein Sisyphus-Unterfangen, aber Befehl ist Befehl, und ich klammere die Hände an den Stamm und ziehe mich hoch, aber ich rutsche direkt wieder ab. Reits kalte Stimme bohrt sich in meine Ohren. »Hoch mit Ihnen, Fleischer! Hopp, hopp, hopp!«

Fünf Minuten lässt er mich wie einen Affen an dem Baum herumturnen, dann bestraft er mein Scheitern mit fünf Runden Exerzieren im Barackenhof.

Jeden Tag fällt Reit etwas anderes ein. Er führt jetzt selbst die Stubenkontrollen durch, findet fast täglich ein Staubkorn auf dem Dach meines Spinds und lässt mich zur Strafe exerzieren.

Einmal stürmt er unsere Stube, mitten in der Nacht. »Fleischer! Auf dem Hof antreten!«, brüllt er und verschwindet. Ich starre in die Dunkelheit, registriere nur langsam, was los ist. Im Halbschlaf schäle ich mich aus meinem Strohsack und schlüpfe in die Knobelbecher.

»Was hat er jetzt, der Feuermelder? Spinnt der?«, sagt Dollinger. Wegen seines roten Kopfes nennen wir Reit nur noch den Feuermelder.

»Schlaf weiter«, sage ich.

Ich schlurfe im Nachthemd hinaus auf den Hof, wo Reit auf mich wartet. »Stillgestanden!«

Ich nehme Haltung an. Sein Atem riecht nach Schnaps. »Was für eine lächerliche Figur! Im Nachthemd will ich Sie nicht exerzieren sehen, Trottel! Marsch, umziehen, aber flott!«

Ich bin hellwach. In der Stube ziehe ich mein Nachthemd aus und den Drillich an. Die Stubenkameraden beobachten mich von ihren Betten aus. »Das gibts doch nicht, das gibts doch nicht«, murmelt Dollinger.

Wieder stehe ich vor dem Feuermelder stramm. »Wie kommen Sie jetzt daher, Fleischer! In diesem lumpigen Arbeitsanzug. Wissen Sie nicht, was sich gehört? In angemessener Uniform will ich Sie sehen! Wegtreten!«

Beim dritten Mal stehe ich in Ausgehuniform und mit Dienstmütze vor ihm. »Stillgestanden, Fleischer! Robben!« Wie ein Tier robbe ich vor ihm auf dem grobkörnigen Sandplatz herum. Der Stoff der Uniform scheuert über die Steine. Die Knie beginnen zu brennen.

»Hopp, Fleischer! Hopp, hopp, hopp!« Sein Brüllen muss bis ins Dorf zu hören sein. »Sprung auf! Marsch, marsch!« und »Hinlegen!«, ruft er immer und immer wieder.

Im Morgengrauen wird er endlich müde und lässt mich wegtreten. Falls die Stubenkameraden wieder eingeschlafen sind, will ich sie nicht wecken, lasse das Licht aus und versuche, die Uniform im Dunkeln sauber zu bekommen. Ich schüttle und klopfe den Dreck herunter und hänge sie zurück in meinen Spind. Als ich mich niederlege, fängt es schon an zu dämmern. Mamminger ist wach.

»Gute Nacht, Gottfried«, sagt er mit seiner piepsigen Stimme.

Mamminger ist der Einzige, der seine Kameraden mit Vornamen anspricht, und ich bin froh, dass er nicht in Reits Faden-

kreuz steht, denn dieser blasse Junge mit der weichen Babyhaut
und dem Speckgesicht wäre verloren wie ein Fisch im Sand-
sturm. Es ist schon problematisch, wenn er in einer Gruppe mit
mehr als vier Leuten persönlich angesprochen wird. Dann werden seine wulstigen Lippen schmal vor Angst. Sein Vater ist Arzt,
hat er erzählt, und ich glaube, er wurde zu Hause sehr verhät-
schelt.

»Nacht, Mamminger.«

»Was hat der Feldmeister mit dir getan?«

»Robben hat er mich lassen.«

»Darf er das? Einfach so?«

»Komm, Mamminger, wir schlafen noch ein bisschen.«

Wie ich befürchtet habe, hält mir Reit beim Stubenappell am
nächsten Morgen die Ausgehuniform vor die Nase. »Die Uniform
ist verdreckt, Fleischer! Das wird Folgen haben, Sie verlotterter
Lump! Nach dem Essen antreten vor der Führerbaracke!«

Die Stubenkameraden sprechen mir Mut zu, aber den Drill muss
ich alleine durchstehen. Drei Wochen noch, dann ist die Ausbildung in Saalfelden vorbei. Ob ich den Feuermelder im nächsten
Lager los sein werde, weiß ich nicht. Am liebsten möchte ich ihm
meine Faust in die rote Fresse schlagen, aber dann würden sie
mich verhaften. Wehrzersetzung würde man das nennen. Ich darf
die Kontrolle nicht verlieren. Unter meiner Brust wächst ein Trieb,
den ich unterdrücken muss. Nicht das Opferlamm spielen, das ist
das einzige, was ich tun kann, um mit mir selbst im Reinen zu
bleiben und meinen Stolz zu bewahren. Vor dem Feuermelder robben, seine Stube mit meiner Zahnbürste putzen und doch den
Stolz bewahren. Dem Schwein aufrecht gegenübertreten, Auge in
Auge, seine Beleidigungen mit Blicken beantworten, ihm die Stirn
bieten, ohne Worte. Mich nicht brechen lassen.

Am Nachmittag melde ich mich, wie befohlen, bei Reit vor der Führerbaracke. Er sagt, ich soll mir Putzeimer und Lappen besorgen und die Holzplanken auf dem Gang schrubben. Auf den Knien rutsche ich über den Boden und scheuere mit dem feuchten Lappen über die Bretter, links und rechts trommeln die Schritte der Vorgesetzten an mir vorüber, und ich muss aufpassen, dass sie mir nicht auf die Hände treten. Plötzlich hält ein Stiefelpaar vor meiner Nase. »Heil Hitler!« Es ist die tiefe Stimme von Oberfeldmeister Schild.

»Heil Hitler, Herr Oberfeldmeister!«, antwortet Reit, der Schild nur bis zur Brust reicht.

»Warum putzt der Mann den Boden?«

»Der Herr Metzger war sich zu fein für den Küchendienst! Außerdem fehlt es ihm an Disziplin! Er kann seine Ausgehuniform nicht sauber halten, Herr Oberfeldmeister!«

Ich möchte den Feuermelder in der Luft zerreißen. Ich stehe auf und lege meine Hand an die Schläfe zum militärischen Gruß. »Melde gehorsamst, Herr Oberfeldmeister, der Feldmeister hat mich um vier Uhr früh über den Barackenhof robben lassen.«

»Ihr Gejammer wird den Herrn Oberfeldmeister wenig interessieren. Putzen Sie weiter!«, sagt der Feuermelder.

»Wenn der Arbeitsmann auf dem Gang fertig ist, schicken Sie ihn auf meine Stube. Die gehört ebenfalls gereinigt«, sagt Schild.

»Jawoll, Herr Oberfeldmeister!«

Man kann dem Feuermelder die Freude vom Gesicht ablesen. Sind hier alle gegen mich, nur weil ich mich nicht als Metzger gemeldet habe? Reit ist eine charakterliche Missgeburt, aber Schild mit seiner natürlichen Autorität und seiner Gelassenheit hätte ich anders eingeschätzt. Ich frage mich, ob Macht den Charakter verdirbt, und ob jeder Zacken eines Sternes auf der Schulterklappe ein Stück Menschlichkeit zersticht.

Mit meinem Putzzeug bin ich alleine in der Stube des Oberfeldmeisters. Das Zimmer ist kaum kleiner als unsere Sechsmannstube, als Unterlage hat er einen Strohsack wie wir, der gusseiserne Ofen ist baugleich mit dem unsrigen, und doch ist es hier um vieles behaglicher. Statt eines Spindes hat Schild einen Schrank, und unter der Fotografie einer jungen Frau markiert ein massiver Eichentisch den Essbereich. Gegenüber, sozusagen im Wohnbereich, stehen drei Polsterstühle um ein dreieckiges Tischchen, und an der Wand hängt ein Spiegel zwischen zwei Regalen. Auf einem Regal sind zwei Pfeifen mit Pfeifenzeug aufgestellt und eine Patronenhülse. Das andere ist voll von Büchern. Zwischen Wilhelm Busch, Ludwig Thoma, der Bibel und Hitlers *Mein Kampf* stehen Titel wie *Der Feldzug in Polen* oder *Luftwaffe schlägt zu*. Ein blauer Buchrücken mit der Aufschrift *Die Deutsche Kriegsmarine und ihre Schiffe* sticht mir ins Auge. Ich nehme das Buch heraus und blättere, sehe mir Bilder an von Matrosen in blendend weißen Anzügen, von hellblauem Wasser und mächtigen Schiffen. Matrose auf einem großen Schiff, das wäre was! Ich höre Schritte. Stelle das Buch zurück. Die Schritte werden leiser und verklingen. Trotzdem beginne ich mit dem Putzen, schrubbe auf allen Vieren kriechend über die Planken. Was für eine Farce! Wozu wische ich einen tadellos sauberen Boden? Was ist das hier für ein Idiotenverein? Mechanisch fahre ich den Lappen hin und her, die Gedanken in die Weite des Meeres versenkt, und träume von einem Leben als Seemann, bis ich genug vom Schrubben habe, Schilds Schrank öffne und zum ersten Mal in meinem Leben eine nackte Frauenbrust sehe. Sie gehört einem jungen Mädchen aus einem Magazin, das mich von der Innenseite der Schranktür in Schwarzweiß anlacht. Ich hypnotisiere die beiden Brustwarzen, als Schild in die Stube kommt.

»Die gefällt dir, was?«

Erschrocken knalle ich den Schrank zu und nehme Haltung an.

»Herr Oberfeldmeister, ich habe den Boden geputzt, aber Ihre Stube war schon sauber!«

Er öffnet die Knöpfe seiner Jacke und blickt auf den Putzeimer. Langsam zieht er die Jacke aus und hängt sie an einem Kleiderbügel in den Schrank. »Du musst nicht putzen. Setzen wir uns an den Tisch.«

Noch nie hat mich ein Vorgesetzter geduzt. Er bietet mir einen der gepolsterten Stühle an, nimmt Pfeife, Streichholzschachtel, Tabaksdose und die Patronenhülse vom Regal, legt alles auf den Tisch und setzt sich hin. Wie ein Riese im Zwergenland sieht er aus, als er sich mit dem Oberkörper über das Tischchen beugt und die Tabakfäden zwischen Daumen und Zeigefinger klemmt.

»Jetzt habe ich eine Woche lang zugeschaut, Frank«, sagt er, und stopft Tabak in die Pfeife. »So kann es nicht weitergehen. Was der Reit mit dir treibt, geht zu weit.« Er stochert mit der Patronenhülse in die Öffnung und drückt den Tabak fest. »Willst du eine Zigarette? Oder eine Zigarre?«

»Danke, ich rauche nicht.«

Er zündet ein Streichholz an. »Weißt du …« Zieht an der Pfeife und atmet den Rauch langsam aus. Ein süßliches Aroma erfüllt die Stube. »Weißt du, für einen wie Reit ist so ein Lager die ganze Welt. Was außerhalb ist, sieht er nicht. Er ist nur Feldmeister und nichts anderes, und du bist ausschließlich Arbeitsmann, und darum glaubt er, er wäre dir überlegen, in jeder Lebenslage, egal um was es geht. Charakterlich, moralisch, geistig. Es würde mich nicht wundern, wenn Reit denkt, er wäre dir sogar körperlich überlegen. Der Mann sieht eben nur das Zeichen auf der Schulterklappe. Er bildet sich ein, er sei ein höheres Wesen, und daraus nährt sich seine Eitelkeit. Wenn sie ihm den RAD wegnehmen und er keine Untergebenen mehr bekommt, wird er sein Selbstwertgefühl nur noch aus den Erinnerungen ziehen.«

Er pafft eine Weile an der Pfeife. »Geld verdirbt den Charakter, heißt es. Aber Macht … Macht lockt den Charakter aus der Reserve. Verstärkt ihn. Wer vorher ein kleines Schwein war, wird ein großes.«

Das Kinn auf die Handfläche gestützt, höre ich zu.

»Was glaubst du, warum er gerade dich drillt?«

»Wegen der Metzgergeschichte.«

»Die war nur der Anlass. Ein Vorwand, sich auf einen von euch zu stürzen. Du bist ihm direkt ins Fadenkreuz gelaufen. Einen sucht er sich immer aus.« Bedächtig bläst er den Rauch in die Luft. »Warum willst du nicht in die Küche?«, fragt er dann.

Ich zucke mit den Achseln. »Ich weiß nicht … nach drei Jahren als Metzger wollte ich einfach etwas anderes sehen. An Autos rumbasteln, Maschinen reparieren … technische Dinge. Auf das hatte ich mich eigentlich gefreut.«

»Haben dich deine Eltern zu dem Beruf gedrängt? War dein Vater auch Metzger?«

»Nein. Den Beruf habe ich mir selbst ausgesucht. Mein Vater war Maschinist bei uns im Eisenwerk. Dort ist er verbrannt, als ich sechs war.«

Er legt die Stirn in Falten. »Dann hat deine Mutter dich alleine großgezogen?«

»Mich und meine vier Geschwister.«

Er sieht mich an, als sei ich ein kranker Waisenknabe. Ich weiß nicht recht, was ich sagen soll, und ich möchte kein Mitleid. »Aber uns fehlt nichts«, sage ich nach einer Pause. »Wir halten alle zusammen. Ein Haus haben wir auch.«

Er will wissen, was meine Geschwister machen, dann erzählt er von seiner Frau und seinen beiden Kindern.

»Mit dem Reit red ich«, sagt er, als er die Pfeife über dem Aschenbecher ausklopft.

Nach dem Gespräch mit Schild haben die Schikanen ein Ende. Zwei Wochen später ist die Grundausbildung in Saalfelden vorbei, und wir kommen nach Salzburg, wo wir an den Geschützen geschult werden sollen. Führer und Mannschaften ziehen gemeinsam weiter, und Reit stürzt sich auf das nächste Opfer. Wie ich befürchtet habe, trifft es Mamminger.

8. Salzburg

Mai 1943

Wir sind in einem Barackenlager vor den Toren Salzburgs stationiert. An den Vormittagen unterrichtet uns ein Offizier der Luftwaffe im Umgang mit Geschützen. Wie ist eine Kanone aufgebaut? Was versteht man unter einer Seelenachse? Wie wird ein Flugzeug geortet? Wie seine Entfernung ermittelt? Wie werden die Daten von der Radarstation an die Geschütze übertragen? Wie funktioniert die Zünderstellmaschine? Welche Aufgaben haben Geschützführer, Zünderstellmaschinenkanonier, Ladekanonier und die beiden Richtkanoniere? Wir lernen etwas über Ballistik und Funktechnik. Anders als früher im Schulunterricht oder bei den weltanschaulichen Schulungen in der Hitlerjugend interessieren mich diese Dinge. Die Technik. Ich will durchblicken, wie alles zusammenhängt, will wissen, wie es möglich ist, eine Granate so abzufeuern, damit sie Sekunden später genau neben dem feindlichen Flugzeug explodiert, zehn Kilometer über der Erde, auf der anderen Seite einer Wolkendecke, nachts genauso wie am Tag. Wir sind eher Schüler als Soldaten, aber ganz erspart bleibt uns das Männchenmachen nicht. Die täglichen Appelle, das Üben des militärischen Grußes und ein paar leere Rituale gehören beim Arbeitsdienst einfach dazu, aber in Saalfelden waren sie das Evangelium, und hier sind sie nur Routineübungen. Vor allem geht es um Geschütze, auch Flugabwehrkanonen oder kurz Flak genannt.

Jeden Nachmittag steigen wir auf unsere schwarzen Fahrräder, hundert Leute, und fahren zu einer echten Stellung. Dort zeigen sie uns am praktischen Beispiel, wie man ein Geschütz bedient.

Die Kanonen stehen in Gräben und sind auf Lafetten montiert, kreuzförmige Gestelle zum Ein- und Ausklappen, die ihnen festen Halt geben. Die Grabenwände sind mit Brettern verschalt, und darüber bietet ein Wall von ausgehobener Erde weiteren Schutz. In den Ecken befinden sich die Munitionsbunker, aus Ziegeln gemauerte Einbuchtungen, in denen die Granaten wie in einem Weinregal gelagert werden. Die Flak besteht aus Kurbeln, Messgeräten, Zeigern und Armaturen, doch das Augenfälligste und Mächtigste an einer Kanone ist das zehn Meter lange Rohr. Hoch über den Köpfen ragt es in den Himmel, darunter üben die Soldaten, und die Ausbilder erklären, und wir sehen ihnen zu, bis wir nach ein paar Tagen selbst Hand anlegen dürfen.

Es ist Sonntag. Wie jeden Morgen weckt uns die Trillerpfeife des Diensthabenden, und man hört schon am Pfeifen, wie wichtig es die Führer heute haben. Am Vormittag sollen wir vereidigt werden, aber für uns Arbeitsmänner zählt nur der Nachmittag, wenn wir Ausgang haben. Zum ersten Mal nach sieben Wochen RAD.

»Ich zieh mich an!«, sagt Flieder und hüpft polternd von der drittletzten Stufe der Bettleiter auf den Boden. Er dreht das Licht an. Ich sitze auf der Bettkante, Sawatzky hat das Gesicht im Kissen vergraben, Mamminger richtet sich auf, und Dollinger wuchtet seinen kräftigen Körper aus dem Bett. Flieder kramt in gebückter Haltung in seinem Spind herum. Ich öffne die Fensterläden. Ziemlich bewölkt ist es. »Hoffentlich hält das Wetter«, sage ich zu Flieders Rücken. »Mir reicht schon das stundenlange Strammstehen und Marschieren, da muss es nicht auch noch regnen.«

Um acht Uhr beginnt die Zeremonie. Auf dem Innenhof formieren wir uns in Dreierreihen zu einem offenen Viereck, senkrecht lehnen die Spaten an unseren Schultern, und ihre Blätter glänzen wie silberne Teller über unseren Köpfen. Uns gegenüber flankieren zwei Obervormänner mit rot-weiß-roten Schärpen das Rednerpult und halten RAD-Fahnen in die Höhe. Das Pult ist am Boden mit Tannenzweigen dekoriert, davor stecken vier Spaten mit den Stielen in der Erde, und die Blätter lehnen aneinander. Neben mir steht Mamminger.

»Wie halten die zusammen, Gottfried?«, fragt er mit seiner Mädchenstimme. »Schön sieht das aus!«

Ganz schön, Mamminger, denke ich. Wunderschön! Als Gärtner wärst du ein Held geworden, aber ins Militär passt du so gut wie ein Schmetterling in ein Hornissennest.

Von einer Allee außerhalb des Lagers kommend und mit »Heil!« von der Menge begrüßt, tritt würdigen Schrittes der Oberstarbeitsführer aus München an die Kanzel. »Heil Hitler!«, grüßt er und hält seine Rede. Ich höre nicht genau zu. Es geht um die Ehre, die uns heute zuteil wird, und um ein Bündnis, das wir mit unserem Führer schließen. Floskeln eben. Dann wird es offiziell. Feldmeister Reit, der Feuermelder, tritt vor uns und spricht den Eid.

»Ich schwöre bei Gott diesen heiligen Eid, dass ich dem Führer des Deutschen Reiches und Volkes, Adolf Hitler, dem Obersten Befehlshaber der Wehrmacht, unbedingten Gehorsam leisten und als tapferer Soldat bereit sein will, jederzeit für diesen Eid mein Leben einzusetzen.«

Wir wiederholen seine Worte im Chor. Rede folgt auf Rede. Ein Oberfeldmeister aus Wien mahnt, gerade als Soldat müsse man fest an den Endsieg glauben, und auf den Kopf komme es an, und da seien wir Deutschen dem Feind haushoch überlegen, denn wir hätten den besten Führer aller Großmächte, deshalb dürfe man sich von militärischen Rückschlägen nicht beirren lassen und so weiter. Zur Auflockerung dürfen wir unter Reits Anleitung exerzieren. Vor all den wichtigen Leuten lässt er seine Worte salbungsvoll über den Platz gleiten, ganz anders als sonst, wenn er nervös mit den Armen fuchtelt und ungeordnet durch die Gegend plärrt. Sein Äußeres beeinflusst die Würde in seiner Stimme nicht. Mit seiner roten Birne sieht er immer aus, als stünde er vor einem Brüllanfall, ob er nun salbungsvoll spricht oder wie ein Wilder tobt. Reit lässt mich seit meinem ersten Gespräch mit Schild in Ruhe, und Schild ist für mich so etwas wie ein väterlicher Freund geworden. Er ist es auch, der als Lagerleiter die letzte Rede des Tages hält, und endlich ist die Prozedur überstanden und wir haben Ausgang. Euphorisch wie Kinder am letzten Schultag rennen wir in den Waschraum, machen uns frisch und ziehen bis zum frühen Abend durch die Straßen von Salzburg. Sawatzky, unser Wiener, kennt Salzburg gut, weil hier eine seiner Tanten wohnt, und er zeigt uns die besten Plätze und Cafés. Als wir in unseren schicken Uniformen so stolz durch die Stadt marschieren, all die optimistischen Reden, die Nachschwingungen der aufgeblasenen Vereidigung und drei Liter Bier im Kopf, glaube ich einen Abend lang wieder an den Endsieg.

Juni 1943

Sechs Wochen artilleristische Schulung sind vorbei, und in ein paar Tagen werden wir zusammen eine Flakbatterie vor Innsbruck bilden. Ich stelle mich nicht dumm an und hoffe auf einen Posten an der Zünderstellmaschine oder als Kanonier, aber mehr und mehr wird mir klar, was ich wirklich will. Ich will zur Marine. Einen Horizont vor Augen haben, der bis ins Unendliche reicht, das Rauschen der Wellen hören als Hintergrundmusik, die frische Luft atmen statt des Barackenmiefs, an fremden Häfen anlegen und Städte kennenlernen. Freiheit spüren. So stelle ich mir das Leben als Matrose vor. Wenn der RAD im Herbst vorbei ist, will ich mich um eine Versetzung zur Marine bemühen.

Doch Schild unterbreitet mir eine Offerte, mit der ich nicht gerechnet habe. Er hat mich in seine Stube bestellt, und jetzt sitzt er mir gegenüber und zieht an seiner Pfeife. »Warst du schon mal in München, Frank?«

»Zwei Mal. Da hat meine Schwester hingeheiratet.«

»Ich befürchte, du wirst keine Zeit haben, sie zu besuchen, wenn du dort bist.«

»Komme ich zu einer anderen Batterie? Nicht nach Innsbruck?«

»Keine Sorge. Du wirst nach sechs Wochen zu uns stoßen. Als Geschützführer und Vormann! Ich habe dich bei der Artillerieschule angemeldet.«

Ich sehe mein Schiff am Horizont kleiner werden. Hat man erst einmal eine Laufbahn beim RAD eingeschlagen, scheidet man nicht wie üblich nach einem halben Jahr aus. Man dient sich nach oben und bildet die Neuen aus, und ich bliebe Geschützführer. Artillerist und immer nur Artillerist, bis der Krieg vorbei ist. Überhaupt bin ich nicht scharf darauf, mich als Führer aufzuspielen. Die Kameraden aus meiner Stube sind gute Kumpels geworden, und jetzt soll ich sie herumscheuchen, zusammenstauchen und strafexerzieren lassen.

»Das ist wirklich eine Ehre, Chef, aber ich will nach dem Arbeitsdienst zur Marine gehen.«

Schild schüttelt ungläubig den Kopf. »Mensch, Junge! Du weißt wohl nicht, um was es hier geht! Wer sagt dir, dass du zur Marine kommst, wenn sie dich vom RAD entlassen? Und selbst wenn. Eine Seeschlacht ist kein Kinderspiel im Planschbecken. Im Krieg kommt es nicht auf Abenteuer an, sondern aufs Überleben.« Er hält ein brennendes Feuerzeug an den Schlot seiner Pfeife und zieht am Mundstück. Bläst den Rauch in die Luft und blickt mich eindringlich an. »Jeden Tag sterben in Russland Tausende von deutschen Soldaten, und die müssen ersetzt werden, so gut es geht. Weißt du, was das für euch Burschen bedeutet? Wenn es dumm läuft, schicken sie dich im Oktober an die Ostfront. Ich war dort bis zum Herbst einundvierzig als Infanterist. Kannst du dir vorstellen, was es für ein Gefühl ist, wenn du im Schützengraben liegst und die Granaten über deinen Kopf sausen, du aber trotzdem raus musst zum Gegenangriff, stundenlang um dein Leben zitterst und glaubst, verrückt zu werden? Wenn du einem Kameraden den Gnadenschuss geben musst wie einem alten Gaul, obwohl er noch jammert, mit einer Stimme, die wie Asche klingt? Dabei war das noch die Zeit, in der für die Wehrmacht alles nach Plan lief. Mein Bruder hatte nicht so viel Glück wie ich. Der ist in Stalingrad erfroren oder verhungert, das kann ich mir aussuchen. Er war in der eingeschlossenen sechsten Armee. Kaum Nachschub, bis zu vierzig Grad Kälte. Wer nicht umgekommen ist, schuftet jetzt als Gefangener irgendwo in der Sowjetunion in einem Bergwerk oder im Steinbruch.« Er raucht und sinniert. Minuten vergehen, ehe er weiterspricht. »An Weihnachten haben wir erfahren, dass er tot ist. Wir haben große Hoffnung, unsere Haut zu retten, hat er in seinem letzten Brief geschrieben. Aber es lag nicht mehr in seinen Händen. Ich habe dich als Geschützführer vorgeschlagen, damit dir so etwas nicht passiert, Frank. Das war der einzige Grund. Je länger du innerhalb der Grenzen des deutschen Reiches stationiert bist, desto wahrscheinlicher ist es, dass du den Krieg überlebst. Frank, ich zwinge dich zu nichts. Es ist deine Entscheidung.«

9. München

Juni 1943

Wir sind in einer Kaserne untergebracht. Im Parterre und im ersten Stockwerk befindet sich die Artillerieschule. In den Gängen wimmelt es von Offizieren, Leutnants und Oberleutnants der Luftwaffe, und an den Wänden hängen Fotografien und Gemälde von Pak und Flak, modernen Geschützen und alten Kanonen. Der Unterricht ist so etwas wie der Meisterlehrgang für Kanoniergesellen, ich kann bald jedes Einzelteil einer Flak benennen und kenne seine Funktion. Neben der Technik lernen wir, wie man eine Mannschaft führt, welche Befehle man wann erteilt und wie man mit den Leuten an der Kommandostation kommuniziert. Die Leute an der Kommandostation orten die Flugzeuge. Sie sitzen auf einem Hügel neben einem Radarschirm und übermitteln den Geschützführern und Kanonieren per Funk Richtung und Höhe der anfliegenden Bomber. Anhand dieser Werte drehen die Kanoniere an ihren Kurbeln, und der Mann an der Zünderstellmaschine sitzt auf einem drehbaren Hocker, der am Sockel des Geschützes montiert ist, und stellt am Uhrwerk des Zünders ein, zu welcher Zeit das Geschoss detonieren soll. Ständig ändern sich die Radarwerte, und ständig wird gekurbelt. Sind die feindlichen Flieger in Reichweite, erhalten die Geschützführer von der Kommandostation den einheitlichen Befehl »Gruppenfeuer!«, den sie an ihre Mannschaften weitergeben. Dann kann das Gefecht beginnen.

Wir üben mit stattlichen 10,5-Zentimeter-Kanonen in einer Stellung fünf Gehminuten von der Kaserne entfernt. Auf fiktive

Werte stellen wir das Rohr ein, mal als Kanonier K1, mal als K2, als Zünderstellmaschinenmänner drehen wir am Zünder, als Ladekanonier K3 legen wir die Patrone in die Ladeschale und öffnen am Ende den Fallenverschluss, um das Geschoss wieder herauszuholen. Alles nur ein Spiel. Bis zu der Nacht, in der München bombardiert wird.

Morgens um zwei schrillen die Alarmglocken. Füße von Kameraden aus den oberen Betten klatschen auf den Boden. Ich ziehe meinen Drillich an, setze den Stahlhelm auf und mische mich in den Strom der nach unten laufenden Kameraden. Die Kanoniere nehmen ihre Plätze an den Geschützen ein, und Kommandos von Geschützführern schallen über den Platz. Wir Lehrgangsteilnehmer werden als Helfer eingesetzt und bilden Ketten zwischen den Munitionsbunkern und den Ladekanonieren. Nach einigem Hin und Her, Tauschen der Positionen und Rufen und Hektik finde ich mich in einer Ecke vor dem Munitionsbunker wieder. Als der Geschützführer das Kommando gibt, reiche ich Geschoss für Geschoss weiter. Immer fünfzehn Kilo. Eins, zwei, drei, vier, bis jeder in der Kette eine Granate in den Händen hält und der K3 die erste in die Ladeschale gelegt hat. Im Dunkeln warten wir auf den Befehl zum Feuern wie ein Kinopublikum auf die Vorführung. Vor uns liegt die Stadt. Kirchtürme überragen die Wohnhäuser. Sirenengeheul setzt ein. Was mag jetzt los sein in den Häusern? Der Alarm wird die Menschen aus ihren warmen Federbetten treiben, kummerschwere Mütter werden in den Kellern sitzen und versuchen, ihre Kinder zurück in den Schlaf zu streicheln. Und wir werden sie verteidigen. Die Suchscheinwerfer der Kommandostation werfen Lichtkegel in den Himmel. Ohne Angst, beinahe mit Vorfreude, warte ich auf den Startschuss für mein erstes Gefecht. Endlich erleben, was uns die Leutnants wochenlang im Unterricht beschrieben haben, mit eigenen Augen sehen, was bei jeder Trockenübung gefehlt hat. Grummeln setzt ein. Ein gleichmäßiger Basston. Langsam und unerbittlich schwillt er an. Der Ladekanonier hat die Hand am Abzugshebel. Das Grummeln wird zum Brummen. Zum Tosen. Der Geschützführer ruft »Gruppenfeuer … Gruppe!«, und die Donnerschläge von sechs Kanonen trommeln den hundert Bombern ihre Antwort in die Luft. Orangefarbene Ringe aus Feuer flackern im Zehnsekundentakt an den Mündungen auf, ich stemme Patrone für Patrone aus dem Schacht und reiche sie weiter. Zur Orientierung für die Nachkommenden werfen die vorderen Flieger Leuchtbomben ab, und ein Regen von weißen, grünen und roten Sternen fällt auf München und verwandelt es in ein funkelndes Tablett. In der Dunkelheit kann ich die Bomber nicht erkennen, nur die Feuerwolken der explodierenden Flakgeschosse blitzen am Himmel auf. In das Dröhnen der Flieger und Trommeln der Flak mischen sich die dumpfen Schläge der Sprengbomben. Es sind die Fliegerbomben, die auf die Stadt fallen, immer mehr und immer lauter. Wohnhäuser werden in Flammen getaucht, einzelne Brandherde verbinden sich zu heißen Teppichen in Gelb und Orange und Rot. Die Münchener Nacht ist dermaßen erhellt – ich kann sogar den Qualm sehen, der über den Ruinen nach oben zieht, glaube ihn zu riechen, doch das ist nur das Pulver in unserem heißgelaufenen Rohr.

Der Flugzeuglärm verstummt. Die Sirenen geben Entwarnung. Wir stellen das Schießen ein, und nach all dem betäubenden Krach kann ich die Stille förmlich hören. Keine Blitze mehr am Himmel. Nur der Feuerschein über den brennenden Häusern ist von dem Spektakel übrig geblieben.

10. Rum

August 1943

Ich kann nicht schlafen. Ein bohrender Druck unter meinem Bauchnabel quält mich, und ich gehe einen Schritt vor die Baracke. Der Morgen graut. Wie Liliput liegt das Dorf Rum vor der schneebedeckten Gebirgskette des Karwendel, die rote Kirchturmspitze als Mittelpunkt. Ich drehe mich um, wieder sticht es unter meiner Bauchdecke, ich krümme mich und bücke mich nach einem Stein. Gedankenlos werfe ich ihn auf das Gelände, er senkt sich, und irgendwo zwischen zwei Geschützen kommt er auf. Da ist unsere Stellung. Sechs Kanonenrohre, die aus Gräben über die Erdwälle hinausragen – von hier aus verteidigen wir Innsbruck gegen Angriffe aus dem Westen. Wir schießen aus Geschützen, die jedes Kind als Achtachter kennt, die am häufigsten eingesetzte Flak im Zweiten Weltkrieg. Bei unseren Kanonen handelt es sich um sowjetische Beutegeschütze, 7,5-Kaliber ursprünglich, nachträglich von den Deutschen auf 8,8 Zentimeter aufgebohrt. Wie in jeder Flakbatterie heißen sie Anton, Berta, Cäsar, Dora, Emil und Friedrich.

Mein Geschütz heißt Emil, und drei meiner Kanoniere heißen Dollinger, Sawatzky und Brückner – meine alten Stubenkameraden. Mamminger gehört auch zu meiner Mannschaft, aber sie haben ihn nur als Helfer eingeteilt, ausgerechnet den zerbrechlichen Mamminger. Reit, der Feuermelder, ist der Ansicht, der Junge habe schwere körperliche Anstrengung dringend nötig. Es ist gekommen, wie es hatte kommen müssen: Mamminger ist Reits neues Opfer. Es ist nur eine Frage der Zeit, bis einer wie Reit einen wie Mamminger als Futtertrog seiner Aggressionen entdeckt. Seit Monaten erlebt der blasse Junge mit dem Kugelkopf, was ich in Saalfelden erlebt habe.

An zwei von drei Morgenappellen lässt ihn der Feuermelder zum Exerzieren aus der Reihe treten und straft ihn nach Stubenkontrollen wegen einer Seife, die angeblich in der falschen Ecke des Spindfaches liegt, moniert den Knick in der zusammengelegten Bettdecke wegen eines Zentimeters oder regt sich über einen schwarzen Streifen auf Mammingers Holzhocker auf, der durch die Schaftstiefel entstanden ist. Die Striche lassen sich nicht vermeiden, und wir entfernen sie jeden Tag mit Glasscherben, aber wenn der Vorgesetzte Spuren davon finden will, dann findet er sie. Er nennt Mamminger einen Bettnässer, seit er einmal einen feuchten Fleck auf seinem Laken entdeckt hat und gibt ihn auf diese Weise vor der versammelten Mannschaft der Lächerlichkeit preis. Tagsüber versteckt Mamminger seinen Kummer unter einem immer gleichen Gesicht, mit Mundwinkeln, die sich weder nach oben, noch nach unten verbiegen, aber nachts höre ich ihn manchmal wimmern. So weit ich mir selbst nicht schade und so weit es als sein direkter Vorgesetzter in meiner Macht steht, schirme ich den Jungen ab. Als ich nach dem Münchenlehrgang als frischgebackener Vormann zur Batterie stieß, gab mir der Feuermelder gleich Anregungen zur Dressur von Untergebenen. Plötzlich galt ich für ihn als Mensch.

»Wenn einer nicht spurt«, sagte er, »dann schickst du ihn auf den Schwitzebuckel.« Er lachte laut auf. »Einmal hingesprintet, rauf und wieder zurück. Das treibt ihnen die Flausen aus. Beim zweiten Mal spätestens!«

Der Schwitzebuckel ist ein steiler Hügel am Rande unserer Stellung. Er ist gut zwanzig Meter hoch und so steil, dass man ihn gerade noch aufrecht erklimmen kann. Von dieser Erziehungsmaßnahme überzeugt, wendet sie der Feuermelder auch bei der geringsten Nachlässigkeit an. Braucht der Ladekanonier beim Üben zu lange, um die Patrone in die Schale zu legen, darf er laufen; findet Reit ein Erdhäufchen auf dem Boden, das vom Wall heruntergerollt ist, lässt er die ganze Gruppe spurten. Meinen Leuten möchte ich diesen Unsinn ersparen. Seit ich die Order gegeben habe, heißt es »Vorhang auf«, wenn Reit sich uns nähert. Zwei oder drei Kameraden stützen die Hände auf die Oberschenkel, schnaufen wie gehetzte Hunde und wischen sich mit dem Ärmel den imaginären Schweiß von der Stirn. Am ehrgeizigsten sind Sawatzky, Dollinger und Mamminger. Einer von ihnen ist immer unter den Schauspielern. Reit mustert die Gehetzten, und wenn er mich dann mit einem zufriedenen Halblächeln ansieht, muss ich mir stark auf die Unterlippe beißen, um nicht loszuprusten. Sobald er weg ist, brechen wir in Gelächter aus. In diesen Momenten verwandeln wir uns wieder in die Schulbuben, die wir unserer Bestimmung nach nicht mehr sein dürfen, die bei jedem Fußballturnier aus den Schützengräben unserer Herzen kriechen, und die sich den ganzen Tag auf einen Boxkampf zweier Kameraden freuen können. Heute gibt es wieder einen Weltmeisterschaftskampf, heißt es dann in jeder Stube, und in unserer Fantasie ist es nicht weniger als das, und wir leben die Reste unserer Kindheit aus, wie man mit einem Stück Brot die letzte Soße aus dem Teller kratzt.

Das sind die Höhepunkte, aber die meiste Zeit schaufeln und mauern wir. In den ersten Wochen ist die Stellung eine Baustelle, und wir benutzen den Spaten ausnahmsweise als Spaten und nicht nur als Gewehrersatz beim Exerzieren. Wir schaufeln Erde in Schubkarren und errichten einen Wall um die Grube, verkleiden die Wände mit Brettern, und in den Ecken mauern wir aus Ziegelsteinen die Munitionsbunker. Nach einem Gefecht, wenn es Erde geregnet hat, reinigen wir die Grube, und täglich putzen wir das Geschütz.

Sobald unsere Kommandostation vor feindlichen Fliegern gewarnt wird, die sich in hundert Kilometern Entfernung unserer Stellung nähern, heult in unserer Stube die Sirene. Das passiert fast jeden Tag, und dann heißt es raus aus den Betten, ran an die Geschütze und vorbereiten zum Gefecht, aber meistens drehen die Flieger vor Innsbruck wieder ab.

An diesem Morgen tun sie es nicht. Gerade wollte ich zurück in mein Bett, als der Alarm losheult, aber es ist mir fast gleich, ob ich den Schmerz unterhalb meines Bauchnabels nun liegend oder stehend ertragen muss. Als ich die Stube wieder betrete, schälen sich die anderen aus den Betten. Die Sirene kreischt und Brückner flucht. »Diese Verbrecher! Ich knall sie runter! Zwei Stunden Schlaf beim Teufel! Arschgeschwader!«

Aus den Baracken laufen die Kameraden mit Stahlhelmen auf den Gefechtsstand und sammeln sich an den Geschützen. Mein Platz ist schräg hinter der Flak, wo ich Überblick über die Mannschaft habe. Ich setze den Kopfhörer auf und trete mit der Radarstation in Funkkontakt.

»Kanonen in Ausgangsposition«, sagt die Stimme.

»Kanone in Ausgangsposition«, rufe ich. Die Kanoniere fangen an zu kurbeln.

»Flieger aus Südwest«, sagt die Stimme. »Geschütze einstellen.«

»Geschütz einstellen«, rufe ich. Dollinger sitzt an der Zünderstellmaschine und kurbelt an seinem Rad, Sawatzky als K1 kurbelt das Rohr nach oben und unten, und der K2, ein Junge aus einer anderen Stube, justiert die Richtung. Immer noch können die Bomber abdrehen. Erst als die Kommandostation »Feindliche Verbände im Anflug auf Innsbruck« durchgibt, müssen wir uns auf ein Gefecht einstellen. Sawatzky kurbelt, bewegt den Kopf wie ein Dirigent im Orchestergraben und halst nach oben auf die Mündung, die sich durch sein Drehen hebt und senkt. Das vertraute Dröhnen der britischen Lancaster-Bomber setzt ein. Erst leise, dann lauter, schließlich lärmend, als liege man unter einem Lastwagen. Plötzlich ein unerwartet heftiger Stich. Ich ächze und lege die Hand auf den Bauch. Langsam legt sich der Schmerz. Dann das Wort »Gruppenfeuer« aus dem Kopfhörer.

»Gruppenfeuer!«, rufe ich.

»Gruppe«, sagt die Stimme in meinem Ohr.

»Gruppe!«, befehle ich. Brückner als K3 wuchtet die erste Patrone in die Ladeschale. Klackediklack tschurr tsung. Geladen. Er zieht an seinem Handhebel, und der erste Donnerschlag setzt ein. Zünderstellmaschinenmann Dollinger legt nach, ruhig wie ein Fels, und stellt am Zündwerk der Patrone die Detonationszeit für das nächste Geschoss ein.

»Gruppe!« – Womm! »Gruppe!« – Womm! Alle acht Sekunden. Zwischen den Suchscheinwerfern leuchten die explodierenden Geschosse am Himmel auf. Jeder Schuss eine Erschütterung, der Oberkörper krümmt sich zusammen, jedes Zusammenkrümmen ist begleitet von einem Stich unter meiner Bauchdecke, als wollten sich Würmer durch meinen Nabel in die Freiheit fressen. Dazu der Pulvergestank. Mir wird schlecht. Nein, jetzt ist nicht die Zeit für Übelkeit. Nicht der Moment, überhaupt daran zu denken.

»Gruppe!« – Womm! »Gruppe!« – Womm! Über uns die dröhnende Decke der lärmenden Flieger. In dem fahlen Licht des frühen Morgens kann man von den Gesichtern nur die Konturen erkennen, aber dass sich Mamminger quält und unter jeder Bewegung leidet, das sieht man auch so. Er muss als Helfer die Patronen aus dem Munitionsbunker stemmen und sie weiterreichen, wie ein Hase auf der Treibjagd sieht er aus, denn für jede Patrone hat er nur acht Sekunden Zeit, damit Brückner ständig nachladen und an seinem Feuerungshebel ziehen kann. Fünfzehn Kilogramm Plage, alle acht Sekunden. In mir verkrampft sich alles. Mein Kopf wird heiß, das Bild vor meinen Augen verschwimmt. Plötzlich sehe ich Dollinger auf seinem Hocker auf und ab wippen, dann schunkelt die ganze Flak. All meine Kraft konzentriere ich auf die »Gruppe!« Rufe und bin froh, nicht körperlich gefordert zu sein wie Mamminger. »Gruppe!«, tönt es aus dem Kopfhörer. Zum letzten Mal. Das Dröhnen verebbt. Ohren werden von Kopfhörern befreit, die Kanoniere drehen das Rohr auf Ausgangsposition, die Helfer klauben Patronenhülsen zusammen, Dollinger schlurft zum Geräteraum, um die Reinigungsbürste für das Rohr zu holen, und der Rest besorgt neue Munition aus dem Magazin. Ich bleibe zurück, setze mich auf Dollingers Hocker und höre den Führer der benachbarten Flak lamentieren. Er ärgert sich, dass wir keinen Bomber heruntergeholt haben. Nichts getroffen, alles umsonst, Schweinehunde, schimpft er. Idiot, denke ich, und spüre den nächsten Stich. Ich reiße mich zusammen und halte die Wirbelsäule aufrecht. Der Boden unter mir wackelt. Dollinger kommt zurück mit der Bürste, die aussieht wie ein riesiger Flaschenreiniger, steckt sie in das Rohr und wichst an den Innenwänden entlang. Er hält den Stiel mit beiden Händen und sieht aus wie ein Speerwerfer. Die anderen kommen mit dem Schubkarren voll Patronen und füllen den Bunker auf. Ich muss nichts sagen, jeder kennt seine Aufgaben. Brückner putzt das Rohr von außen. Sein Lappen wienert zwei Handbreit über meiner schweißnassen Stirn, scheuert hin und her auf dem glatten Kruppstahl. Das flaue Gefühl sitzt in meinen Innereien, mein Bauch ist das Nadelkissen für die Stiche, die in jeden zweiten Atemzug einstimmen.

Dollinger beobachtet mich. »Alles klar, Frank?«

»Freilich.«

Zum anschließenden Frühstück genügt mir eine halbe Buttersemmel. Am Vormittag lasse ich meine Leute selbstständig am Geschütz exerzieren, lehne mich an die Kanone und sehe ihnen zu. Dann reinigen wir bis zum Mittag die Stube. Das Putzen strengt mich furchtbar an, ich schwitze, und mit der inneren Hitze steigert sich mein Tempo. Ich schrubbe wie verrückt, schneller und schneller. Es muss ein Vorbote des Fiebers sein, der alles in mir ausblendet und mich in diesen Akt des Scheuerns versenkt, mechanisch, als wäre mein Geist längst aus dem Körper gewandert. Erst als die Muskeln nachgeben, komme ich zur Besinnung. Ich werfe den Lappen in den Eimer, schleppe mich aufs Bett, drehe das Gesicht zur Wand und schließe die Augen.

»Was ist mit dem Frank heute los?«, höre ich Brückner fragen.

»Dem geht es nicht gut«, sagt Dollinger. »Das habe ich mir beim Gefecht schon gedacht.«

Blechschüsseln und Besteck klimpern. Plötzlich Dollingers tiefe Stimme an meinem Ohr. »Frank?«

Ich will niemanden sehen und nicht sprechen, aber ich drehe mich um und öffne die Augen. Dollingers ruhige Stimme, seine blasse Haut, seine ruhigen Bewegungen – er ist der Einzige, den ich jetzt ertragen kann. »Geht schon. Mir ist nur ein bisschen schlecht«, antworte ich.

Bis zum Abendessen bleibe ich liegen. Die Kameraden sitzen am Tisch und warten, bis Sawatzky mit der Schüssel kommt und das Essen austeilt. Jeden Tag ist ein anderer an der Reihe, und heute ist es der Wiener. Matt klettere ich aus dem Bett, hole mein Essgeschirr und setze mich dazu. Geistesabwesend blicke ich in den leeren Napf. Sawatzky kommt herein und klatscht jedem

einen Löffel Eintopf auf den Teller. Der Geruch von dem ein-
gekochten Gemüse ekelt mich an. »Bohneneintopf mit Speckein-
lage«, sagt Sawatzky, und sie schaufeln das Essen in sich hinein.
Mein leerer Blick verliert sich in der Schüssel. Den Speck kann
ich nicht ansehen, ohne dass mein Zwerchfell zuckt. Ich drehe
den Kopf zur Seite, damit mir der Dunst nicht direkt in die
Nasenlöcher steigt.

»Essen solltest du schon was, Frank«, sagt Dollinger. Ich muss
mich zwingen, den Mund aufzumachen, mich zwingen, zu kauen,
und mich zwingen, zu schlucken.

Dann lege ich den Löffel aus der Hand und schiebe den Napf
eine Armlänge von mir. »Teilt euch meine Portion.«

»Nicht gesund, was?«, sagt Brückner und sieht mich skeptisch
an.

Ich antworte nicht, lege mich ins Bett und ziehe die Decke über
die Ohren.

Das Fußballspiel am Nachmittag habe ich verschlafen, dafür
fühle ich mich beim Exerzieren wieder besser. Ich stehe hinter
dem Wall, starre nach unten in den Geschützgraben und gebe
eintönige Befehle. Die Kulleraugen von Mamminger sehen treu
zu mir hoch. »Du bist ganz blass, Gottfried.«

»Man muss auch einmal was aushalten können, Mamminger!«

Bis zum Abendessen halte ich mich gut, aber mit dem Essen ist
es wieder nichts. Vor dem Schlafengehen verabschiede ich mich
für eine halbe Stunde in die Latrine und kotze in das Loch. Als
ich wiederkomme, meinen die Kameraden, ich solle zum Arzt
gehen. Bis auf Brückner, dem ist es egal. Dollinger und Sawatzky
nennen mich unvernünftig, weil ich mich nicht untersuchen lasse,
und Mamminger bettelt fast darum.

Ich kann nicht einschlafen. Das Stechen wird unerträglich. Es fühlt sich an, als wühle eine Hand ohne Gnade und Ablass in meinen Gedärmen. Mir bleibt keine Wahl, ich muss etwas unternehmen, also stehe ich auf und schlurfe in die Arztbaracke.

Der Stabsarzt sitzt in der Hocke vor mir und hört mit dem Stethoskop meinen Bauch ab. Fröstelnd stehe ich in der Unterhose da. Der Sani, ein Wal von einem Menschen, nimmt etwas aus einem Regal oder sucht etwas, das kann ich nicht erkennen, sein Rücken verdeckt alles. Der Arzt richtet sich auf. Mit drei Fingern betastet er meine Bauchdecke. »Tut das weh?«, fragt er und drückt auf eine Stelle rechts unter dem Nabel.

»Au!«

Er lächelt verschmitzt. »Da wird es bald auch weh tun, wenn keiner drauf drückt. Sie haben eindeutig eine Blinddarmentzündung. Legen Sie sich hin.« Er zeigt auf ein Bett.

»Messen Sie dem Herrn Vormann bitte die Temperatur«, sagt er zu dem Sanitäter, der mir daraufhin ein Fieberthermometer in die Hand drückt und »In den Arsch stecken!« murmelt.

Eine Weile liege ich seitlich da, mit dem Thermometer in meinem Hintern.

»Thermometer!«, sagt der Sani, und ich gebe es ihm.

»Neununddreißig zwei.«

»Fieber. Wie erwartet«, sagt der Doktor. »Gleich morgen früh überstelle ich Sie in das nächste Lazarettkrankenhaus. Sie müssen operiert werden. Die Nacht über bleiben Sie in der Heilstube.«

Damit habe ich nicht gerechnet. »Operieren? Sie wollen mir den Bauch aufmachen?«

»Dafür gibt es keine Alternative, Herr Frank. Wenn der Blinddarm durchbricht, ist Ihr Leben in Gefahr.«

»Ach wo!«, antworte ich und nehme trotzig meinen Drillich vom Hocker.

Aufschlitzen! Schon der Gedanke bringt mich zum Kotzen.

Hier geht es um meinen Körper, und den werde ich nicht leichtfertig in die Hände eines Fremden legen. »Vielleicht wird es bis morgen wieder besser«, sage ich.

Der Sani bringt mich in die Heilstube, einen abgedunkelten Raum mit zwölf Betten, von denen nur eines besetzt ist. Mein Zimmergenosse schläft. Ich kämpfe. Der Arzt hat recht behalten: Unter der Stelle, auf die er am Nachmittag gedrückt hat, setzt ein Stechen ein und hört nicht mehr auf. Ich schrecke immer wieder hoch und lasse mich in den Strohsack fallen. Mal auf die eine Seite, dann auf die andere. Ich wälze mich und wetze mit dem Rücken über die Unterlage. Presse die Faust an die Holzwand und reibe mir die Haut auf, um einen Gegenschmerz zu erzeugen. Mein Kopf glüht. Gesicht und Brust sind voll Schweiß, und doch klappern meine Zähne. Ich fühle mich wie auf einem Schlachtfeld, auf dem meine Bewegungen gegen den Schmerz kämpfen, der Schmerz gegen meinen Körper und mein Körper gegen die Entzündung. Zum Schlafen fehlt mir die Ruhe, und doch basteln die Gedanken Traumbilder.

Es muss ein Fiebertraum sein, und ich sehe mich als Lehrling bei Wanninger im Schlachthaus. An der Wand hängt eine Reihe frisch geschlachteter Schweine mit gespreizten Beinen kopfüber an Eisenhaken. Zehn, zwölf, sechzehn Stück, alle mit aufgeschlitzten Bäuchen, aus denen graublau die Innereien und Därme wie giftige Würste quellen. Ich fühle plötzlich mit den Schweinen, bekomme Angst. Verlustangst. Entsetzt blicke ich an mir herunter. Die gleichen Därme und Innereien klaffen auch aus meinem Bauch. Wie zwei Flügel eines Tores stehen die Rippen offen, umhüllt von mageren Hautlappen. Die Innereien hängen an dünnen Strängen herunter und drohen abzufallen. Ich darf sie nicht verlieren. Wenn ich sie verliere, das weiß ich in diesem Augenblick, wird mein Körper vom Boden abheben, der Hohlraum in meinem Bauch wird mich nach oben ziehen, und wie ein Flakgeschoss werde ich in den Himmel schießen und explodieren.

Ich stöhne, bade in Schweiß, streichle über meine Bauchdecke – alles noch gut verpackt. Ich wälze mich. Stöhne. Mit dem Zwitschern der ersten Vögel schlafe ich ein.

Der Doktor weckt mich. »Guten Morgen, Herr Frank! Machen Sie sich bitte fertig für das Lazarett. Soll Ihnen jemand helfen?«

Mein Kopf ist nach dem Schlaf wieder klar. »Ich lasse mich nicht operieren.«

»Aber es muss sein, Herr Frank. Mit so etwas ist nicht zu spaßen. Sie unterschätzen das.«

Ich stehe auf. Mir wird schwarz vor Augen. Ich halte mich am Bettgestell fest, bis es vorbei ist, stampfe zum Schrank und ziehe meinen Drillich über das Nachthemd. »Sie können mich nicht zwingen.«

Er stellt sich vor den Ausgang, als wolle er mir den Weg versperren. »Nehmen Sie doch Vernunft an! Ich kann das nicht verantworten!«, sagt er. »So ein junger Kerl wie Sie …«

Ich habe ihn aus der Ruhe gebracht. Er sieht mir tief in die Augen, als wolle er die Vernunft in meinen Kopf pumpen, und genauso entschlossen erwidere ich seinen Blick. »Herr Doktor. Ich lasse mir den Bauch nicht aufschlitzen. Da können Sie mir sagen, was Sie wollen.«

Ich dränge mich am Arzt vorbei und gehe aus dem Krankenzimmer über den Barackenhof in meine Stube. Bis am Mittag die Kameraden einrücken, liege ich auf dem Bett und döse.

»Was machstn du hier, Frank?«, fragt Dollinger.

»Meinst, ich lass mir den Blinddarm rausschneiden?«

»Ist er entzündet?«

»Der Doktor sagt es. Aber ich lasse mich nicht ausnehmen wie ein Schwein.«

»Aber wenn es der Doktor sagt«, piepst Mamminger besorgt.

»Hol jetzt unseren Fraß, Mamminger!«, schreit Brückner.

Am Essen kann ich mich nicht beteiligen, sehe den Kameraden vom Bett aus zu. Dollinger setzt die Debatte fort. »Das ist ein Leichtsinn. Frank, sei nicht so unvernünftig. Lass dich operieren.«

»Der Bauch bleibt zu. Da könnt ihr machen, was ihr wollt!«

»Jawohl, das ist ein Wille!«, ruft Brückner begeistert. »Tu, was du für richtig hältst, Frank!«

»I kann di vasteh, Frank«, stimmt Sawatzky zu. »Ohne an Blinddarm bist nur mehr a halber Mensch.«

Mamminger versteht die Welt nicht mehr. »Das ist Unsinn, Sawatzky«, ruft er. »Gottfried gehört in die Heilstube. Mein Vater ist selbst Arzt, und ich weiß, wie gefährlich so etwas ist.«

»Ach, du kleiner Hosenscheißer«, sagt Brückner, und darauf schaltet sich Dollinger ein.

»Das hat mit Hosenscheißer nichts zu tun, Brückner. Ich möcht dich mal sehen, wenn der Frank mit einem Durchbruch krepiert. Also halt dein blödes Maul!«

Brückner knallt seinen Löffel auf den Tisch und stiert Dollinger an. »Mein blödes Maul? Hast du gesagt, mein Maul ist blöd?«

»Hört auf!«, schreie ich, so laut ich kann. »Esst euren Eintopf und schaut, dass ihr wieder an eure Stellung kommt. Ich will euch nicht mehr sehen!«

Vor dem Abendessen startet der Doktor den nächsten Versuch. Diesmal mit Oberfeldmeister Schild im Schlepptau. Wie zwei Generäle, die einen Feldzug planen, stellen sie sich vor meinem Bett auf, und mein väterlicher Freund Schild versucht, auf mich einzuwirken. »Frank. Willst du dein Leben aufs Spiel setzen wegen deiner eigenen Dummheit? Ein Heldentod wäre das nicht gerade.«

»Es bleibt dabei. Aufschlitzen werdet ihr mich erst als Leiche.«

»Wenn ein Blutegel an deinem Hals klebt, lässt du ihn doch auch nicht einfach weitersaugen«, sagt Schild, und der Doktor erklärt mir haarklein, wie so eine Entzündung des Wurmfortsatzes zu einem Durchbruch führen und sich auf das Bauchfell ausweiten kann.

Ich bleibe stur. Die beiden Generäle trotten aus der Stube, als hätten sie gerade vom Verlust einer Armee erfahren.

Mein Zustand bessert sich ganz langsam. Die Schmerzen werden gedämpfter, und in der Nacht kann ich ein paar Stunden schlafen. Bei der Morgenvisite stellt der Doktor zum ersten Mal einen Rückgang der Temperatur fest, und zum Mittag verdrücke ich ein ganzes Wiener Würstchen, das erste Essen nach zweiundvierzig Stunden. Ich glaube, ich bin über den Berg.

Nach dem Essen kommt Schild. »Frank, im Besucherraum wartet jemand auf dich.«

»Auf mich?«

»Kannst du alleine gehen oder brauchst jemanden, der dich stützt?«

»Es geht mir besser, ich kann alleine gehen. Wer ist es denn?«

Er lächelt verschmitzt. »Mach schnell. Damen lässt man nicht warten.«

Ich ziehe meine Ausgehuniform an, frisiere mich und schlendere in Richtung Pforte. Der Schnee auf den Bergen glänzt in der Sonne und blendet mich. Ich öffne die oberen Knöpfe meiner Jacke, stülpe die Ärmel nach hinten und male mir aus, was mich gleich erwarten könnte. Damenbesuch … einheimische Mädchen haben wir nicht kennengelernt, aber vielleicht hat mich eines beobachtet, als wir im Schwimmbad waren …

Eine winzige Gestalt auf dem Platz hinter der Pforte wird langsam größer. Sie trägt einen Hut. Graue Jacke, grauer Rock, und am rechten Arm hängt eine große braune Handtasche. Alte Lebensgeister melden sich zurück, als ich sie erkenne. Mutter! Als wäre ich kerngesund, passiere ich mit großen Schritten die Pforte und schließe sie in die Arme. »Mensch, Mama! Wie kommst du hierher?«

»Dein Obermeister, dieser Schiller, hat mich herbestellt. Bub, sag, wie geht es dir?«

»Gut geht es mir!«

»Da habe ich etwas anderes gehört, Gottfried. Du bist ja ganz blass!«

Ich baue mich mit ausgebreiteten Armen vor ihr auf, um meine Vitalität zu demonstrieren. »Schau mich an, mir gehts schon wieder gut. War nur ein paar Tage krank. Das übersteht man, schau mich doch an!«

Sie verdrückt ein Lächeln. Ich sehe ihr an, dass sie sich Sorgen gemacht hat und jetzt erleichtert ist.

»Wie haben sie dich hergebracht?«, frage ich sie.

»Nach Innsbruck haben sie mir den Zug bezahlt, und vom Bahnhof hat mich einer mit dem Kübelwagen abgeholt.«

»Da siehst du mal, wie wichtig du bist.«

»Ich glaube, du bist hier der Wichtige. Was bedeuten die Granaten auf deinem Kragen?«

»Das sollen Eicheln sein. Ich bin Vormann.«

Sie streicht über die Vorderseite meiner Jacke, um einen Fussel zu entfernen. Mütter sehen immer Fusseln auf den Jacken ihrer Söhne, egal ob welche da sind oder nicht. Dann tritt sie einen Schritt zurück und mustert mich. Die Tasche schwingt vor und zurück, und Mutters Augen wandern von meinen Haaren bis hinunter zu den Schuhen und wieder hoch zu meinem Gesicht. »Gottfried, du kannst dir denken, warum sie mich geholt haben.«

»Damit du mir sagst, ich soll mir den Bauch aufschlitzen lassen!«

»Bub, sei doch nicht so unvernünftig! Wenn der Doktor sagt, du gehörst operiert, dann musst du dich operieren lassen!«

»Nein!« Demonstrativ strecke ich die Brust heraus und stütze die Hände in die Hüften. Mutter kennt meinen Dickschädel besser als sonst jemand. Sie schüttelt den Kopf und kneift die Lippen zusammen.

»Mama, das geht vorbei!«

In Wahrheit fühle ich mich schwach von dem Ausflug aus dem Bett und muss mich dringend hinlegen. Für den nächsten Tag vereinbaren wir ein Treffen hier beim Eingangsbereich, dem einzig möglichen Treffpunkt, denn ich darf nicht nach draußen und Mutter nur bis zur Pforte. Schild hat ihr in einem Gasthaus in der Stadt ein Zimmer mit Vollpension reservieren lassen, das sie jetzt in aller Ruhe beziehen kann, und ich kann mich schlafen legen.

Elf Stunden habe ich geschlafen. Bei der Morgenvisite stellt der Stabsarzt nur leicht erhöhte Temperatur fest und fragt halbherzig, ob ich mich operieren lassen will. Ich sage Nein. Diesmal hakt er nicht nach. Ich habe gewonnen.

Am Nachmittag treffe ich Mutter. Zu gerne würde ich sie durch das Lager und die Stellung führen und ihr mein Geschütz zeigen, aber der Zutritt ist für Zivilisten verboten. Von der Pforte aus kläre ich sie mit ausgestrecktem Zeigefinger und funkelnden Augen über den Gefechtsstand auf. »Das zweite Rohr da hinter der linken Baracke, das gehört zu meinem Geschütz. Der weiße Ring, der an die Rohre gepinselt ist, siehst du den?«

»Ja.«

»Das bedeutet, wir haben einen Abschuss. Bei jedem Abschuss kommt einer dazu. Und die Berge da hinten, das sind die Alpen.«

»Dass das die Alpen sind, weiß ich auch, Bub.« Sie mustert mich noch einmal mit ihrem besorgten Mutterblick. »Was gibt es zu essen?«

»Meistens gibt es so Eintopfzeug, abends auch Wurst. Heute Mittag gab es Gulasch, und mir hat es endlich wieder geschmeckt. So gut, dass ich mir gleich Nachschlag geholt habe.«

Ich erkläre ihr unseren Tagesablauf und meine Aufgaben, erzähle von den Kameraden und frage sie nach Albert. Er wird noch diese Woche nach Regensburg ins Evangelische Krankenhaus verlegt, sagt sie. Urlaub müsste ich haben, denke ich, aber das sind Träumereien. Wenn es dumm läuft, sehe ich die Heimat erst im nächsten Jahr wieder.

Mutter bleibt noch einen Tag in Innsbruck. Der Arzt sagt, ich hätte es so gut wie überstanden, und sie kann unbeschwert wandern und die Stadt besichtigen.

Am Tag ihrer Abreise wollen sie die Kameraden unbedingt kennenlernen. Geschlossen marschiert unsere Stube zum Besucherraum, und Flieder hat seine Fotokamera dabei. Mutter mit Sawatzky; Mutter alleine; Brückner; Sawatzky und Mamminger mit Mutter; Dollinger mit Mutter und mir. Flieder hält Mutters Kurzurlaub für die Nachwelt fest. Und meinen Blinddarm behalte ich.

Dezember 1943

Die Tage sind kurz und die Nächte frostig geworden, und ich bekomme meinen ersten Heimaturlaub. Zwei Wochen lang die Geschütze nicht mehr von Schnee und Eis befreien müssen, mit steif gefrorenen Händen am vereisten Rohr, zwei Wochen keine Wege freischaufeln, zwei Wochen kein Exerzieren und kein Alarm, kein Sauberhalten der Stellung, kein Bettenbauen und kein Putzen der Stube. Im Winter fällt alles schwerer, vom Aufstehen in der Früh bis zum Fahnenappell vor dem Abendessen. Auf der anderen Seite sind fünfzehn Grad unter Null keine Kälte, wenn ich an zwei meiner alten Kameraden denke.

Im Oktober ist für die Burschen aus meiner Stube das halbe Jahr RAD zu Ende gegangen, und sie mussten zur Wehrmacht. Flieder kam als Küchenbulle an die Westfront und Brückner zu einer Flakbatterie nach Trier. Mamminger und Sawatzky mussten in den giftigen Apfel Ostfront beißen. Viel hört man nicht mehr aus Russland, aber ich weiß, dass die Soldaten im Winter erfrieren, die Gefallenenlisten immer länger werden und die Alliierten an allen Fronten vorrücken. Was die beiden im Osten durchmachen, will ich mir gar nicht ausmalen, aber ich befürchte, Mamminger wird kaputtgehen.

Jetzt teile ich die Stube mit der nächsten Generation. Lehrlinge oder frisch Ausgelernte, die meisten erst sechzehn Jahre alt. Ich bin nur ein gutes Jahr älter als sie, aber für mich sind es grüne Jungs, und ich bin froh, dass Dollinger noch da ist. Er ist zum Geschützführer ausgebildet worden und darf sich jetzt Vormann nennen. Ich bin inzwischen Obervormann und laufe mit einem silbernen Stern auf der Schulterklappe durch die Landschaft, aber jetzt habe ich Urlaub, und zu Hause weiß nur Rinner, was der Stern bedeutet. »Der Gottfried, schau her, ein Obervormann ist er!«, hat er an meinem ersten Urlaubstag bemerkt.

Zum ersten Mal seit anderthalb Jahren sehe ich Rudi wieder! Wir gehen auf den Weiher zum Eisstockschießen, und wenn es im Schützenheim Tanz gibt, holen wir die Mädchen von zu Hause ab. Rudi ist verrückt nach einer Kindergärtnerin namens Lili, und ich nehme Maria mit, die ich von der Schule her kenne. Sie ist die älteste Tochter von Georg Hamann, Gießer im Eisenwerk und Vater von neun Mädchen. Das Jüngste liegt noch in den Windeln,

und die beiden Ältesten holen wir zum Tanz. Lisl, die Zweit-
älteste, ist gerade sechzehn geworden und darf zum ersten Mal
ausgehen. Sie tanzt keinen Foxtrott und trinkt kein Bier. Dafür
riecht sie nach frischen Rosen. »Die Hamannschwestern sind eine
gute Erfindung«, sage ich zu Rudi. »Fast jedes Jahr wächst eine
nach.«

Nach drei Tagen verabschiedet sich Rudi. Er ist von Rumänien
nach Russland versetzt worden, hat es bis zum Obergefreiten
gebracht und muss zurück in seinen Panzer. Im weißen Hemd
winke ich ihm vom Bahnsteig aus nach, und er streckt seinen uniformierten Oberkörper aus dem Zug nach Russland und winkt
zurück. Acht Tage bleiben mir, und ich will sie nutzen, um Albert
zu besuchen, sooft es geht.

Das Evangelische Krankenhaus dient als Lazarett. Eine Kaserne
für verwundete Krieger. Im Treppenhaus tastet sich ein Mann mit
fettigen Haaren auf Krücken die Stufen hinunter, und im
Korridor sitzen drei Burschen in weißen Nachthemden an einem
Tisch und reden. Die Tür zu Alberts Zimmer ist angelehnt.
Gelächter schallt heraus. Ich trete ein. Die beiden Fenster lassen
zu wenig Licht herein, dafür brennen zwei elektrische Decken-
lampen. Ihr Schein fällt auf einen kleinen Tisch, um den vier
Burschen sitzen und Karten spielen, einer davon mit Kopfver-
band. Drei Patienten haben Besuch, ich zähle zwölf Kranke und
elf Gesunde. Am Gitter eines Bettes lehnen Alberts Krücken, und
daneben sitzt Albert auf einem Stuhl mit dem Rücken zu mir und
beugt sich zu dem Liegenden, der einen eingegipsten Arm hat.
    »Grüß Gott beisammen«, sage ich, und Albert dreht den Kopf
zu mir und reißt die Arme in die Höhe.
    »Gottfried! Ja sakradi! Leute, das ist mein Bruder!«

Durcheinander erklingt eine Salve von Servus' und Grüßdichs. Albert greift nach den Krücken und steht umständlich auf. »Der Gert hat mir grad ein paar Fotos von seinen Schwestern gezeigt. Schöne Mädchen. Aber jetzt komm einmal mit.« Mit kleinen Schritten tippele ich hinter meinem stelzenden Bruder zum Fenster. Auf dem Emmeramsplatz parken drei Autos. Sie sind eingeschneit, alles ist weiß, nur das Gebäude gegenüber ist grau. Hinter den Fenstern hacken Frauen in hellgelbem Licht auf Schreibmaschinen herum, und Krawatte tragende Männer in Anzügen gehen ein und aus.

»Siehst du die Schwarzhaarige? Da direkt am dritten Fenster von rechts, im obersten Stockwerk. Mit dem bunten Kleid.«

Ich sehe eine dünne Frau, die rhythmisch auf ihrer Schreibmaschine tippt. Aus der Entfernung kann ich nicht erkennen, ob ihr Gesicht hübsch oder hässlich ist. Als sie die Walze nach rechts schiebt, hebt sie den Kopf und sieht zu uns herüber, dann stellt sie sich ans Fenster, als hätte sie uns schon erwartet. Hervorstehende Schneidezähne blitzen aus einem lächelnden Mund. Albert fährt mit den Händen herum und zeichnet mit dem Zeigefinger einen Kreis, und sie antwortet ihm auf die gleiche Art. Albert scheint sie zu verstehen.

»Funkt er wieder mit seiner Büromaus?«, ruft Gipsarm Gert, und die anderen lachen.

»Die heirate ich, Gottfried«, sagt mein Bruder leise.

Dass Albert überhaupt noch mal ans Heiraten denkt! Umständlich muss er sich mit Krücken durch die Gegend hanteln, wackelig ist jeder Schritt, ein Bein zehn Zentimeter kürzer als das andere, das Becken nur noch eine Ruine. Man kann es drehen und wenden, wie man will: Albert ist ein Krüppel. Und welche Frau will einen Krüppel?

»Wenn ich entlassen werde, treffe ich mich mit ihr am Bahnhof«, sagt er leise. »Das haben wir schon ausgemacht. Wir haben unsere eigene Sprache mit den Händen.«

Er grinst und verrenkt die Finger, und die junge Frau antwortet ihm und winkt.

»Ich drück dir die Daumen«, sage ich.

Aber ich fürchte, er wird eine Enttäuschung erleben.

Heute ist mein letzter Abend in der Heimat, und ich gönne mir einen Kinobesuch. Münchhausen mit Hans Albers läuft in Teublitz, angepriesen als der teuerste und aufwendigste deutsche Film aller Zeiten. Rudi hat mir davon vorgeschwärmt. Man sieht Frauen mit nackten Brüsten, hat er gesagt.

Das Kino in Teublitz kenne ich nur proppenvoll. Vor jeder Aufführung drängt sich eine Schlange von Menschen zum Kassenhäuschen, und an diesem Abend ist es nicht anders. Als ich endlich an der Reihe bin, will der dürre Mann am Schalter meinen Ausweis sehen. »Du bist noch keine achtzehn!«, sagt er und winkt ab.

»Ich bin Soldat.«

»Dann hättest du die Uniform tragen müssen.«

Tatsächlich ist es Vorschrift, als Soldat in der Öffentlichkeit die Uniform zu tragen, und ich habe ein dunkelblaues Hemd an, doch dieses Männlein mit den fettigen grauen Haaren, das sich als Kartenabreißer aufspielt, als wäre es ein Oberleutnant, wird mir nichts vorschreiben.

Ich lege mein Soldbuch auf den Tresen. »Sehen Sie, ich bin Soldat!«

»Aber noch keine achtzehn.«

Mein Blick bohrt sich in die Pupillen des Alten. »In zwei Monaten bin ich es, aber dann habe ich keinen Heimaturlaub mehr, also lassen Sie mich jetzt durch!«

»Nein.«

»Warum sollte ich mir diesen Film nicht ansehen dürfen?«

»Jugendverbot.«

»Der Film hat Jugendverbot? Weil ein Baron auf einer Kanonenkugel reitet? Ich stehe jeden Tag an einer Kanone! Jeden Tag könnten sie mir den Schädel wegschießen! Aber so ein Film ist gefährlich für mich, was?«

Ich bin zu allem bereit, und das scheint der Mann zu spüren. Er bringt keinen Ton mehr heraus, gibt mir das Billett und winkt mich durch.

11. Natters

Mai 1944

Nach einem Jahr in Rum sollen wir umziehen nach Natters, um Innsbruck vom Südwesten aus zu verteidigen. Ein Stellungswechsel ist dazu da, den Feind zu verwirren und seine Strategie über den Haufen zu werfen, so lernt man es im Unterricht. Die Befehlshaber halten das für notwendig, und sie werden ihre Gründe haben, doch mir ist der ganze Aufwand zuwider. Wie mühsam haben wir alles aufgebaut! Und jetzt sollen wir wieder von vorne anfangen. In der alten Stellung montieren wir die Räder an, klappen die Lafetten ein und ziehen das Geschütz aus dem Wall. Wir räumen die Unterkünfte und laden das ganze Inventar auf Lastwägen, vom Mehlsack über den Lederball bis zu den Ersatzrohren. Mit den Geschützen als Anhänger fahren wir im Konvoi nach Natters. In Natters fängt alles wieder von vorne an. Gräben ausheben, Wälle errichten, Munitionsbunker mauern. Auf einmal kommt mir alles sinnlos und langweilig vor, wie eine Strafarbeit, die sich die Oberen nur ausgedacht haben, damit wir beschäftigt sind. Überhaupt habe ich den eintönigen Trott satt. Schön, in Natters schlafen wir in neu gebauten Baracken, und wir haben mehr Wald und weniger Berge um uns herum, aber sonst ist es genau dasselbe wie in Rum. Ich bin achtzehn und will etwas erleben, und weil Krieg ist, kann ich das nur bei der Marine. Ich muss etwas unternehmen.

Eines Abends besuche ich Schild in seiner Stube. Ausgerechnet ihn, der mich vor der Ostfront bewahrt und mir zum Obervormann verholfen hat, muss ich mit meiner Bitte belästigen. Ich betrete den Raum mit schlechtem Gewissen, aber es ist der einzige Weg. Er bietet mir einen der gepolsterten Stühle an und stopft sich eine Pfeife, wie immer, wenn ich ihn besuche. Ich frage mich, ob er sich bei jedem Besucher eine Pfeife stopft und ob er auch stopft, wenn ihn keiner besucht.

»Oberfeldmeister, ich hätte was Wichtiges mit Ihnen zu besprechen.«

Die Pfeife verströmt ihren Duft. Er sieht mir in die Augen und hört zu.

»Ich möchte zur Marine … und da wollte ich Sie fragen, ob Sie nicht beim OKW ein gutes Wort für mich einlegen könnten … damit ich versetzt werde.« Im Augenblick, da ich es sage, bereue ich es schon. Plötzlich ist mir mein Wunsch peinlich. Das Blut steigt mir in den Kopf, ich muss feuerrot sein.

Seine Antwort überrascht mich total. »Gut, Frank. Wenn du freiwillig neu beginnen willst, ganz unten, als einfacher Matrose, kann ich dir das nicht ausreden. Außerdem ist unsere Zukunft hier genauso ungewiss wie in Norwegen oder sonst wo. Man kann nichts mehr sagen in diesen Zeiten.

Man darf auch nichts sagen«, fügt er leise hinzu.

Juli 1944

Noch vier Wochen, bis Dollinger mich als Geschützführer an der Kanone Emil beerben wird. Um Emils Rohr schließen sich sieben weiße Ringe. Sieben Flugzeuge, die wir abgeschossen haben. Ob wir damit dem Leben eines Familienvaters aus Manchester oder dem eines texanischen Maisbauernsohnes ein Ende gesetzt haben, weiß ich nicht, und darüber habe ich auch nie nachgedacht. Bis zu jenem glühend heißen Tag im Juli 1944.

Wir haben ein amerikanisches Kampfgeschwader im Visier. Die Stahlhelme blitzen in der hellblauen Luft. Keine Wolke verdeckt die Sicht auf hundert oder mehr B17-Bomber. Sie funkeln silbern am Himmel wie Schwärme von gekreuzten Nadeln. Dollinger auf seinem Hocker stellt die Zünderzeit ein, K1 und K2 kurbeln, das Kanonenrohr ist auf die Bomber gerichtet, und es sieht aus, als würde ein kurzes Zielen mit dem Gewehr reichen, um die Flieger herunterzuholen. Selten habe ich unsere Geschosse so klar am Himmel gesehen, orangefarbene Kugeln, die im Hellblau des Himmels detonieren, dicht bei den Fliegern, und bald schon schlägt die erste Granate ein. Am rechten Flügel und am Hinterteil des B17-Bombers lodert das Feuer und verwandelt sich in eine Rauchwolke. Der Flieger verliert an Höhe, senkt sich und zieht einen senkrechten, tiefschwarzen Schweif nach sich. Sekunden später der nächste Treffer. Gleich darauf ein dritter. Als rauchende Kisten stürzen die Bomber ein paar Kilometer vor uns auf die Erde, und übrig bleibt eine Schar weißer Fallschirme. Langsam gleiten sie in den Nadelwald. Die Kommandostation übermittelt mir ein letztes »Gruppenfeuer!«, die letzten Granaten schießen in den Himmel, der Fliegerlärm verstummt, und wir nehmen die Kopfhörer ab. Mein Karabiner lehnt neben dem Munitionsbunker. Ich schnappe ihn mir, teile meine Leute ein und stapfe in den Wald. Es ist die Aufgabe der Geschützführer, bewaffnet nach den Fallschirmspringern zu suchen und sie gegebenenfalls gefangen zu nehmen, doch bisher ist mir das erspart geblieben.

Mit geladenem Karabiner bewege ich mich vorsichtig vorwärts. Der Weg ist leicht abfällig, die Schatten der Bäume verdunkeln den hellen Tag und kühlen die Luft, die Zweige stehen starr in der Hitze. Kein Lüftchen, das sie schaukelt. Ich höre nur das Gezwitscher von zwei Vögeln. Nach dem Gefechtslärm klingt es wie ein Schlaflied. Tiefer im Wald wird der Boden weicher, und mit jedem Schritt suche ich nach festem Stand, umklammere den Karabiner immer wieder neu mit beiden Händen. Alle paar Meter drehe ich mich um und blicke nach allen Seiten. Hinter jedem Baum kann der Feind lauern. Mein Herz pocht. Sobald sich eine Mündung auf mich richtet, muss ich schießen. Ein, zwei Sekunden vielleicht, in denen ich abschätzen muss, ob er sich ergibt oder auf mich zielt. Niemals wollte ich ohne Not auf einen Menschen schießen, aber viel näher geht mir die Angst um mein eigenes Leben. So nah, dass mir das Leben eines Fremden in diesem Moment egal ist.

In einer Baumkrone hat sich der weiße Stoff verfangen. Ich bleibe stehen und suche nach dem Soldaten. Mit einem raschen Blick verfolge ich den Verlauf der Schnüre von den hohen Ästen nach unten, wo sie über einer krummen Gestalt zusammenlaufen. Wie eine Marionette hängt der Springer da, die Füße nur einen halben Meter über dem Boden. Ich atme schneller und richte zitternd die Mündung meiner 98k auf ihn.

»Hände hoch!«, schreie ich, nein, ich brülle. Kreische beinah.

Wie an einer Schnur gezogen schnellen seine Hände in die Höhe. Wie in Zeitlupe komme ich näher, die feindliche Gestalt fest im Visier, die Waffe mit feuchten Händen umkrampft.

»Nix! Nix! Nix!«, ruft er. »Nix! Nix! Nix!«, und schüttelt den Kopf. Die Ohrenteile seiner Fliegermütze wackeln im Takt. Die Augen stehen weit offen. Ich trete seitlich an ihn heran, muss ihn durchsuchen.

»Nix! Nix!«

»Ruhe!«

Ich durchsuche ihn. Mit der rechten Hand halte ich das Gewehr so weit es geht von ihm fern, und mit der linken streiche ich seinen Körper von oben nach unten ab. Meine Bewegungen sind fahrig, sollen das Zittern meiner Hände überspielen. Tausend Taschen sind an die erdbraune Uniform genäht. Ich streife darüber. Taste. Nichts. Er muss während des Gleitens alles weggeworfen haben. Ich trete einen Schritt zurück, der Körper pendelt noch ein paar Mal hin und her, und ich sehe mir den Mann an. Ein groß gewachsener Kerl mit schwarzem Stoppelbart hängt vor der Mündung meines Karabiners und fürchtet um sein Leben. Den Abzeichen nach muss er Offizier sein, und dem Aussehen nach mindestens doppelt so alt wie ich. Ängstliche Augen starren mich an.

»Ich schneide dich jetzt ab!«

Er nickt. Die Rucksackträger hängen an vier Riemen, und die Riemen verzweigen sich jeweils zu vier daumendicken Seilen. Sechzehn Seile, die ich durchschneiden muss! Immer noch zitternd hole ich mein Taschenmesser aus der Hosentasche und klappe es umständlich mit einer Hand auf, während ich mit der anderen Hand den Karabiner auf ihn richte. Hinter seinem Rücken säbele ich am ersten Seil, stehe mit ausgestreckten Armen da und verrenke mich wie ein Entfesselungskünstler, und nichts anderes bin ich in diesem Moment. Mein schweres Schnaufen mischt sich mit dem Vogelgezwitscher und fängt sich im Genick des Hängenden. Obwohl das Seil straff gespannt ist, lässt es sich mit dem Taschenmesser schwer durchschneiden. Ich raspele, drücke die Klinge fest an und ritze und reiße, bis das erste durch ist. Vor mir der gesenkte Hinterkopf des Offiziers, verpackt in der Ledermütze. Eine braune Kugel, über der die erhobenen Hände wie Äste aus den Schultern wachsen. Das zweite Seil ist durch. Das dritte, das vierte. Ich schwitze wie verrückt. Mein Kragen ist durchnässt, hinter meinen Ohren tropft es herunter, auf meinem Rücken klebt das Hemd. Tropfen aus meiner Stirn landen auf dem Gelenk der Hand, mit der ich das Messer halte. Als sich der vorletzte Strick löst, berührt die amerikanische Fußspitze den Boden, und nach dem letzten steht mein Gefangener kerzengerade vor mir. Angespannt, mit weit aufgerissenen Augen und hochkonzentriert richte ich die Waffe auf ihn. Er ist ein unbekannter Offizier aus einem fremden Land, und ich traue ihm alles zu. Vielleicht will er mich nur in Sicherheit wiegen und durch eine schnelle Bewegung überwältigen. Seine Hände werden ihm schwer, er senkt sie leicht, und ich mache ihm mit einer Kopfbewegung klar, er solle sie schön oben halten. So fühle ich mich sicherer.

Ich lasse ihn vorausgehen und folge ihm mit meinem Gewehr. Er bahnt sich zwischen den Bäumen den Weg, von Zeit zu Zeit dreht er sich um und sieht mich fragend an.

»Geh nur! Geh nur!«, rufe ich und winke mit der Hand nach vorne zu unserer Stellung, und beim dritten »Geh nur!« ist es ein »Geh nur, Kamerad!«, weil mir keine andere Anrede einfällt. Er dreht sich um und sieht an seinen Händen hoch.

»Kannst sie runter nehmen!« Zu seinem Verständnis lasse ich die Arme samt Karabiner schwungvoll nach unten fallen. Es muss lächerlich aussehen, aber er weiß was ich meine, und das ist die Hauptsache. Erleichtert schwingt er die Arme nach allen Seiten wie in der Turnstunde, und ich frage mich, wie er sie so lange hat oben halten können.

In der Schreibstube gebe ich ihn ab. Bevor sie ihn in die Arrestzelle sperren, treffen sich unsere Blicke für zwei Sekunden.

»Kamerad«, murmelt er und lächelt mir freundlich zu.

Ich lächle zurück. Dann gehe ich zu meiner Kanone und pinsle drei Ringe auf das Rohr.

12. Skagen

August 1944

Meine neuen Kameraden sind eingeschüchtert. Es hat ihnen die Sprache verschlagen. Die Fenster im Waschraum sind an den Rändern mit schwarzem Klebeband abgedichtet, und eine Ansammlung von Rücken verdeckt die Scheiben. Es fällt kaum Licht herein.

Unser Ausbilder steht vorne bei der Tür und referiert mit monotoner Stimme über die Folgen von Senfgas. Er heißt Brockmann und ist Obermaat, was bei der Marine dem Rang eines Unteroffiziers entspricht. »Beim Senfgas hilft euch die Gasmaske nur bedingt. Die Haut wirft Blasen, und wenn sie euch so richtig mit dem Zeug zuscheißen, frisst es euer Fleisch bis auf die Knochen auf. Als erstes fallen euch die Schwänze ab. Aber das seht ihr nicht mehr, blind seid ihr dann sowieso, und wenn ihr verreckt, kriegt ihr blaue Köpfe und schwarze Lippen.«

Ich spüre förmlich die Beklemmung der Jungen. Dem Ausbilder scheint das zu gefallen. »Jetzt könnt ihr euch vorstellen, was das Zeug macht, wenn ihr es einatmet. Es pumpt die Lungen auf und lässt sie zusammenfallen. Die Leber schwemmt es auf, und das Hirn macht es so nass, wie eure Hosen dann längst sind.«

Mich lässt das Gerede kalt, aber den meisten der Rekruten macht es Angst. Fast alle sind jünger als ich, nur um ein oder zwei Jahre, aber es sind die Jahre, in denen ich das Militär kennengelernt habe, und diese Jungen kommen frisch von der Schule. Um unsere Hälse hängen an einem Lederband die olivgrünen Blechbüchsen mit den Gasmasken. Brockmann hält die seine schon in der Hand. Er hat uns im Unterricht ihre Funktion und Nutzung gezeigt, und jetzt sollen wir sie zu schätzen lernen.

»Männer! Ich drehe jetzt das Gas auf! Macht euch nicht ins Hemd, das ist nur Tränengas. Wenn ich an dem Hahn drehe, will ich von jedem zwanzig Kniebeugen sehen! Erst dann setzt ihr die Masken auf! Vorher würde ich schön die Luft anhalten. Habt ihr mich verstanden?«

Die Gruppe antwortet mit Gemurmel. Brockmann selbst setzt in Ruhe seine Maske auf und dreht an dem Hahn. Wir haben sie noch um den Hals.

»Und eins und zwei und drei und vier«, ruft er mit blecherner Stimme durch den Hohlraum unter dem Gummi. Ich halte den Atem an und beeile mich mit den Kniebeugen, auch wenn das keinen Sinn macht, da erst Brockmanns Kommando die erlösende Maske bringt. » … und fünfzehn und sechzehn …«

Einige husten kehlig und erbärmlich, andere saugen die Luft mit hellem Ächzen ein, als wollten sie das Gas durch die Zähne filtern. Meine Augen tränen. Um mich herum verkrampfen sich Gesichter mit großen Augen, und die Kameraden stemmen sich mit wackeligen Knien auf und ab. Nach der vorletzten Kniebeuge muss ich Luft holen. Was ich vorher mühsam zurückgehalten habe, schnaufe ich jetzt gnadenlos ein. Trotz des stechenden Schmerzes in meiner Luftröhre unterdrücke ich ein Husten, damit nicht alles noch schlimmer wird. Einer der Rekruten sitzt in der Hocke und rotzt auf den Boden.

»Jetzt könnt ihr die Masken aufsetzen!«, ruft Brockmann mit seiner Höhlenstimme. Kaum hat er das Wort *Aufsetzen* zu Ende gesprochen, klacken die Verschlüsse der Blechbüchsen wie die Tasten einer Schreibmaschine. »Erst mit dem Kinn rein! Richtig tief rein! Erst dann zieht ihr die Riemen über eure Schädel!« Im

Zeitraffer setzen wir die Masken auf. Bis auf den Rotzenden. Er bleibt in der Hocke, bis Brockmann ihn unter den Achseln packt, aus der Baracke schleift und – kaum dass der Junge draußen ist – die Tür mit dem Fuß von innen zu kickt. Brockmann sieht aus wie ein außerirdischer Entführer, und wir wie seine Komplizen. Stahlhelme, olivgrüne Gummigesichter mit runden Glasscheiben als Augen, innen Münder, die zäh atmen, außen die Rüssel mit den angeschraubten Filtern. »Fünf Minuten bleiben wir noch hier!«

Ich bin ruhig. Nur keine überflüssigen Bewegungen. Manche taumeln wie Betrunkene von einer Waschrinne zur anderen. Röcheln. Husten. Die Lungen arbeiten hart, werden immer wieder mit demselben heißen und verbrauchten Atem gefüllt. Am Ende stehen oder hocken die meisten nur still da. Dann Brockmanns erlösender Befehl. »Haut ab und räumt die Gasmasken in den Geräteraum! Wir sammeln uns vor der Baracke!« ruft er und reißt schwungvoll das Klebeband von den Fenstern.

Unser Lager liegt direkt am Meer. Ein Schritt aus der Waschbaracke, und unsere Stiefel plätten den gelben Sand. Vor uns schäumt die Gischt, erzeugt von brausenden Wellen. Nach der Gasübung bin ich froh um den Wind. Es ist, als bliese er die letzten Gaspartikel aus den Kleidern. So wie man nach körperlicher Anstrengung nach Wasser lechzt, so giere ich nach frischer Luft. Man weiß die Dinge erst zu schätzen, wenn man sie vermisst hat, und wenn es nur die Luft zum Atmen ist. Ich blicke auf das Meer hinaus und sauge sie tief in meine Lungen. Der Stoff meiner Uniform flattert im Wind. Ich kann mich an diesem Ort an keinen Tag ohne eine ordentliche Brise erinnern, und das ist kein Wunder, denn wir sind von Meer umgeben.

Skagen ist die nördlichste Stadt Dänemarks, liegt auf einer

Landzunge und teilt den Skagerrak vom Kattegatt, die Nordsee von der Ostsee. Unsere Baracken liegen an der Nordseeküste, aber nach einer halben Stunde Fußweg können wir uns in die Wellen der Ostsee werfen, und ein paar Kilometer nordöstlich liegt der Ortsteil Grenen, die Spitze der Landzunge, wo die beiden Meere aneinanderklatschen. Das Ufer besteht aus gelbem Sand und ein paar kargen Sträuchern, eine weite Ebene, und mittendrin, umzäunt von Stacheldraht, stehen unsere sechs Baracken.

Die Rekruten husten. Ihre Schläfenadern sind geschwollen, sie stützen die Hände auf die Knie und lassen die geröteten Köpfe nach unten hängen. Zwei der Burschen fangen an zu kotzen. Auf wackeligen Beinen spucken sie ihre Magenbrühen in den Sand und verscharren die Soße mit den Füßen. Nach einer Weile kommt Brockmann mit dem Jungen, den er zuvor rotzend aus dem Waschraum gezogen hat. »Kompanie! Ab zum Exerzierplatz!«

Gnadenlos scheucht er uns über den geplätteten Sand im Innenhof. »Links! Um!« und »Rechts! Um!« schreit er, lässt uns Runden laufen und schreit »Feind von links!«, worauf wir einen Hechtsprung nach rechts zu machen haben und umgekehrt. Beim Exerzieren kotzen die nächsten. »Kotzt euch aus, Jungs!«, ruft er aufmunternd.

Aus Brockmann werde ich nicht schlau. Auf der einen Seite mimt er den knallharten Leuteschinder der Marke Reit, und auch äußerlich wirkt er nicht gerade sympathisch. Ein unschöner Kerl von dreißig Jahren, blass wie ein rasierter Geier, schräger Blick und selten ein Lächeln auf den Lippen. Auf der anderen Seite strahlt er eine bestimmte Lockerheit aus. Nichts scheint ihn wirklich zu berühren, und das unterscheidet ihn von diesen knöchernen Offizieren der alten preußischen Schule. Viele der Burschen fürchten sich vor ihm, aber ich bin beim RAD mit den Wassern des Drills gewaschen worden und stand auch schon am anderen

Ende der Befehlskette. Mir kann er nichts vormachen, und etwas an ihm gefällt mir.

Nun bin ich wieder ein einfacher Soldat. Meine bevorstehende Ernennung zum Hauptvormann beim RAD habe ich buchstäblich über Bord geworfen. Bevor ich nach Skagen kam, musste ich wie alle anderen eine dreiwöchige militärische Grundausbildung in Kiel mitmachen. Grüßen, marschieren, schießen. Statt Bergen und Wald umgaben uns die Stadt und das Meer, unsere Uniformen sind seitdem dunkelblau statt feldgrau, und wir transportieren unsere Ausrüstung in Seesäcken statt in Tornistern, aber sonst war es in Kiel das Gleiche wie in Saalfelden.

Alle Soldaten, die auf den Schiffen leichte und mittlere Flak bedienen sollen, sind nach Skagen gekommen. Auch hier wieder: grüßen, marschieren, schießen. Dinge, die ich in den letzten anderthalb Jahren bis zum Überdruss geübt habe. Eigentlich warte ich nur noch auf den Tag, an dem wir auf die Schiffe verteilt werden, und dennoch erlebe auch ich hier Neues und Fremdes.

Zum Beispiel die Sauna. Fast jeden Tag schwitzen wir in einem Abschnitt der Waschbaracke bei über hundert Grad. Manche übertreiben es, wollen beweisen, was für Kerle sie sind und wie lange sie es in der Hitze aushalten, und dann verschwinden sie mit kreidebleichen Gesichtern in der Arztbaracke. Ansonsten machen die Saunagänge großen Spaß. Zum Abkühlen rennen wir splitternackt ins Wasser und scherzen in den Fluten, schwimmen oder schubsen und tauchen uns.

Ausgerechnet als ich mit Waldmann und Stuber, meinen beiden dümmsten Kameraden, aus der Sauna gelaufen bin, kam die dänische Schönheit aus dem knallgelben Haus. Wir liefen auf die schäumenden Wellen zu, Waldmann und Stuber lachten, Waldmann rief: »Die Dänin! Die Dänin ist da!«, und deutete zu dem gelben Haus. Ich hätte mich am liebsten im Sand verbuddelt aus Scham, rannte schneller, nur rein ins Wasser, aber die beiden blieben stehen. Das Mädchen drückte sich am Lagerzaun entlang, möglichst weit weg von uns nackten Rekruten. Sie hatte ganz rote Wangen, wendete den Blick ab. Ich tauchte bis zum Kopf ins Wasser, und draußen hüpften Waldmann und Stuber ohne eine Spur von Scham wie die Wilden vor dem Mädchen herum. Sie bewegten ihre Becken vor und zurück, Stuber grinste nur dumm und deutete mit dem Zeigefinger zwischen seine Beine, und Waldmann rief: »Zieh dich aus, Dänin! Komm rein! Zeig uns, was du hast!« Ich hätte die beiden gerne im Meer ertränkt.

Das Mädchen drehte sich ab und schrie: »Tysk Swin! Tysk Swin!«, fing an zu laufen und rannte, bis wir sie nicht mehr sehen konnten. Wenn sie einen Rest von Achtung für uns übrig hatte, hat sie ihn an diesem Morgen verloren. Sie ist das einzige junge weibliche Wesen weit und breit, und solche Deppen wie Waldmann und Stuber mussten es verscheuchen.

Nicht mehr als ein Feldweg trennt das knallgelbe Haus von unserer Wohnbaracke. Jeden Morgen kommt sie mit ihrer Ledertasche heraus und kehrt kurz nach Mittag zurück.

An wärmeren Tagen hat sie die strohblonden Haare zu einem Pferdeschwanz gebunden, dann liegt ihr gebräunter Nacken frei, und manchmal trägt sie ein kurzärmeliges, hellgelbes Sommerkleid, von dem sich die nackten Oberarme milchkaffeebraun abheben. Nicht erst seit der Saunageschichte lauern ihr Waldmann und Stuber jeden Mittag am Zaun auf und rufen »Du schönes dänisches Mädchen, ich liebe dich!« oder »Willst du mich heiraten, bin deutscher Soldaaat!« Als ob das nicht peinlich genug wäre, gestikulieren sie wie blöd mit den Armen. Wenn ich Waldmann sehe, muss ich an das Wort »Spitzbube« denken. Ein blonder Frechling aus dem Sauerland, schlecht erzogen, mit spitz zulaufendem Mausgesicht: So stelle ich mir einen Spitzbuben vor. Zu den Frotzeleien über den Zaun lacht er gekünstelt. »Hahahahaha. Hahaha!« Es ist kein richtiges Lachen, er sagt einfach nur laut Hahaha. Stuber, der Prototyp eines Mitläufers, steht daneben und lacht mit.

Am Anfang eilte das Mädchen immer im Laufschritt an unseren Unterkünften vorbei und sah in die andere Richtung, aber seit der Saunageschichte hat sich die Schüchternheit des Mädchens in Verachtung verwandelt. »Tysk Swin!«, ruft sie jedes Mal zurück, wenn Waldmann und Stuber am Zaun ihre dummen Sprüche reißen. Ich verhalte mich unauffällig, beobachte sie still. Zuerst wusste ich nicht, ob sie auch mich meint mit »Tysk Swin!«, bis zu dem Morgen, als ich alleine an der Wand neben der Barackentür lehnte.

Sie kam aus dem Haus, und ich musste an Obst denken, so viel Frische strahlte sie aus. Zum Anbeißen! Ich stand mit verschränkten Armen da, unsere Blicke trafen sich, und sie lächelte flüchtig. Dann blickte sie schnell weg, als hätte sie einen Fehler begangen. Es war einer dieser Momente, in denen etwas gesagt wird, ohne dass Worte fallen, und seitdem herrscht zwischen uns eine unausgesprochene Verbindung.

Wenn sie vorbei geht und die anderen ihre Sprüche klopfen, suchen ihre Blicke mich. Ich erwidere ihren Blick, lache nicht und halte mich still, um mich von meinen kindischen Kameraden abzuheben. Bei jedem ihrer Tysk-Swin-Konter sehe ich mich um, ob einer der Offiziere in der Nähe ist. Viele von ihnen verstehen ein paar Brocken Dänisch, und dass die Worte aus dem Mund des Mädchens »Deutsches Schwein« bedeuten, kann selbst ich mir zusammenreimen. Der Falsche darf es nicht hören. Eine Dänin, die deutsche Soldaten beschimpft! Sie könnten sie mitnehmen, verhören, und schlimmstenfalls in ein Arbeitslager stecken.

Ich muss sie warnen.

Nach einer Unterrichtsstunde spricht mich Brockmann an. Hinter seinem Schreibtisch trägt er eine Brille mit runden Gläsern und sieht direkt fromm aus, wie ein junger Professor, der das Militär nur aus Büchern kennt. Bis er den Mund aufmacht und seine verrauchte Wodkastimme herauslässt. »Frank! Dableiben!«

Er wartet, bis wir alleine sind. »Mensch, Frank, für Sie ist das doch alles langweilig hier. Kindergarten, oder? Geben Sie es zu!«

»Ja. Das meiste mache ich zum zweiten Mal, Herr Obermaat.«

Er lehnt sich zurück. »Frank, Sie sind doch Fleischer.«

»Ja.«

Er steht auf, gibt mir die Hand und setzt sein dreckiges Lachen auf. Brockmann lacht immer dreckig. Nicht dreckig lachen kann er nicht. »Kollege! Ich bin auch Fleischer. Übermorgen stechen wir wieder drei Säue, da können Sie mitmachen. Bis ich das einem von den Küchenbullen beibringe, sterben die Viecher an Altersschwäche.«

Immerhin, er macht es mir zum Angebot. Er hätte es auch befehlen können, und dass er mir die Entscheidung überlässt, spricht für ihn. Aber mit diesem derben Hund zusammenarbeiten? Freiwillig?

»Ja, das wäre vielleicht etwas, Herr Obermaat«, antworte ich unsicher.

»Vielleicht, vielleicht! Herr Obermaat!«, äfft er mich nach. »Komm schon, Quatschkopf! Wir stechen die Viecher ab und machen uns einen schönen Tag.«

Ich lächle verlegen.

»Dann bis übermorgen, Frank!«

*

Vom Morgen bis zum frühen Abend haben wir gestochen und gewurstet, und jetzt sind wir fertig. Wir haben in der Waschküche gearbeitet, wo sonst nasse Uniformen hängen und Seifenlauge einen Dunst von Sauberkeit verbreitet. Die Schüsseln mit dem Blut standen auf den Auflagerosten der Waschtröge, Messer und eine kleine Füllmaschine hatten wir eng auf eine Bank geschlichtet. Durch das kleine Fenster fiel nur wenig Licht. Brockmann sprach leise, bewegte sich langsam und fragte beim Abschmecken nach meiner Meinung. »Fehlt noch Salz? Pfeffer?« So friedlich hatte ich es mir mit ihm nicht vorgestellt.

Einen Kutter oder eine Räucherkammer haben wir nicht, darum beschränken sich unsere Produkte auf Blutwurst, Leberwurst, Presssack und Fleisch. »Kommen Sie, Frank, jetzt bringen wir ein paar Würste zu den Offizieren rüber«, sagt Brockmann, »dann sehen Sie einmal, wie man richtig feiert.«

Den Mittelpunkt im Speisesaal der Offiziersbaracke bildet eine lange Tafel mit einer weißen Tischdecke, und an der Wand stehen drei dicke Sofas mit roten Samtüberzügen. Wie Gutsherren sitzen die Offiziere Zigarre rauchend am Tisch und mustern mich, als ich mit dem dampfenden Topf hinter Brockmann hereinkomme. Das offizielle Abendessen war vor zwei Stunden.

»Sauber! Noch was zu fressen!«, ruft ein älterer Offizier, ein fetter Glatzkopf. Brockmann lässt mich die Würste austeilen und gesellt sich zu seinen Kollegen. Manche sind angetrunken. Beim Piccolo bestellt Brockmann ein Gedeck: ein Pils und ein Doppelkorn. Der Piccolo ist ein dunkelhaariger Kellner in schwarz-weißem Anzug und Fliege, sieht aus wie ein Kind und kann kaum älter als vierzehn Jahre sein. Ein Dutzend Offiziere lärmt wie eine ganze Batterie, und bei den meisten kann ich mir nicht vorstellen, dass sie auch leise sprechen können. Die Luft ist grau vom Rauch der Zigarren, die weiße Tischdecke saugt eine Lache Bier auf, und fast jeder hat ein Schnapsglas vor sich stehen. Ich stelle jedem einen Teller vor die Nase, sie nehmen sich die Würste aus dem Topf und fangen an zu kauen.

»Frank! Stehenbleiben!«, ruft Brockmann, als ich in meine Stube zurückgehen will. Alle Blicke richten sich auf mich. »Wenn euch die Würste geschmeckt haben, Kameraden, wäre ich sehr dafür, dass wir den Burschen in der Küche einstellen!«

Es schmeckt den angetrunkenen Offizieren. Ich nehme Brockmanns Angebot an.

Oktober 1944

Zwei, drei Mal in der Woche helfe ich in der Küche aus. Ich muss Fleisch zerlegen und es für den Koch küchenfertig würzen. Beim Essenausteilen für die Mannschaften helfe ich mit, und wenn die Offiziere ihre Feiern und Tanzabende veranstalten, unterstütze ich den Piccolo im Speisesaal. Bei den Offizieren werde ich regelmäßig Zeuge wildester Orgien. Am Anfang haben sie nur samstags gefeiert, dann auch mittwochs, und inzwischen vergeht kaum ein Abend, an dem sie kein leichtes Mädchen bei sich haben. Oft sind es zehn bis fünfzehn Huren. Alte und junge, hässliche und schöne gibt es, und fast alle sind blond. Erst wird getanzt und gesoffen, und später vergnügen sich die Männer mit den Mädchen auf den Sofas. Wer noch halbwegs gerade gehen kann, nimmt eine oder mehrere mit auf die Stube. Brockmann lässt nichts aus. Er säuft den Schnaps aus Biergläsern, raucht eine Zigarre nach der anderen, gießt Bier auf den Teppich und lässt sich am Ende von zwei Busenwundern in sein Zimmer führen.

Als wir wieder einmal zusammen wursten, spreche ich ihn darauf an. Er zerlegt eine Schweinehälfte, und ich drehe die Teile durch den Wolf. Ich bemühe mich um Diplomatie. »Ich muss schon sagen, Brockmann … wie Sie das immer schaffen … so gut feiern und am nächsten Tag wieder munter. Alle Achtung!«

Brockmann legt das Hackbeil auf den Tisch und den Arm um meine Schulter. Er hat jenen schrägen Blick der Betrunkenen, und das Braun in seinen Augen ist trüb wie Erbsensuppe. Sein Atem riecht nach Schnaps. »Ich wäre doch blöd, Frank! Ich wär doch blöd, wenn ich mir noch den Arsch aufreißen würde. Der Ami ist vor drei Tagen in die erste deutsche Stadt einmarschiert. In Aachen, Junge! Lange dauert das nicht mehr, sag ich dir … bis sie uns einkassieren.«

»Der Ami?«

»Was weiß ich. Der Tommy oder der Ami oder der Scheiß-Iwan. Scheißegal, wer da kommt, da knallt uns der eine so gut ab wie der andere. Oder sie schleppen uns nach Sibirien in ein Arbeitslager. Und daheim vergewaltigen sie unsere Frauen. Irgendwas Beschissenes stellen sie auf jeden Fall mit uns an. Da sauf ich mich lieber tot und fick die Hühner, bis mir der Schwanz abfällt.«

Das ist also der Grund für die Orgien bei den Offizieren. Weltuntergangsstimmung. Den Glauben an den Endsieg haben sie verloren, und jetzt warten sie auf die Kapitulation wie Verurteilte auf das Fallbeil. Die rauschenden Feste sind so etwas wie ihre Henkersmahlzeit. Trotz dieser Aussichten stellt sich bei uns kleinen Soldaten dieses Gefühl nicht ein. Ich bin jung und stehe in den Startlöchern des Lebens, und dass wir erschossen oder versklavt werden, kann und will ich mir nicht vorstellen. Eines aber lehren mich Brockmann und die Offiziere: Man sollte die Dinge nicht auf die lange Bank schieben. Deshalb überwinde ich meine Scheu und spreche das dänische Mädchen aus dem Nachbarhaus an.

Noch immer röhren die Kameraden ihre dummen Sprüche über den Zaun, und das Mädchen schimpft zurück. Ich halte den Mund geschlossen und die Augen offen. Jeden Morgen treffen sich unsere Blicke. Erst kurz und zufällig, und mit der Zeit in gegenseitiger Erwartung. Die anderen merken nichts, aber wir kommen uns näher. Still und langsam.

Es ist Nachmittag, als sie aus dem Haus kommt. Ich stehe alleine am Zaun. Sie trägt ein weißes Kleid mit blauen Punkten, und ihre braunen Arme sind nackt. Wir sehen uns in die Augen, aber diesmal sehe ich nicht mehr weg und habe es auch nicht vor, und das scheint das Mädchen zu spüren. Sie hält meinem Blick stand.

»Servus«, sage ich leise.

Sie lächelt verschämt. »Servus?«

»Sprichst du Deutsch?«

»Ein bissken.«

»Kannst du an den Zaun kommen?«

Sie kommt näher. Uns trennt der Abstand zwischen zwei Stacheldrähten. An ihrem Hals kann ich ein kleines Muttermal erkennen.

»Was heißt das, Servus?«

»Servus heißt Guten Tag und Auf Wiedersehen.«

»Tysk Soldat«, sagt sie, schüttelt den Kopf und blickt in den Himmel.

»Gottfried heiße ich.«

»Gottfried!« Sie grinst. »Mein Name ist Britta.«

»Britta!« Wir lächeln beide.

»Du bess nick so schleckt wie die anderen«, sagt sie.

»Kein Tysk Swin?«

Sie lacht. »Nein. Bess du nick.«

»Heute Abend habe ich Ausgang. Willst du dich mit mir treffen?«

»Warum nick?«

»Um sieben Uhr vor dem grauen Leuchtturm?«

»Vielleiiickt«, sagt sie und rennt davon.

Der Turm neben mir schießt fünfzig Meter in den Himmel. Ich spaziere auf dem gelben Sand des Ostseestrandes und blicke auf das Meer hinaus. Die tief stehende Sonne wirft goldene Muster auf die Wellen. Sie funkeln zwischen dem dunkelblauen, fast schwarzen Wasser auf, dahinter färbt die untergehende Sonne den Horizont rosarot, und darüber ist der Himmel noch immer in dem Hellblau des lichten Tages gefärbt. Fast unwirklich wird es mit der Zeit, wenn man so still dahinspaziert und die Farben aufnimmt. Nur der frische Wind hält die Gedanken klar. Möwen kreischen. Ein kleiner blauweißer Punkt in den Dünen wird größer und entwickelt sich zu Britta. Grinsend steht sie vor mir, als wäre sie ein Geschenk. »Komm, wir steigen auf den Turm«, sagt sie.

Wir sprechen nicht, als wir im Dunkel die Wendeltreppe hochsteigen, und ich wüsste auch nicht, was ich zu diesem dänischen Mädchen sagen sollte.

Von der Plattform aus haben wir Aussicht auf die ganze Landzunge und noch weiter. Unendlich, wie es scheint. Auf der einen Seite blickt man auf die Ostsee, das Kattegatt. Nach einer halben Umrundung erscheinen unter uns die gelben Häuser mit den roten Ziegeldächern, dazwischen Sand, ein paar Sträucher, und klein und rechteckig unsere Mannschaftsbaracken. Wie die Umkleidekabinen eines Strandbads liegen sie vor dem Meer, und daneben ist ein gelber Fleck, das Haus, in dem Britta wohnt. Sie fängt an zu singen. Irgendein dänisches Volkslied. Ihr Gesang mischt sich mit den entfernten Schreien der Möwen. Plötzlich hört sie mit dem Singen auf. »Warum bess du Soldat geworden?«

»Weil sie mich eingezogen haben.«

»Aber wie hältst du das aus? Dieses ›Marschmarsch‹ und ›Stehen Sie still‹?«

»Das ist nicht schlimm. Man muss nur mitmachen.«

»Ick finde es sräckelick!«

Wir blicken auf das Meer. Das Glitzern ist verschwunden. »Has du schon einmal ein Mensch getötet?«, fragt sie, ohne mich anzusehen.

Ich denke darüber nach. Kann man es Töten nennen? Bei jedem Gefecht habe ich hunderte von Granaten abfeuern lassen, und ein paar davon schlugen in die Flieger ein. Deshalb sind wir schließlich Soldaten. Durch mein Kommando »Gruppe!« verbrannten Menschen, und wenn der amerikanische oder englische Pilot einen Sohn hat, muss der Sohn für den Rest seines Lebens den gleichen Spruch aufsagen wie ich: Mein Vater ist verbrannt. Vielleicht ist kein einziger Bomber von einem Geschoss meiner Flak getroffen worden, wer weiß? Nie wusste man, welche der sechs Kanonen getroffen hat. Aber spielt das eine Rolle? Und spielt es eine Rolle, ob ich derjenige war, der die Befehle gab, oder derjenige, der an dem Feuerungshebel zog? Das Töten verteilte sich auf die ganze Batterie, und das waren sechzig, siebzig Leute. Außerdem haben wir die Bevölkerung von Innsbruck nur gegen die drohenden Bomben verteidigt. Im Auftrag der Wehrmacht. Und die Wehrmacht handelt auf Befehl des Führers. Wer also hat diese Piloten getötet? Ich?

»Nein«, antworte ich.

»Könntest du es?«

»Hattest du schon einmal Todesangst?«, entgegne ich.

Britta blickt auf das Meer. Ich blicke auf das Meer.

»Ja«, sagt sie schließlich. »Einmal hatte ick. Ick bin bei bisschen Sturm nach draußen geswommen. Das Ufer war so klein geworden, dass ick unser Haus nick mehr erkennen konnte. Ick wollte umkehren, aber ick kam nickt mehr von der Stelle. Immer, wenn ick mit dem Swimmen aufhörte, trieb ick weiter ab. Ick habe gekrault, nur gekrault, und dackte: Britta, wenn du heute nickt ertrinkst, wirst du Tänzerin. Nach einer Stunde kam ein Boot vorbei und rettete mick. Und jetzt fahre ick ein Mal in der Woche mit dem Zug nach Aalborg zur Tanzschule.«

»Ich habe mal einen Fallschirmspringer vom Baum geschnitten. Er hing mit seinen Seilen in den Ästen, und ich musste ihn gefangen nehmen. Da habe ich mich so ähnlich gefühlt wie du da draußen im Meer. Wenn er eine Pistole auf mich gerichtet hätte, hätte ich ihn erschossen.«

Wir schweigen. Ich bin nicht sicher, ob mein letzter Satz sie nicht erschreckt hat.

»Kannst du das verstehen, Britta?« Meine Hand berührt wie zufällig ihren nackten Oberarm. Ihre blauen Augen sehen in die meinen.

»Ja«, sagt sie, legt die Arme um meine Hüften und den Kopf an meine Brust. So eine Reaktion habe ich nicht erwartet.

Die Dämmerung dauert an. Nachts wird es nie richtig dunkel. Als wir am Strand stehen und die Wellen beobachten, erzählt mir Britta mehr darüber. »Sonst bin ick immer daheim wenn blaue Stunde ist.«

»Blaue Stunde?«

»Wenn die Sonne untergeht. Wir nennen es die blaue Stunde. Die ganze Familie versammelt sick im Garten oder im Haus. Wir sitzen zusammen und salten kein Lickt ein, bis die Dämmerung vorbei ist. Gesprocken wird auch nickt viel. Nur meine Großmutter erzählt manchmal ein Märchen, und alle hören ihr zu.«

»Und wegen mir versäumst du das jetzt.«

»Ick verbringe gerne die blaue Stunde mit dir, Gottfried. Spürst du den Frieden?«

»Ja«

Sie küsst mich. Es ist mein erster Zungenkuss.

»Jetzt musst du nicht mehr Tysk Swin rufen«, sage ich, als wir uns vor ihrem Haus verabschieden. »Wenn dir einer von den Burschen dumm kommt, schlage ich ihm die Lippe dick.«

Auf diese Weise habe ich ihr das also auch verklickert. Ganz nebenbei.

Dezember 1944

Kurz vor dem Ende der Ausbildung in Skagen geht es in den Heimaturlaub. Die Zugreise dauert länger als geplant, und die Nacht ist schwärzer als alle Nächte, die ich bisher erlebt habe — nicht im Sinne von schlimm und schrecklich, sondern im Sinne von schwarz und dunkel. Jeden Tag werden jetzt andere deutsche Städte aus der Luft angegriffen, und für die Häuser und Züge gilt Verdunkelungspflicht. Ich darf die Vorhänge in meinem Abteil nicht aufziehen, döse vor mich hin und sehe auf Schatten von Soldaten, die auch nach Hause wollen. Als ich in Hamburg umgestiegen bin, musste ich mich an kleine Lichtquellen halten — Lampen, die abgeschirmt unter Bedachungen in Ecken schienen. Die Fenster sind von innen mit schwarzem Papier abgedeckt, und die Straßenlaternen bleiben aus.

Gegen halb drei hält der Zug im Wald. Der Schaffner geht mit einer auf den Boden gerichteten Taschenlampe durch die Abteile. Der Westen von Leipzig werde in diesem Moment von britischen Bombern der Royal Air Force angegriffen, erklärt er, und wir befänden uns glücklicherweise neun Kilometer nördlich der Stadt. Das Dröhnen der Motoren ist nicht zu überhören, geht mir durch und durch. Es müssen mehrere Hundert Maschinen sein. So hört sich Deutschland jetzt an: wie ein einziger, lang anhaltender Donner. Ein Gewitter, bei dem es Bomben hagelt.

Zwei Stunden dauert der Alarm, dann fährt der Zug weiter. Die zerstörten Strecken zwingen ihn zu Umwegen und Wartezeiten, und nach einem Tag, einer Nacht und einem Tag erreiche ich am Abend Maxhütte.

In der Küche riecht es nach frischen Rohrnudeln, Holz knackt im Ofen, und Albert ist zu Hause. Fast genau vor einem Jahr, am Heiligen Abend 1943, kurz nach meinem letzten Besuch im Krankenhaus, ist der letzte Knochensplitter aus seinem Hintern geeitert, erzählt er, und ein paar Tage später haben sie ihn aus dem Krankenhaus entlassen. Mutter, Rinner, Albert und ich trinken Malzkaffee und essen Rohrnudel.

»Jetzt muss ich schon wieder aufs Abort«, sagt Albert, nimmt seinen Gehstock und müht sich in Richtung Toilette. Rinner hustet.

»Eine Freundin hat er!« sagt Mutter.

»Nein!«, rufe ich aus. »Jetzt sag bloß, die Büroangestellte vom Emmeramsplatz!«

»Vom Krankenhaus aus hat er sie kennen gelernt, ja. Woher weißt du das?«

»Ich kenn doch meinen Bruder«, sage ich, und Rinner gefällt das so gut, dass er laut lachen muss und einen Hustenanfall bekommt. Mutter sieht mich gerade und ernst an, während Rinners Husten langsam abebbt. »Und der Rudi, Gottfried«, sagt sie, »das wollte ich dir eigentlich gestern schon sagen. Der Rudi liegt in einem Lazarett mit Lebersteckschuss. Er kommt nicht heim.«

Er kommt nicht heim? Tränen schießen mir in die Augen. Ein Lebersteckschuss? Ist das tödlich? Ist es so schlimm, dass sie ihn nicht mehr transportieren können? Und warum hat mir bis jetzt keiner was davon gesagt? Nicht einmal Albert!

»Er kommt nicht heim? Was meinst du? Was ist los mit ihm!«, sage ich mit zitternder Stimme.

Rinner legt die Hand auf meinen Arm. »Der Rudi kommt nicht heim, weil er in einem amerikanischen Kriegsgefangenenlazarett liegt, aber wenn der Krieg vorbei ist, haben wir ihn wieder. Und Gottfried, glaub mir, lange kann das nicht mehr dauern.«

Ich bin nicht sicher, ob Rinner mich nur trösten will, ob Rudis Leben wirklich nicht in Gefahr ist, aber ich sage nichts. Wenn ich Mutter jetzt ansehe, würde ich mir lieber die Zunge abbeißen, als ihr die Hoffnung zu rauben, und außerdem muss ich die Nachricht zuerst im Stillen verdauen. Ich sitze da, starre auf die grüne Blüte auf der Kaffeetasse und denke an meinen Bruder, der als Gefangener auf irgendeinem Feldbett liegt.

Als Albert aus der Toilette kommt, frage ich ihn, wie er über Rudis Verwundung denkt. »Der Rudi ist zäh. Dem macht das nichts«, sagt er nur.

Es kommt mir vor, als wolle Albert von all dem nichts mehr wissen. Vom Krieg, von Verwundungen, von Lazaretten und von Gefallenen. Er ist einfach nur froh, überlebt zu haben. Wie fröhlich er ist!

»Gehen wir heute ins Schützenheim zum Tanzen, Gottfried?«

Albert zum Tanzen? Ich wundere mich, will aber seine Freude nicht dämpfen. »Gehst du mit, Albert? Wäre eine feine Sache!«

Er lacht verschmitzt. Ich hätte seinen Humor kennen müssen. »Schau mich doch an. Das geht bei mir nicht mehr … und überhaupt hab ich ja mein Weibchen!«

»Die Mutter hat es schon gesagt. Gratuliere!«

»Aber du musst auf Brautschau gehen«, sagt er. »Holst die Hamann Maria ab?«

Im Schützenheim trifft sich die Jugend. Man raucht, trinkt und tanzt. Ich halte Maria im Arm, und wir drehen unsere Tanzrunden zu der verrauchten Stimme von Zarah Leander aus dem Lautsprecher.

In meiner dunkelblauen Marineuniform fühle ich mich unwiderstehlich. Zwei Drittel der Männer sind im Soldatenrock hier, aber ich bin der einzige Matrose. Tanzende Mädchen sehen verstohlen zu mir herüber, und ich lasse Maria in ihrem violetten Kleid über das Parkett schweben wie ein Veilchen. Die Lampenschirme schütten gelbes Licht auf die lange Reihe von Tischen, an denen Paare und Einzelne sitzen und den Tanzenden zusehen. Eine von den Einzelnen ist Lisl, Marias jüngere Schwester.

Lisl sieht die Welt an diesem Abend grau. Etwas scheint sie zu bedrücken. Traurig und todernst sieht sie aus, aber wie sie da auf ihrem Stuhl sitzt, in ihrem Kleid, das die Farbe reifer Kirschen hat und so gut zu ihren schwarzen Haaren passt, mit ihren Lippen, die auch ohne Lippenstift glänzen, und wie sie ihr Wasserglas zu oft an den Mund setzt, als wäre das Glas ein Verbündeter gegen die tanzenden Paare, das nenne ich Anmut. Und wie sie mich ansieht! Ich frage mich, ob sie heimlich eifersüchtig ist auf ihre Schwester.

Am liebsten würde ich sie sofort zum Tanzen auffordern, aber das wäre unpassend, schließlich bin ich mit ihrer Schwester hier. Eines jedoch wird mir klar: Es ist zu spät, sie zu vergessen. Sie ist drin in meinem Kopf.

Noch vor Weihnachten erlebe ich auf dem Truppentransporter *Moltkefels* meine erste Schiffsreise. Von Skagen aus geht es nach Norden über den Skagerrak, bis wir zwischen kalten Felswänden in den Oslofjord einfahren. Im Hafen von Oslo verlassen wir die *Moltkefels*, warten in einer Kaserne auf die Verteilung auf die Häfen und vertreiben uns die Zeit mit Spaziergängen am Ufer des Fjordes.

Der Abschied von Britta war eher nüchtern ausgefallen. Von Anfang an hatten wir gewusst, dass dieser Tag kommen würde, nie hatten wir von einer Perspektive über diese Zeit hinaus gesprochen, und so oberflächlich trennten wir uns dann auch. Eine flüchtige Umarmung, dann verschwand der eine aus dem Leben des anderen. Von Liebe sprachen wir nicht, und Liebe war es auch nicht, dabei trafen wir uns fast an jedem meiner freien Abende, und was waren die Jungs aus meiner Stube neidisch auf meine kleine Romanze. Sie ahnten nicht, was in meinem Kopf abging, während ich mit ihrer dänischen Traumfrau Küsse austauschte, denn ich habe die ganze Zeit nur an Lisl gedacht.

Sie hat mich völlig eingenommen. Spätestens im Sommer wird es den nächsten Heimaturlaub geben, und dann werde ich mit ihr tanzen, ohne Rücksicht auf Maria oder sonst jemanden. Vielleicht ist der Krieg bis dahin sogar schon vorbei, und wir können uns richtig kennenlernen. Lange kann er nicht mehr dauern.

ist der Krieg bis dahin sogar schon vorbei, und wir können uns richtig kennenlernen. Lange kann er nicht mehr dauern.

13. Bergen

Dezember 1944

In meinem ganzen Leben habe ich noch nicht so viele Tunnel durchfahren und Flüsse überquert wie auf dieser Fahrt mit der Bergenbahn. Die Lok dampft an der Westküste Norwegens entlang, durch schneebedeckte Berge und über vereiste Brücken, vierhundertsiebzig Kilometer weit, von Oslo nach Bergen.

Wir sind eine Kompanie von zwanzig Leuten, ein Waggon voll Marinesoldaten, der in den Bergener Bahnhof einrollt. Unter Brockmanns Kommando marschieren wir aus der Bahnhofshalle. Ein feuchtkalter Wind schlägt in unsere Gesichter, und über den Häusern stechen spitze Giebel in den grauen Himmel, als wollten sie die Wolken vertreiben. Dahinter liegt saftig ein grüner Horizont, die Flora von sieben Bergen, welche die Stadt umkreisen, und zu Füßen der Berge schillern Holzhäuser rot und gelb und weiß. Brockmann marschiert voraus durch die engen Gassen der alten Hafenstadt und hinauf auf steilen Wegen über Kopfsteinpflaster und Schneematsch. Je mehr Kameraden unter dem Gewicht ihrer Seesäcke ächzen, desto lauter schreit Brockmann. »Nicht so lahmarschig! Marschieren, ihr Waschlappen!«

Vor einer alten Schule, fast ganz oben auf dem Berg, machen wir halt.

»Wartet hier, ich muss drinnen noch was abklären«, sagt Brockmann, und wir warten auf einer Art Terrasse, von der aus man die ganze Stadt überblickt. Wie ein offener Ring aus Felsen umrahmen die Berge den Meeresarm der Nordsee. Die Häuser verteilen sich auf einer Landzunge, vom Ufer des Fjordes bis hinauf zu den

Hängen haben die Norweger gebaut. Es sieht aus, als hätte das Wasser das Tal überflutet und die Häuser heraufgespült.

Ein Teil der alten Schule wurde von der Marine als Stützpunkt beschlagnahmt. Von hier aus kommandieren und verwalten Uniformierte in Schreibstuben alle Schiffe im Hafen, hier wird die Post gesammelt, und hier schlafen wir in der ersten Nacht auf Pritschen in der Turnhalle.

Am Morgen werden wir auf die Schiffe verteilt. Von jedem Schiff kommt ein Mitglied der Mannschaft in die Turnhalle und holt die Leute ab. Meinen Namen liest ein sehniger, alter Feldwebel mit grauem Vollbart vor. Sein Name ist Pottbohm, und er gehört zur Besatzung der *Nordstern*. Mit einem Notizzettel in der Hand ruft er drei Namen auf: den von Brockmann, den von Spitzbub Waldmann und den meinen. Waldmann und ich sollen als Kanoniere eingesetzt werden, mit Brockmann als Chef. Mit Proviant aus dem Stützpunkt bepackt, marschieren wir drei Pottbohm hinterher, hinunter zum Hafen. Am Kai weht die Reichskriegsflagge, und dahinter ragen Schiffsmasten in den Himmel.

»Unser Schiff«, sagt Pottbohm und zeigt auf einen Passagierdampfer.

»Kreuzteufel! Das ist ja ein verdammtes Luxusschiff, Kamerad Pottbohm! Ich glaub es nicht!«, ruft Brockmann begeistert.

Abgesehen von den drei Kanonen vorne am Bug sieht die *Nordstern* wirklich nicht nach Krieg aus. Pottbohm folgend, betreten wir im Gänsemarsch das Oberdeck. Oberleutnant Werl, ein kleiner und geschäftiger Mann, stellt sich uns als Kapitän vor und verschwindet wieder im Innendeck. Pottbohm zeigt uns das Schiff.

»Die *Nordstern* hat seit zwei Monaten den Status als Verwundetentransportschiff«, erklärt er, als wir an den Rettungsbooten entlang gehen. »Keine internationale Anerkennung als Lazarett-schiff, kein Schutzanstrich.«

Erst jetzt fällt mir Pottbohms Glasauge auf. So stelle ich mir einen alten Seebären vor. Passend zu seinen Worten stehen wir am Bug bei den Geschützen. »Wir können angegriffen werden.« Er legt einen Arm um die Vierzentimeterflak. »Und wir werden angegriffen. Dafür sind wir bewaffnet. Hier die Vierzentimeter-flak, dort eine Zweizentimeter und ganz vorne die Vierling.«

Faustgroße Schraubenköpfe halten die Kanonen an den Sockeln fest. Das wird also mein Arbeitsplatz werden. Wir folgen Pott-bohm ins Innendeck. »Bevor ich euch die Kojen zeige, sollt ihr wissen, wer euch auf der *Nordstern* begleitet. Die Besatzung be-steht mit euch aus achtundzwanzig Leuten, die Verwundeten nicht mitgerechnet.«

Er stellt uns zuerst den Obermaat in der Schreibstube vor, dann die anderen Kanoniere, fünf junge Burschen, und unterwegs be-gegnen wir dem Priester. Mit seiner Uniform unterscheidet er sich äußerlich nicht vom Rest der Mannschaft, abgesehen von dem Kruzifix, das er an einer langen Kette um den Hals trägt. Falls es auf dem Schiff Tote geben sollte, bekämen sie ein Meeresgrab in der Nordsee, erklärt Pottbohm, aber dazu sei es zum Glück noch nie gekommen.

»Die verwundeten Soldaten liegen im Unterdeck«, sagt er. »Zur-zeit haben wir acht Patienten an Bord. Der Arzt und die Sanitäter arbeiten unten, die lernt ihr später kennen. Ganz unten gibt es noch die Ölprinzen im Maschinenraum, aber das sparen wir uns. In die Kombüse können wir noch schauen.«

Vier Matrosen mit Kochhauben arbeiten am Herd. Einer putzt die Arbeitsfläche, der nächste scheuert mit einem Schwamm eine Pfanne, und die beiden anderen trocknen Gläser ab. Einer davon steht mit dem Rücken zu mir und dreht sich erst um, als Pottbohm uns als die neuen Kanoniere vorstellt. Wir sehen uns an, seine Augen werden groß, und er reißt den Mund auf. Ich traue meinen Augen kaum, kann nicht glauben, wen ich hier in Norwegen treffe. Er schüttelt den Kopf hin und her und grinst, so wie er immer grinst, wenn man ihn trifft. Es ist Kammerl, mein alter Freund, neben dem ich einen Nachmittag lang an einen Baum gebunden war und der im Zeltlager eine Woche lang neben mir schlief.

Ich freue mich von Herzen, ihn hier zu treffen!

Februar 1945

Vier Tage nach meinem neunzehnten Geburtstag bekomme ich Post von zu Hause. *Franzl ist gefallen*, schreibt Mutter. *Bina ist jetzt ganz allein, aber sie bleibt in München, weil sie dort eine gute Arbeit hat. So sind wir alle recht verstreut, Gottfried. Du auf dem Meer, der Hans in Böhmen, der Rudi in Sachsen im Gefangenenlazarett und deine Schwester, das arme Mädchen, in München ...*

Albert und Rinner lassen schön grüßen, schreibt sie weiter. Ich falte den Brief zusammen und denke an meine Schwester, wie sie als Witwe alleine in einem Doppelbett schlafen muss, und das macht mich unendlich traurig.

Am selben Tag, an dem ich den Brief lese, erhalten wir unseren letzten Einsatzbefehl. Wir liegen vor Kristiansand an der Südspitze Norwegens und müssen transportfähige Verwundete von Moss bei Oslo nach Frederikshavn in Dänemark bringen. Von dort aus werden sie mit Zügen nach Deutschland gebracht oder, wenn nötig, auf unserem Schiff operiert, doch davon bekommen wir Kanoniere nichts mit.

Während der Fahrt nach Moss reinigen wir die Geschütze oder lassen uns von Brockmann herumkommandieren. »Alle Mann über Bord!«, ruft er, wenn ihm langweilig ist, und er ruft es jeden Tag, bis wir wieder am Hafen ankern. Auf seinen Befehl hin müssen wir in das eisige Meer springen und dürfen erst im Wasser an der Schnur ziehen, um die Schwimmwesten aufzublasen. Er selbst springt nicht, dafür lacht er dreckig, wenn wir mit blauen Lippen und schlotternden Knien die Strickleiter heraufklettern. In Moss legen wir für eine Nacht an, nehmen sechs Verwundete auf und fahren weiter mit Kurs auf Frederikshavn.

Es ist früh am Morgen. Ich sitze mit Kammerl auf einer Bank im Innendeck und warte auf das Ende unserer Schicht. Vier Leute sind jede Nacht zum Postenstehen eingeteilt, egal ob Küchenpersonal oder Kanoniere. Einer muss am Bug Wache stehen, einer am Heck, zwei ruhen sich im Innendeck aus, und nach einer Stunde wird getauscht. Kammerl streckt die Arme von sich und gähnt, und ich blicke durch das Bullauge auf den Horizont, der sich seit einer Weile deutlich über dem Meer abzeichnet. Plötzlich heult die Sirene.

»Kruzefix!«, fluche ich.

»Die drehen doch eh wieder ab«, sagt Kammerl und lacht.

In den meisten Fällen drehen sie wirklich wieder ab, weil die *Nordstern* kein Schlachtschiff ist. Erst drei Mal mussten wir in den zwei Monaten feuern.

»Hoffen wir es. Aber die Warterei bleibt uns trotzdem. Das dauert mindestens wieder eine Stunde, bis sie Entwarnung geben. Hundsmüde bin ich.«

Kammerl schüttelt lachend den Kopf. »Das ist gleich. Die drehen eh wieder ab.«

Er klopft mir auf die Schulter und trappelt hinunter in seine Koje. Ich marschiere zum Bug zu meiner Vierling und drehe die Rohre auf Ausgangsposition, und bald kommt mein Partner angetrottet, der langbeinige Diederichs aus Breslau. Er grinst eintönig. Diederichs ist einen Monat vor mir auf das Schiff gekommen. Der Kerl hat nicht nur lange Beine, sondern auch Arme wie Laternenmasten, und jede seiner Bewegungen sieht aus wie eine Akrobatennummer im Zirkus.

»Guten Morgen«, sagt er und sieht mich an, als wolle er mir die Hand geben, aber das sieht bei ihm nur so aus. Gleichmütig holt er das erste Magazin aus der Kiste neben der Vierling und schiebt es ein. Auch an der Vierzentimeter und an der Zweizentimeter wird gekurbelt und geladen, und zwischen den Kanonen steht Brockmann und sieht zu. Noch immer warte ich auf die Entwarnung, aber weit können die Bomber nicht mehr sein. Bald schon dröhnt es über uns.

»Bereit machen zum Gefecht!«, brüllt Brockmann. Ich lege die Achseln in die gebogenen Eisenschienen der Vierling und schnalle die Gurte um den Rücken. Diederichs hält die Magazine zum Nachlegen bereit.

Das dumpfe Brummen wird kraftvoller, immer bedrohlicher nähert sich das Geschwader, und die Flieger segeln so knapp über dem Wasser, als zielten sie direkt auf meine Stirn. Es sind die zweimotorigen Jagdflugzeuge der Royal Air Force, die man Mosquitos nennt, und die Angriffe sind in Marinekreisen als Mosquitoplage bekannt. Wie Höllenwesen rollen sie heran. »Feuer frei!«, brüllt Brockmann.

Aus allen Öffnungen der Jagdbomber blitzen die Funken der Maschinengewehre und Kanonen. Bomben fallen herab. Anders als bei der schweren Achtachter mit Zünderstellmaschine und Rohrjustierung nach Radardaten muss man bei der leichten Flak nur zielen und schießen. Zum Feuern ziehe ich an einem Hebel. Die Kanone rattert aus vier Rohren wie eine Nähmaschine. Tacktacktacktacktack – unzählige Schüsse feuert sie pro Sekunde ab. Bei dieser Masse an Fliegern und der hohen Geschwindigkeit der

Mosquitos kann ich mir das Zielen sparen. Ballern und das Beste hoffen. Nie zuvor habe ich Bedrohung unmittelbarer gespürt als an diesem trüben Morgen. Spritzendes Wasser von den Geschossen, dumpfe Einschläge auf der Schiffswand, Splittern von Holz, Scheppern irgendwo hinter mir. Mit jedem Laut, der nicht in den Takt meiner Vierling passt, zucke ich zusammen. Plötzlich kommt der Kamerad, der zuvor mit Waldmann an der Zweizentimeter gestanden hat, herüber und hilft Diederichs beim Laden. Für eine Sekunde wende ich den Blick vom Himmel ab und sehe die Zweizentimeter verwaist. Waldmann lehnt zusammengekauert an der Bordwand, den Kopf zwischen den Armen vergraben. Er zittert, aber das ist normal, ich zittere auch. Vorne an der Bugspitze kracht es, und zugleich fährt ein Stechen durch meine linke Hand. Fest umkrampfe ich den Abschussbügel. Drücke zu, um den Schmerz zu betäuben. Mein Magen schnürt sich zusammen.

Endlich drehen die Bomber ab. Ihr Dröhnen wird abgelöst von Brockmanns Brüllen. Er baut sich vor Waldmann auf, die Hände in den Hüften, und brüllt auf ihn ein. »Sie sind ein mieses Stück Scheißdreck, Matrose Waldmann!«

Waldmann, noch immer in der Hocke, starrt auf die Bordwand.

»Feigheit vor dem Feind ist das! Sie haben das Leben der Kameraden aufs Spiel gesetzt! Wegen Ihnen lass ich hier keinen verrecken!«

Er packt ihn am Kragen und zieht ihn hoch. Waldmann kneift die Augen zusammen und kämpft gegen die Tränen an. Brockmann wirft das förmliche »Sie« über Bord. »Beim nächsten Mal zerr ich dich vors Kriegsgericht, du feiges Arschloch!«

Er schleudert ihn gegen die Bordwand, dann sieht er mich an.

»Frank, zeig mir deine Hand.«

Sie ist voll Blut. »Lass dich vom Doktor verbinden.«

Ein Sanitäter ist frei. Mit einem nassen Wattebausch wischt er das Blut von meiner Hand und betastet die Stelle unterhalb meines Ringfingers.

»Sonst noch jemand verletzt?«, frage ich.

»Du bist der Einzige.« Er nimmt eine Rolle Verband aus dem Arzneischrank. »Du hast einen kleinen Metallsplitter abgekriegt.«

Ich streiche mit dem Zeigefinger der anderen Hand über die Stelle. Eine Erhebung auf der Haut, kleiner als ein Hühnerauge, mehr nicht.

»Mir fehlt nichts.«

»Der Splitter kann drin bleiben«, sagt der Sani und wickelt den Verband um meine linke Hand.

April 1945

Eine Nachricht wird bei uns zum Tagesgespräch. Sie haben das Schiff versenkt, auf dem ich meine erste Seereise erlebt hatte. Die *Moltkefels* mit zweitausendsiebenhundert Flüchtlingen, eintausend Verwundeten und dreihundert Soldaten an Bord, ging durch einen sowjetischen Angriff in Flammen auf. Dreihundert Menschen starben, aber an Stelle von Betroffenheit rührt sich in mir nur das beglückende Gefühl, davongekommen zu sein.

Mai 1945

Seit zwei Monaten liegen wir ohne Unterbrechung im Heimathafen. Brockmann interessiert sich nur noch für das Saufen und das Huren. Jeden Abend besucht ihn eine groß gewachsene Einheimische mit langen roten Haaren, die mindestens zehn Jahre jünger ist als er. Ich sehe ihren stattlichen Hintern, wenn sie am Abend den Niedergang hinuntersteigt, und ihre großen Brüste, wenn sie gegen Mittag vom Unterdeck heraufkommt. Neben

Brockmanns Mätresse können einem in den Abendstunden noch
eine Blondine und eine Brünette über den Weg laufen. Sie verschwinden in den Kojen der höheren Ränge, eine davon im Bett
des Stabsarztes, während wir an Deck von acht Uhr abends bis
sechs Uhr morgens Posten stehen. Sonst passiert nichts. Kaum
Fliegeralarm und keine Transporte. Alles löst sich auf. Seit einer
Woche ist der Führer tot. Der Leutnant las der versammelten
Mannschaft vor, was im deutschen Rundfunk verkündet wurde:

*»Aus dem Führerhauptquartier wird gemeldet, dass unser Führer Adolf
Hitler heute Nachmittag in seinem Befehlsstand in der Reichskanzlei, bis zum
letzten Atemzug gegen den Bolschewismus kämpfend, für Deutschland gefallen
ist.«*

Seitdem warten wir auf den Feind. Fast alle deutschen Truppen
haben bereits kapituliert, Amerikaner, Russen und Briten besetzen
deutsche Städte, nur in Norwegen herrschen noch die Deutschen.

Acht Uhr am Morgen. Wir schreiben den siebenten Mai, einen
Montag, und ich bin heute mit der Post an der Reihe. Ich hole die
braune Aktentasche aus der Schreibstube, melde mich bei Brockmann ab, steige von Bord und verlasse den Hafen in Richtung
Stützpunkt. Es regnet. In Bergen regnet es immer. Pottbohm hat
erzählt, die Norweger würden siebenundzwanzig verschiedene
Wörter für Regen kennen, und Bergen gelte als die Hauptstadt des
Regens. Mit der Aktentasche in der Hand und dem Seitengewehr
am Koppel besteige ich Treppen und steile Wege aus Kopfsteinpflaster. Der Regen saugt sich in den Stoff meiner Marinemütze,
das Kopfsteinpflaster glänzt, und in den Gassen riecht es nach
Fisch und nassem Holz. Für gewöhnlich ist es still und ruhig,
wenn man morgens die Post holt. Geschäftsleute richten ihre
Stände vor den Läden auf, alte Mütter wackeln mit Taschen zum
Markt und Hunde schnuppern an Regenrinnen. Die Stadt schläft

um diese Zeit. Auch heute sind noch nicht viele Menschen auf der Straße, und trotzdem ist es anders. Lebendiger. Es liegt etwas in der Luft. Aus Hinterhöfen dringen Jubelschreie, und aus manchen Fenstern erklingt Musik. Ein junger rothaariger Kerl läuft mir über den Weg, richtet den Daumen nach oben und den Zeigefinger in meine Richtung, als wolle er mir mit einer unsichtbaren Pistole den Kopf wegpusten. Er läuft weiter, und ich wechsle in den Laufschritt.

Am Stützpunkt spreche ich an der Pforte meine Losung und betrete das alte Schulgebäude. Die Poststelle ist im Parterre, wo drei Männer in Uniformen an ihren Schreibtischen sitzen. »Heil Hitler!«, grüße ich.

Einer von ihnen, ein untersetzter Mann mit kugelrundem Kopf, sieht mich überrascht an. »Wie bist du hier noch hochgekommen? Heil Hitler ist vorbei, Bub! Jetzt übernehmen die Norweger. Wir können zusammenpacken. Vor ein paar Stunden ist die Gesamtkapitulation unterschrieben worden. Weißt du, was das heißt?«

»Dass heute was passiert.«

»Dass *jetzt* was passiert! Mit der Uniform da draußen, das ist lebensgefährlich! Bleib bei uns, da bist du sicher.«

Meine Leute warten auf die Post und mein Gepäck ist auf dem Schiff. Was soll ich bei den drei Bürofritzen? »Das ist gut gemeint von Ihnen, aber ich habe den Auftrag, die Post zu holen, und das werde ich auch machen.«

»Du Bursche hast Nerven!«, sagt der jüngere Kollege des Kugelkopfes. »Die Norweger da draußen sind unberechenbar.«

»Dafür habe ich mein Seitengewehr«, sage ich und reiche dem Kugelkopf die Aktentasche.

»Pass gut auf und verhalte dich unauffällig, Junge. Hoffentlich machst du keinen großen Fehler«, sagt er, schlichtet die Post hinein und gibt mir die Tasche zurück.

Auf meinem Weg nach unten wehen mir rote Flaggen mit dunkelblauen Kreuzen entgegen. Die Norweger haben ihre Fahnen ausgepackt und sie an ihre Fenster und Türen gehängt, nach fast fünf Jahren deutscher Besetzung. Je näher ich dem Hafenviertel komme, desto lauter werden die Stimmen. Eine Kette von sechs Betrunkenen kommt mir entgegen. Die beiden Äußeren halten die norwegische Fahne hoch, und von den Vieren in der Mitte hat jeder eine Flasche Wein in der Hand. Es ist seltsam, aber so wie sie die Weinflaschen in die Luft halten, sieht es aus, als machten sie den deutschen Gruß, und dazu grölen sie norwegische Lieder. Ich schaue in die andere Richtung und hoffe, dass sie mich nicht bemerken, doch als ich einen kurzen Blick wage, sehe ich einem der Weinflaschenträger direkt in die Augen. Hass funkelt mir entgegen. Er hält meinem Blick stand, feindselig, als wolle er sagen, euch haben wir es gezeigt, euch Deutschen, und jetzt verschwindet aus unserem Land. Ich taste mit dem Daumen an mein Bajonett und stelle mich stramm an die Hauswand, bis sie vorbeigezogen sind. Der eine dreht sich noch einmal um, aber die anderen marschieren weiter mit ihrer Euphorie und ziehen ihn mit. Überall klingen Freudenschreie, und das um neun Uhr früh. Wie wird sich dieser Tag entwickeln?

Ich biege in eine Seitengasse. Weniger Menschen, weniger Licht – hier fühle ich mich sicherer. Der Regen prasselt von den Dachrinnen herunter. Auf dem Umweg nach unten kommen mir Angetrunkene entgegen, von denen mir manche etwas zuschimpfen. Sonst lassen sie mich in Ruhe. Den Respekt vor den Besatzern legt man nicht von einem Tag auf den anderen ab wie einen Maulkorb, und das ist mein Glück.

Unten im Hafenviertel herrscht Volksfeststimmung. Alt und Jung hat sich versammelt. Norwegische Flaggen, wohin man sieht. Von den Farben her unterscheiden sie sich kaum von der deut-

schen Hakenkreuzfahne, und doch drehen sich mit ihr alle Macht-
verhältnisse, Sitten und Strukturen von einem Augenblick zum
nächsten. Menschen liegen sich in den Armen. Zivilisten, die trotz
ihrer Euphorie nicht wagen, mich anzugreifen. Was, wenn ich
einer Gruppe von Widerstandskämpfern in die Hände falle? Werden sie mich auf offener Straße lynchen? Meine Uniform hält
mich gefangen, ich fühle mich wie ein Verbrecher auf der Flucht.
So stolz bin ich auf sie gewesen, und jetzt kehrt sich alles um!

Ich stehe vor der Hafenpforte. Die Schiffe, das Pförtnerhaus,
der graue Himmel, und vorne am Kai … es ist unfassbar: Selbst
dort, wo die Schiffe der Deutschen Kriegsmarine ankern, weht
schon die norwegische Fahne. Nichts ist mehr, wie es vor zwei
Stunden war. Im Pförtnerhaus, wo vor zwei Stunden noch ein
Norweger in deutscher Uniform wachte, sitzt ein blonder Zivilist
in grauer Hose und grünem Hemd. An ihm muss ich vorbei und
durch eine Tür im Gitterzaun hinunter zum Hafen. Sie ist nie ab-
geschlossen, auch jetzt nicht, doch der Zivilist springt aus seinem
Häuschen und versperrt mir den Weg. »No!«, ruft er und streckt
den Arm aus wie eine Schranke.

Ich ziehe das Seitengewehr. »Lass mich durch!«

Das Grünhemd hebt das Kinn und verzieht die Oberlippe.
»No!«

Wild schlage ich mit der Klinge des Seitengewehrs dreimal auf
das Fensterbrett. Er starrt mich mit offenem Mund an, und ich
nutze seinen augenblicklichen Schreck und drücke mich durch die
Tür.

»Hey! Hey!«, ruft er mir hinterher, aber ich laufe los und drehe
mich nicht mehr um.

Direkt vor der *Nordstern* stromern drei junge Norweger mit
Knüppeln am Kai auf und ab. Ich halte ihnen mein Seitengewehr
entgegen, und vom Schiff aus richtet die halbe Mannschaft die

Karabiner auf sie. Sie wagen sich nicht näher heran, ich gehe ungehindert an Bord, grüße meine Leute mit einem kurzen Wink und liefere die Post in der Schreibstube ab. Dann hole ich meine K98 aus dem Magazin und stelle mich neben Brockmann.

»Die gelbhaarigen Teufel wollen uns runterprügeln. Wenn einer von denen einen Fuß auf das Schiff setzt, baller ich ihn um!«, sagt er.

»Den Pförtner haben sie schon ausgetauscht, und ihre Fahne haben sie auch schon gehisst«, antworte ich.

»Welche Fahne?« Die seine riecht nach Rum, so viel steht fest.

»Ihre Norwegenfahne mit dem blauen Kreuz, was denkst du? Vom Heck aus siehst du sie.«

Brockmann stampft zum Heck und fängt an zu brüllen. »Sechs Mann zu mir! Wir schießen den Fetzen runter!«

Als die Salve der Schüsse ertönt, laufen die Norweger am Kai entlang bis auf Höhe des Hecks unseres Schiffes, brüllen auf die Schützen ein und drohen mit ihren Knüppeln. Immer mehr von unseren Leuten laufen mit Karabinern nach hinten und feuern auf die Fahne. Der langbeinige Diederichs und ich sehen nur zu. Es dauert nicht lange, bis ein Schuss die Seilaufhängung trifft und die Flagge wie ein nasses Tuch zusammenfällt. Die Norweger toben vor Wut und wir jubeln. Ein letztes Mal dürfen wir uns als Sieger fühlen.

Rund um die Uhr warten Norweger mit Knüppeln darauf, dass wir von Bord gehen. Sie wechseln sich alle paar Stunden ab, genau wie wir. Immer fünf Leute stehen bewaffnet an der Reling und halten die Norweger ab, das Schiff zu entern. Wer nicht Wache schiebt, lungert auf dem Deck herum, und ich bin viel mit Kammerl und Diederichs zusammen und mit Pottbohm. Der alte Seebär mit dem Glasauge erzählt uns Jungen Geschichten von früher und von der Skagerrakschlacht im Ersten Weltkrieg, an der er als zwanzigjähriger Matrose teilgenommen hat.

Brockmann sieht man kaum. Er liegt Tag und Nacht mit seinem rothaarigen Busenwunder in der Koje und säuft und schläft mit ihr. Die Blondine des Stabsarztes ist an Bord, und auch die Brünette. Auf das Außendeck trauen sich die Frauen nicht. Sie haben furchtbare Angst, erkannt zu werden, hat Brockmann mir erklärt. Eine Norwegerin, die sich mit einem Deutschen eingelassen hat, gilt als Verräterin, und die Stadt, in der man sie kennt, wird für sie zur verbotenen Zone.

Zehn Tage nach der Kapitulation teilt Kapitän Werl der versammelten Mannschaft mit, er habe einen Funkspruch vom Stützpunkt bekommen, wo jetzt die Briten herrschen. Geschlossen sollen wir von Bord gehen, in einer Lagerhalle am Hafen die Waffen ablegen und geordnet zum alten Schulgebäude marschieren.

»Unbewaffnet durch die Stadt marschieren?«, fragt Brockmann.

»Keine Sorge. In allen Ecken stehen britische Wachleute«, antwortet Werl.

Kammerl grinst und schüttelt den Kopf. »Die Engländer beschützen uns vor den Norwegern«, sagt er immer wieder. »Die Engländer beschützen uns vor den Norwegern!«

Die Norweger, die uns mit den Knüppeln vom Kai aus bedroht haben, sind verschwunden, als die Briten langsam die Kontrolle über die Stadt übernommen haben, und wir können die Seesäcke schultern und das Schiff verlassen. Mit ängstlichen Gesichtern mischen sich die drei Frauen unter die Reihen. Sie haben sich die Haare kurz geschoren und tragen Marinejacken. »Einen Herrenschnitt haben sie sich verpasst«, sagt Brockmann.

In der Lagerhalle im Hafen geben wir unsere Waffen bei den britischen Posten ab und sammeln uns. Die Besatzungen von zwei weiteren Schiffen und ein paar Infanteristen, die am Hafen stationiert waren, stoßen dazu. Und norwegische Frauen. In Achterreihen marschieren wir den Berg hinauf, neben mir die Blonde aus der *Nordstern*. Die ganze Zeit sieht sie in dieselbe Richtung und verzieht keine Miene. Einheimische säumen den Straßenrand und schimpfen, verhöhnen und bespucken uns. Zu wenige britische Posten begleiten den Zug, und ich bezweifle, dass es gut geht. Als einer der Passanten, ein drahtiger Mann mit Schiebermütze, die Frau neben mir entdeckt, drängt er sich in die Reihe, packt sie am Arm und zieht sie heraus. Die Blondine fängt an zu schreien: »Neee!« Die Stimme wird höher und schriller, bis ihr der Mann seine Hand auf den Mund presst. Am Straßenrand packen zwei Männer mit an. Sie greifen sie unter den Armen, und der Drahtige hält sie am Kragen fest. So schleifen sie die Frau davon. Immer wieder kommen wir an Gruppen von Männern vorbei, die eine Frau in ihrer Gewalt haben. Wenn die Frauen keine Glatzen haben, werden sie rasiert, direkt am Straßenrand, auf einem Stuhl und unter Beschimpfungen. Die meisten Frauen sind gefesselt, und zweimal werde ich Zeuge, wie sie eine Gefesselte mit Händen und Füßen verprügeln. Drei von ihnen schaffen es bis nach oben zum alten Schulhaus, wo wir uns in der Turnhalle sammeln. Dort wollen sie untertauchen, bis sich die Lage beruhigt hat, um im Schutze der Nacht in eine Stadt flüchten zu können, in der sie keiner kennt.

In der Turnhalle bewachen uns zwanzig Briten, aber sie beachten uns kaum.

»Marsch, in die Lagerhalle und Rucksäcke voll machen!«, ruft Brockmann, und wir plündern das Lebensmittellager. Unsere Seesäcke füllen wir mit Brotbüchsen, Fleischkonserven und Zigaretten aus den Regalen, und mancher erwischt eine Flasche Schnaps. Die Engländer stört es nicht.

Täglich kommen Einheiten dazu. Wir unterhalten uns und warten, und wer Tabak hat, der raucht. Die Briten stehen meistens in Grüppchen zusammen, und wir hören auf unsere Chefs, auch wenn sie uns offiziell nichts mehr zu sagen haben. Sie sind es gewohnt, Befehle zu geben, und wir sind es gewohnt, Befehle zu befolgen. Trotzdem weicht das Verhältnis zu ihnen auf. Wir alle sind jetzt Gefangene, und vorbei ist es mit Herr Oberleutnant, Herr Offizier oder Herr Major. Kein *Sie* mehr und keine Titel.

Die Engländer geben Werl Anweisungen, die er an uns weitergibt. Das ist der einzige Weg zur Verständigung, da von uns einfachen Soldaten kaum einer Englisch spricht, und darum ist es Werl, der der ganzen Kompanie sagt, was zu tun ist. Mit ausgestrecktem Arm zieht er vor den versammelten Soldaten eine imaginäre Linie. »Bis hierher … mit Gepäck mir folgen!«

Die Engländer erwarten uns im Fuhrpark hinter dem Schulhaus. Fünf britische Jeeps, vier Motorräder mit Beiwagen und zwei von unseren deutschen Lastwägen stehen bereit. Werl fragt in die Runde, wer den Führerschein hat, und ich melde mich sofort. Die Chefin hatte mir damals dank ihrer Beziehungen kurz nach meinem fünfzehnten Geburtstag den Führerschein besorgt, und ich durfte den Pritschenwagen fahren. Der Pritschenwagen verhält sich zu dem Fünftonner vor mir wie ein Schaukelpferd zu einem Ackergaul, aber das stört mich nicht. Ich liebe es, Autos zu lenken, und je größer, desto besser. Die deutschen Soldaten springen auf die Ladefläche, während ich mich mit der Schaltung vertraut mache. Brockmann setzt sich als Beifahrer zu mir ins Führerhaus, und als sich die ersten beiden Geländewagen der Engländer bewegen, starte ich den Motor. Er brummt wie ein Bär, und es riecht nach Diesel. Staub wirbelt auf, als die Fahrzeuge im Konvoi aus dem Schulhof rollen. Vorneweg zwei Jeeps, dahinter wir, hinter uns der zweite Laster und am Ende wieder drei Jeeps mit Engländern.

»Deine Rothaarige ist bei uns hinten auf der Ladefläche. Schon gesehen?«, sage ich.

»Ich brauche die Schlampe mit ihrem hässlichen Rattenkopf nicht mehr«, sagt Brockmann.

Ich gehe nicht weiter darauf ein.

Die Straße führt über eine Steilküste entlang einer mit Gras bewachsenen Bergwand. Unter uns liegen die Stadt und der Fjord und dahinter eine hügelige, grüne Landschaft. Brockmann schließt die Augen und lehnt sich an das Seitenfenster. Drommm … drommm, tippelt sein Kopf gegen die Scheibe. Rote und grüne Holzhäuser ziehen vorbei. Anfangs geht es den Berg hinauf, die Felswand ist mal grau und mal voll von grünem Moos. Serpentinenfahren ist nichts für schwache Nerven. Käme uns ein anderer Fünftonner entgegen, müssten wir den Berg rückwärts wieder hinunterrollen, so eng ist die Straße. Wir bewegen uns dicht am Abgrund. Alles was ich sehe, ist die Schnauze, die in ihrer ganzen Länge wie ein Sprungbrett in der Luft schwebt. Als es bergab geht, spannen sich in mir sämtliche Muskeln. Mit jedem Atemzug tippe ich auf die Bremse, aber die Reifen blockieren auf dem sandigen Untergrund. Ich lege den ersten Gang ein, lasse die Kupplung immer wieder kommen und bremse nur noch, wenn wenig Sand auf der Straße liegt. Auf der Seite des Berges, wo die Sonne mich blendet, breiten Nadelbäume ihre Wipfel wie Sprungtücher aus, als warteten sie auf den stürzenden Laster samt Brockmann und mir, und auf der anderen Seite würden wir in den Fjord fallen. In jeder Kurve, mit jedem Schlittern auf den Abgrund zu, brennt es unter meiner Brust, und hundert Mal zerschellt der Fünftonner in meinen Gedanken auf einem Felsen.

Brockmann wird wach. »Tysse heißt das Nest, haben die Tommies gesagt.« Er sieht mich an. »Ist dir heiß?«, fragt er, wegen der Schweißperlen auf meiner Stirn.

»Wird dir nicht heiß, wenn du da runterschaust?«

»Schöne Aussicht. Was du nur hast. Gib Gas!«

Im Wald biegen die Jeeps rechts ab. Ein felsiger Hang führt zu einer Terrasse, auf der ein Barackenlager steht. Wir halten. Alles marschiert in das Lager, den Engländern und Werl hinterher, und ein britischer Offizier legt die Hand auf meine Schulter und sagt etwas zu Brockmann.

»Wir sollen gleich die nächste Ladung abholen«, übersetzt er.

Fünfmal bin ich die Strecke an diesem Tag gefahren. Dreimal hin und zweimal zurück. Es wird schon dunkel, als wir mit der letzten Fracht Kameraden ins Lager fahren. Am Barackeneingang wartet Kammerl. »Deine zwei Spinde habe ich schon eingeräumt, Gottfried! Komm mit!«

Er zeigt mir meinen Spind neben dem seinen und eines von sechs Etagenbetten, in dem er unten liegt und ich oben. Auch Brockmann findet ein freies Bett, und der langbeinige Diederichs sitzt rauchend auf seinem Strohsack und mustert die Leute. Ich habe Hunger und bin schrecklich müde von der Fahrerei, aber nach Essen sieht es heute nicht mehr aus, und so klettere ich auf mein Bett und ziehe die Wolldecke bis zur Nase hoch.

Kammerl unter mir erzählt begeistert von seiner ersten Begegnung mit den Siegern. »Ich habe mit den Engländern geredet … obwohl ich gar kein Englisch kann. Ich Deutscher, habe ich gesagt, und die Engländer haben gelacht und gesagt Bloody German.

Ich hab Tommies zu ihnen gesagt. Tommies! Und die haben nur gelacht!«

Kammerls Stimme zieht in mein Unterbewusstsein. »… ihr seid doch Tommies …«, und seine Worte mischen sich mit Bildern. Ich träume von dem Abgrund und wie ich mit dem Laster über die Fjorde und Berge fliege, immer die olivgrüne Schnauze vor der Brust, und Kammerl hinten auf der Ladefläche, der »Tommies! Tommies!« ruft.

14. Tysse

Juni 1945

Ich rauche jetzt. Ich habe nur damit angefangen, um mir die Zeit zu vertreiben, denn der Tag besteht aus einer Ansammlung von Pausen. Offiziell haben wir eine Arbeit. Stacheldraht rollen. Ein paar hundert Meter außerhalb des Lagers steht noch ein Zaun aus einer alten Befestigung der Wehrmacht, und wir sollen ihn abmontieren. Er ist mit Nägeln an Eisenpfählen befestigt, und wir müssen die Nägel mit Zangen herausziehen. Dann spulen wir den Draht auf Rohre und rollen ihn so ins Lager. Wir tragen Arbeitshandschuhe, damit wir uns an den dicht stehenden, langen Stacheln nicht die Hände aufschneiden. Die Arbeit ist nicht schwer, und niemand treibt uns an. Meistens machen wir irgendwelche Dummheiten, drehen Zigaretten und rauchen, und am Feierabend räumen wir die Rollen in eine Ecke im Lager, von wo sie die Briten alle paar Tage abholen. Sie haben ihre Unterkünfte zwei Kilometer von uns entfernt, und wenn sie hier sind, geht einer von ihnen eine Runde durch das Lager und sieht nach, ob bei uns noch alles beim Alten ist. Meistens erledigen sie noch etwas in der Schreibstube, dann brausen sie mit den Drahtrollen ab und lassen uns in Ruhe. Sogar Waffen haben sie uns gegeben, sechs Karabiner, weil uns sonst die Norweger überfallen würden, und wir stellen rund um die Uhr immer zwei Wachposten auf. Von hier aus könnte man ohne Schwierigkeiten ausbüchsen, aber wohin soll man gehen, in einem fremden Land, dessen Sprache man nicht versteht? Wir haben ein Zuhause, anders als die Norwegerfrauen, die das ihrige verloren haben, und sich am zweiten Tag

der Internierung auf den Weg machten, Hauptsache weg von
Bergen, und jetzt wer weiß wo und wie vegetieren. Zudem sind
wir hier sicher und bewaffnet, haben reichlich zu essen und müssen kaum einen Finger krümmen. Wir sind guter Dinge, und bestimmt werden wir bald entlassen.

Es ist Nachmittag, draußen regnet es, und wir sind in der Stube.
Manche sitzen nur in Unterhosen da, andere haben das Unter-
hemd hineingestopft wie ich oder lassen es darüberfallen, sodass
es ihnen fast bis zum Knie reicht. Feinripp, wohin man sieht.
Brockmann, nur in Unterhose, und Kammerl mit Hemd spielen
mit einem Kameraden aus Sachsen und einem Ostfriesen Skat.
Der Sachse hat die halbe Stube mit dem Kartenspiel angesteckt,
aber ich interessiere mich nicht für Skat, selbst Schafkopf habe
ich noch nie gerne gespielt, obwohl das zu Hause in den Wirts-
häusern Volkssport Nummer eins ist. Lieber schaue ich zu, wie
Kammerl sich aufregt, Brockmann seine Mitspieler anpflaumt, der
Sachse immer wieder auf Regeln hinweisen muss und der Ostfriese mit der Ruhe einer grasenden Kuh ein halbes Jahrhundert
überlegt, bevor er eine Karte zieht. Der langbeinige Diederichs
sitzt mir gegenüber, schaut mit seinem Schlafzimmerblick den
Kartenspielern zu oder träumt, und saugt mit feuchten Lippen an
einer Zigarette. Ich drehe eine für Kammerl, der Probleme mit
dem Drehen hat. Er hat es ein paar Mal versucht, aber ihm fehlen
Fingerfertigkeit und Geduld. Auch Kammerl hat erst in Tysse mit
dem Rauchen angefangen, und er raucht auf dieselbe Art wie ich:
Er pafft nur und zieht den Rauch nicht in die Lunge. Die beiden
Kameraden, die lesend auf ihren Betten sitzen, rauchen auch. Der
Qualm hängt wie dichter Nebel in der Stube. An einer Schnur
hängen elf Drillichanzüge zum Trocknen, und draußen gießt es
seit dem Vormittag wie aus Eimern, deshalb haben wir früh mit

dem Drahtrollen aufgehört und unsere durchnässten Klamotten ausgezogen. Der Regen trommelt auf das Fensterglas, aber die Kartenspieler übertönen ihn mit ihren Sprüchen. Vor allem Brockmann.

»Auf dem Tisch gehen sie kaputt, Lahmarsch!«, ruft er, als der Ostfriese wieder zu lange überlegt, und immer wieder brüllt er »Hosen runter!«, wenn er ein Spiel macht und die anderen Trumpf zugeben müssen. Brockmann ist besoffen. Jeden Tag. Keiner weiß, wie viele Flaschen Schnaps er in seinem Spind versteckt, und keiner würde sich daran vergreifen, denn keiner will Brockmanns trunkenen Zorn zu spüren bekommen.

»Ich hab es heute wieder im Kreuz!«, ruft er. Er spielt gerade mit dem Ostfriesen zusammen.

»Nana, solche Hinweise sind aber nicht in Ordnung«, sagt der Sachse.

»Ich kann sagen, was ich will!«

»Das gilt aber nicht!«, empört sich Kammerl.

Brockmann starrt Kammerl durch gläserne Augen an und schüttelt den Kopf. »Was willst du denn jetzt? Lern du erst mal richtig spielen!«

Kammerl springt auf und wirft die Karten auf den Tisch. Aufgeregt deutet er mit dem Zeigefinger auf Brockmann. »Bescheißen lass ich mich nicht«, schreit er. »Ich lass mich doch nicht bescheißen! Du bescheißt mich!«

Brockmann steht ebenfalls auf, stützt die Hände in die Hüften und grinst. Der Sachse versucht zu schlichten, »fangt doch jetzt nicht an zu streiten«, und der Ostfriese bekommt einen Lachanfall.

»So spielen wir nicht Karten!«, ruft Kammerl. »Das könnt ihr mit mir nicht machen!«

Diederichs langt mit seinen Laternenmastenarmen über den Tisch zum Aschenbecher und drückt seine Zigarette aus, Brockmann in Unterhose packt Kammerl am Kragen, und genau in diesem Augenblick platzen drei britische Wachposten in unser Tollhaus, in der Mitte ein stiernackiger Offizier mit roten Haarstoppeln. Unbeeindruckt von dem Zirkus ruft er »Control!« und stellt sich neben Brockmanns Spind. Es ist das erste Mal, dass die Engländer uns kontrollieren, und niemand weiß, wonach sie suchen.

»Wem gehort diese Spind?«

Brockmann stellt sich so gerade hin, wie er es in seinem Suff noch zustande bringt und legt die Hand an die Schläfe. »Zu Befehl!«

Schwungvoll öffnet der Offizier den Spind. Mit lautem Scheppern fallen eine blecherne Tabakdose und eine Schachtel mit Zigarettenpapier auf den Boden. Unten sammeln sich die leeren, teils zerbrochenen Flaschen, bedeckt von zerklumpten Krümeln verschütteten Milchpulvers. Auf der mittleren Ablage türmt sich ein Haufen aus Brotfetzen, leeren Fischkonserven, Tabakkrümeln und Bruchstücken von Keksen. Die nächste Etage ist Brockmanns Weinregal, bestehend aus drei Flaschen Rotwein, zwei Flaschen Weißwein und ein paar Konservendosen ohne Aufschrift. Ganz oben hat er drei Flaschen Korn und eine Flasche Birnenbrand gelagert. Der Offizier stellt eine Flasche nach der anderen auf den Tisch und öffnet Brockmanns Kleiderspind. Nicht zu glauben, dass die beiden Schränke ein und demselben Mann gehören. Die Hemden liegen ordentlich gefaltet auf einer Ablage, die Uniformjacke hängt an einem Kleiderbügel, und die Unterwäsche liegt sauber gestapelt in der unteren Eck. Was ihm in den Jahren der Wehrmacht zur Gewohnheit geworden ist, konnte auch der Schnaps nicht aus seinem Kopf spülen. Der Stiernacken knallt Brockmanns Spindtür zu, und zu dritt machen sie sich an den Rest. »Whom?«, fragen sie bei jeder Blechtür, die sie aufreißen, und der Besitzer hebt die Hand. Sie holen Unmengen von Schnaps und Wein aus den Spinden und schlichten die Flaschen auf den Tisch. Allmählich sieht unsere Stube aus wie in ein Spirituosenladen. Meinen Spind nimmt sich der kräftigere der beiden Jungen vor, ein sonnenblonder Strahlemann mit rundem Gesicht. Als er meine Ordnung sieht, bleibt er andächtig davor stehen und sucht nur mit den Augen. Alkohol habe ich nicht gebunkert. Er wirft noch einen Blick auf meinen Kleiderspind und schließt ihn gleich wieder, als wolle er nicht in meine Privatsphäre dringen, zieht anerkennend die Mundwinkel nach unten und richtet den Daumen nach oben. Am Ende stehen elf Deutsche in Unterhosen und drei uniformierte Briten zwischen den Spinden und einem Tisch voll Schnaps, Wein und Spielkarten. Der Regen hat nachgelassen, kein Prasseln mehr, man hört jetzt jeden einzelnen Tropfen.

»Trinkbecher holen und gemutlickes Beisammensein!«, ruft der Stiernacken. Er lässt sich von Diederichs drei Becher geben, schüttet Slibowitz hinein und stößt mit seinen Untergebenen an. »Cheers!«, ruft er, und in die Runde: »Hinsetzen und saufen, Krauts!«

Kammerl, Diederichs und ich sitzen mit den Briten an einem Tisch. Der Schwarzhaarige öffnet eine Flasche Scotch und gießt für sich und seine beiden Landsmänner ein. »Cheers!« Mit seinem länglichen Gesicht entspricht er genau dem, was ich mir immer unter einem Engländer vorgestellt habe. Er streckt die dürre Hand nach uns aus, und wir prosten ihm zu. Diederichs und Kammerl mit Wein und ich mit Slibowitz, den ich aus meinem Blechnapf schlürfe. Zigaretten werden angesteckt. Die Engländer haben welche mit Filter, doppelt so lang wie unsere Selbstgedrehten. Ich deute dem Blonden mit dem runden Gesicht die Länge ihrer Zigaretten an und schürze die Unterlippe. »Lang!«

Er zeigt zwischen meine Beine, kneift die Augenbrauen zusammen und sagt mitleidig: »Not long?«

Ich verstehe nicht, was er meint.

»I'm sorry for you«, sagt er und grinst.

Erst jetzt wird mir klar, dass er einen Scherz gemacht hat. »Ach, was soll man schon anfangen mit einem großen Pinsel, ohne Frau!«, sage ich. »Prost!« Jetzt versteht er mich nicht. Wir trinken.

»Hast du Freundin? Frau?«, frage ich.

»Ah, Frau!« Er zeigt aus dem Fenster. »I've got a norwegian Frau down there« und beschreibt mit den Händen ihre Formen.

Zu meiner Linken wippt Diederichs breit grinsend vor und zurück, starrt auf die Tischplatte und hört zu, wie ihm der Offizier etwas erzählt, das er nicht versteht. Kammerl hingegen wird immer ausgelassener. Er unterhält sich mit dem Schwarzhaarigen. »Tommies! Ihr seid Tommies!«, sagt er vergnügt, hat eine rote Birne und lacht.

Der Schwarzhaarige bleibt ruhig. Man merkt ihm nicht an, dass er etwas getrunken hat. »And you germans are Kraut«, antwortet er. »You eat Kraut on Monday, Tuesday, Wednesday. Even on Sunday!«

»You Tommy Tommy Tommy«, säuselt Kammerl. »Tommy!«

»By the way«, sagt der Sonnenblonde und reicht mir die Hand.

»My name is Tom.«

Mir steigen Tränen in die Augen, wir sehen uns nur noch an und lachen. »Prost, Tommy! Mein Name ist Gottfried.«

Wir trinken, und Tom schenkt allen am Tisch nach. »Cheerio! Try the Whiskey!«, sagt er und gibt mir seinen Becher. Er probiert meinen Slibowitz, und wir tauschen. Ich rolle zwei Zigaretten für Kammerl und mich, und Tom zündet sich eine von seinen langen an.

»Tauschen?«, frage ich. »Zwei für dich — eine lange für mich?«

»No no no no. For you, my friend«, sagt er und rollt mir die lange herüber.

Trotz aller Harmonie hätte ich das von einem Engländer nicht erwartet. Ich habe noch eine Szene im Kopf, die wir vor ein paar Tagen auf dem Weg zum Stacheldrahtrollen beobachteten. Ein britischer Posten hatte sich eine Zigarette angesteckt. Er stand in unserem Lager am Zaun und blickte hinaus. Ein Norweger in zerschlissenen Hosen und mit Schuhen ohne Schnürsenkel kam von außen an den Zaun und bettelte ihn um eine an, doch der Engländer schüttelte den Kopf und blies den Rauch in die Luft. Wie ein Hund am Esstisch wartete der Norweger, bis der Brite zu Ende geraucht hatte und den Stummel fallen ließ, und als er durch den Zaun greifen wollte, um den erbärmlichen Rest geräucherten Tabaks aufzuheben, trat der Posten mit seinen schweren Stiefeln auf das rauchende Endstück, grinste gemein, und wir Deutschen lachten und applaudierten.

»Norweger … kein gutes Volk?«, frage ich Tom, und er winkt ab, als seien sie ihm gleichgültig. Ich glaube, Tom kann mit so einer Frage nicht viel anfangen. Er scheint nicht in rassischen Kategorien zu denken, im Unterschied zu mir, dem diese Denkweise von klein auf eingetrichtert worden ist.

Mit der Zeit hat die ganze Baracke von der Feier Wind bekommen. Die Stube wird immer voller. Pottbohm und Waldmann sind auch gekommen, und bald fängt Pottbohm mit der Singerei an. Seemannslieder. Von *Wir lagen vor Madagaskar* kann er den kompletten Text auswendig, und wir stimmen zusammen mit den drei Briten in den Refrain ein.

Ahoi, Kameraden
Ahoi, ahoi, ahoi
Leb wohl, kleines Madel
leb wohl, leb wohl.

Der Stiernacken beantwortet Pottbohms Lied mit einer Gröl-
version von *Rule Britannia*. Drei Briten und dreißig Deutsche in
Unterhosen, die vor Kurzem noch Wehrmachtssoldaten gewesen
sind, lassen eine Kakophonie erklingen, wie sie nur Betrunkene
zustande bringen.

Rule Britannia! Britannia rule the waves! Britains never will be slaves!,
singen wir in Endlosschleife. Außer Brockmann und Pottbohm
versteht keiner von uns Deutschen den Text, und genauso klingt
es. Zum Höhepunkt klettert der Stiernacken auf den Stuhl, knöpft
tanzend sein Hemd auf und wackelt mit dem Hintern. Brockmann
versteht sich prächtig mit ihm. Als die Stimmung ihren Höhepunkt erreicht hat, reicht er mir meine Jacke. Die seine hat er sich
schon übergeworfen. »Zssieh sie an, Frank«, lallt er. »So lächerlich dürfen wir den Tommies nicht entgegentreten. Dasis ein Befehl!«

Unten nur in Unterhose und oben mit Jacke sieht man noch
lächerlicher aus, aber damit Brockmann Ruhe gibt, schlüpfe ich
hinein.

Kurz darauf legt der schwarzhaarige Engländer den Arm um
meine Schulter und deutet auf das silberne Hakenkreuz auf
meiner Brust. Wir haben es während der Ausbildung in Skagen
bekommen, und seitdem steckt es an einer Nadel am Revers meiner Uniformjacke. »Put it away!«, sagt er. »Better for you.«

Ich nehme es ab. Erst jetzt wird mir seine politische Bedeutung
nach der Kapitulation klar. Von selbst wäre ich wohl nie darauf
gekommen. Seit ich denken kann, ist das Hakenkreuz das Symbol
meines Landes gewesen – nicht mehr und nicht weniger. Für mich
bedeutet es Deutschland und nicht Hitler. Ich stecke es zwischen
meine Locken, und mit einem Mal hat es den Charme des Verbotenen.

Es ist wieder einer dieser verregneten Tage, und wir lungern in der Stube herum, als ich Besuch bekomme. Es klopft. Diederichs macht auf, und ein Herr im grauen Anzug begrüßt uns. Er nimmt den Hut ab, gibt dem Langbeinigen die Hand, und ich wundere mich, dass ihn unser Posten so einfach hat passieren lassen.

»Guten Tag, meine Herren. Mein Name ist Johannsson. Ich bin Geschäftsmann.« Er spricht tadelloses Deutsch, auch wenn der norwegische Akzent nicht zu überhören ist. Seine suchenden Augen bleiben bei mir hängen. »Sie, Herr, könnte ich Sie privat sprechen?«

»Meinen Sie mich?«

»Ja, Sie.«

Sein Händedruck ist nicht zu stark und nicht zu schwach. Wir schließen die Tür von außen. »Guten Tag, Herr Frank. Sicher ist Ihnen mein Fuhrunternehmen unten im Dorf schon aufgefallen.«

Vom Lager aus hat man einen guten Ausblick auf die Siedlung unten im Tal mit den zehn Holzhäusern und dem Areal am Ende des Dorfes. Natürlich sind mir die Fahrzeuge aufgefallen.

»Der Hof, auf dem die Lastwagen stehen?«

»Sie interessieren sich dafür. Nicht wahr? Sie können schwere Laster fahren, und Sie sind ein sicherer Fahrer.«

Es ist mir zu düster auf dem Flur. Ich drehe das Licht an. »Ich kann alles fahren. Aber woher wissen Sie das? Und woher kennen Sie meinen Namen?«

»Ich habe Sie beobachtet. Seit dem Tag, an dem ihr hier angekommen seid. Sie sind ein ordentlicher junger Mann, und ich glaube, man kann sich auf Sie verlassen. Genau so einen suche ich.«

Es wundert mich jetzt nicht mehr, dass unser Posten ihn durchgelassen hat. Sicher fand dieser Mann die passenden Worte, dazu sein entschlossenes Auftreten, der stattliche Bauchumfang, und schon ist so ein junges Soldatenbürschchen beeindruckt.

»Wenn das hier vorbei ist, will ich nach Hause.«

»Herr Frank, Sie wissen nicht, wann die Briten Sie freilassen. Bei mir könnten Sie in einer Woche anfangen.«

»Wie soll das gehen?«

»Ich kann Ihnen einen norwegischen Pass besorgen. Wenn man die richtigen Leute kennt, ist das alles kein Problem.«

Nachdenklich senke ich den Kopf. Erst jetzt bemerke ich seinen Ring. Ein dunkelroter Edelstein, so groß wie ein Daumennagel, funkelt aus einer goldenen Fassung.

»Das muss ich mir erst überlegen.«

Vertraulich legt er die Hand auf meine Schulter. »Wissen Sie, Sie hätten die besten Aussichten. Bestimmt werden Sie sich hervorragend mit meiner Tochter verstehen. Sie ist neunzehn Jahre alt und eine gute Hausfrau. Und sie sucht einen anständigen Mann.«

»Geben Sie mir zwei Tage Bedenkzeit.«

Ich begleite ihn nach draußen und beobachte ihn, wie er mit aufgespanntem Regenschirm zu seinem Fuhrunternehmen stolziert.

Zwei Tage überlege ich hin und her. An dieser Entscheidung hängt mein ganzer Lebensweg. Werde ich als Deutscher leben oder als Norweger? Werde ich Juniorchef oder schaffe ich mir zu Hause eine Existenz? Das Angebot ist verlockend. Ich könnte Laster kaufen und verkaufen, damit fahren, wann immer ich Lust hätte, würde gutes Geld verdienen und eine Tochter aus gutem Hause heiraten. Und ich wäre Norweger. Eine seltsame Vorstellung. Nie würde ich die Sprache perfekt erlernen, und meine Leute daheim würde ich nur noch alle paar Jahre sehen. Aber was, wenn Johannsson Recht behält und die Briten uns so schnell nicht freilassen? Und wenn schon – hier im Lager halte ich es leicht noch ein paar Monate aus, und irgendwann geht es in die Heimat, wo ich Lisl wiedertreffe. Ich werde ihm absagen. Oder? Wie soll ich das entscheiden? Wer sagt mir, was richtig ist?

Diesmal lässt Johannsson mich holen und wartet vor der Baracke. Gerade haben wir Feierabend gemacht, und ich habe mir den Kopf gewaschen. Mit freiem Oberkörper, nassen Haaren und Tropfen im Gesicht begrüße ich ihn.

Er trägt ein weißes Hemd, auf dem sich durchsichtige Inseln aus Schweiß gebildet haben. »Guten Tag, Herr Frank. Und, haben Sie sich nun entschieden?«

Seine blonden Wimpern sehen aus wie Schweineborsten. Als mir sein Ring ins Auge fällt, erinnert mich das Rot an rohes Fleisch. Wie wohl seine Tochter aussieht? Sicher ist sie so dick wie ihr Vater und obendrein hässlich, sonst hätte Johannsson nicht von einer »guten Hausfrau« gesprochen. Wäre sie hübsch, hätte er es erwähnt oder mir ein Foto gezeigt.

»Ihr Angebot hat mich sehr gefreut. Ich habe wirklich lange darüber nachgedacht, aber zu Hause wartet mein Mädchen auf mich.«

Seine Augen sehen klein aus. »Es ist Ihre Entscheidung«, sagt er traurig. »Ich hoffe nicht, dass Sie es einmal bereuen werden. Viel Glück.«

Vor dem Einschlafen mache ich mir Sorgen. Die Zukunft ist so ungewiss, und vielleicht werde ich meine Entscheidung wirklich einmal bereuen. Zum Trost denke ich an Lisl, und plötzlich weiß ich, es war richtig, den dicken Mann und seine unbekannte Tochter dicker Mann und unbekannte Tochter bleiben zu lassen. Ich male mir aus, wie es sein wird, wenn ich mit Lisl tanze, sie nach Hause begleite und wir uns irgendwann zum ersten Mal küssen, und jetzt bereue ich nichts mehr. Mein Herz hat die Entscheidung getroffen. Sie kann nur richtig sein.

August 1945

Der große Moment scheint gekommen. Oberleutnant Werl bereitet sich auf einem Podest in der Mitte des Barackenhofes auf eine Rede vor. Alle sind versammelt, und alles andere als die Nachricht unserer Entlassung wäre eine Enttäuschung. Werl hält eine schwarze Ledermappe mit goldenem Verschluss wie eine Beute in die Höhe.

»Jeder kann sich denken, Kameraden«, beginnt er, »was sich hier in dieser Mappe befindet.«

Hinter mir sagt Diederichs »Ui ui.«

»Der Lagerkommandant, Leutnant McCarthy, hat mir heute unsere Entlassungsscheine ausgehändigt«, fährt Werl fort. Einzelne Jubelschreie lösen sich aus dem allgemeinen Gemurmel. »In dieser schwarzen Ledermappe steckt die Freiheit. Morgen früh um neun Uhr fährt unser Schiff von Bergen ab nach Bremerhaven. In Bremerhaven, Kameraden, darf ich euch eure Papiere geben. Wenn ihr sie habt, könnt ihr gehen, wohin ihr wollt.«

Auf der Überfahrt nach Bremerhaven fühle ich mich wie ein Tourist auf einem Passagierdampfer. Der Krieg ist endlich auch für uns zu Ende, und ein neuer Lebensabschnitt beginnt. Mit Kammerl, Diederichs, Pottbohm und Brockmann genieße ich an der Reling ein letztes Mal die Aura des Meeres. Die Sonne steht noch ein gutes Stück über dem Wasser, und über uns kreischen die Möwen, kija, kijaa, kijau, kija. Diederichs, Pottbohm und Brockmann rauchen.

»Möwen!«, sagt Pottbohm. »Da kann der Hafen nicht weit sein.«

»Freu ich mich auf daheim!«, sage ich.

»Ja! Daheim!«, sagt Kammerl. »Weißt du, was ich daheim mach?«

»Nein.«

Kammerl setzt sein Grinsen auf. »Weißt du, was ich daheim mach? Da mach ich meinen Konditormeister und mach ein Geschäft auf. Fünfstöckige oder sechsstöckige oder siebenstöckige Torten mache ich. Das hat sonst keiner, und …«

»Ach Kammerl, du arme Sau«, unterbricht ihn Brockmann mit seiner verrauchten Stimme. »Die kauft dir doch keiner ab.«

»Und, Brockmann, was machst dann du?«, fragt Kammerl. »Weißt du was Besseres?«

»Ja, ich weiß was. Das kannst du laut sagen! Ich geh nach Hamburg und mach eine Bar auf mit ein paar Nutten. Oder keine Nutten. Hauptsache, es bringt Kohle. Als braver Arbeiter lass ich mich jedenfalls nicht ausbeuten.«

»Was hast du vor, Frank?«, fragt mich Pottbohm.

»Ich schau einfach, was kommt. Einen Metzgerladen könnte ich mir vorstellen, wenn ich verheiratet bin. Oder ein Fuhrunternehmen. Oder einen Getränkemarkt.«

»Und du, Diederichs?«

Diederichs schnippt seine Zigarette ins Wasser und starrt hinaus aufs Meer. »Gar nichts.«

»Freust du dich nicht auf daheim?«, frage ich, aber der Langbeinige zuckt nur mit den Schultern und starrt.

Wir reden nicht mehr, bis wir durch die Hafenschneise fahren. Am Kai haben sich behelmte Soldaten mit Gewehren versammelt. Dahinter parken Lastwagen. Jeeps brausen heran.

»Die Amerikaner«, murmelt Brockmann.

»Ich dachte, in Norddeutschland sitzen die Engländer«, sage ich.

»Tun sie auch. Aber Bremerhaven haben sich die Amis unter den Nagel gerissen, als Nachschubhafen. Bremen mit Bremerhaven ist Amiland. Ich frag mich nur, warum das so viele sind.« Er steckt sich eine Zigarette an.

»Verdammt, Leute!«, ruft Pottbohm. »Die warten auf *uns*!«

»Vielleicht kontrollieren sie nochmal unsere Ausweise«, meint Kammerl.

»Jedenfalls war es eine schöne Zeit mit euch«, sage ich. Und zu Brockmann: »Aber so einen wilden Hund wie dich habe ich noch nie erlebt!«

»Besuch mich mal in Hamburg, Frank, dann zeig ich dir Sankt Pauli.« Er deutet zu Kammerl. »Und den da nimm auch mit, damit er mal was sieht von der Welt.«

Die Amerikaner bilden eine enge Gasse, als wir von Bord marschieren. Keine zwei Leute haben nebeneinander Platz. Vor mir geht Brockmann und hinter mir Kammerl. Die Gasse verbreitert sich zu einem Platz, und plötzlich sind wir eingekreist von amerikanischen Soldaten mit Gewehren an den Schultern. Langsam füllt sich der Ring. Ich werde nach außen gedrängt und rieche den süßlichen Kaugummi-Atem eines Amerikaners. Er schlägt mir die Hand auf den Rücken und schubst mich in die Mitte. Orientierungslos drehe ich mich nach allen Seiten und suche vergeblich nach bekannten Gesichtern. Die umstehenden Amerikaner bewegen sich in eine Richtung und wir in dem eingekreisten Kessel mit ihnen. Ich rufe nach Kammerl, stelle mich auf die Zehenspitzen, doch weder ihn noch Brockmann kann ich finden, nicht einmal der blonde Schopf des langbeinigen Diederichs taucht über den Köpfen auf. Dann entdecke ich außerhalb des Rings Leutnant Werl, wie er mit drei amerikanischen Offizieren zusammensteht. Sie zerreißen Papier und sammeln die Fetzen in einem Beutel.

Werl hält zitternd etwas Schwarzes in der Hand. Nein, denke ich, als ich erkenne, was es ist. Nein, das kann nicht sein!

Es ist die schwarze Ledermappe mit dem goldenen Verschluss.

15. Bretzenheim

August 1945

Den Kopf in die Arme vergraben und mit angewinkelten Beinen sitze ich auf meinem Seesack. Vorhin habe ich ihn als Kopfkissen benutzt und mich zusammengerollt wie ein Embryo, aber man findet keinen Schlaf, hat keine Ruhe, zu eng ist es, und mein Rücken schmerzt nach den Stunden in gekrümmter Haltung. Die Amerikaner haben uns in Viehwaggons getrieben, und um Mitternacht hat sich der Zug in Bewegung gesetzt. Der Uringestank wird stärker mit jedem Tropfen, der in den Holzboden sickert und mit jeder Hose, die getränkt wird. Nicht alle lassen es laufen. Einige stehen auf und kämpfen sich durch bis zur Schiebewand. Sie pissen an die Wand, und wenn sie den Schlitz zwischen Schiebetür und Außenwand getroffen haben, tropft die Pisse durch den Spalt. Es gibt gute Gründe, es sein zu lassen. Niemand kann in der Dunkelheit über eine zusammengepferchte Gruppe von Menschen gleiten wie eine Feder, leicht tritt man auf eine Hand oder einen Fuß, und wenn man nach der ganzen Aktion mit ein paar Schimpfwörtern davonkommt, kann man froh sein. Einen haben sie zusammengeschlagen. Auf dem Weg zur Außenwand hat ihn schon der halbe Waggon zur Hölle geschickt, und dann, beim Pissen, muss es ihm passiert sein. »Du Drecksau! Du pisst mich voll«, rief einer, »Was ist das für ein Kretin« ein anderer. Dann schrien alle durcheinander, es polterte, und als die Schreie und das Poltern verstummten, hörte ich nur noch ein Ächzen, das langsam im gleichmäßigen Bahngeratter ersoff.

Im Laufe der Stunden hat sich starker Schweißgeruch unter den Uringestank gemischt. Überall juckt es, und meine Zunge fühlt sich an wie ein Lappen voll eingetrocknetem Altöl. Die Blase drückt gewaltig. Ich will es riskieren. Lieber Schläge als eine nasse Hose. Von oben her scheint das erste Tageslicht durch die vergitterten Luken, hell genug, um die Umrisse der Hände auf dem Boden zu erkennen. Vorsichtig stütze ich mich beim Aufstehen auf meinen Nebenmann. Ich nehme mir Zeit, visiere zuerst die Lücken zwischen den Händen und Füßen an, dann stapfe ich los. Vor jedem Schritt suche ich aufs Neue nach einer freien Stelle für meine Füße und konzentriere mich auf mein Gleichgewicht, und endlich bin ich an der Schiebetür. Ich lehne mich dagegen und lasse es durch die Ritze nach draußen laufen, wo es der Fahrtwind als gelben Regen auf Gleise und Waggonwände sprüht. Als ich auf dem Rückweg mitten im Waggon stehe, scheuert unter mir Eisen auf Eisen. Der Boden wackelt, ich halte mich an einer Schulter fest. Die Bremsen jaulen. Während der Nacht hat der Zug schon ein paar Mal gehalten, doch diesmal öffnet sich kratzend die Schiebetür. Bewaffnete Posten winken uns herunter, und die Gefangenen springen auf den Bahnsteig. Ich bleibe stehen und lenke sie an mir vorbei, muss zu meinem Seesack, der ganz hinten in der Ecke liegt. Die drängende Masse ist stärker, ihr Strom treibt mich zum Sprung auf den Bahnsteig. Ich will wieder auf den Waggon klettern, aber ein Posten schiebt mich weg. Aus allen Waggons springen Gefangene, die meisten in Marineuniformen. Von Kammerl und den anderen keine Spur. Die Männer bilden Neunerreihen, und ein Posten schreit mich an und fuchtelt mit den Armen herum, ich solle mich einreihen. Er ordnet die anderen Häftlinge in die Reihen, und gleichzeitig zupft er mich immer wieder am Ärmel, aber ich bleibe stehen, bis endlich der Weg zu meinem Seesack frei wird.

Als ich auf den Waggon springen will, packt er mich am Arm. »Stopp!«

»Da oben liegt mein Gepäck!«

»Laisse tomber!«, ruft er.

Als er eine Handvoll Gefangener in die Reihe weist, lockert sich sein Griff. Ich reiße mich los, springe auf den Waggon, schnappe mir meinen Seesack, springe wieder herunter und reihe mich ein. Der Tross hat sich schon in Bewegung gesetzt, aber ohne Seesack wäre ich nicht losmarschiert. Meine Wäsche und mein Zahnputzzeug sind darin und Konserven aus Tysse, und ich bezweifle, dass man Soldaten aus einem Dutzend Waggons so schnell mit Essen versorgen kann. Andererseits kann ich mir nicht vorstellen, dass all die Leute in ein einziges Lager gebracht werden sollen. Eigentlich kann ich mir überhaupt nichts vorstellen. Ich weiß nur eines: Wir sind ihnen ausgeliefert.

Ich marschiere in der Reihe ganz rechts, neben den Bahngleisen. Der Weg führt von dem Güterbahnhof über einen gepflasterten Platz auf die Landstraße. Links der Straße verläuft ein Fluss, und auf der anderen Seite erstrecken sich grüne Hügel mit Weinstöcken. Hinter mir sagt jemand, das da unten ist der Rhein, und der Bahnhof war der von Bingen, und wir sind in den Händen der Franzosen. Die Kolonne nimmt die ganze Breite der Straße ein, und ich kann nicht erkennen, wo der Anfang der Kolonne ist, so lang ist sie. An den Seiten marschieren alle zehn Meter Wachposten mit Karabinern.

»Links! Zwo drei vier!«, ruft der Posten hinter mir im Takt der Schritte, ohne Akzent und mit Dialekt. Wenn es die Franzosen sind, muss er Elsässer sein. Als ich mich ein einziges Mal umdrehe, um zu sehen, wie weit die Schlange reicht, trifft mich sein Blick.

»Und, Matrose!«, ruft er. »Wir fahren gegen Engeland, was?« Er spielt auf ein patriotisches Matrosenlied an, das jeder deutsche Marinesoldat kennt.

»Ja, das haben wir auch gesungen«, sage ich, nur um etwas zu antworten. Das war ein Fehler.

»Links! Zwo drei vier!«, ruft er, rückt zu mir auf und rammt mir den Gewehrkolben in die Rippen. Er lacht wie ein Straßenkater mit seinen kleinen Schneidezähnchen. »Links! Zwo drei vier!« Mit jedem »Links!« verpasst er mir einen Stoß. »Fahren wir jetzt noch immer gegen Engeland? Fahren wir?«

»Nein!«

»Links! Zwo drei und links! Zwo drei vier links!«

Gekrümmt quäle ich mich von Schritt zu Schritt. Ich huste nach jedem Schlag laut auf, um irgendwie auf mich aufmerksam zu machen, so als riefe ich um Hilfe. Nach ungezählten Schlägen legt mein Nebenmann den Arm um meinen Rücken und zieht mich in die Reihe, der nächste gibt mich weiter, bis ich auf der anderen Seite bin und der Posten mich nicht mehr sieht.

Wir marschieren an Feldern entlang, durch Baumalleen und Bauerndörfer. Die Sonne steht hoch über den Weinbergen, und weiter vorne ziehen graue Wolken auf. Am Straßenrand versuchen Frauen aus den Dörfern, uns Obst und Wasser zu reichen, aber die Posten jagen sie in ihre Häuser. Ich schwitze, knöpfe mein Hemd auf. Zwei Stunden marschieren wir in der Sonne, dann verschwindet sie hinter den Wolken und ich spüre den ersten Tropfen auf der Hand. Der Wind kühlt die Haut. Wir marschieren an einem Ortsschild mit der Aufschrift *Bretzenheim* vorbei, und in dem Augenblick, als ich *Bretzenheim* lese, ertönt ein Donnerschlag. Der Himmel verdunkelt sich, der Regen prasselt herab und zieht den Dunst von Schweiß aus den Uniformen. Die Nacken glänzen nass. Am Ende des Ortes biegen wir in eine

Seitenstraße ein, die zu den Feldern und Weinbergen führt, und was ich sehe, kann ich nicht glauben. Menschen über Menschen kampieren auf den Feldern, bis zum Fuß der Weinberge bevölkern Tausende von Soldaten in dreckigen grauen Uniformen den Boden. Zwei hohe Stacheldrahtzäune schaffen fünf Meter Abstand zwischen den Eingesperrten und der Straße. Körper und Zelte, so weit man sieht. Alle dreihundert Meter trennt Stacheldraht das Areal in einzelne Lager, und weit und breit gibt es nur ein festes Gebäude.

Es ist ein grauer Bau mit Satteldach, und auf Höhe dieses Hauses stoppen wir. Es ist der Eingang zum Lager. Wir stehen an, und Posten mit Gewehren bewachen uns. Auf dem Schiff habe ich zuletzt etwas getrunken. Achtzehn Stunden sind seitdem vergangen, und ich lerne das Wasser vom Himmel zu schätzen, um das man nicht zu betteln braucht. Ich lege den Kopf in den Nacken und öffne den Mund, meine Vorderleute tun dasselbe, und mit offenen Mäulern nähern wir uns in Gänseschritten dem Haus.

Unter dem Dachvorsprung wartet der erste Posten und tastet mich ab. Er wirft mein Taschenmesser und mein Soldbuch in einen Eimer, stülpt meinen Seesack um und schüttet den Inhalt dazu. Wolldecke und Pullover nimmt er wieder heraus, stopft sie in den Seesack, gibt ihn mir zusammen mit einem Blechnapf und schickt mich weiter. Ich zeige auf den Eimer und blicke ihn ungläubig an. Meine Konserven sind darin, meine Zahnbürste, das Taschenmesser und ein paar Briefe, aber das ist ihm egal. Er legt die Hand an mein Genick und schiebt mich zum nächsten Posten. Ich muss das Hemd ausziehen und die Arme heben, und der Posten kontrolliert meine linke Achsel, die Stelle, auf der die SS-Mitglieder die Blutgruppe eintätowiert haben. Wortlos lässt er mich passieren, ich nehme die Hände herunter, und da stehe ich nun wie angewurzelt auf dem erdigen Feld und sehe zu, wie sie den Ankömmlingen ihre Habe nehmen. Keine weiteren Ansagen. Hier soll ich nun bleiben. Ohne Dach über dem Kopf, ohne Papiere, ohne Essbesteck. Nur mit einer Blechschüssel, einer Decke, einem Pullover, der Uniform auf meinem Körper und einem Hakenkreuz unter den Locken.

Die Männer auf dem Feld sehen aus der Nähe noch abgemagerter und kränker aus. Einige sind nackt und waschen sich mit dem Regenwasser. Skelette, überzogen von Haut. Beinamputierte. Noch schlimmer sind die Gesichter. Unrasiert und schmutzig sind sie, mit Augen, die emotionslos in die Leere glotzen, von denen nur noch die Pupillen etwas von Leben verraten. Es ist seltsam, aber ich fühle mich wie ein Tourist. Wie jemand, der seine armen Verwandten besucht, um ein paar Tage bei ihnen zu leben, der aber weiß, »hier gehöre ich nicht hin.« Ich will keine Kreatur werden, die auf einem schlammigen Acker sitzt und in die Leere glotzt. In meinem ganzen Leben bin ich noch nie auf dem Boden gesessen und habe in die Leere geglotzt. Jedenfalls nicht auf diese Art.

Die Kolonne aus Norwegen ist noch immer nicht ganz durch. Fußvolk rechts – Offiziere links. Blutgruppentätowierte halblinks. Unter den Offizieren entdecke ich den nackten Rücken von Brockmann. Er reibt sich den Oberkörper mit Regen ein. Ich schaue ihm nach, diesem derben Kerl, den man erst lange kennen muss, um ihn zu mögen, beobachte, wie er kleiner wird, bis ich ihn nicht mehr sehe, und ich denke an nichts weiter, als dass ich mich auch mit Regen einreiben könnte. Ich ziehe mich nackt aus, strecke die Arme in die Luft und verreibe den Schweiß und den Dreck auf meinem Körper. Vorsichtig streiche ich über meine Rippen, die noch weh tun von dem elsässischen Gewehrkolben. Weit vor mir, hinter dem Grau und Braun des Lagers, erstrecken sich grün die Weinberge, und rechts und links, so weit ich sehe, kauern Menschen wie Steine in einem grauen Mosaik. Ein Mosaik, dessen Bild keinen Sinn ergibt, nur einen Brei von Schiffbrüchigen, die statt auf dem Wasser auf der Erde schwimmen und auf Rettungsboote warten.

Die Wachposten stehen nicht auf dem Feld. Sie beobachten die Häftlinge von den Türmen aus und blicken durch die Fadenkreuze der Ferngläser und Gewehre, oder sie bahnen sich mit Jeeps und Panzerspähwagen zwischen den Zurückweichenden ihren Weg durch die Camps.

Nach meiner Regendusche schlüpfe ich in die nasse Kleidung. Der Regen hat nachgelassen, ich bin erschöpft von dem Marsch und suche mir einen Platz zum Liegen. Ich pflanze meinen Hintern in den aufgeweichten Erdboden, strecke die Glieder aus wie ein Gekreuzigter und lege den Kopf auf den Seesack. Endlich Platz für meine Beine – was für ein Luxus nach dem Zugtransport! Ich schließe die Augen. Ein letzter Tropfen nieselt auf eines meiner geschlossenen Lider. Der Geruch nasser Erde. Er erinnert mich an die Friedhofsbesuche am Grab meines Vaters. Ächzlaute mischen sich unter einsilbige Gespräche. Motorengeräusche. Das Tackern der Jeeps und das kaum hörbare Brummen der Spähpanzer kommen näher und entfernen sich wieder. Durch das Hemd kühlt die Erde meinen Rücken, die Enden meiner Fingernägel stecken im Morast. Einschlafen wäre gut, aber ich finde keine rechte Ruhe. Ich habe Durst. Das bisschen Regenwasser war höchstens ein halbes Maul voll. Nach einer Wasserausgabestelle müsste ich suchen, irgendwo muss es eine geben. Wieder höre ich das Dröhnen eines Spähpanzers in der Nähe. Ich halte die Augen geschlossen.

Plötzlich zieht mich jemand an den Haaren und packt meinen Arm. Ich schreie, der Griff verfestigt sich, der Jemand zerrt wild an mir, reißt mir ein Büschel Haare aus. Reflexartig rutsche ich nach hinten, springe hoch, befreie mich von dem Griff und schlage blind mit der Faust auf die Brust des Jemand. Dann sehe ich in ein bekanntes Gesicht. Kammerl! »Spinnst du!?«, schreie ich ihn an.

Diesmal grinst er nicht. Seine Augen und sein Mund stehen weit offen. Wie ein Geist starrt er mich an. Er sagt nichts, nimmt mich an den Schultern und dreht mich in die Richtung des davonfahrenden Panzerspähwagens. Ein Panzerspähwagen hat den gleichen Überbau wie ein leichter Panzer, nur hat er vier Räder auf jeder Seite. Er ist für die Aufklärung gebaut, und deshalb ist er so leise, wie es technisch möglich ist. Ich habe ihn einfach nicht gehört, als er direkt auf mich zugerollt kam. Vier lastwagengroße Räder hätten meine Beine zerdrückt wie eine Eierschale. Wer weiß, ob sich auf diesem Feld, wo Einbeinige ohne Krücken herumturnen und Kranke in Löchern vegetieren, jemand um mich gekümmert hätte? Vermutlich hätten sie mich einfach verrecken lassen. Kammerl hat nicht nur meine Beine, sondern wahrscheinlich mein Leben gerettet. Als mir das klar wird, muss ich ihn umarmen. Ich drücke ihn, klatsche die Hand auf seinen Rücken und würde ihn am liebsten küssen. Ein wiedergefundener Gefährte auf diesem bizarren Acker! Ich frage ihn, wie es ihm gegangen ist seit Bremerhaven, und er erzählt, er hätte im Waggon in die Ecke gepisst, und ein Mitgefangener hätte ihm darauf von hinten einen Schlag ins Genick verpasst. Und jetzt habe er Durst, Durst, Durst, genau wie ich, also machen wir uns auf die Suche nach der Ausgabestelle.

Beim Rotkreuzzelt werden wir fündig. Ein als Sanitäter beschäftigter Gefangener zapft Wasser aus einem vier Meter hohen Tank, und Männer mit Blechschüsseln und Bechern stehen an. Die Schlange reicht halb bis zu den Weinbergen. Beim Anstellen setze ich mich neben Kammerls Füße auf den Boden, und Kammerl steht da wie eine Kerze und umklammert seine Schüssel mit beiden Händen.

»Du bist aber noch gut beisammen«, sage ich.

»Für Wasser tu ich alles«, antwortet er mit seinem Kammerl-grinsen.

Kurz vor dem Ziel, als wir das Wasser schon aus dem Hahn laufen sehen, löst sich die Schlange auf. »Aus!«, ruft der Sani und verschwindet im Rotkreuzzelt, und die Gefangenen murmeln enttäuscht vor sich hin. Kammerl fängt an zu heulen. Im Schneidersitz trommelt er mit der Schüssel auf die Erde.

»Das ist allerhand«, rufe ich den Leuten zu. »Das ist allerhand!« Doch niemand beachtet mich. Die grauen Gestalten bleiben regungslos stehen und starren ins Nichts, oder sie schlurfen zu ihren Plätzen. »Kommt schon wieder was«, nuschelt einer.

»Jetzt warten wir so lange vor diesem Zelt, bis es wieder was gibt«, sage ich zu Kammerl. »Wie lange das dauert, ist mir scheißegal«, und Kammerl pflichtet mir mit einem Nicken bei.

Wir warten. Meine Zunge pappt am Gaumen. Nach Stunden dreht der Sani an dem Hahn, und wir gehören zu den Ersten in der Reihe. Kein halber Liter passt in den Napf, und ich trinke ihn auf einen Zug leer. Mein Gaumen saugt die Flüssigkeit auf wie ein Schwamm, und wie mir scheint, saugt sich jedes Organ mit Wasser voll. Auch wenn es mit Chlor angereichert ist und bitter schmeckt, ist es das Köstlichste, was ich in meinem Leben jemals getrunken habe.

»Die pumpen das vom Fluss herauf«, sagt Kammerl. »Da ist hinten ein Schlauch dran, und da läuft …«

»Woher sie das Wasser nehmen, ist mir, ehrlich gesagt, gleich. Schauen wir lieber, wo es das Essen gibt.« Ich frage eine dürre Gestalt mit Vollbart, wo das Essen ausgegeben wird.

»Hier, genau hier«, sagt er. »Aber erst morgen Mittag.«

Uns erwartet also eine Nacht mit leeren Bäuchen und – ein halber Liter Wasser ist nichts – trockenen Mäulern. Bis dahin braucht jeder von uns ein Erdloch, am besten noch vor Einbruch der Dunkelheit. Jeder hier hat ein Erdloch als Schlafplatz, um in der Nacht ein wenig Schutz vor Wind und Kälte zu haben. Die Infanteristen sind im Vorteil. Sie haben die Zeltplanen aus ihrem Marschgepäck, die sie über die Löcher gespannt haben, während Kammerl und ich nicht einmal eine leere Konservendose zum Graben besitzen.

Suchend stromern wir über das Feld, halten bei Löchern an, von denen wir glauben, sie wären frei, aber jedes Mal meldet sich ein Besitzer, oder jemand sagt, das Loch sei besetzt. Irgendwann geben wir es auf, zwei Gruben nebeneinander zu bekommen, dann geben wir die Hoffnung auf fertige Löcher ganz auf und fragen herum nach Werkzeug zum Graben oder einer leeren Konserve. Ein junger Kerl hockt auf der Kante einer Grube und ruft: »He ihr!« Wir bleiben stehen. »Die beiden Löcher sind frei geworden«, sagt er emotionslos und deutet auf zwei Gruben. »Einer von denen ist gestern an der Ruhr verreckt und der andere ist wohl umgezogen.«

»Welcher ist an der Ruhr gestorben?«, fragt Kammerl.

»Sag nichts!«, rufe ich dazwischen. »Wir wollen es nicht wissen!«

»Euer Bier«, sagt er und wendet sich ab.

»Such du dir ein Loch aus«, sage ich zu Kammerl. »Mir ist es gleich.« Das eine Loch ist schön groß und rund wie ein Teller und genauso flach. Man kann alle viere von sich strecken, hat aber kaum Schutz vor dem Wind. Dieses Problem besteht in dem anderen Loch nicht. Im Stehen reicht es einem bis zum Knie und ist zu einem makellosen Rechteck ausgehoben, dafür ist kaum Platz, um die Beine anzuwinkeln, wenn man auf der Seite schläft. Außerdem ist es mir unheimlich.

»Ist es dir wirklich gleich, Gottfried?«

»Ja. Das eine ist ein Sarg, und das andere ist ein Witz.«

»Wirklich, wirklich?«

»Wenn ich es dir sage.«

»Weil ...« Kammerl grinst und schüttelt den Kopf. »In einen Sarg will ich nicht.« Und noch lauter und lachend: »Nein, nein, in einen Sarg will ich wirklich nicht!«

In meiner ersten Nacht im Sarg wechsle ich zwischen krumm liegen und zusammengekauert sitzen. Schwer kann ich mich an den würzigen Erdgeruch gewöhnen. Er macht hungrig. Nachts schleudern die Scheinwerfer von den Wachtürmen ihre Lichtkegel über die Schlafenden. Ständig suchen sie irgendwo. Nach was nur? Über mir schlurfen Männer vorbei. Das Tackern von Maschinengewehren schreckt mich aus dem Schlaf – drei, vier, fünf Mal in dieser Nacht. Träumende stoßen Schreie aus. »Nein! Hilfe! Ich bin nicht tot! Hilfe!«, schreit Kammerl aus seiner Erdschüssel.

Bei Sonnenaufgang krieche ich aus dem Sarg. Mein erster Gedanke ist Durst. Mein zweiter gilt dem Schmerz in meinen Rippen, und jede Bewegung kostet Überwindung. Vorsichtig hebe ich mein Hemd. Die ganze rechte Seite ist ein einziger Bluterguss in blau und gelb, und keine Mutter ist da, die mich mit Franzbranntwein einreibt und ins Bett schickt. Ich setze mich auf die Kante und beobachte den schlafenden Kammerl. Wie er da liegt, den Kopf zur Seite gedreht und die Beine krampfhaft gegen den Erdboden gebohrt ... Noch nie habe ich Kammerl so verkrampft gesehen. Unnatürlich sieht er aus und irgendwie verzweifelt. Dir haben sie auch alles genommen, denke ich so vor mich hin. Was haben wir Maxhütter Buben getan? Gegen welches Gesetz haben wir verstoßen? Zwei Mal in der Woche sind wir zur Hitlerjugend gegangen, weil wir mussten, zum RAD hat man uns eingezogen, und den Krieg haben sich auch andere ausgedacht. Auf einmal gelten neue Gesetze, und wir werden für die Einhaltung der alten bestraft. »Ach«, murmle ich und blicke nach oben. Ein paar zerrissene Wolken verlieren sich in einem dunkelblauen Himmel. Ich frage mich, wie weit man in den Himmel hineinschauen kann, und ob man irgendwann etwas anderes sehen würde, wenn man unendlich gute Augen hätte. Und ich glaube, es ist ihm egal, von wo aus man ihn betrachtet. Ob von der Heimat, von einem Schiff auf hoher See oder von hier, diesem Acker der Unterernährten, Unglücklichen, Todkranken und Verletzten. Er bleibt immer gleich, und vielleicht suchen die Menschen so eine feste Größe, eine Sicherheit, und darum haben sie Gott in den Himmel verpflanzt. Ich atme tief ein und blicke nach oben. Das sind die Dinge, die mir geblieben sind: Der Himmel und die Luft zum Atmen.

September 1945

Pro Tag gibt es einen Napf mit Chlorwasser. Es gibt auch Tage, an denen kein Wasser ausgegeben wird. Der ständige Durst macht mich irrsinnig, stellt den Hunger in den Schatten. Ich verkümmere geistig. Ich verkümmere körperlich. Die Muskeln haben sich in Luft aufgelöst, das Fett ist aufgezehrt. Aufstehen ist ein Kraftakt, und jeder Schritt, jede Armbewegung kostet Mühe. Zudem quält mich eine Stelle auf dem kleinen Finger. Ein knochenhartes Stück Horn ist darauf gewachsen, eine Art Hühnerauge, und durch die Abmagerung sticht es bei jeder Berührung wie eine Nadel durch die Haut.

Vor ein paar Tagen bin ich ohnmächtig geworden. Ich saß eine Weile in der Sonne, und als ich aufstehen wollte, wurde mir schwarz vor Augen. Drei oder vier Stunden später wachte ich auf. Drei oder vier Stunden, in denen ich keinen Durst hatte, in denen mich mein Finger nicht quälte, drei oder vier Stunden, in denen sich die Zeit nicht dahinschleppte wie ein verwundeter Esel. Leider bin ich nur dieses eine Mal bewusstlos geworden. Manchmal wünsche ich mir, nicht mehr denken zu können.

Kammerl ist längst weg. Am dritten Tag nach unserer Ankunft forderte eine Stimme aus dem Lautsprecher alle Gefangenen, die aus Norwegen gekommen waren, auf, sich beim Eingangsgebäude zu versammeln. Wir mussten Namen, Adresse und Geburtsdatum angeben. Kammerl ist ein Jahr jünger als ich, Jahrgang 1927, und am selben Tag wurden die 27er Jahrgänge entlassen. »Das ist doch auch ein Siebenundzwanziger«, sagte Kammerl immer wieder zu den Posten, aber es half nichts.

Seitdem versuche ich, alleine zu überleben. Freunde habe ich keine mehr gefunden. Die Ausgehungerten verhalten sich wie wilde Tiere. Es geht ums Überleben, und das soziale Verhalten vieler reduziert sich auf ein paar anerzogene Gewohnheiten. Wird einer beim Klauen erwischt, muss er um sein Leben fürchten. Ich habe erlebt, wie sich vier Leute auf einen Dieb gestürzt und ihn bewusstlos geschlagen haben, doch das hält einen Hungrigen nicht vom Stehlen ab, hier, wo einen nur ein willkürlicher Schuss vom Tod trennt. Die Posten geben Halbtoten Gnadenschüsse oder knallen Gefangene ab, die sich nach ihrer Einschätzung auffällig verhalten. Die Schüsse kommen von den Wachtürmen. Persönlichen Kontakt haben die Posten zu uns nicht, so können sie besser verdrängen, dass wir Menschen sind. Aber es sind nicht nur die Posten, die den Tod bringen. Viele sterben an der Ruhr, und in einer Regennacht wurde ich Zeuge, wie ein paar Kilo Erde ein Menschenleben beendeten. Ich hörte ein Röcheln aus dem Loch neben mir, raffte mich hoch und sah nach. Die Wände waren eingestürzt, und ein Haufen Erde hatte den Mann im Schlaf begraben. Er hatte nicht mehr die Kraft, sich selbst zu befreien. Ich wollte ihn herausziehen. Ich zog und zog, aber er rührte sich nicht, und ich musste ihn in der durchnässten Erde ersticken lassen. Bis zum Morgen hielt ich Totenwache für den Fremden. Das war alles, was ich für ihn tun konnte, und für seine Eltern, unbekannterweise, oder seine Frau oder seine Kinder.

Ich bin nun seit fünf Wochen auf diesem Acker und muss zum zweiten Mal scheißen. Ich merke es, als ich mein Mittagessen schlürfe. Jeden Tag gibt es einen Schöpflöffel mit wässriger, ungesalzener Brühe aus Kartoffeln, Wirsing, Bohnen und Kraut. Das Zeug ist dünner als Eintopf, und kein Gramm Fett schwimmt darin. Sanis und Küchenhelfer bekommen Sonderrationen, ebenso die Leichenstapler, die die Toten jeden Morgen auf Lastwagen werfen, aber keine Sonderration der Welt könnte mich zum Leichenstapeln verführen.

Mit Daumen und Zeigefinger klaube ich die letzten Gemüsestückchen aus dem Napf. Mein Darm arbeitet. Zwei Wochen ist es her, als ich ihn zum letzten Mal geleert habe, eine lange Zeit für ein Stück Kohl in einem Bauch, und genauso fühle ich mich: innerlich verfaulend, wie ein wandelnder Komposthaufen, und darum muss es sein. Ich muss ihn hinter mich bringen, diesen beklemmenden Vorgang, hier zu scheißen. Ächzend kämpfe ich mich auf die Beine.

Die Latrine ist eine metertiefe Grube, ein längliches Becken von zwei Metern Breite und sechs Metern Länge. Kein Geländer zum festhalten, kein Balken, auf den man die Oberschenkel stützen kann. Man muss sich in die Hocke begeben und mit zittrigen Beinen den Kot aus dem Körper pressen. Fast jeden Tag fallen welche in die Grube, und jeden Tag kommt eine Planierraupe vorbei und schiebt Erde auf die Scheiße, auf die Toten und auf die Halbtoten. Wer hineingefallen und noch nicht an den Gasen erstickt ist, wird lebendig begraben.

Ich stelle mich an das Ende der Grube. Am anderen Ende plagt sich ein alter Mann, der offensichtlich nicht auf Gesellschaft aus ist. Er sieht aus wie ein Professor. Sein weißer Haarkranz flattert im Wind, die Wangen sind eingefallen und hängen ihm herunter wie schmutzige Putzlappen. Sicher waren sie früher einmal rot und dick. Man sieht ihm an, wie peinlich ihm die Situation ist. Mit zusammengekniffenen Lippen blickt er zur Seite, als wolle er sagen, lasst mich in Ruhe mit eurem Affenspiel, warum mache ich das hier überhaupt mit? Sein weißer Hintern hängt halb über den Abgrund, Oberkörper und Kopf hält er als Gegengewicht nach vorne. Unter dem leisen Stöhnen des Mannes lasse ich im Stehen die Hose fallen. Bevor ich in die Hocke gehe, konzentriere ich mich auf meine Füße, ob sie auch fest haften auf dem Lehm. Dann knicke ich langsam die Knie ein, gehe nach unten. Ich halte den Atem an. Nur nicht nach hinten kippen! Meine Knie zittern und wedeln hin und her, und ich stütze die Hände darauf und drücke sie so weit es geht nach außen, aber ich stelle fest, dass ich so nicht genügend Halt habe. Statt der Hände stütze ich die Unterarme auf die Oberschenkel und beuge den Kopf nach unten. Jetzt fühle ich mich sicher genug zum Drücken. Dafür brauche ich das richtige Maß. Drücke ich zu fest, laufe ich in Gefahr zu verkrampfen und das Gleichgewicht zu verlieren; drücke ich zu lasch, kommt nichts heraus. Ich presse den flüssigen Kot vorsichtig aus meinem Bauch. Trotz des starken Fäkaliengestankes aus der Grube rieche ich die Erde, so nah hängt meine Nase über dem Boden. Ein letzter Druck, und der letzte Rest des warmen Breies plumpst in die Grube. Ich lasse mich nach vorne fallen. Geschafft! Zwischen meinen Pobacken klebt Kot, aber ich bin zufrieden, denn viele kommen mit vollgeschissener Hose von der Latrine zurück. Beim Aufstehen merke ich, wie mich der Flüssigkeitsverlust geschwächt hat. Schwarze Flecken tanzen vor meinen Augen. Vorne liegt der Alte regungslos vor der Grube. Ich gehe zu ihm und zupfe an seinem Ärmel. »Kann ich helfen? Hören Sie?«

»Hau ab … geh weg«, keucht er, und ich lasse ihn in Ruhe. Soll er bleiben, wo er ist. Ich habe meine eigenen Probleme.

Nach dem Stuhlgang fühle ich mich wie ein Knäckebrot in der Wüste, und der Hornknopf auf meinem Finger sticht wie ein Kaktus. Am nächsten freien Platz lege ich mich auf den Bauch. Elend ist mir. Dazu dieses Hühnerauge … ich könnte beim Rotkreuzzelt fragen, ob sie es mir operieren … vielleicht springt dabei ein Becher Wasser heraus … ich muss hin!

Leg dich auf das Feldbett, sagt der Sani, während sich der Arzt um einen jungen Kerl kümmert. Er zieht mit einem Holzstäbchen dessen Oberlippe hoch. »Skorbut, Wolfgang, hol mal den Zitronensaft«, sagt er zu dem Sani.

Der Doktor mischt den Saft in einen Becher Wasser und gibt ihn dem Burschen. Dann kommt er zu mir, ein südländischer Typ mit Seitenscheitel. Auch er ist deutscher Gefangener, aber er darf in einer Baracke schlafen. »Was ist dein Problem?«

Durst, hätte ich fast gesagt, aber ich warte besser einen günstigeren Moment ab. Ich zeige ihm den Finger mit der verhornten Stelle.

»Ja«, murmelt er. »Ja, ja«, und streicht mit seinem Finger darüber.

»Ich sehe schon. Das müssen wir rausoperieren.« – »Das Skalpell bräuchte ich«, sagt er zum Sani.

»Könnte ich bitte ein Glas Wasser haben?«, frage ich fromm.

Ich habe Glück. Der Sani bringt einen vollen Becher, und ich schütte alles in mich hinein. Der Gang hat sich schon gelohnt. Der Doktor sticht mit einem feinen Skalpell neben dem Hornkorn ein, öffnet die Haut rundherum und schnitzt mit dem Messer unter das Korn. Ohne Betäubung. Ich möchte an die

Zeltdecke springen, beiße mir auf die Unterlippe bis ich Blut schmecke. Er pult das blutige, erbsengroße Stück Hornhaut aus meinem Fleisch und zeigt es mir. Mir wird schlecht. Der Doktor verbindet den Finger, und ich schließe die Augen. Die schwarzen Flecken kehren zurück. Sie sehen aus wie Blumen, die vor meinen Lidern tanzen, pumpen sich auf und werden wieder kleiner. Schwarze Blumen auf rotem Hintergrund. Mein Magen tanzt mit ihnen. Gleich muss ich kotzen.

»Ist dir schlecht?«, fragt der Doktor.

»Ja.«

Er tränkt ein Stück Watte mit Flüssigkeit aus einer braunen Flasche und hält es mir an die Nase. Ich atme scharfen Dampf ein. Der Brechreiz verschwindet. Der Doktor führt meine Hand an den Wattebausch. »Den kannst du selber halten«, sagt er.

So dämmere ich eine Viertelstunde dahin, der Schmerz klingt ab, die schwarzen Flecken kommen und gehen. »Du kannst jetzt gehen«, sagt der Doktor.

Wie auf Gummibeinen schwanke ich aus dem Zelt. Zeitweise ist mir komplett schwarz vor Augen, und ich torkele wie ein Betrunkener an den Gefangenen vorbei. Jetzt nicht stolpern, nur keinem auf die Hände treten, das ist alles, was ich denken kann. Plötzlich packt mich eine Hand, zieht mich zu Boden und zerrt mich in ein Zelt. Im Schneidersitz starre ich in meinen Schoß und rieche herben Schweiß. Langsam hebe ich den Kopf. Der Geruch kommt von einem großen Säugetier mit Vollbart, das geduckt unter der grünen Plane vor mir sitzt. Braune Augen blicken mich aus einem ausgemergelten Gesicht an. Seine Haut sieht aus wie das Leder von braunen Handschuhen. Mit Falten.

»Was willst du von mir?«, frage ich.

Er grinst mild und klappt den Rand der Plane hoch. »Siehst du den da oben?« Er zeigt zu dem Wachturm nicht weit von uns, wo ein Posten sein Gewehr waagrecht in den Händen hält und nach unten späht.

»Der Posten?«

»Er hatte das Gewehr genau auf dich gerichtet, als du wie ein Besoffener über den Acker gestolpert bist. Ein, zwei Sekunden noch, und er hätte abgedrückt.«

Ich reiche ihm die Hand. »Gottfried.«

»Heinrich Wolf. Sag einfach Wolf zu mir.« Wolf passt.

»Wie lang bist du schon hier, Wolf?«

»Über zehn Wochen bin ich schon hier, Junge. Als ich hergekommen bin, war es noch härter hier, da hatten die Amis das Lager noch über. Da gab es nur jeden zweiten, dritten Tag was zu trinken. Wir haben an der Erdoberfläche nach Wasser gesaugt. Gesaugt, mit dem Mund! Und manche haben ihren eigenen Urin getrunken. Schlamm habe ich gefressen, sonst wär ich verhungert. Schmeckt wie fetthaltiger Quark. Du glaubst nicht, was da los war. Die Amis haben nur ein bisschen Gemüse verteilt, das mussten wir dann aufteilen. Erbsen haben wir halbiert, damit jeder etwas bekommen hat. Glaub mir, für einen Schöpfer von der Brühe, die sie jetzt ausgeben, hätten wir uns gegenseitig zerfleischt. Gras gab es ja schon keines mehr, das hatten die allerersten Gefangenen im April aufgefressen, darum findest du hier kein Büschel Grün. Es gab noch mehr Tote als jetzt, und ich schwör dir, so wahr ich hier sitze, dass sogar sechsjährige Kinder und schwangere Frauen darunter waren.«

»Waren die Amis brutaler als die Franzosen?«

»Ich habe hier keinen Ami persönlich kennengelernt und keinen Franzosen. Aber ein Gefangener hat mir erzählt, er hätte beobachtet, wie eine Frau mit ihren zwei Kindern am Zaun einen Posten angesprochen hat. Sie soll eine Flasche Wein in der Hand gehal ten und den Posten gefragt haben, ob sie die Flasche ihrem Mann geben darf. Der Mann stand hinter dem zweiten Zaun, zehn Meter von der Frau entfernt. Der Posten soll die Flasche selbst an den Mund gesetzt und sie ausgetrunken haben. Dann soll er sie auf den Boden geworfen und den Mann mit fünf Schüssen abgeknallt haben.«

»Kann das sein?«

»Ja. Leider. Ich habe selbst gesehen, wie sie einen Hitlerjungen gelyncht haben. Er war erst sechzehn, und für mich ist ein Sechzehnjähriger ein Kind. Der Bub hatte es bei den Nazis zu Ruhm gebracht, weil er besonders gut mit der Panzerfaust schießen konnte. Das wussten die Posten auch. Als er hier ankam, sind schon die ersten aus den Jeeps gestiegen und auf ihn los. Er hatte sein Zelt in der Nähe von meinem, und ich habe gesehen, was sie mit ihm gemacht haben. Wie die Wilden sind sie über ihn hergefallen. Jeden Tag, immer wieder. Immer wenn er einem Posten über den Weg gelaufen ist, der ihn erkannt hat, ist es ihm schlecht gegangen. Wenn er sich um Wasser angestellt hat, haben sie ihn wieder weggeschickt. Nach drei Tagen war der Junge tot.«

Wir schweigen eine Weile, dann holt Wolf eine Packung Kekse aus seinem Tornister. »Das sollte meine eiserne Reserve sein, aber irgendwann müssen sie so oder so gegessen werden. Du siehst ja, wie schnell es gehen kann. Jetzt haben wenigstens zwei was davon.«

Er reißt die Packung auf und gibt mir die Hälfte der Kekse. Meine Augen füllen sich mit Tränen. »Danke, Mann! Danke! Danke!«, sage ich und klopfe immer wieder auf seinen Oberarm. Sechs Kekse sind es für jeden. Wir genießen sie. Wir reden nichts, und doch klingen das Knacken der Kekse und das Malmen unserer Bisse wie ein zärtliches Gespräch.

Mein einziger Hygieneartikel ist der Regen. Aus meiner Marineuniform ist ein dreckiger, zerfetzter Lappen geworden, und unter meinen Locken nisten Läuse. Ihr Friedhof liegt unter meinen Fingernägeln, laufend muss ich mich kratzen, und ich hoffe, die Gerüchte werden bald Wahrheit. Man erzählt, sie würden uns nach Frankreich schicken. In Arbeitslager. Klingt nicht nach Luxus, aber in den Nächten kühlt mein Körper jetzt stark aus, und ich glaube, einen November überlebe ich hier nicht.

Mein Gehirn verkümmert, und ständig bin ich müde und niedergeschlagen. Eine Melancholie hat mich überfallen, eine Schwermut, die ich bisher nicht kannte. Doch das Schlimmste ist und bleibt der Durst. Austrocknen ist wie langsames Ersticken. Ohne Sauerstoff stirbt man nach zehn Minuten, ohne Wasser dauert es drei Tage. Das ist der einzige Unterschied. Zum Überleben braucht man das eine wie das andere. Der halbe Liter am Tag ist wie ein winziges Luftloch in einer Kiste. Man saugt die Luft durch das Loch ein, es ist viel zu wenig Sauerstoff, und doch erstickt man nicht. Hunger und Durst komponieren meine Träume.

An diesem Morgen habe ich geträumt, das ganze Lager sei ein Bierzelt. Alle saßen in zerfetzten Uniformen auf dem Boden, es wurde gelacht und laut geredet, im Hintergrund lief leise Blasmusik, und alles war schwarzweiß wie auf den Fotos. Man konnte so viele gebratene Hähnchen essen, wie man wollte. Ich verputzte sie samt Knochen, streckte die Hand aus und bekam das nächste. Dazu gab es Wasser in Krügen, so viel man wollte. Ich trank und trank, doch mein Durst verschwand nicht. Er wurde immer größer. Ich setzte den Krug nicht mehr ab, trank nur noch und hatte während des Trinkens Durst.

Eine Stimme aus dem Lautsprecher holt mich in die reale Welt zurück.

… Jahrgang 1925 … und Jahrgang 1924 … sammeln im Verwaltungsgebäude in dreißig Minuten. Ich schrecke hoch. Was ist mit Jahrgang 1926? *… ich wiederhole! Jahrgang 1926, 1925 und 1924 in dreißig Minuten fertigmachen zum Abtransport!*

Ich stopfe Wolldecke und Blechnapf in den Seesack und breche auf zum Verwaltungsgebäude. Einer der Gefangenen schwingt seinen Tornister auf den Rücken und ruft feierlich: »Ich bin ein Bretzenheimer! Dieses Feld gehört meinem Vater! Aber ich verspreche euch heute hier hoch und heilig, dass ich in meinem ganzen Leben nie wieder einen Fuß auf diesen Boden setzen werde!«

Gutes Schlusswort für dieses Ferienlager, denke ich, und mache mich vom Acker. Im wahrsten Sinne des Wortes.

Nach einer Stunde Fahrt in einem offenen Viehtransporter, dessen Fahrer ein Fieberkranker im Geschwindigkeitsrausch sein musste und dessen Außenwände durch den Druck der gequetschten Gefangenen zu brechen drohten, in dem ich zwischen den Körpern nach Luft gerungen habe wie ein Fisch im Netz, stehen wir vor einem umzäunten Lager mit zwei Holzbaracken. Holzbaracken! Die Aussicht auf eine Nacht unter einem Dach und die Hoffnung auf mehr Wasser lassen das Lager vor meinen Augen zu einem Märchenschloss erblühen. Das Gelände ist nicht größer als ein Fußballplatz und befindet sich an einer Landstraße zwischen zwei Dörfern. In einem Durchgangsbüro nehmen zwei Franzosen unsere Personalien auf. Wir sollen uns ausziehen und auf eine Personenwaage treten. Ein dritter Posten mit schwarzer Haut isst einen Apfel und verstellt die Gewichte. Vor mir stellt sich ein langer Spargel auf die Waage, hält dem Schwarzen einen

Goldzahn entgegen und fragt, ob er ihn gegen den Apfel eintauschen wolle.

»Ich nix brauchen. Du brauchen«, antwortet der Schwarze und schenkt ihm den Apfel.

Es ist seltsam. In den weltanschaulichen Schulungen bei der Hitlerjugend haben sie uns eingebläut, Neger wären dumm, gefährlich und stünden auf einer Stufe zwischen Mensch und Affe, und jetzt treffe ich den ersten Posten, der es gut mit uns meint, der seinen Apfel verschenkt, einfach so, und dieser Posten ist schwarz.

Nachdem er bei mir die Gewichte verschoben hat, pendelt sich die Waage bei siebenunddreißig Kilogramm ein. Siebenunddreißig Kilo! Viel mehr kann mein Skelett auch nicht wiegen. Ich schlüpfe in meine stinkenden Stofffetzen und trotte ins Lager.

Am Abend gibt es dicken Eintopf und eine ordentliche Scheibe Brot, dann dürfen wir zum ersten Mal in den Waschraum. Der Waschraum ist das größte Glück. Wasser fließt silbern aus den Hähnen, und wir können so viel davon trinken, wie wir wollen. So müssen sich Adam und Eva gefühlt haben, als Gott ihnen das Paradies schenkte.

Wir schlafen auf Brettern in dreistöckigen Gestellen, ohne Strohsack oder Matratze, aber das stört mich nicht. Wir haben es trocken und leiden keinen Durst und keinen Hunger. Wie wenig es doch braucht zum Glück!

16. Tübingen

Dezember 1945

Mit aufgestützten Ellbogen liege ich im Bett und schaue Hans-Jörg Adrion beim Schreiben zu. Unter der Deckenlampe leuchtet sein roter Hinterkopf, und wenn er nachdenkt und von seinem Schriftstück aufsieht, scheinen seine Segelohren wie zwei Radarschirme nach Ideen zu orten.

»Jetzt nur noch abschreiben«, sagt er nach einer halben Stunde.

Er schreibt noch Stunden, bis weit nach Mitternacht, immer denselben Text, und er bewegt sich kaum mehr als die schlafenden Kameraden. Dann steht er auf, ein klappriges Gestell von eins neunzig, seinen Füllfederhalter und den Papierstoß in den Händen, und schleicht leise von Bett zu Bett, um zu sehen, wer noch wach ist. Ich bin der Einzige. »So, Frank. Die Verträge sind so weit fertig, du musst dann auf jeden deinen Namen und die Adresse setzen und unterschreiben«, flüstert er und gibt mir die Zettel.

Adrion wartet geduldig an meinem Bett, während ich lese. Der Text ist in altdeutscher Schrift verfasst. Mit blauer Tinte.

Vertrag

Die unterzeichneten Gefangenen der 10. Gruppe des Gefangenenlagers Tübingen kamen am Tage der Ausfertigung zu dem Entschluss, an Pfingsten 1947 zusammenzukommen, um sich gemeinschaftlich der Stunden der Gefangenschaft zu erinnern. Die Zusammenkunft soll in echter Kameradschaft und alter Treue vonstatten gehen und erfolgt ohne Angehörige. Mit seiner Unter-

*schrift verpflichtet sich jeder zu der Einhaltung dieses Vertrages sowie unten-
stehenden Termins. Entschuldigungen sind rechtzeitig (schriftlich) bei Hans-
Jörg Adrion einzureichen. Gleichzeitig sind dem Entschuldigungsschreiben
R.M. 20 beizulegen, die die Gefangenengemeinschaft verflüssigen wird. Die
Zusammenkunft erfolgt in Ulm am Pfingstsamstag 1947 um 18 Uhr.*

Ständig lässt er sich etwas einfallen, damit es nicht langweilig
wird, und der Vertrag ist eine von diesen Aktionen. Er gibt mir
den Füllfederhalter, und ich setze Zettel für Zettel meinen Namen,
Adresse und Unterschrift auf fünfzehn Verträge.

Am nächsten Tag muss jeder der Kameraden fünfzehn Mal
Adresse und Unterschrift hinschreiben. Vor dem Frühstück fängt
Adrion an, und nach dem Abendessen holt er sich die letzten
Unterschriften. Bei manchem dauert es ewig, und bei jedem sitzt
Adrion dabei und wartet mit der Geduld eines Elefanten. Ich frage
mich, wo er diesen Füllfederhalter wieder aufgetrieben hat.

Nach der Zeit in Bretzenheim wurden wir alle drei Tage auf
Lastwagen in ein anderes Lager transportiert, doch hier in Tübingen sind wir nun schon seit zwei Wochen, und ich vermute, wir
werden hier überwintern. Ein gusseiserner Kanonenofen in der
Mitte unserer Stube wärmt uns, wir bekommen ausreichend Eintopf und müssen keinen Durst leiden, und an den Wänden stehen
Stockbetten mit Strohsäcken. Man könnte wunderbar darauf schlafen, wenn die Bettwanzen nicht wären. Auf jeden Gefangenen
müssen tausend Bettwanzen kommen, so wie es in unserer Stube
davon wimmelt. Sie hängen an der Decke und sehen von unten
aus wie rotbraune Konfettis, solange sie leer sind. In der Nacht
lassen sie sich auf unsere Warmblutkörper fallen und saugen sich
voll, und dann sind sie fett und verbreiten einen süßlichen Ge-

stank im ganzen Raum und jucken zum Verrecken. Mein Bett ist in der oberen Etage, und ich bekomme die ganze feine Gesellschaft von oben ab. Wenn ich das Jucken nicht mehr aushalte und gar nicht so viele Vampire zerdrücken kann, wie auf Wolldecke, Lippen, Mund und Haare fallen, klettere ich aus dem Bett, lege mich auf den Tisch und vermumme mich bis über den Haarschopf in meiner Decke.

Wegen der Bettwanzen haben wir Beulen auf der Stirn. Kälte macht ihnen nichts aus, wir können sie nicht totfrieren, wie wir es mit den Kleiderläusen gemacht haben. Zwei- oder dreihundert hatten sich in meinen Pullover genistet, dann kam ich nach Tübingen und traf Adrion mit seinen Ideen. Wir litten alle unter den Läusen, und Adrion sagte, wir könnten sie erfrieren. Hinter der Baracke gruben wir Löcher in den Schnee und verbuddelten unsere Hosen, Pullover und Jacken, so dass nur die Enden der Ärmel herausschauten. Ein paar Stunden später zupften wir die Viecher ab und warfen sie in den Ofen. Auf diese Weise wurden wir sie los, aber längst haben sie sich wieder in meinem Wollpullover verbreitet und quälen mich mit den Wanzen um die Wette. Ein Wunder ist es nicht, denn ich trage noch immer die verkommene Marinekleidung, die mit mir Bretzenheim hat durchstehen müssen.

Ein paar Tage vor Weihnachten transportieren uns die Franzosen zur Entlausungsstelle. In irgendeinem Amtsgebäude müssen wir uns ausziehen und auf dem Flur nackt warten. Ein Beamter sagt uns, die Kleidung käme in einen speziellen Ofen, in dem das Ungeziefer verbrennt. Als wir nach einer Stunde unsere Sachen zurückbekommen sind sie ganz warm, stinken noch immer nach altem Schweiß und sind geschrumpft. Die Hose passt mir noch, dürr wie ich geworden bin, aber die Marinejacke hat jetzt Kindergröße. Zum Glück brauche ich sie nicht mehr, denn die Franzosen verteilen nach der Entlausung einheitliche Jacken. Auf dem Rücken sind zwei Buchstaben gedruckt: *PG*. Das steht für *Prisonnier de guerre* und heißt Kriegsgefangener.

Heiliger Abend 1945

Am Heiligen Abend verpasse ich meinem Stubenkameraden Schwab einen Magenhaken. Aus einem Reflex heraus. Ich konnte ihn von Anfang an nicht leiden, diesen schmierigen Burschen mit den feinen Gesichtszügen und den dünnen, zurückgestrichenen Haaren. Er ist der Einzige, der nichts abgibt, wenn ihm ein Passant ein Stück Brot oder Obst über den Lagerzaun geworfen hat, aber wenn ein anderer etwas hat, ist Schwab der erste, der die Hand aufhält. Er glaubt, wir halten ihn für einen tollen Kerl, aber alle haben längst seine Falschheit durchschaut.

Als er die Mäusefamilie zertreten will, kann ich mich nicht mehr zurückhalten. Es ist meine Familie. Die Mäuse tippeln jeden Abend aus einem Loch in der Wand, erst die Mutter ganz in grau, dahinter die schnuppernden Kinder. Bei dem einen ist das rechte Bein weiß, bei dem anderen das linke, beim dritten ist es das Ohr, beim vierten ein Fleck auf der Stirn, und das fünfte hat einen weißen Schwanz. Eine Witwe mit fünf Kleinen. Meine Kindheit als Theaterspiel, aufgeführt von hungrigen Mäusen. Sie wittern die Lyoner Würste auf unseren Tellern, die das Rote Kreuz am Heiligen Abend für die Gefangenen geliefert hat. Die Lyoner machen den Heiligen Abend für uns zu einem Freitag, denn das ist der Tag, an dem es normalerweise die Rotkreuzwürste gibt. Ich schneide eine Scheibe herunter und teile sie in sechs Stücke. Wie kleine Hunde warten die Tierchen zwischen meinen Füßen auf

Essbares, und ich lege die Stücke auf den Boden. Sie zucken nicht einmal zurück, so sehr haben sie sich an die Fütterungen gewöhnt.

»Schau, wie zahm die sind«, sagt Adrion und verrenkt sich auf seinem Stuhl, um sie beim Fressen zu beobachten. Andere ducken sich unter den Tisch und sagen: »Der mit dem weißen Schwanz kriegt ja gar nichts ab« oder »Sieh mal, wie es den Viechern die Backen aufbläst, wenn sie kauen« oder »Man kann die Schneidezähnchen sehen.«

Unter Schwabs schwarzem Milchbart liegt ein Grinsen. Er steht auf. »Passt auf! Gleich ist hier was los!« Er kommt zu mir herüber und stampft mit dem Stiefel knapp neben den fressenden Mäusen auf den Boden. »Was glaubt ihr, was passiert, wenn ich drauftrete? Haben wir dann zwei Waisenkinder und vier Kartoffelpuffer, oder ein Waisenkind und fünf Kartoffelpuffer? Oder einfach nur Matschbrei? Ich nehme Wetten an! Wie viele überleben einen Fußtritt?«

»Das lässt du schön bleiben!«, sage ich und stehe auf.

»Ach komm, Frank. Sei froh, wenn mal was los ist«, sagt Schwab.

Als er lostreten will, schubse ich ihn weg.

»Hau ab, Frank! Die zertret ich jetzt!«

»Nein, du Arschloch!«, rufe ich und ramme meine Faust in seinen Magen. Er röchelt und krümmt sich, kriegt keine Luft mehr, aber keiner will ihm helfen. Ein paar der Kameraden grinsen.

»Geschieht dir recht«, sagt Adrion, und Schwab hält sein Maul. Er merkt, dass niemand zu ihm hält.

Für den Rest des Abends sitzt Schwab mit dunkler Miene da und spricht kein Wort mehr. Für ihn ist der Abend bestimmt nicht heilig und für mich auch nicht und für keinen der Jungen in dieser Stube.

Die Franzosen sind in einer Kaserne in Tübingen stationiert und sehen im Lager jeden Tag nach dem Rechten. Bewacht werden wir von Polen. Der Lagerkommandant ist einer, und auch die jungen Posten, die jeden Tag mit uns in den Wald gehen. Zusammen mit Adrion und vier Stubenkameraden bin ich als Holzarbeiter eingeteilt. Über Wochen sind wir immer dieselben sechs Gefangenen und immer dieselben zwei Posten. Sie heißen Marek und Mateusz, und sie sind dabei, wenn wir mit der Axt eine Kerbe in den Stamm hauen und sehen zu, wenn wir zu zweit mit der Schrotsäge den Baum fällen. Beide sind jünger als ich, und wenn sie nicht unsere Bewacher wären, könnten sie Kumpels sein. Sie geben uns alle Freiheiten, die sie uns ungestraft geben können.«

Als Adrion eines Morgens beim Gang zur Arbeit einen Haufen Pulverplättchen und einen Benzinkanister aus dem Weggraben nehmen will, haben die beiden nichts dagegen. Wochenlang sind wir daran vorbeigegangen: ein grüner Blechkanister und schwarze Plättchen, nicht größer als ein Daumennagel. Jemand hat sie weggeworfen. Wir befinden uns auf einem Waldweg, und an Ort und Stelle füllt Adrion die Plättchen in den Kanister.

»Was chast du vor?«, fragt Mateusz, der ältere und korpulentere der beiden Posten.

»Anzünden. Das gibt ein kleines Feuerwerk«, sagt Adrion.

Die Posten grinsen. Wir natürlich auch. »Dann zünd an«, sagt Mateusz.

Adrion stellt den Kanister aufrecht hin, rüttelt daran und drückt ihn fest auf die Erde. Er zieht seine Handschuhe aus und nimmt eine Streichholzschachtel aus der Tasche. Wie er wieder an die Streichhölzer gekommen ist, ist mir ein Rätsel. »Alle müssen in Deckung gehen«, sagt er. »Da kann alles Mögliche passieren.«

Wir Gefangenen verschanzen uns hinter Bäumen am Waldrand, Marek und Mateusz tauchen im Weggraben unter. Neben mir liegt Litzner, ein Bauernjunge aus der Nähe von München. Adrion wirft das brennende Streichholz in den Kanister. Dann schleicht er rückwärts in den Wald und wirft sich zu uns auf die Erde. Wir starren gebannt auf den Behälter. Er schunkelt wie zu einer Musik, und es grummelt, als würde jemand von innen gegen die Wände kratzen. Auf einmal donnert es wie aus einer Kanone, der Kanister steigt in die Luft, dreht sich ein paar Mal um die eigene Achse und landet zehn Meter weiter als aufgeplatztes Schrottgebilde neben einem Baum.

Der Donner war gewaltig. Alle Beteiligten sind aufgesprungen und davongelaufen. Ich sehe nur noch Adrion und Litzner. »Kommt«, sagt Adrion.

Wir laufen in den Wald hinein, bis Adrion stehen bleibt. »Willst du abhauen?«, fragt Litzner aufgeregt. »Da mach ich nicht mit. Ohne mich!«

»Abhauen wäre schon nicht schlecht, so ist es nicht«, sagt Adrion.

»Das können wir nicht machen«, sage ich. »Die Posten sind Pfundskerle. Wenn wir abhauen, haut sie der Stalin zum Teufel.«

»Eben. Darum will ich auch nicht türmen. Ich will die zwei nur ein bisschen ärgern.«

»Ach so, hahaha«, ruft Litzner mit seiner überlauten Stimme.

Hinter einer Baumgruppe beobachten wir Marek und Mateusz, die nach uns suchen. Sie tragen Pelzmützen und lange Mäntel, gestikulieren mit den Armen und drehen die Köpfe nervös in alle Richtungen. Mateusz ist der Dominantere von beiden. Er brüllt den schüchternen Marek auf Polnisch an, Marek wendet ihm verärgert den Rücken zu und flucht vor sich hin.

»Das reicht jetzt«, sage ich. »Erlösen wir sie!«

»Churensöhne!«, schreit Mateusz, als wir hervorkommen, aber er lächelt. Er weiß, dass wir uns hätten davonmachen können, und er weiß auch, dass wir es ihretwegen nicht getan haben. Wenn die Franzosen das mit dem Kanister erfahren hätten, wären Marek und Mateusz in den Bau gekommen, und wenn es dumm gelaufen wäre, hätte man sie strafversetzt. Zumindest hätte Stalin ihnen die Hölle heiß gemacht.

Stalin nennen wir Gefangenen den polnischen Lagerkommandanten, und die Posten haben den Namen von uns übernommen. Mit seinen zurückgekämmten Haaren und dem Bart sieht er aus wie der oberste Befehlshaber der Sowjets, und wie ein Diktator spielt er sich auch auf. Er liebt es, uns nach der Arbeit Runden um die Baracken laufen zu lassen. Wir laufen Runde um Runde und wissen nie, wann er uns in Ruhe lässt. Bis vor Kurzem verpasste er uns Arschtritte, wenn wir an ihm vorbeiliefen, doch das hat ihm Adrion ausgetrieben. Vor der ganzen Truppe hat er ihn blamiert. Mit etwas Abstand lief er vorneweg, drosselte auf Stalins Höhe das Tempo, und als dieser zum Tritt ausholte, drehte Adrion sich weg. Stalin taumelte, drehte sich einmal um die eigene Achse, fiel zu Boden, stand sofort wieder auf und wurde knallrot. Als wir Marek und Mateusz davon erzählten, freuten sie sich wie kleine Kinder.

Februar 1946

Abseits der Gruppe, von Marek bewacht, sammle ich Zweige und Äste und lege sie auf einen Haufen. Ich arbeite schnell, damit ich in meiner leichten PG-Jacke nicht friere. Sonnenklar und kalt ist es, und ich wette, falls Rudi nach dem Krieg nach Hause gekommen ist, geht er an so einem Tag bestimmt zum Eisstockschießen auf den Weiher. Ich könnte Lisl abholen, mit ihr Schlittschuh laufen, und wenn sie hinfällt, könnte ich ihr aufhelfen und nette Dinge ins Ohr flüstern.

Stattdessen klaube ich hier in der Kälte Brennholz zusammen und werde von einem Polen bewacht. Marek säße bestimmt auch lieber bei seiner Familie bei Pfannkuchen mit Preiselbeeren. Das essen sie in Polen nämlich auch, hat er mir erzählt. Stattdessen übt er ein paar Schritte weiter das Schießen. Er zielt auf einen Baumstamm, und obwohl ich nicht hinsehe, kann ich hören, dass vier von fünf Schüssen daneben gehen. »Du triffst ja gar nichts!«, rufe ich.

Er zuckt verlegen mit den Schultern, als wolle er sich dafür entschuldigen. Ich will ihm zeigen, wie man richtig anlegt. »So musst du es machen.« Ich schultere ein unsichtbares Gewehr, klopfe auf eine Stelle an meiner Schulter und strecke die Hand aus. »Hier musst du anlegen.« Ich bewege den kleinen Finger. »Und hier abdrücken.«

Er sieht mich fragend an.

»Ach, gib mal her«, sage ich nur zum Spaß und nebenbei, und er gibt mir den Karabiner. Es ist unfassbar, niemals hätte ich mit so etwas gerechnet. Ich ziehe meine Fäustlinge aus und richte aus Spaß die Waffe auf ihn. »Hände hoch!«

Er reißt die Augen weit auf, und die Hände schnellen in die Höhe. Mit vorsichtigen Schritten bewegt er sich rückwärts und blickt ängstlich zur Seite. Er weiß nicht, ob er davonlaufen oder dableiben soll. Ich fange an zu lachen und gebe ihm das Gewehr zurück.

»Warum das?«, fragt er.

»Komm, hör auf. War doch nur Spaß. Bist doch mein Kumpel.«

Das ist er wirklich. Erst recht nach diesem Vertrauensbeweis.

»Jetzt zeigen!« Er gibt mir den Karabiner zum zweiten Mal. Dreimal schieße ich auf den Baum, und jedes Mal treffe ich.

Ich zeige ihm, wie man das Gewehr richtig nimmt und wie man zielt.

»Kimme und Korn, Marek. Ganz einfach. Kimme und Korn.«

März 1946

Der Frühling schmilzt den Schnee von Tübingens Ruinen, und Trümmer beseitigen ist jetzt wichtiger als Brennholz. Als Zwölfergruppe marschieren wir mit Stalin und einem Posten in Richtung Stadt, wo wir die Überreste eines zerbombten Hauses auf einen Kipper klauben sollen. Unser Weg führt durch den Wald, ich muss pissen, und vor dem Wald ist rechts eine hohe Sträuchergruppe, die mir gerade recht kommt. Ohne einen Ton schere ich aus. Ein paar von meinen Mithäftlingen drehen die Köpfe, aber Stalin und der Posten merken nichts. Ich gehe über das feuchte Gras hinter den Busch. Bald höre ich die verschlafenen Stimmen der Kameraden nicht mehr, nur die Vögel pfeifen grell, als ich meinen Hosenlatz herunterklappe und es laufen lasse. Der Urin spült die Tautropfen von den Blättern des Strauches. Die Vögel trillern, die Bäume stehen im Saft, die ersten Blüten sprießen, ich bin ganz alleine, und meine Pisse bildet Rinnsale, die sich ihren Weg nicht vorschreiben lassen. Sie schlängeln sich zu meinen Füßen, ich muss ausweichen, mache mit heruntergelassener Hose eine Vierteldrehung und sprenkle mein gelbes Nass über das junge Gras. Nach dem Pissen bleibe ich stehen und schaue nach oben zu den Vögeln, wie sie beim Abgleiten immer wieder Schwung holen wie auf einer unsichtbaren Rutschbahn, wie sie vom Wald her kommen, über die weiten Felder segeln und im

Horizont oder hinter dem Berg zu meiner Linken verschwinden. Ich blicke geradeaus auf das abfällige Ackerland. Es lädt mich förmlich ein zu einem Lauf. Wie frei fühle ich mich plötzlich! Frei, frei, frei! Ich fange an zu rennen. Ich renne über die Flure, weich und uneben ist der Acker, ich hopse darüber wie bei einem Hindernislauf, und mein Mund verbreitert sich zu einem Grinsen. Eine halbe Stunde laufe ich wie ein Feldhase, bis ich völlig außer Atem eine geteerte Landstraße erreiche. Ich suche mir eine Richtung aus und hoffe auf ein Schild, das mir den Weg in die amerikanische Zone weist. Wenn ich die Zonengrenze unbemerkt passieren könnte, müsste die höchste Hürde überwunden sein.

Der Feldweg wird zum Waldweg, führt wieder heraus aus dem Wald und an einem Weiler mit drei Häusern vorbei. Ich bin wieder auf einer Landstraße, einer noch breiteren, und denke nicht viel, nur gehen, gehen, gehen, und irgendwann daheim sein. Das Rattern eines Dieselmotors schlägt mir augenblicklich meine dumme Sorglosigkeit um die Ohren. Der Jeep hält am Straßenrand und versperrt mir den Weg. Ich erstarre, und vor Schreck wird mir schwindelig. Zwei robuste Soldaten mit ernsten Mienen steigen aus. Es muss eine Streife sein, der Uniform nach Franzosen. Einer dreht mir den Arm auf den Rücken und kugelt mir fast die Schulter aus. Der andere tastet mich ab.

»Mit!«, brüllt der Armverdreher. Sie zerren mich in den Wagen. Auf der Rücksitzbank des schaukelnden Käfigs sitze ich hinter zwei starken, gebräunten Soldatennacken wie ein Lausbub. Ich Narr! Ich Trottel! Ohrfeigen könnte ich mich! Mitten auf der Hauptstraße bin ich flaniert, in einer Jacke mit dem Aufdruck *PG*, zwei Buchstaben so groß wie Häuser, damit auch das letzte Milchmädchen sehen kann: Hier ist ein Kriegsgefangener auf der Flucht. Die beiden unterhalten sich auf Französisch, aber vielleicht können sie mich verstehen.

»Hören Sie«, sage ich. »Ich wollte gar nicht flüchten.« Ich bin nicht sicher, ob sie zuhören. Sie haben aufgehört zu reden und amüsieren sich über irgendetwas, sehen sich grinsend an. »Ich musste dringend aufs Abort, und da habe ich beim Austreten die Gruppe verloren … verstehen Sie?«

Der eine erzählt etwas, und beide lachen. Lachen sie mich aus, oder bin ich in ihren Augen nur Transportgut?

Sie übergeben mich den beiden Polen in der Schreibstube, wechseln mit ihnen ein paar Worte auf Französisch und verschwinden. Einer der Polen bringt mich in eine Zelle und schiebt von außen den Riegel vor. Klack.

Ich sitze auf einer Holzpritsche, und es ist stockdunkel. Willkommen im Nirgendwo! Ich ertaste mir ein Stück Orientierung. Die Pritsche nimmt den halben Raum ein, darauf liegt eine zusammengefaltete Wolldecke, und als ich aufstehe und einen Schritt mache, kicke ich mit dem Fuß einen Blecheimer um. Scheppernd fällt er zu Boden. Die Holzwände fühlen sich feucht an, es riecht nach Schimmel und Moder. Fenster gibt es keine.

Die Zeit will nicht vergehen, bis nach einer oder zwei Stunden die beiden Posten aus der Schreibstube zusammen mit Stalin in der Tür stehen. »Raus, Frank!«, schreit Stalin, und einer der Posten packt mich grob am Arm.

Sie bringen mich auf den Platz hinter der Verwaltungsbaracke, wo die Gefangenen in Reih und Glied auf mich warten. Der Dreck von der Arbeit klebt noch in ihren Gesichtern, im Halbkreis stehen sie vor mir und sehen zu, wie mich die beiden Posten in die Mitte zerren. Stalin spricht zu meinen Kameraden. »Meine Cherren! Euer Abendessen fällt cheute aus. Das chabt ihr däm da zu verdanken. Säht ihn euch an! Ist ausgerissen, als wir zum Arbeitseinsatz marschiert sind. Säht euch an, was wir machen mit einem, der flüchten will. Mit so einem!«

Ohne Vorwarnung schubsen mich die Posten nach vorne. Ich stolpere. Beide sind bestimmt über dreißig. Respekt einflößende Kerle. Der eine schlägt mir mit der Faust in den Magen. Ich ringe nach Luft, etwas zieht sich in meinem Bauch zusammen. Ich krümme mich nach vorne, und in diesem Augenblick peitscht der Zweite sein Gewehr auf meinen Rücken. Dann schlägt der Erste mit der Faust in mein Gesicht, immer weiter, ohne Ende, und der Lagerkommandant tritt mit aller Kraft in meinen Hintern. Ich habe das Gefühl, als scheiße ich meine Gedärme und gehe zu Boden. Der erste Posten sticht mit dem Gewehr von oben auf meinen Bauch, bis ich mich mit dem Gesicht zur Erde drehe. »Gut. Das reicht«, sagt Stalin.

Dann bringen sie mich zurück in die Zelle.

Ich streiche über meine Wangen. Sie müssen rot sein von den Ohrfeigen, aber das stört mich nicht. Seltsamer ist das Gefühl in meinem Hintern, als blute da drinnen alles, und mir ist schlecht von dem Schlag in den Magen. Ich ziehe die Decke über den Kopf und die Beine und schließe die Augen. Schlafen kann ich nicht.

Schritte. Der Riegel wird aufgeschoben. Die beiden Posten bringen mich ins Büro, und hinter dem Schreibtisch sitzt ein französischer Offizier. Er studiert eine Aktenmappe, dann sieht er über den Rand seiner Brille zu mir. Ich stehe zwischen den Posten, die mich vor ein paar Stunden verprügelt haben. Stalin ist auch hier. Er sitzt auf einem Stuhl, und bestimmt hofft er auf eine harte Bestrafung. Der Offizier versenkt sich wieder in die Aktenmappe, brummelt meinen Namen, Geburtsort, Geburtsdatum und Adresse, sieht mich vorwurfsvoll an und stellt Fragen. Bereuen Sie Ihr Verhalten? Hatten Sie die Flucht vorher geplant? Wo wollten Sie hin? Was haben Sie sich dabei gedacht? Ja, ich bereue es. Nein, ich hatte keinen Plan. Ich wollte nach Hause. Gedacht habe ich nichts, wirklich nichts, nein. Es ging ganz schnell. Ich bin gar nicht zum Denken gekommen.

»Sie werden die nächsten Tage in der Arrestzelle verbringen«, sagt der Offizier. Ich wage nicht zu fragen, wie viele der nächsten Tage er meint, und als der Riegel von außen zuschnappt, verlasse ich die Welt und trete ein in das Reich von Schimmel, Moder und Dunkelheit.

In der ersten Nacht hülle ich mich in die Decke und finde oberflächlichen Schlaf, bis sich die Schiebeklappe in der Tür öffnet und eine Hand ein halbes Baguette und einen Literkrug mit Wasser auf die Abstellfläche legt. Ich muss es mir einteilen, weiß nicht, wann es die nächste Ration geben wird. Ich kann nicht einschlafen, pinkle in den Eimer, und jetzt belästigt mich der Geruch meiner eigenen Pisse.

Nach einer langen Nacht öffnet sich die Kostklappe zum zweiten Mal. Wieder gibt es ein halbes Baguette und einen Liter Wasser, und diesmal halte ich dem Posten den Eimer hin. Er öffnet die Tür, nimmt ihn mir ab und bringt ihn leer zurück. Das ist also der Höhepunkt des Tages, mein Sonnenaufgang: Ein Wärter, der nichts sagt, mich füttert und meinen Dreck entsorgt.

Die Tage vergehen. Sie sträuben sich, aber sie vergehen. Jede Minute zieht sich dahin. Tag und Nacht: nur noch leere Begriffe. Tag bedeutet: entfernte Stimmen und Schritte. Nacht bedeutet: völlige Stille. Und die Kostausgabe am Morgen ist das, was die beiden voneinander trennt. Was ist Zeit, wenn sich nichts verändert? Es keine Höhepunkte gibt, keine Tiefpunkte, gar keine Punkte? Ohne Ziel zähle ich die Minuten, Stunden, Tage wie ein Tauber, der auf das Ende eines Musikstückes wartet. Oft befühle ich die Beulen und Schwellungen von den Schlägen der Posten und beobachte sie beim Verheilen. Mit der Zeit verändern sie ihre

Größe, werden rauer oder glatter, unempfindlicher für Berührungen. Nach vier oder fünf Tagen wünsche ich mir mehr davon, wünsche mir, dass die Posten kommen und mich verprügeln, damit der Schmerz die Zeit vertreibt und ich verfolgen kann, wie er nachlässt und aufpocht, ich erfühlen kann, wie sich neue Beulen bilden. Eigentlich könnte ich mir die Haut aufkratzen, aber das tun nur Verrückte. Bin ich verrückt geworden? Ist es nicht normal, in dieser Zelle verrückt zu werden? Immer wieder messe ich die Schritte von einer Wand zur anderen. Die Zelle ist drei Meter lang und zwei Meter breit. Drei mal zwei Meter Raum, umschlossen von nassem, totem Holz. Der Geruch ist nicht verschwunden, aber ich habe mich an ihn gewöhnt. Dafür reagiere ich jetzt empfindlich auf das Licht, das bei der täglichen Fütterung durch die Kostklappe schießt. Wenn der Posten den Riegel aufschiebt, halte ich mir den Arm vor die Augen. Ich sehe ihn nicht einmal an, den einzigen Menschen, den es noch für mich gibt. Die Selbstgespräche, die ich ab dem zweiten Tag geführt habe, lasse ich sein. Mir fällt nichts mehr ein, und ich will nicht reden. Nicht einmal Lust auf Essen oder Frauen habe ich. Alles, was ich will, ist sehen, mit Menschen sprechen und ein Drumherum haben. Wenigstens ein Drumherum möchte ich haben, in dem sich etwas verändert, und wenn es nur ein Busch ist, dessen Blätter im Wind flattern, und ab und zu fällt eines ab. Aber nichts tut sich, und ich habe nicht die kleinste Idee, wann sie mich hier herauslassen. Das ist das Schrecklichste: die Ungewissheit.

Nach sieben oder acht oder neun Tagen erlösen sie mich. Ich tappe aus dem Loch und halte den Arm vor die Augen. Nach einer Stunde haben sie sich wieder an Licht gewöhnt. Länger dauert es, bis ich wieder der Alte bin. Die erste Zeit spreche ich wenig, werde dieses Gefühl des Eingesperrtseins nicht mehr los.

In jede Zelle meines Körpers hat sich die Macht der Bewacher genistet. Noch nie fühlte ich mich so klein, so erdrückt und so demütig.

Ein hellbraunes Stück Papier bringt mir meinen Lebensmut zurück. Es ist eine Postkarte mit dem Aufdruck *CORRESPONDANCE DES PRISONNIERS DE GUERRE* und darunter die deutsche Übersetzung: *KRIEGSGEFANGENENPOST.* Ich trage Absender, Gefangenennummer, Baracke und Lager ein, daneben den Empfänger, und auf der Rückseite darf ich nach über zehn Monaten die ersten Worte nach Hause schreiben.

Tübingen, den 14. März 1946
Meine lieben Leute daheim! Es freut mich so sehr, euch nach fast einem Jahr einmal schreiben zu können. Ich bin gesund und würde mich um alles auf der Welt über einen Besuch freuen.
Euer Gottfried

Mehr Text passt nicht auf die Karte, und mehr gibt es auch nicht zu sagen.

April 1946

Wie die Tiere im Zoo gaffen wir hinaus zu den Besuchern jenseits des Stacheldrahtes, und die Besucher gaffen zu uns herein und suchen nach bekannten Gesichtern. Ältere Damen mit Hüten, Männer mit Taschenuhren, junge Mädchen mit roten Lippen und gestreiften Röcken, junge Mädchen ohne Lippenstift und mit Dirndlkleidern, kleine Kinder, noch kleinere Kinder, die auf dem Arm gehalten werden, Väter, Mütter, Brüder, Schwestern, Ehefrauen und Freundinnen, und alle blicken suchend auf uns abgemagerte Gestalten in löchrigen, feldgrauen und dunkelblauen Hosen. Verhärmt sind wir, aber an diesem besonderen Sonntag haben wir uns frisiert und gewaschen, und man kann sehen, wer sich schon gefunden hat und wer noch sucht. »Mensch, Gisela, bist du groß geworden«, »Martin, gehts dir gut?«, »Mama, wo habt ihr den Vater?«, »Mein Evchen! Mein Evchen!« Eine Frau mit Sommersprossen und roten Haaren ruft »Hans-Jörg! Hans-Jörg!«, und Adrion steht neben mir und ruft »Ja grüß dich, Mutter«, und zu mir sagt er stolz: »Frank, das ist meine Mutter!« Sie hat die gleichen roten Haare wie Adrion. Es freut mich für ihn, aber noch lieber würde ich meine eigene Mutter finden.

Lange muss ich nicht suchen. Unter einem schwarzen Hut steht sie da, ihr Blick schweift suchend herum, die Handtasche hängt an ihrem Arm, und neben ihr steht mein ältester Bruder Hans, wie immer mit sauberem Seitenscheitel. Auch Hans sucht. Ganz eifrig grast er unseren Haufen ab, doch er übersieht mich. Sicher hat er schon ein paar Mal an mir vorbeigeschaut, und ich denke, vielleicht ist er Brillenträger geworden, und heute hat er sie nicht auf, der eitle Hirsch. Ich blicke Mutter in die Augen, und sie erwidert meinen Blick. Ich hebe den Kopf, reiße die Augen weit auf und will »Grüß dich« sagen, aber sie sucht weiter. Sie sagt etwas zu Hans. Der schüttelt den Kopf. Meine eigenen Leute kennen mich nicht mehr. So wie wir Albert nicht mehr erkannt hatten, als er verwundet und gezeichnet im Lazarett gelegen hatte, so kennen sie mich jetzt nicht mehr, nach einem Jahr Gefangenschaft.

»Warum schaut ihr mich denn nicht an?«, rufe ich. Jetzt sehen beide zu mir. »Ich bin es schon! Kennt ihr mich nicht mehr?«

Mutters Mund öffnet sich. »Gottfried!«

Bevor die beiden durch das Tor dürfen, werden sie von einem Posten abgetastet und Mutters Tasche durchsucht, und endlich sind wir zusammen. Mutter drückt mich an ihren weichen Busen.

»Wie mager du geworden bist, Bub!«, schluchzt sie. »Ich habe dich wirklich nicht mehr erkannt! So eine Schande!« Ihr Hals riecht nach Seife.

Wir dürfen im Lager mit unseren Leuten frei herumlaufen. Wie an einem Tag der offenen Tür geht es zu. Ein leichter Wind weht, die Frühlingssonne scheint, wir spazieren über das Gras, begegnen meinen Stubenkameraden mit ihren Eltern und Geschwistern oder ihren Ehefrauen und Kindern.

»Gottfried, wie geht es dir in der Gefangenschaft«, fragt Mutter.

»Da gibt es nicht viel zu sagen. Viel arbeiten müssen wir, einen Ofen haben wir, und jeden Tag ein warmes Essen.«

»Mehr als ein Löffel voll kann das aber nicht sein, so abgemagert wie du bist«, sagt Hans.

»Vorher war es weniger. Jetzt ist es in Ordnung.«

Von Bretzenheim und den Toten erzähle ich nichts, und auch nicht vom Blindenarrest. Eine Weile schlendern wir still dahin. Hans räuspert sich, und wie gerne höre ich jetzt dieses vertraute Geräusch meines Bruders. Sein Gesicht ist etwas runder geworden.

»Bist du noch bei der Eisenbahn?«, frage ich ihn.

»Freilich. Sonst hätte ich mir die Zugfahrt gar nicht leisten können.«

»Immer noch in Mies?«

»Wo denkst du hin, Gottfried? Das ist jetzt alles tschechisch, da findest du keinen Deutschen mehr. Nach der Kapitulation waren wir Freiwild. Die Tschechen haben eine Hetzjagd auf die Deutschen gemacht, man hat um sein Leben fürchten müssen. Erschossen haben sie welche, wirklich, ich sag es dir, wir sind nicht mehr aus dem Haus gegangen. Als die Amerikaner im September die Leute umgesiedelt haben, wollten wir natürlich mit, aber man brauchte einen Ausweisungsschein, und den hast du nur bekommen, wenn du nachweisen hast können, dass du Verwandte in Deutschland hast.«

»Hast du doch.«

»Schon Gottfried, aber ich konnte es nicht nachweisen, und die Amerikaner verkündeten aus heiterem Himmel, in dreißig Stunden sollen die Deutschen sich auf dem Marktplatz versammeln zur Umsiedlung. Dreißig Stunden, und wo sollten wir die Bestätigung von den Verwandten herzaubern? Die Maritsch hat die ganze Zeit geweint, es war erbärmlich, Gottfried, und dann hab ich ihr gesagt, ich besorg die Papiere. Am Abend war das. Ich sprang auf mein Rad und trat in die Pedale, rein in den Wald, auf Schleichwegen, mitten in der Nacht, damit mich niemand sieht. Und über die Grenze bin ich gekrochen, ganz flach gekrochen bin ich, und das Rad habe ich am Lenker hinter mir hergezogen.«

»Und wie er dann daheim war«, sagt Mutter, »das werde ich nie vergessen, Gottfried, ist er zusammengebrochen. Im Hausgang hat er sich flach auf den Bauch gelegt und ist eingeschlafen.«

»Aber lange habe ich nicht geschlafen. Ich durfte ja keine Zeit verlieren. Wir brauchten schnellstens die Papiere, aber du kennst ja die Ämter. Normal erledigst du so was nicht an einem Tag. Aber gut, dass wir unseren Rinnervater haben. Der ist auf die Gemeinde gegangen und hat so lange Aufstand gemacht, bis sie mir den Wisch ausgestellt haben. Gleich am Abend bin ich wieder auf mein Rad und die ganze Tour zurückgeradelt. Um acht Uhr in der Früh war der Sammeltermin, und ich habe es geschafft und stand rechtzeitig mit der Bestätigung bei meiner Frau in der Küche! Was glaubst du, was das für eine Freude war! Zwei Nächte und einen Tag lang hat die Maritsch um mich zittern müssen!« Seine Augen werden glasig. Er räuspert sich. »Aber es geht noch weiter, Gottfried. Wir durften also mit in den Lastwagen. Eingepfercht waren wir wie Vieh.«

»Das kenne ich gut.«

»Na, ich halte das schon aus, und die Maritsch kann auch zäh sein, so klein wie sie ist, aber für die Christa war es eine brutale Tortur. Sie ist noch nicht mal zwei Jahre alt, stell dir mal vor, und wenn ich sie nicht die längste Zeit hochgehalten hätte, hätten die Leute sie erdrückt. Die ganze Fahrt durch hat sie geplärrt. Ist ja kein Wunder. Die erste Nacht mussten wir in einem Lager in Pilsen verbringen, und am nächsten Tag kamen wir dann endlich in Regensburg an. Wieder in ein Lager mit massenweise Flüchtlingen. Dort wurden alle zuerst überprüft, weiß der Teufel, wahrscheinlich suchten sie nach Nazis, die untertauchen wollten. Jedenfalls saßen wir da wieder fest, und in dem Lager bekam die Christa auf einmal vierzig Grad Fieber. Die Amerikaner haben sich wirklich gut gekümmert, haben Medizin besorgt. Wer weiß, wie das sonst ausgegangen wäre.« Er räuspert sich. »Der Albert hat dann irgendwie herausgefunden, wo wir sind, und hat uns nach drei Tagen rausgeholt. Jetzt wohn ich mit der Maritsch und der Kleinen im ersten Stock, und bei der Bahn hab ich eine Stelle in Regensburg bekommen.«

»Dann ist es ja gut ausgegangen«, sage ich.

Wir schweigen eine Weile. Dann frage ich nach Rudi. »Was ist mit Rudi? Ist er daheim?«

»Die Amerikaner haben ihn nach der Kapitulation entlassen«, sagt Mutter. »Jetzt hat er einen guten Posten.«

»Hausmeister ist er, beim Amerikaner«, sagt Hans.

»In dem Haus wohnen vier amerikanische Soldaten mit ihren Familien«, erklärt Mutter. »Rudi macht die Gartenarbeit, und wenn etwas kaputt geht, repariert er es. Im Eisenwerk kann er nicht mehr arbeiten, durch den Bauchschuss hat es ihm die Organe verschoben, darum haben sie ihm die Stelle gegeben.«

»Du weißt doch, sein Lebersteckschuss«, sagt Hans.

»Ja. Ich hatte die ganze Zeit Angst um ihn.«

Wir stehen am Lagerzaun und blicken hinaus auf die Landstraße, die Felder, den Wald. »Ich hatte Angst«, sage ich, »dass er
im Lazarett gestorben sein könnte.«

Hans sieht hinauf in die Wolken und sagt: »Nein, nein, die Operation dort hat er gut verkraftet.«

»Wie geht es dem Albert?«, frage ich.

»Der Albert arbeitet im Versorgungsamt«, sagt Mutter, »und die
Woche über kann er bei einer Tante von der Marianne wohnen.«

»Marianne?«

»Die Frau, die er von seinem Fenster im Krankenhaus aus
kennengelernt hat«, sagt Hans. »Die will er heiraten.«

Wehmütig starre ich auf den Stacheldraht. Albert heiratet, und
statt mit ihm zu feiern, sitze ich in einem dieser verfluchten Lager.
Ich nicke. »Und Bina? Wie geht es Bina?«

»Sie schreibt viele Briefe«, sagt Mutter. »Kein Schwarz will sie
mehr tragen, hat sie geschrieben, und gute Freundschaften hat sie
in München geschlossen.«

»Jetzt weiß ich wenigstens, dass es euch allen gut geht. Ihr könnt
euch nicht vorstellen, wie das ist, so abgeschottet.«

»Was glaubst du, wie wir uns alle gefreut haben, als die Karte
gekommen ist, Bub! Solche Sorgen habe ich mir gemacht um dich.
Man hat ja gar nichts gewusst.«

»Wollt ihr sehen, wo ich wohne?«

Ich gehe mit den beiden zu meiner Baracke, zeige ihnen meinen
Strohsack und schimpfe über die Bettwanzen.

Nach einer Stunde ist die Besuchszeit vorbei. Ich begleite sie
ans Tor. Mutter holt ein braunes Päckchen aus ihrer Handtasche
und gibt es mir. Neugierig reiße ich das Papier auseinander, und
das Aroma von frischer Rohrnudel duftet mir entgegen. Sie ist so
groß wie Mutters Bratpfanne und duftet nach Vanille und Behag-

lichkeit, nach den Nachmittagen zu Hause, nach in der Küche sitzen und Hefestücke in Malzkaffee tauchen. Ich könnte heulen.

»Kann es denn noch lange dauern, Bub?«, fragt Mutter.

Ich schüttle den Kopf und senke den Blick. Hans räuspert sich. Dann gehen sie durch das Tor und durch den Stacheldrahtzaun.

»Wir sehen uns bald«, rufe ich ihnen nach, und sie drehen sich noch einmal um und winken. Mutter in ihrem dunkelblauen Kleid hält sich ein Taschentuch an den Mund. Erst als ich nichts mehr von ihnen sehe, gehe ich zurück in die Stube. Ich stecke die Nase in die Rohrnudel und schnüffle die Heimat in mein Hirn, teile das Hefegebäck in vierzehn gleich große Stücke, drücke jedem der anwesenden Stubenkameraden eines in die Hand und lege den abwesenden eines auf den Strohsack. Nur Schwab gebe ich nichts.

17. Konstanz

Mai 1946

Balingen. Sigmaringen. Rottweil. Freudenstadt. Bald kann ich mir all die Namen nicht mehr merken. Seit Wochen werden wir nur durch die Gegend gekarrt, in keinem Lager bin ich länger als drei Tage, und kaum habe ich mich mit jemandem angefreundet, verliere ich ihn wieder aus den Augen und treffe ihn vielleicht im übernächsten Lager wieder.

In Konstanz bleiben wir länger. Hier gibt es ein Sägewerk, und das bedeutet Arbeit. In einer Halle zersägen wir auf drei Etagen Baumstämme an Kreissägen. Es riecht nach Harz und Holz, wir haben Sägemehl auf den Schultern und verstehen unser eigenes Wort nicht mehr. Asiatische Posten drehen ihre Runden und beobachten uns mit wachen Augen. Sie haben uns jede Sekunde im Fokus, aber sie werden niemals bösartig oder hetzen uns, und wenn man sie ansieht, lächeln sie einem zu.

Eines Tages werden zwanzig Leute zu einem Projekt abgezogen, bei dem uns französische Posten bewachen, und ich bin mit dabei. Ein Sportplatz, der seit Kriegsbeginn nicht mehr gepflegt wurde, soll erneuert werden. Ziegel, Bauschutt und Sand liegen herum, das Unkraut wuchert, die Laufbahn besteht nur noch aus sandigen Buckeln und ausgetrockneten Pfützen, und die Sitze auf der kleinen Tribüne rotten vor sich hin. Dreihundert Meter entfernt gibt es einen Hügel, auf dem Gras wächst, und eine Gruppe ist eingeteilt, um ihn abzutragen. Mit Pickeln lockern sie die Erde auf und schaufeln sie in sechs Loren, kippbare Anhänger einer Feldbahn. Eine Dampflok zieht die vollen Loren zum Sportplatz, dort wird die Erde aufgeschüttet, verteilt und mit Schaufeln geplättet. Wenn ein Längsstreifen geplättet ist, werden Stöcke unter die Schienen gelegt und das Gleis um drei Meter verschoben. Ich bin der Mann, der die Dampflok fährt. Ich bediene den Regler für die Geschwindigkeit, lege von Zeit zu Zeit Kohle in die Brennkammer und bin froh, dass ich nicht planieren und hacken muss und die Posten mich in Ruhe lassen. »Travail! Travail!«, Arbeiten! Arbeiten!, rufen sie die ganze Zeit, und ein paar von ihnen schlagen mit Gewehrkolben oder Fäusten auf die Schaufelnden ein.

Nachdem der Hügel abgetragen und der Platz aufgeschüttet ist, brauchen sie noch fünf Leute, die auf der Außenbahn das Unkraut rupfen, Steine aufsammeln und die Sitzbänke austauschen und lackieren. Mich brauchen sie, um mit einer Dampfwalze den Platz einzuebnen. Am Ende erstrahlt das Sportgelände in neuem Glanz. Roter und weißer Lack schimmern von den Tribünensitzen herab, Grassamen betten sich in schwarze, fette Erde, und ein Geländer grenzt das Fußballfeld ein. Es riecht nach der weißen Farbe, in der wir es gestrichen haben. Irgendwie ist es jetzt unser Platz.

Am nächsten Tag müssen wir wieder im Sägewerk arbeiten, und am Morgen darauf geht mit einem Schwung die Stubentür auf, und kein Geringerer als der Lageradjutant steht in unserer Stube, mit einem algerisch-stämmigen Posten im Gefolge.

»Die Sportplatzleute mit mir kommen!«, ruft er kurz und zackig, wie es seine Art ist. Bastien heißt er, aber Gefangene wie Posten nennen ihn einfach nur den Adjutantchef. Er wartet nicht lange auf unsere Reaktion, dreht sich um und eilt davon. Der algerische Posten folgt ihm, und wir schlüpfen schnell in unsere Jacken, ziehen die Schuhe an und laufen hinterher. Mit der Offiziersmütze auf dem Kopf marschiert er stramm in Richtung Wollmatingen, des Konstanzer Stadtteils, wo der Sportplatz liegt. Ich überlege, was auf dem Sportplatz nicht in Ordnung sein könnte. Was kann so schlimm sein, dass uns der Adjutantchef persönlich abholt? Unterwegs hält er an der Ecke eines Wohnblocks an und stürmt durch die offene Tür einer Bäckerei. Wir warten draußen mit dem Posten.

Bastiens Stimme aus dem Laden ist nicht zu überhören. »Bonjour Madame! Geben Sie mir drei Laib Brot«, befiehlt er der Verkäuferin, einer blonden, breitmäuligen Frau im Alter meiner Mutter.

»Die Marken bitte«, sagt sie.

Die Besatzer haben keine Bezugsscheine. Sie werden in ihren Kasernen besser versorgt, als sie sich in den kargen nachkriegsdeutschen Läden eindecken könnten. »Habe ich nicht!«, ruft Bastien. »Allez! Her mit dem Brot!«

»Ohne Marken darf ich Ihnen nichts geben«, sagt die Frau schüchtern.

»Für Ihre gefangenen Landsmänner werden Sie noch Brot übrig haben, Gans!«

Wortlos reicht sie dem Adjutantchef drei Laib Schwarzbrot. Der wirft eine Reichsmark auf den Tresen. »Au revoir!«, ruft er beherzt, kommt mit den Broten aus dem Laden und gibt sie uns zum Tragen. Im Laufschritt geht es weiter.

Auf dem Sportplatz nimmt er die Mütze ab, lässt den Blick schweifen, schlendert über das planierte Feld, stampft mit einem Fuß darauf, befühlt das Geländer, kickt dagegen, steigt auf die Tribüne, klappt einen Sitz herunter und nimmt Platz. »Allez! Gefangene auf die Tribüne!«, ruft er.

Wir sitzen auf der Zuschauertribüne und blicken auf den Platz.

»Gute Arbeit, Männer!« Er reicht dem Algerier ein Messer und die Brotlaibe. »Mach sechs Hälften!« Dann steht er auf und stellt sich vor unsere Reihe. »Wer von euch ist die Lok gefahren?«

Ich hebe die Hand. Er mustert mich, erwartet ein Wort. Ich sehe ihn nur an, diesen Franzosen mit dem fein geschnittenen, runden Gesicht und der langen Nase.

»Die Walze auch?«

»Ja.«

»Ja … den Namen muss ich wissen!«, sagt er.

»Frank. Gottfried.«

»Frank Gottfried, ich brauche einen Chauffeur für Holztransporte und für den Bus, der die Frauen und die Kinder von den Offizieren zum Baden fährt. Nur wenn du willst. Wenn nicht, finde ich morgen einen anderen.«

»Natürlich will ich!«, antworte ich und kann meine Begeisterung nicht verbergen.

»Dann kommst du morgen in mein Büro. Heute bekommt ihr einen freien Tag. Esst die Brote, und dann legt euch in die Sonne und schlaft. Das habt ihr euch verdient!«

Bastien marschiert davon, und der Algerierposten nimmt ein Butterbrot aus seiner Tasche und eröffnet mit einem Bissen den Faulenzertag.

Juni 1946

Über ein Jahr nach Kriegsende beginnt das Eis um unsere Gefangenschaft zu schmelzen, und das Tauwasser schwemmt eine Berechtigungskarte vor meine Füße, mit der ich mich zwischen Lager, Sägewerk und Kaserne frei bewegen kann. Bastien hat sie mir besorgt. Seit dem Faulenzertag auf dem Sportplatz bin ich sein Chauffeur, und an den ersten heißen Tagen habe ich die Kinder und Ehefrauen der Offiziere an den Bodensee zum Baden gefahren.

Heute war einer dieser Badetage. Ich sitze auf dem Fahrersitz des MAN-Busses und bin den Tränen nah. Die Sonne brennt nicht mehr und steht tief, doch die lange Schnauze vor mir speichert noch die Hitze des Tages im Blech, und darunter knackt der Motor. Meine linke Hand schmerzt. Drei Zentimeter unterhalb der Stelle, wo sich Ringfinger und kleiner Finger verzweigen, pocht es. Der Splitter, den ich mir auf der *Nordstern* eingefangen habe, hat sich entzündet, und seit Tagen kann ich die beiden Finger nicht mehr bewegen. Aber das ist es nicht, was mich so wütend macht. Es sind die Kinder. Gerade sind sie ausgestiegen und in die Kaserne gelaufen, wo die französischen Soldatenfamilien wohnen. Wie immer haben sie das tobend und schreiend getan, und hinter ihnen her trotteten die Mütter und schnatterten mit zusammengesteckten Köpfen wie blinde Gänse. Sie kümmern sich einen Dreck um das Verhalten ihrer Sprösslinge, und von jetzt an werde ich meinen Dienst verweigern, dann bin ich sie für immer los.

Engel sind die Kinder auch die ersten beiden Male nicht gewesen, aber heute haben sie es übertrieben. Schon am Morgen ging es los. Wie einfallende Horden stürmten sie den Bus und sprangen herum wie die Hottentotten. »Eure Kinder sollen sich hinsetzen!«, sagte ich zu einer der Mütter, von der ich wusste, dass sie gut Deutsch versteht. Sie murmelte nur irgendetwas auf Französisch, und nichts passierte. Ich fuhr los, die Schreihälse tobten auf dem Mittelgang, und bald entdeckten sie mich, den Kriegsgefangenen aus dem Land des Bösen, als das ideale Opfer. Es begann mit einzelnen Schimpfwörtern, die durch den Geräuschbrei aus Kindergejohle und Dieselgeratter an mein Ohr drangen. Connard, Imbécile, Criminel und andere französische Namen gaben sie mir. Ich habe mittlerweile ein paar Brocken Französisch gelernt und verstand zumindest, was Connard und

Criminel bedeutet: Affe und Verbrecher. Gut, es waren nur Worte, und ich versuchte, sie nicht allzu persönlich zu nehmen.

Am Nachmittag, als Mütter und Kinder beim Baden waren, fuhr ich ein paar Ladungen Holz vom Sägewerk ins Lager und vergaß die Bälger. Bis ich sie am Abend wieder abholen musste. Jetzt wurde es schlimmer. Zuerst hüpften sie barfuß und in Badehosen in den Bus. Die meisten waren gerade aus dem Wasser gekommen und tropften. Dann fingen sie an, sich mit Sand zu bewerfen und spielten Fangen. Angestrengt konzentrierte ich mich auf die Straße. Meine Hand tobte, und kalter Schweiß bildete sich auf meiner Stirn. Auf einmal wurde ich an den Haaren nach hinten gezogen. Ich stieß ein lautes »Hee!« aus, und ein rothaariger Junge von sieben oder acht Jahren blickte mich feindselig von der Seite an. »Allemagne Criminel!«, rief er. Am liebsten hätte ich angehalten und den Buben samt seiner Mutter aus dem Bus geworfen, aber als Gefangener kann ich mir so etwas nicht erlauben, egal wie gut ich bei Bastien stehe.

Als ich vor der Kaserne gehalten habe, kam die Krönung: Beim Aussteigen hat mir ein elf- oder zwölfjähriger Junge von hinten ins Genick gespuckt. Außer mir vor Wut, habe ich nur noch »Raus! Raus! Raus!« gebrüllt, und jetzt sitze ich hier und höre meiner Hand beim Pochen zu.

Noch ein Mal starte ich den Motor und parke den Bus in der Garage. Mit kurzem Atem laufe ich hinüber zum Sägewerk, wo sich hinter einer Glasscheibe Bastiens Schreibstube befindet. Ich schieße in das Büro und warte, bis er mit dem Telefonieren fertig ist. Noch während er den Hörer auf die Gabel legt, fauche ich los. »Adjutantchef! Ich fahr die blöden Kinder nicht mehr!«

Mein Kopf glüht. Bastien sieht mich mit großen Augen an. »Langsam, langsam.«

»Nein! Gar nicht langsam! Das sind keine Kinder mehr, Adjutantchef, das sind einfach nur Arschlöcher! Wegen einer Viertelstunde Fahrt darf ich zwei Stunden den Bus putzen. Einer hat mich am Haarschopf gezogen, und einer hat mir ins Genick gespuckt, und anspucken lasse ich mich nicht, Adjutantchef, egal ob ich ein Gefangener bin oder ein normaler Mensch!«

»Jetzt setz dich erstmal, Frank.«

»Nein, ich setze mich nicht! Sie können sich einen anderen Dummen suchen, der sich als Verbrecher beschimpfen lässt. Steckt mich wieder ins Sägewerk oder von mir aus nach Frankreich in einen Steinbruch, aber anspucken lasse ich mich nicht!«

Ohne Bastiens Antwort abzuwarten, knalle ich von außen die Bürotür zu.

Ich mache mich direkt zum Sanitätsbereich. Von meinem Platz im Warteraum aus sehe ich den Arzt und zwei Sanitäter durch die offene Tür. Der Arzt beugt sich über einen liegenden Patienten und behandelt ihn, der kleinere von den Sanitätern reicht ihm Instrumente, einen Lappen, einen Wattebausch, und der andere, ein langer Kerl, schlichtet mit bedächtigen Bewegungen ein Glasfläschchen auf ein Regal. Dann fragt er den Arzt etwas und stellt das nächste Fläschchen auf das Regal. Helles, weißes Licht brennt im Behandlungszimmer, während ich unter einer schwachen Lampe im Gelben sitze. Der Lange bewegt sich aus meinem Blickfeld und kommt Minuten später zu mir. Ich sehe in ein unrasiertes Gesicht und erkenne ihn erst beim zweiten Hinsehen. Es ist Diederichs, der langbeinige Diederichs, mein Kanonierkamerad auf der *Nordstern*!

Er grinst und reicht mir die Hand. »Mensch, Frank, das ist aber eine Überraschung!«

»Der Diederichs! Ja so was! Dann bist du auch noch nicht zu Hause!«

»Für mich gibt es kein zu Hause mehr«, sagt er monoton.

»Du kommst doch aus Breslau.«

»Ja eben. Breslau ist jetzt polnisch. Wenn ich aus der Gefangenschaft entlassen werde, bin ich obdachlos.«

»Wo sind deine Eltern?«

»Ich habe keine Ahnung. Entweder sie sind geflüchtet, oder sie werden gerade vertrieben, oder … aber daran denke ich am besten nicht.« Diederichs hat sich verändert. Damals sah er aus wie ein englischer Lord: noble Blässe und immer frisch rasiert. Jetzt sieht er zehn Jahre älter aus. Bartstoppeln werfen ihre Schatten auf den knochigen Unterkiefer, die Brauen haben sich verdichtet, dafür sind die Haare auf dem Kopf lichter geworden.

»In welchen Lagern bist du gewesen?«, frage ich.

»Zuerst war ich auf einem freien Feld in Bretzenheim. Und dann in Barackenlagern, so wie hier. Aber die Namen kann ich mir nicht merken. Nur Sigmaringen, da war ich länger.«

»Da war ich auch ein paar Tage. Sie karren uns durch die Gegend wie die Zigeuner.«

»Ich hoffe, sie lassen mich als Sani länger hier. Was fehlt dir eigentlich?«

»Kannst du dich an die Ballerei auf der Nordstern erinnern, als mir ein Splitter in die Hand geflogen ist?«

»Natürlich. Deine Hand hat geblutet. Zeig mal.« Ich halte ihm die linke Hand hin und drehe sie ins Licht.

»So ein Splitter kann wandern.«

»Ich kann die beiden Finger nicht mehr richtig bewegen«, sage ich und rühre mit den restlichen Fingern herum, während Ringfinger und kleiner Finger steif gestreckt bleiben.

Im Behandlungszimmer sagt der Doktor, der Splitter ist gewandert und hat eine Sehne durchtrennt. Das Teil muss operativ entfernt werden, sagt er. Am besten gleich morgen, sage ich, und der Doktor ist einverstanden.

Nach der Operation bin ich zwei Tage krankgeschrieben. Genau der richtige Zeitpunkt, nach meinem Ausraster bei Bastien. Meine beiden Finger sind eingebunden und geschient. Das Pochen hat sich in einen leichten Wundschmerz verwandelt, und dank Vollnarkose habe ich von dem Eingriff nichts mitbekommen. Auf einem Hocker neben meinem Bett sitzt Diederichs. »Die Sehne ist genäht worden«, erklärt er. »Die Bänder sind jetzt kürzer. Mach Dehnungsübungen. Hier, so!« Er krümmt langsam die Finger seiner langen weißen Hand. »Und jeden Tag kannst du die Hand unter eine Glühbirne halten. Durch die Wärme heilt es besser. In drei Tagen kannst du wieder arbeiten, hat der Doktor gesagt.«

Der Verband ist ab. Ich kann die beiden Finger nur leicht krümmen und nicht ganz ausstrecken, aber die Schmerzen sind fast weg. In meiner Stube denke ich an morgen früh, wenn ich mich bei Bastien melden muss. Ich rechne mit dem Schlimmsten. Kürzung der Essensration, Blindenarrest, Zwangsarbeit in Frankreich. Ich könnte mich einer Bestrafung entziehen, wenn ich freiwillig zur Fremdenlegion gehe. Dafür wollen sie jeden von uns gewinnen, denn die Franzosen brauchen Soldaten für Indochina und Algerien, zwei Länder, welche die Unabhängigkeit von Frankreich anstreben, was blutige Unruhen mit sich bringt.

Bevor die Kameraden aus dem Sägewerk zurückkommen, befiehlt mich ein Posten zum Adjutantchef. Als ginge es zum Schafott, schleiche ich mit hängendem Kopf hinter dem Posten her in Bastiens Schreibstube. Ohne von seinen Unterlagen aufzusehen, schickt er den Posten weg und lässt mich ein paar Minuten wartend stehen. Ich weiß nicht, wo ich hinsehen soll, stehe da wie ein Schuljunge, jeden Moment ein Donnerwetter erwartend. Bastien verzieht keine Miene. Er sieht mich an. »Setz dich, Frank.«

Ich nehme ihm gegenüber Platz. Im Hintergrund kreischen die Sägen.

»Wie geht es mit deiner Hand?«

»Gut. Keine Schmerzen mehr.«

»Hervorragend. Ich brauche dich am Sonntag. Wir weihen den neuen Sportplatz ein, und dafür richten wir ein Fußballspiel aus. Meine Gefangenen gegen den FC Wollmatingen.«

»Freilich spiele ich, Adjutantchef!«

»Na, dann ist ja alles gut.«

Ich rechne noch immer mit einem Anpfiff, einer Strafe, aber er spricht zu mir, als wäre ich ein alter Freund. »Und jetzt? Willst du im Sägewerk arbeiten?«

»In Ordnung.«

»Was ist in Ordnung? Willst du oder willst du nicht? Du musst mir sagen, was du willst!« Er steht auf, dreht mir den Rücken zu und blickt durch die Scheibe in die Werkhalle. »Ich habe gestern mit den Offizieren gesprochen«, sagt er. »Kleine Versammlung. Ich habe ihnen klar gemacht, dass ihre schönen Frauen bald mit den Rädern an den Bodensee fahren dürfen, wenn sie ihren Kindern keine Manieren beibringen. Alle waren sehr einsichtig.« Er stützt die Hand auf den Schreibtisch und sieht mich an. »Fährst du morgen Mittag, Frank?«

Meine Augen werden feucht, ich kann nichts dagegen machen. Eigentlich war es genau das, was ich wollte. »Gerne, Adjutantchef!«

»Gut, Frank.« Ein letztes Stück Holz kreischt, als es zerschnitten wird. Dann verstummt die letzte Kreissäge. Ruhe. »Das wars«, sagt er schließlich.

»Adjutantchef«, sage ich, schon die Türklinke in der Hand.

»Ja bitte?«

»Danke!«

»Rechtsaußen!«

»Was?«

»Am Sonntag bist du mein Rechtsaußen. Bonsoir.«

Juli 1946

Nach drei Monaten ist meine Zeit in Konstanz zu Ende. Die Offiziersfrauen haben seit dem Vorfall die Kinder im Bus von mir ferngehalten. Ich glaube, sie fürchteten nichts mehr, als mit dem Badegepäck beladen unter Verwendung der eigenen Muskelkraft zum See radeln zu müssen. Im Sägewerk habe ich keinen Tag mehr gearbeitet. Stattdessen habe ich in der Autowerkstatt geholfen und bin Transporte mit dem MAN gefahren.

Vor der Verladung sammeln wir uns im Verwaltungsgebäude. Die Tür zum Sanitätsbereich steht offen, und ich kann mich von Diederichs verabschieden. »Mach es gut, Frank«, sagt er. »Damit du bald bei deiner Familie bist.« In seinen Worten schwingt ein trauriger Unterton.

Für den Langbeinigen habe ich mir etwas überlegt. Ich ziehe einen Zettel aus meiner Tasche. »Hier, Diederichs. Meine Adresse. Wenn du entlassen wirst, nimmst du einen Zug nach Maxhütte und fragst nach mir. Bei uns ist genug Platz, und eine Arbeit finden wir auch für dich. Wir haben ein Eisenwerk, da bring ich dich unter. Und wenn du früher freikommst als ich, dann gehst du zu meiner Mutter und sagst ihr einen schönen Gruß von mir, sie soll dich in meinem Zimmer schlafen lassen.«

Diederichs' Mund zittert, der ganze Kopf wackelt. Beinahe erregt sieht er aus. »Mensch, Frank. Das wäre eine ganz feine Sache!

Eine ganz, ganz feine Sache! Da komme ich, ich komm da schon!«

Vor lauter Dankbarkeit begleitet er mich bis zum Tor und winkt, als wir auf die Ladefläche steigen, und auch Bastien ruft mir ein »Au revoir« zu und winkt. Ein paar Posten stehen mit dabei und werden kleiner, und meine beiden Freunde winken noch immer. Wie schön das ist, wenn jemand zum Abschied winkt, bis er einen nicht mehr sieht! Ich werde es mir angewöhnen.

Und den FC Wollmatingen haben wir mit 3:2 geschlagen.

18. Singen

August 1946

Nach dem Abtransport aus Konstanz habe ich in kurzer Zeit die Lager bei Trossingen, Bingen, Pfullendorf und Stockach kennengelernt. Auf dem Weg nach Singen hielt der Laster an mehreren Lagern an und nahm neue Häftlinge auf, und plötzlich sah ich in das schmierige Gesicht von Schwab, der damals in Tübingen meine Mäusefamilie zertreten wollte.

Wie es der Teufel will, bin ich mit Schwab nicht nur auf einer Stube sondern muss den ganzen Tag mit ihm zusammenarbeiten. Büroarbeit. An einem massiven, eichenen Schreibtisch sitze ich dem Milchbärtigen gegenüber und sortiere für einen Offizier namens Rey Karteikarten. Schwab will nicht mit mir sprechen. Bestimmt hat er den Magenhaken am Heiligen Abend noch nicht vergessen, und ich habe genauso wenig Lust, mich mit ihm zu unterhalten. Warum kann nicht Adrion an seiner Stelle sein? Den habe ich auf dem Laster auch wieder getroffen. Und dann aus den Augen verloren.

Als wir von der Ladefläche gestiegen sind, war er noch dabei, aber beim Sammeln in der Verwaltungsbaracke fehlte er. Erst dachte ich, Adrion hätte es geschafft und sei geflüchtet, doch als ich einen dunkelhäutigen Posten nach einem geflüchteten Rothaarigen fragte, sagte er, sie hätten ihn wieder eingefangen und er säße jetzt drüben in der Arrestzelle. Das war vor zwei oder drei Wochen. Ich dachte oft an ihn, als er im Blindenarrest schmorte, nur ein Gebäude von unserer Stube entfernt, und ich hoffe, sie haben ihn nach dem Arrest nicht in die nächste Hölle gebracht.

Rey lehnt mit dem Rücken am Fensterbrett neben einem Regal mit Aktenordnern und sieht uns auf die Finger. Er hält eine dampfende Tasse Kaffee mit Daumen und Zeigefinger am Henkel und beugt sich nach vorne, um sich nicht die Uniform zu bekleckern. Jedes Mal, wenn er die Tasse an den Mund setzt, schlürft er, verzieht das Gesicht, schluckt, öffnet das Maul und zieht die Luft ein, und angesichts seines schiefen Pferdegebisses erwartet man in jedem Moment ein Wiehern. Eine Linie aus Rauch steigt an seiner Seite in die Höhe. Sie kommt von der Zigarette im Aschenbecher, der auf dem Fensterbrett dicht bei Reys Hintern steht. Abgesehen von dem Tabakrauch mieft es nach Bürokratie. Die Wände sind von einem angegilbten Weiß, und ein gelber Lampenschirm schüttet Licht in Schwabs Nacken. Seinen Schädel gräbt er in den Karteikasten, um jede Gefahr eines Blickkontaktes mit mir zu vermeiden. Keiner sagt ein Wort, nur das Geräusch der Karteikarten, wenn sie aneinander reiben, und Reys Schlürfen sind zu hören. Der Offizier spricht schlechtes Deutsch und sagt nicht viel. Wenn ihm nach Reden ist, plappert er etwas auf Französisch. Als er hinter Schwab tritt, die Tasse auf dessen Schreibtisch abstellt, und »C'est bien, fiston« säuselt, klingt seine Stimme wie zu süßes Parfüm. Er beugt sich dicht über Schwab und starrt wie ein Kurzsichtiger auf den Karteikasten. Ich tue so, als sei ich in die Arbeit vertieft und beobachte aus dem Augenwinkel, wie er den Arm um Schwabs Schulter legt und ihm mit der anderen Hand über den Kopf fährt. Dann wandert die Hand unter den Tisch. Reys Oberkörper bewegt sich gleichmäßig vor und zurück, sein längliches Gesicht wird noch länger und seine Augen stehen weit offen. Schwab kneift die seinen bis auf einen Spalt zusammen, und Rey schnaubt und atmet kurz. Es ist ekelhaft. Die Spannung im Raum bringt meine Hand zwischen den Karteikarten zum Zittern. Schwab blättert wie ein Automat in den Karten, verdreht die Augen und sieht aus, als möchte er nur noch zu seiner Mama. Natürlich merkt er, dass mir das Ganze nicht entgangen sein kann, und Rey merkt es, als sich mein Blick in seinen Augen fängt, so wie ein Bein, das im Sumpf stecken bleibt. Er lässt von Schwab ab und wechselt auf meine Seite. Von hinten beugt er sich über mich, stützt eine Hand auf die Tischkante und lässt die andere zwischen meine Beine gleiten. Sein süßlicher Kaffeeatem schleicht sich in meine Nase, und seine Finger machen sich am obersten Knopf meiner Hose zu schaffen.

Reflexartig schnellen meine Arme auseinander und fegen die abgestützte Hand des Offiziers vom Tisch. Er stürzt nach vorne und knallt mit dem Kopf auf die Tischplatte. »Andouille!«, ruft er und packt mich bei den Schultern. »Isch werde disch bestrafen!«

In der Tür erscheint der Kopf des Unteroffiziers aus dem Nachbarbüro. »Des problèmes?«

Rey winkt hektisch ab. »Non, non, c'est bon.«

Rey kann nicht viel gegen mich unternehmen, sonst fliegt er als Schwuler auf, aber Schwab hasst mich noch mehr, weil ich ihn im ganzen Lager unmöglich machen könnte, bei den Gefangenen und bei den Posten. Ich würde es nie tun, ich bin kein Waschweib, aber Schwab kann sich dessen nicht sicher sein, und so sitzt er mit dünnen Lippen und Falten zwischen den Augen hinter dem Karteikasten und hasst mich.

Rey kritzelt noch ein paar Minuten nervös in einem Block herum, ruft »Fertig Arbeit!«, entlässt Schwab in die Stube, und mich bittet er, ihm zu folgen. Er bringt mich zum Fuhrpark und lässt mich den ölschwarzen Motor eines Hanomag putzen. Karteikarten sortieren muss ich nie wieder. In Reys Büro arbeitet von heute an nur noch Schwab.

Seit über einem Jahr bin ich jetzt schon in französischer Gefangenschaft. Es muss etwas passieren. Den ganzen Tag hart arbeiten, abends als Lohn irgendeine Eintopfpampe, die Nacht über nicht zur Ruhe kommen wegen der Läuse und Wanzen, nirgends hin können, keine Frauen, keine Läden, kein Bier, kein Baden im See, kein Bruder, keine Schwester, keine Mutter. Nur Posten und Stacheldraht. Ich habe es satt, auch wenn ich mich in der Werkstatt gut eingelebt habe und sie mich kleine Reparaturen am Hanomag machen lassen und ich bei den Autos das Öl wechseln darf.

Wenn ich in der Stube von meinem Job erzähle, fängt Schwab vor Neid fast an zu stinken. Noch immer hat er Angst, ich könnte etwas über die Sache mit Rey ausplaudern. Er misstraut mir, und ich gehe ihm aus dem Weg, will seine Heuchelstimme nicht hören und sein Gesicht nicht sehen.

Morgen will ich flüchten. Mein Plan steht. Mit dem Fünftonner muss ich Lebensmittel aus einer Großlagerhalle holen. Gleich nach dem Morgenappell soll es losgehen. Wenn es morgen genau so abläuft wie beim letzten Mal und nur ein einziger Posten mitfährt, müsste es funktionieren. Beim letzten Mal ist er zwanzig Meter vor mir in die Halle geeilt, und das wäre der goldene Moment zum Abhauen gewesen. Morgen will ich ihn nutzen. Ich werde kurz vor dem Eingang abknicken und loslaufen, und wenn er anfängt, nach mir zu suchen, bin ich längst hinter dem Gebäude im Wald verschwunden. Die ersten zehn Minuten werde ich sprinten. Einen halben Tag lang werde ich laufen, und wenn ich an eine Straße komme, werde ich den Wald trotzdem nicht verlassen. Verdursten werde ich nicht, irgendwo gibt es immer einen Bach oder einen Fluss. So male ich mir meine Flucht aus.

Wie jeden Morgen wasche ich mir gründlich das Gesicht, kämme die Locken nass nach hinten und putze mir die Zähne. Ohne Zahnbürste kann ich nicht sein. Sie ist außer Adrions »Vertrag«, der Hakenkreuznadel unter meinen Haaren und der Kleidung auf dem Leib das Einzige, was ich auf die Flucht mitnehmen werde. Im Waschraum stehen drei Mitgefangene neben mir, und einer davon ist Schwab. Mit feuchten Fingern fährt er sich ein paar Mal durch das schwarze Elsternhaar und sieht geradeaus zur Wand, als wäre da ein Spiegel. Er würdigt mich keines Blickes, und ich stecke mein Zahnputzzeug unauffällig in die Brusttasche. Schwab eilt nach draußen. Die Seife fällt ihm auf den Boden. Er hebt sie hastig auf, nochmals glitscht sie ihm davon, nervös fasst er sie mit beiden Händen, dann hetzt er aus dem Waschraum.

Beim Morgenappell stehe ich in der mittleren von drei Reihen. Langsam wird es ernst. Ich fühle mich einerseits wie ein Hundertmeterläufer vor dem Startschuss, andererseits wie ein Theaterschauspieler vor dem Auftritt. Den Appell hält ein Unteroffizier, ein kräftiger Kerl mit dunkelblonden Haarstoppeln. Einer von der groben Sorte, der sich seine Autorität erbrüllt. »Erste Reihe! Vortreten!«

Vor meiner Reihe schreitet er entlang, mustert einen nach dem anderen, bleibt bei jedem dritten oder vierten Häftling stehen und zupft ihn an der Uniform. Einem meiner Stubenkameraden legt er den Zeigefinger unter das Kinn und hebt seinen Kopf um zwei Zentimeter an. Er kommt mir aufgewühlter vor als sonst, als wäre heute ein besonderer Tag. Ich hoffe, es hat nichts mit mir zu tun, vergesse beinahe das Atmen, beiße mir auf die Unterlippe. Es hilft nichts. Der Muskelprotz baut sich vor mir auf. Dünn sind seine Lippen, die Stirn liegt in Falten, aus den wasserblauen Augen blitzt Triumph. Tapfer halte ich dem Blick stand, aber viel lieber würde ich mich an einen Gasballon hängen und in den Himmel fahren.

Wie eine Kneifzange fassen seine Finger an meine Brusttasche, unter der mein Herz wild pulsiert. Mit Daumen und Zeigefinger öffnet er den Knopf und zieht die Zahnbürste heraus. Wie einen Schulbuben packt er mich am Ohr. »Und jetzt ab! Mitkommen! Ab!«, brüllt er, lässt mein Ohr los, umfasst meinen dünnen Oberarm mit seiner Schraubstockhand und bringt mich eigenhändig in die Arrestzelle. Dort sitze ich bis zum Mittag, ehe sie mich zum Sammelplatz holen. Fünf Posten stellen sich im Halbkreis hinter mich, und wie in Tübingen tritt der Lagerkommandant vor die versammelten Häftlinge. »Seht genau zu! Das ist die Strafe für den Gefangenen Frank, der schon zum zweiten Mal versucht hat, abzuhauen!«

Dann geht es los. Der erste Gewehrlauf landet auf meinem Kopf, der nächste auf meiner Schulter. Fäuste prasseln auf mein Gesicht. Halte ich mir die Hände vor den Bauch, schlagen sie mir auf den Kopf – schütze ich meinen Kopf, treten sie mir in die Weichteile, und ob ich einmal Kinder will, ist ihnen auch egal. Als die Beine nachgeben, rolle ich mich auf dem Boden zusammen. Stiefel treten auf meinen Rücken, ein Gewehr sticht immer wieder auf meine Hand, die ich schützend über den Kopf halte. Nach einem Treffer auf den Schädel zieht sich ein Schleier über mein Bewusstsein. Wie durch eine dicke Wand höre ich französische Männerstimmen, und als sie mich wegtragen, fühle ich mich wie ein einschlafender Säugling. Hilflos.

In der Zelle komme ich allmählich zu mir, und irgendwann bringen sie mich in die Schreibstube, wo mich ein höherer Offizier vernimmt, wie nach der ersten Flucht. Er will wissen, was ich geplant habe und ob ich die Tat bereue. Auf den dritten Fluchtversuch stehe die Todesstrafe, sagt er dann.

Todesstrafe! Bei dem Wort wird mir schwindlig. Ich habe Mitgefangene in Bretzenheim sterben sehen, aber nie hat es mich selbst betroffen. Sie würden mich also erschießen. Die Fronten sind neu abgesteckt. Diesmal komme ich noch einmal mit Arrest davon. Ein paar Tage, sagt der Offizier. Nach dieser schwammigen Auskunft bringen sie mich in die Zelle.

Das letzte Stück Brot schlucke ich immer erst kurz vor der Ausgabe. So habe ich immer etwas zu kauen. Kauen ist die einzige konstruktive Tätigkeit für mich, sofern man beim Zerbeißen von Brot von Konstruktivität sprechen kann. Ich lasse mich gehen. Die Zeit frisst meinen Willen auf. Ich werde träge und zu schwach und zu starr für irgendwelche Gymnastikübungen. Ich vermag die Tage nicht mehr zu zählen, aber es müssen mehr sein als in Tübingen. Auch hier habe ich drei mal zwei Meter, auch hier liege ich auf einer Holzpritsche und habe eine Wolldecke, und auch hier steht ein Blecheimer für die Ausscheidungen. Die Wände sind nicht aus feuchtem Holz, sondern aus kaltem Stein, und statt nach Moder riecht es nach Keller. Zehn, zwölf, vierzehn Tage könnten es sein. Gefühlt sind es vierzehn Monate. Wenn es nur ein Ziel gäbe, eine Uhr, die abliefe in dieser Folterkammer der Langeweile. Sie können in diesem Moment den Riegel aufschieben und mich erlösen, aber wenn sie wollen, können sie mich noch ein halbes Jahr hier drinnen lassen, und dann bin ich reif für das Narrenhaus.

Ich summe eine Melodie, um die Sekunden zu töten, aber meine eigene Melodie macht mir Angst, und ich bemühe mich um schöne Gedanken. Lisls schönes, zartes und zugleich kräftiges Gesicht taucht vor meinen Augen auf, dann wird es verdrängt von den Holzbrettern der Zellentür, taucht noch ein paar Mal auf, bis nur noch die Zellentür vor mir erscheint. Auch sie, die Zellentür, ist ein Produkt meiner Vorstellung, so wie auch die Hand vor meinen Augen nur noch ein Produkt meiner Vorstellung geworden ist.

Tausend Zellentüren fühle ich zwischen Lisl und mir. Eine sieht aus wie ein junger Mann, der in der Heimat um sie wirbt, die andere wie eine Kugel aus dem Gewehr eines Postens, die mich tötet, die nächste ist aus Stacheldraht. So ist es also: Da denke ich kurz an Lisl, aber keine sechs Atemzüge später sind die düsteren Gedanken wieder da. Wären es sechzig Atemzüge, dann wäre schon etwas gewonnen, aber sechs Atemzüge sind kaum Zeit. Zeit! Die Zeit ist mein großer Feind, ist ein dickes schwarzes Ungeheuer, das sich vollstopft mit Sekunden und Minuten, kleine Häppchen, und nie wird es satt. Im Dunkeln kann ich meinen Feind nicht sehen, aber ich kann die Blutergüsse und Beulen befühlen. Durch die Veränderung ihrer Form geben sie der Zeit ein Gesicht.

Eines ist klar: Sie haben es geschafft. Sie haben meinen Willen gebrochen. Alles würde ich tun, mich mit dem Teufel verbünden, meine Mutter verkaufen, einen Arm opfern, wenn sie mich nur herausließen. Raus, raus, raus! Nichts anderes auf der Welt zählt. Hart arbeiten, dünn essen, hart schlafen – alles würde ich eintauschen gegen die Zeit in diesem Loch. Der Wunsch nach Freiheit durchdringt jede Windung meines Gehirns, das Lebendigbegrabensein zerstört alle Vitalität, jeden Keim eines positiven Gedankens. Mein Charakter ist eingemauert und geblendet. Wenn ein Posten hereinkommen und mich vor die Wahl stellen würde: Du bleibst noch ein Jahr in dieser Zelle … oder soll ich dich lieber erschießen?, müsste ich keine Sekunde überlegen. Drück ab, würde ich sagen, flehen würde ich, drück ab!

Ich habe mich verändert. Nach dem Arrest fühle ich mich erwachsener, ernster und desillusioniert. Ich weiß nicht nur, ich spüre, mache die Erfahrung, dass man letztlich allein durch das Leben geht, einem von anderen nichts geschenkt wird. Nicht nur innerlich habe ich mich verändert, auch mein Status ist ein anderer geworden. Von jetzt an bin ich Strafgefangener, und heute geht mein Transport.

Beim Morgengrauen startet der offene Lastwagen, in den sie uns in der Nacht geladen haben. Er ist halbvoll und füllt sich allmählich. Füllt sich, bis man die Arme nicht mehr ausstrecken kann. Mittlerweile habe ich Erfahrung mit Sardinentransporten, aber dieser hier dauert geschätzte sechs Stunden. Ich rechne mit dem Schlimmsten, sehe mich schon in einem Stollen irgendwo in Frankreich mit einer schwarzen Schmiere von schweißgetränktem Kohlenstaub im Gesicht, und tatsächlich setze ich gegen Mittag zum ersten Mal den Fuß auf französischen Boden. Wir sind in Colmar. Kein Bergwerk. Nur ein weiteres Barackenlager. Nach der Einschleusung führen sie uns in einen großen Schlafsaal, und meinen Erfahrungen mit großen Schlafsälen nach zu urteilen, muss ich in einem Durchgangslager gelandet sein, in dem man uns nur sammelt und in den nächsten Tagen auf andere Lager verteilt.

Ich lege meinen Seesack auf die untere Ebene eines Etagenbettes, setze mich auf, lehne den Rücken an die Wand und strecke Arme und Beine von mir. Gruppen unterhalten sich stehend, Gefangene schütteln Strohsäcke auf oder verhandeln darüber, wer oben oder unten liegt. Wer kein Neuankömmling ist, liegt auf dem Bett und will seine Ruhe. Nach einer Weile stehe ich auf, um mir die Beine zu vertreten, gehe an den Betten entlang, da sehe ich einen vertrauten Hinterkopf. Das Gesicht ist im Kopfkissen vergraben, aber die roten Haare und die Segelohren reichen, um ihn zu erkennen. Der Schlafende ist Adrion! Ich rüttle. Er dreht sich um, öffnet die Augen und richtet sich auf. Vor Begeisterung schlage ich ihm auf die Schulter. »Mensch, Adrion! Dass du hier bist! Alter Kumpel!«

Ich setze mich zu ihm auf den Strohsack.

Er gähnt, lächelt und schüttelt den Kopf. »Frank! Ich glaub es nicht! Was hast du angestellt?«

Ich erzähle ihm von meinem Fluchtversuch. »Ich fress einen Besen, wenn Schwab mich nicht verraten hat. Die Sau!«, sage ich am Ende.

Gekrümmt sitzt er da. »Der Schwab war mir nie ganz geheuer. Aber so was kann einer nicht bringen. Kameraden verraten. Das geht einfach nicht. Wir müssen doch zusammenhalten.«

Er sieht ernst aus. So ernst habe ich ihn nicht in Erinnerung. Mir fällt auf, wie viel Geist aus diesen Augen leuchtet, und doch verrät sein Gesicht so viel von dem Kind, das er vor ein paar Jahren noch gewesen ist.

»Du warst doch auch in Blindenarrest«, sage ich.

»Ja. Ich habe ganze Schachturniere in meinem Kopf veranstaltet, damit ich nicht verrückt werde.«

»Wie haben sie dich eingefangen?«

»Kannst du dich erinnern, als wir in Singen abgeladen worden sind?«

»Da warst du auf einmal nicht mehr da.«

»Da war ich auf einmal nicht mehr da, weil ich unter den Laster gekrochen bin, als die ganzen Leute ausgestiegen sind. Von den Posten hatte mich gerade keiner im Auge. Das war genau der Moment! Wenn nicht jetzt, habe ich mir gedacht, dann nie mehr. Bevor ihr durch den Eingang marschiert seid, bin ich auf der anderen Seite vorgekrochen und losgerannt. Naja, eigentlich war es eine Schnapsidee. Ich glaube, ich war keine zehn Minuten unterwegs. Über ein Feld bin ich gelaufen und dann auf die Landstraße, da hat ein Jeep neben mir gehalten. Die zwei Posten sind mir nachgerannt und haben mich eingefangen. Auf dem Barackenhof haben sie mich dann zusammengeschlagen. Und diese Verhandlung später hätten sie sich auch sparen können.«

»Beim dritten Mal erschießen sie einen, hat es geheißen«, sage ich.

»Waren es bei dir schon zwei Mal?«

Ich nicke.

»Dann würde ich das nicht mehr riskieren.«

»Ach was. Ich darf mich nur nicht wieder so dumm anstellen. Und du auch nicht. Beim nächsten Mal müssen wir es planen wie einen Banküberfall.«

»Gut, Frank. Bin dabei!«, sagt er, und wenn Adrion sagt »bin dabei«, dann meint er es ernst.

19. Freiburg

Oktober 1946

Die Zeit in Frankreich bleibt ein elsässisches Intermezzo. Adrion und ich werden zusammen mit zwanzig anderen Gefangenen nach Freiburg transportiert. Als wir aus dem Lastwagen steigen, finden wir uns in einem großen Park mit sechs Bauten wieder. Französische Soldaten mit Zeitungen über den Köpfen flüchten vor dem Regen in zwei gelbe Häuserblöcke. Wir sind in einem Kasernengelände. Wir stehen vor einer Pfütze, und der Regen ist uns egal. Wir warten, bis die Posten uns in den Block für die Gefangenen führen, und welcher Block das ist, ist nicht schwer zu erraten. Es ist das einzige Gebäude, das mit Stacheldraht umzäunt ist.

Am nächsten Tag wissen wir, wozu sie uns in Freiburg brauchen. Wieder einmal geht es um einen Sportplatz. Um sieben Uhr früh marschieren wir mit fünfzig Gefangenen zu der Anlage im Süden der Stadt, scharf bewacht von sechs Posten. Vor uns liegt eine Schutthalde. Unkraut wuchert zwischen den Trümmern herauf, man findet zwei Hälften einer Badewanne, Schrankwände, geblümte Tapeten auf Mauerfragmenten, Dachlatten, Staub und Ziegel. Der Untergrund besteht aus Buckeln und Steinen. Wir sollen die Trümmer zerkleinern, auf einen Haufen sammeln, den Boden von Steinen befreien, das Erdreich auflockern und den Platz einebnen. Ich habe einen Pickel in der Hand, Adrion eine Schaufel, und um uns herum klirrt und scheppert es. Gekrümmt stehen wir auf dem wüsten Feld, und wenn sich einer aufrichtet und zu lange verschnauft, ruft ein Posten »Travail! Travail!«, und weiter geht der Kampf. Wir gelten als Strafgefangene, und wir werden wie Strafgefangene behandelt. Zum Mittag gönnen sie uns zwanzig Minuten Pause, und wer sich vom Frühstück eine halbe Semmel gespart hat, kann sich stärken. Wer nicht, muss durchhalten bis um sieben Uhr, wenn die Sonne untergeht und wir in die Kaserne einrücken. Zum Abendessen gibt es eine dünne Suppe, und einer der Küchengefangenen sagt, es sind sieben Krautköpfe darin und fünfzehn Kilo Kartoffeln. Für fünfzig Leute. Wir essen und schlafen alle zusammen in einem kahlen Raum mit hohen Wänden, auf Strohsäcken, die auf dem Boden liegen.

Es ist noch hell genug, um zu sehen, dass Adrion die Augen offen hat. Die meisten Kameraden sind nach ein paar Atemzügen eingeschlafen. »Vom Sportplatz aus geht nichts«, flüstere ich.

Er nuschelt etwas, das ich nicht verstehe.

»Was?«, frage ich.

»Schwierig wird es. Aber es ist unsere einzige Möglichkeit. Aus dem Fenster können wir zwar springen, erster Stock geht noch, aber dann stehen wir wieder vor dem Zaun. Wenn, dann von der Arbeit aus.«

»Nein, Adrion, nein«, flüstere ich. Mein Mund ist jetzt näher an seinem Ohr. »Das kann nicht hinhaun. Um den Sportplatz ist alles flach, wir können uns nirgendwo verstecken. Da sehen uns die Posten schon laufen, bevor wir »Au revoir« sagen können.«

»Gibst du auf?«

»Nein! Nie! Ich muss hier weg!«

Die nächsten Tage stehen unter dem Zeichen des Suchens. Überall suchen wir nach Lücken in der Überwachung, nach Schlupflöchern, nach Möglichkeiten. Jeden Quadratmeter Zaun nehmen wir in Augenschein. Beim Arbeiten gehe ich im Geist unsere Flucht durch, aber jedes Mal fangen sie uns am Ende wieder ein.

Ich stelle mir die Kaserne aus der Vogelperspektive vor. In meiner Fantasie fliegen wir nach Hause. Ich packe die gedanklichen Flügel wieder ein und denke mich nach unten. Unten … da fällt mir etwas ein.

Abends vor dem Einschlafen flüstere ich es in Adrions Ohr. »Durch den Keller.«

»Was?«

»Durch den Keller müssen wir abhauen.«

»Das Kellerfenster geht zum Hof. Was wollen wir auf dem Hof?«

»Wir müssen ins hintere Gebäude. Es muss einen Heizungsschacht geben. Hast du die Heizkörper gesehen?«

»Ja. Eine Dampfheizung.«

»Das ist eine zentrale Heizung. Ein Rohr muss vom Heizungskeller durch einen Schacht in die Keller von allen Gebäuden laufen. Hier im Keller muss es einen Raum geben, der zu dem Schacht führt.«

»Du willst durch den Schacht kriechen? Passen wir da rein?«

»Wenn was kaputt ist, müssen die Handwerker auch rein.«

Ich kann die Zahnräder in Adrions Kopf beinah hören. »Vergiss es, Frank. Das sind mindestens hundertfünfzig Meter. Davon abgesehen stehen vor dem hintersten Gebäude auch Wachen.«

»Aber nur am Tag. In der Nacht bestimmt nicht, da bewachen sie höchstens den Haupteingang. Aber das können wir herausfinden. Auf ein paar Tage kommt es nicht an.«

»Und wie willst du nachts in den Keller kommen? Der Abgang ist direkt neben der Haustür, wo die Posten stehen.«

»Zwischen Hausgang und Kellergang ist keine Tür. Wir brauchen nur zwei Sekunden, um hinter den Posten vorbeizukommen. Beobachten wir sie ein paar Tage. Wir müssen wissen, wann sie sich ablösen, und ob es Momente gibt, in denen sie nicht aufpassen. Das können wir alles herausfinden. Und wir müssen wissen, welcher Kellerraum zum Heizungsschacht führt.«

»Das bringt uns auch nichts, Frank. Die werden nicht so blöd sein und die Tür zum Schacht nicht absperren.«

»Dann brauchen wir eben einen Dietrich«, sage ich.

»Könntet ihr jetzt bitte still sein?«, schimpft eine Stimme in unserer Nähe. Hoffentlich haben wir leise genug geredet. Schwabs gibt es überall.

Ich drehe mich weg, aber zum Schlafen bin ich zu aufgeregt. Ich überlege hin und her. Wie kommen wir zu einem Dietrich? Wie kann ich Adrion für meine Idee begeistern? Führt der Schacht zu dem Gebäude am Rand des Kasernengeländes? Gibt es dort ein Kellerfenster? Und was machen wir dann?

Plötzlich rüttelt Adrion an meinem Arm. »Frank … Frank.« Zuerst flüstert er, dann wird er lauter: »Schläfst du schon? Frank!«

»Was ist?«

»Ich bin dabei!«

Klimpernd stechen unsere Pickel in den steinharten Boden. Wolken decken den Himmel zu, so wie der Staub unsere Gesichter bedeckt und unsere Haare grau macht und unsere Hosen. Grau wie der ganze Schutthaufen und der Boden. Der graue Sand fliegt durch die Luft, und ich blinzele und hacke und blinzele und hacke wie ein Blinder mit dem Stock, und es macht mir nichts aus, denn gerade habe ich zwischen zwei Brettern das letzte Glied in unserem Plan gefunden. Ich rücke näher zu Adrion. »Ich hab einen Nagel! Hier drin!«, rufe ich ihm durch das Klappern der Pickelschläge zu und klopfe mit der Hand auf meine Brusttasche.

»Heute Nacht!«, sagt Adrion. »Heute Nacht!« Er strahlt wie ein Bräutigam, denn hinter uns liegen fünf Tage des Lauschens und

Horchens, des Spionierens und Planens, des Spekulierens und Zweifelns.

In den Keller schlichen wir uns nach einem Abendessen, als alles vom ersten Stock auf den Hof marschierte: Gefangene zum Spazierengehen und Posten zum Beaufsichtigen der Gefangenen. Wir achteten darauf, dass niemand hinter uns ist, und vor dem Ausgang drehten wir uns um hundertachtzig Grad und schlichen die sechs Stufen hinunter in den Keller. Wir testeten alle Türen auf dem Gang. Alle waren offen, nur ganz hinten war abgesperrt. Hier muss der Einstieg zum Schacht sein. Darauf setzen wir, und der nötige Dietrich steckt in meiner Brusttasche. Aber wie kommen wir nachts vom Schlafraum in den Keller? In halb durchwachten Nächten spionierten wir die Posten aus. An der Haustür stehen nachts zwei Stück. An ihnen müssen wir vorbei. Von der Schlafstube aus schlichen wir die Stufen nach unten, horchten und klammerten uns mit zittrigen Händen am Geländer fest. Wir fanden heraus, dass sie sich zwei Stunden nach Mitternacht ablösen und wie diese Ablösung aussieht.

Tagsüber malten wir Luftaufnahmen der Kaserne in unsere Köpfe und überlegten, in welche Richtung wir kriechen müssen, wenn wir in den Schacht steigen. Vom Fenster des Schlafsaales aus haben wir Sicht auf einen Wald. Er beginnt hinter zwei Gebäuden, Büschen und einem Maschendrahtzaun. In allen Ecken stehen Gaslaternen, die nachts jeden Winkel erhellen. Wie also erreichen wir unbemerkt die Büsche? Wir haben das Verhalten der Wachen studiert. Nachts streift ein einziger Posten mit Schäferhund zwischen den sechs Blöcken umher. Auf ihn müssen wir achten, wenn wir aus dem Keller steigen. Er ist das letzte Hindernis.

Freiheit oder Tod. Fiebrig erwarten wir die Nacht, die es entscheiden soll. Der Nagel in meiner Brusttasche ist fast so lang wie mein Mittelfinger, und für den Rest des Nachmittags müssen wir ihn in einen Dietrich verwandeln, ohne dass ein Posten etwas merkt. Ich stecke ihn in eine Mauerritze, in die ein rostiger Eisenwinkel gegossen ist. Die Ritze ist ein wenig breiter als unser Nagel dick ist, so haben wir eine Art Schraubstock. Abwechselnd klopfen wir seitlich mit einem Stein darauf. Einer klopft, und der andere hüstelt, wenn ein Posten in die Nähe kommt. Als wir um sieben Uhr zur Kaserne gehen, wartet ein S-förmiges Stück Eisen in meiner regendurchnässten Brusttasche auf sein Schlüsselerlebnis.

Ich bin hellwach. Wir liegen auf unseren Strohsäcken und warten, bis alles schläft. Auch wenn ich nur die Umrisse von Adrions Kopf erahne, glaube ich zu wissen, wo er hinschaut und was er denkt, und ich vermute, auch er fühlt sich mit mir verbunden im gemeinsamen Willen, der uns die Kraft gibt, die wir jetzt brauchen. Ich stütze den Kopf auf den Ellbogen und lasse den Blick über die Schlafenden wandern. Dann drehe ich mich auf den Rücken und starre auf die Schattierungen, die das Licht aus dem Treppenhaus auf die Holzdecke malt und mache mir Sorgen, ob nicht einer von ihnen Wind von unserem Plan bekommen hat. Ich versuche herauszufinden, wer noch wach ist, aber ich höre nur ein paar flatternde Gaumenzäpfchen und Grunzlaute.

Gegen Mitternacht rüttelt Adrion an meiner Schulter. Das ist unser Zeichen. Ich taste nach meinen Schuhen, kneife sie zwischen Daumen und Zeigefinger und stehe so leise auf, wie man nur von einem Strohsack aufstehen kann. Wir fassen uns an den Armen und balancieren wie Primaballerinas auf Socken aus dem Schlafsaal. Wir tasten uns die halbe Treppe nach unten, bis wir fast im Parterre stehen, wo die Wachen ihren Aufenthaltsraum haben. Sobald wir ein Geräusch hinter der Tür hören, huschen wir zurück nach oben. Vom Treppenhaus spähen wir immer wieder hinunter und sehen die Köpfe der beiden Posten an der Haustür. Wir sehen sie von oben, und wenn einer im falschen Augenblick heraufsieht, ist es aus. Solange sie so nah am Kellerabgang stehen, brauchen wir es erst gar nicht zu versuchen. Nach draußen müssten sie gehen oder in den Aufenthaltsraum, und das wird erst bei der Wachablösung passieren. Wir brauchen Geduld. Ich unterdrücke das Gähnen, bis es nicht mehr geht, dann gähne ich und gähne, aber die Augen halte ich mit aller Gewalt offen. Adrions Augen sind auch kleiner geworden. Kleiner, aber bis in die Pupillen gefüllt mit Achtsamkeit und Leben. Er ist in die Hocke gegangen, und nur seine Zehen berühren den Boden. Unter den einen Arm hat er die Schuhe geklemmt, die andere Hand hält sich am Geländer fest. Er horcht. Drei rote Haarbüschel stehen ihm hinten ab wie Federn. Im Augenblick ist er ein Indianer.

Nach zwei Stunden geht im Parterre die Tür auf. Wir steigen hoch bis vor den Schlafraum und spähen über das Geländer hinunter. Jetzt gilt es! Mein Herz beginnt zu trommeln. Plaudernd kommen zwei Posten aus dem Aufenthaltsraum und gehen die sechs Stufen nach unten. Einer hat eine rauchige Stimme und lässt auf einen genuschelten Satz ein Hustenlachen folgen. Der andere, ein kleiner Blonder, plappert zwei Sätze, noch undeutlicher als die Rauchstimme. Plötzlich verstehe ich kein Wort mehr von der Sprache, die ich anderthalb Jahre lang täglich gehört habe und die mir so vertraut geworden ist wie die Baracken und Strohsäcke. Mit kurzen und lauten Aufschreien begrüßen sie die beiden Posten an der Haustür. Der kleine Blonde schwatzt auf seine drei Kollegen ein, bis die zwei von der ersten Schicht »Bonsoir« sagen und im Aufenthaltsraum verschwinden. Wir schleichen wieder hinunter zum Treppenabsatz im Erdgeschoß. Um die Ecke die neuen Posten. Sie stehen sich gegenüber, dicht vor der Haustür. Die

Rauchstimme gibt dem Kleinen eine Zigarette und steckt sich selbst eine in den Mund. Der Kleine öffnet halb die Tür und blickt nach draußen. Im selben Moment holt die Rauchstimme eine Schachtel Streichhölzer aus der Hosentasche, stellt sich in die Ecke, senkt den Kopf und zündet ein Streichholz an. Jetzt! Genau in dieser Sekunde müssen wir es wagen. Für zwei Sekunden sehen wir uns in die Augen, stumm und doch so vielsagend, mehr sagend, als man mit Worten jemals hätte sagen können, nicken einstimmig und schleichen die Stufen hinunter. Zwei Meter hinter den Rücken der Posten biegen wir ab zur Kellertreppe, hinunter ins Dunkel und nach links in den Gang, wo sie uns nicht mehr sehen können. Ich gehe in die Hocke und schließe meine Augen, die nach der Anspannung feucht geworden sind. Jemand packt mich, schüttelt mich. Im Reflex stehe ich auf. Es ist nur Adrion.

»Geschafft!«, flüstere ich. Durch ein kleines Fenster fällt das Licht einer Gaslaterne vom Hof in den Kellergang – genug, damit wir nicht blind tasten müssen. Wie Kraniche stelzen wir mit den Schuhen in der Hand den Gang entlang. Allmählich fühle ich mich sicherer. Vor der verschlossenen Tür stelle ich die Schuhe ab und taste nach dem Schlüsselloch. Glatt und kalt fühlt sich das Stahlblech an meinen Fingerspitzen an. Mit dem Zeigefinger meiner Linken fixiere ich das Loch, mit der Rechten fingere ich den Dietrich aus der Brusttasche. Wenn er nicht sperrt, sitzen wir in der Falle bis morgen früh, und wenn es stimmt, was der Offizier in Singen gesagt hat, werde ich dann erschossen. Schulter an Schulter stehen wir zusammen. Adrion atmet gleichmäßig. Mit den Daumen und Zeigefingern beider Hände umfasse ich den Nagel und stecke ihn mit der vorderen Biegung nach unten in das Loch. Das lange mittlere Stück steht waagrecht, das Ende mit dem Nagelkopf ist nach oben gerichtet. Ich greife es und drücke mit dem Daumen nach rechts. Kein Widerstand. Der Dietrich geht leer durch. Nein. Es muss gehen. Langsam drehe ich zurück, stecke ihn tiefer in das Loch und versuche es ein zweites Mal. Ein Widerstand. Eisen kratzt auf Eisen. Ein Klacken. Zu laut, denke ich und erschrecke für einen Moment.

»Der sperrt! Der sperrt!« Flüsternd und doch hell gepresst stößt Adrion die Worte durch die Kehle.

»Psst«, sage ich. »Hörst du was?« Wir horchen. Nichts.

»Passt alles! Passt alles! Es passt!«, krächzt Adrion. »Mach die Tür auf. Mach sie auf!«

Der Schweiß von meiner Hand macht die Klinke glitschig, als ich die Tür öffne. Sie geht nach innen auf, und ich betrete den Raum zuerst. Es ist dunkler als im Gang, aber durch das Fenster fällt das Licht einer entfernten Laterne. Der Raum steht komplett leer. Ich schließe von innen die Tür und lasse den Dietrich außen stecken. Er soll die Posten zum Abschied von uns grüßen.

Wir ziehen die Schuhe an und beginnen, auf allen Vieren am Boden zu tasten. »Der Deckel muss in einer Ecke sein«, sage ich, und bald habe ich ihn gefunden. Der Eisendeckel hat auf jeder Seite einen Henkel. »Bei drei«, sage ich.

Wir versuchen, ihn hochzuheben, zwei abgemagerte Heringe, die lange nicht mehr geschlafen haben. Er bewegt sich nicht. »Das muss doch gehen!«, sagt Adrion keuchend.

»Es muss, es muss! Komm! Komm jetzt! Auf!«, rufe ich, und wir heben den Deckel bis auf Kniehöhe, stampfen einen Schritt zur Seite und setzen ihn mit einem dumpfen Geräusch auf den Boden. Anspannung und Angst haben mehr Kräfte freigesetzt, als ich für möglich gehalten hätte.

Ich steige als Erster in das Loch. Bis zur Schulter stehe ich in der Grube. »Das muss die Richtung zum hintersten Haus sein«, sage ich und deute mit der Hand über den Grubenrand hinweg auf die Wand vor uns.

»Ist der Schacht hoch genug?«

Ich taste. »Geht bis zum Knie. Ein bisschen höher.«

»Kriechst du voraus?«

Mit ausgestreckten Armen tauche ich wie ein Brustschwimmer in die Höhle. Die Decke über mir ist zu niedrig, um die Handflächen beim Kriechen aufzustützen, und so muss ich mich auf Ellbogen und Unterarmen mit halb angewinkelten Knien nach vorne schlängeln. Wenn ich den Kopf nach rechts drehe, spüre ich die weiche und kratzige Oberfläche der Isolierwolle des Rohres auf der Haut. Zentimeter für Zentimeter kriechen wir in die totale Dunkelheit hinein. Kein Oben, kein Unten. Ich glaube zu ersticken. Nicht aus Luftmangel, sondern wegen der Enge. Von allen Seiten scheinen mich Wände erdrücken zu wollen. Wir sind lebendige Rohrpost, und ich habe das Gefühl, ich wäre immer kurz vor einem Abgrund. Augen zu und durch sagt man, aber das mit den Augen kann ich mir sparen. Ein dorniger Gedanke nistet sich in meinen Kopf: Was, wenn wir irgendwann auf eine Wand stoßen, und über uns kein Deckel ist? Der Gedanke ergibt keinen Sinn – in jedem Gebäude gibt es einen Deckel für den Heizungsschacht –, und trotzdem überfällt mich leichte Panik. Ich stelle mir vor, wie wir rückwärts kriechen, zurück in den Kellerabgang des Gefangenentraktes, und dort in der Falle sitzen. Schließlich ermahne ich mich: »Mach dich nicht verrückt!«

Der Stoff an Ellbogen und Knien wetzt sich langsam durch, und der Beton schürft die Haut auf. Schmerzen spüre ich nicht.

»Adrion!«

»Frank!«, hallt es hinter mir.

»Alles in Ordnung bei dir?«

»Mir geht es gut. Dir auch?«

Gut! Mir geht es gut! Wenn es einmal besser passt, werde ich über diese Antwort lachen. »Wunderbar!«, antworte ich gespielt heiter.

Wie ein Blinder mit dem Stock tastet, so erkunde ich mit den Händen alles vor, neben und über mir, und ich merke sofort, als über mir die Decke fehlt. Vorsichtig richte ich mich auf, und als ich fast gerade stehe, spüre ich den Eisendeckel. Den Rücken an die Wand gelehnt, stemme ich die Hände dagegen. Ich versuche, ihn zu heben. Nichts. Ich presse wie ein Verrückter. Was, wenn sie ein Gewicht daraufgestellt haben? Sitzen wir in der Falle?

Er hebt sich ein kleines Stück. Adrion berührt meine Beine. »Frank?«

»Steh auf! Da ist der Deckel!«

Wir stehen jetzt Brust an Brust unter dem Deckel. »Bei drei stemmen wir«, sagt Adrion. »Eins, zwei, drei!« Ich lasse die Arme nach oben ausgestreckt, knicke die Knie ein und richte mich unter dem Gewicht auf. Mein Gesicht drückt sich an Adrions Hals. Wir stemmen mit aller Kraft, und endlich hebt sich der Deckel. »Ja!«, presse ich zwischen den Lippen hervor. Wir hieven ihn ein Stück zur Seite, setzen ihn ab und schieben ihn über die Öffnung. Das Eisen kratzt dumpf über den Steinboden. Wir sind im nächsten Gebäude.

»Das ist niemals das hintere Haus«, sagt Adrion und sieht aus dem Fenster. Licht scheint von einer Laterne herein. Nach der Zeit im Schacht kommt es mir heller vor als im Keller des Gefangenentraktes. Ich stelle mich auf die Zehenspitzen und spähe hinaus auf den Hof. Vorne kann ich eine graue Fassade erkennen.

»Das da vorne muss das äußere Gebäude sein. Da müssen wir hin. Ein Haus weiter.«

Wir steigen zurück in den Schacht und kriechen weiter. Legen die gleiche Distanz noch einmal zurück. Ein letztes Mal stemmen wir einen Deckel in die Höhe. Geschafft! Einhundertfünfzig Meter Heizungsschacht liegen hinter uns.

Das Fenster beginnt auf Höhe meiner Stirn und Adrions Hals. Ich kann den Boden nicht sehen, nur das Gebüsch im Vollmondlicht.

»Was siehst du?«, frage ich.

»Hier sind wir richtig! Da ist das Gebüsch!«

»Das sehe ich auch. Kannst du den ganzen Platz überblicken?«

Er drückt sich an die Mauer, stellt sich auf die Zehen und schaut mit offenem Mund durch das Fenster. Der Schein der Laterne lässt seine wandernden Augen funkeln. Adrion hat ein schönes Gesicht mit einer schmalen Nase und einem klugen, Vertrauen erweckenden Ausdruck. Erst jetzt fällt mir das so richtig auf.

»Kein Posten zu sehen«, sagt er. »Aber links ist eine Laterne und rechts auch. Ist ziemlich hell. In die Büsche müssen wir es schaffen, dann sind wir durch. Das sind ungefähr fünf Meter.«

»Wir müssen robben. Das ist am unauffälligsten. Wer geht als erster?«

»Du bist kleiner. Ich mache dir eine Räuberleiter.« Er verschränkt die Finger und hält die Hände unter das Fenster. Ich steige mit einem Fuß darauf, öffne das Fenster und strecke die Arme hinaus. Er schiebt von unten. Ich kann mich nicht bewegen, so eng ist mein Körper in den Fensterstock gepresst, doch Adrion schiebt kräftig und quetscht mich durch. Ich bleibe liegen, blicke auf den Hof. Von rechts und links strahlen mir die Laternen kalt entgegen. Kein Winkel zum Verstecken. Wenn der Hund etwas hört oder der Posten vorbeikommt, ist es aus … aber es bleibt still.

Adrion reckt mir von unten die Arme entgegen. Wir haben beide feuchte Hände und rutschen immer wieder ab, wir drücken fest zu, unsere Finger werden weiß und rot, und es dauert lange, bis ich ihn endlich richtig an den Armen greifen und herausziehen kann.

Den Kopf knapp über dem staubigen Boden liegt er da, schnauft dreimal tief durch und sagt »Schnell!«, als sei das ein Startschuss, und wir robben mit Tempo los. Ein Hund bellt von irgendwoher. Wir geben alles. Mein Gesicht berührt den harten Sand, ich schürfe mir das Kinn auf. Der Hund bellt zum zweiten Mal. Es klingt näher. Dann endlich das Gebüsch! Wir springen auf und hechten hinein wie in ein warmes Federbett. Wir knicken Äste, Stacheln zerkratzen uns die Gesichter. Endlich sind wir durch und stehen am Maschendrahtzaun. Er lässt sich leicht nach unten drücken, wir müssen nur noch einen Fuß daraufsetzen und können darüberspringen.

Vor uns liegen eine Wiese und ein paar Bäume. Dahinter schimmern die braunen Furchen eines Ackers im Mondlicht, und am Horizont erstreckt sich eine bewaldete Hügelkette. Wir rennen. Wir rennen über holprige Äcker und hohe Wiesen, wir streifen Bäume, und als wir den Hang erreichen, sind wir schon im dichten Wald. Wir laufen langsamer, wechseln über in schnelles Gehen. Bergauf, bergab, und wieder heraus aus dem Wald. Auf einem Kartoffelacker bleiben wir stehen und schauen zurück. Von der Kaserne ist nichts mehr zu sehen. Wir haben sie hinter dem Berg gelassen.

Stumm trotten wir nebeneinander her. Keine Freudenschreie, kein Jubel. Zu groß ist die Anspannung gewesen, zu erschöpft sind wir, zu unsicher fühlen wir uns, zu präsent ist die Szene in Tübingen, als der Kübelwagen plötzlich neben mir hielt und die Posten mich wieder einfingen. Wir wandern durch Wälder, über Hügel, Wiesen, steinige Ebenen, trinken aus einem Bach und überspringen ihn, immer weiter, ohne Ziel, Hauptsache, weg von Freiburg.

Den Sonnenaufgang erleben wir im Wald. »Die amerikanische Zone liegt im Norden«, sagt Adrion. »Da gibt es diesen Kinderspruch. Im Osten geht die Sonne auf, nach Süden nimmt sie ihren Lauf, im Westen wird sie untergehn, im Norden ist sie nie zu sehn. Da ist Osten.« Er dreht sich von der aufgehenden Sonne ab und deutet mit dem Finger in die andere Richtung. »Also müssen wir nach da gehen.«

Wir wandern den Waldweg entlang und beobachten den Lauf der Sonne, als plötzlich vier Männer vor uns aus dem Gehölz treten. Ich reiße vor Schreck die Hände in die Höhe, und Adrion krächzt »Scheiße!« Meine Beinmuskeln spannen sich, aber ich laufe nicht, bleibe wie angewurzelt stehen. Freundliche Gesichter sehen uns an. Mein Schreck lässt nach. Der Älteste von ihnen nimmt den Hut ab.

»Guten Morgen«, sagt er.

Mein Blick wandert hastig von einem zum anderen. Alle vier tragen graue Arbeitsanzüge und Hüte, jeder hat eine Axt in der Hand, und die beiden Jüngeren haben zudem eine Schrotsäge auf der Schulter. Adrion sagt »Grüß euch.« Ich murmle »Servus« durch einen winzigen Spalt zwischen meinen Lippen. Schwer wiegen die Buchstaben *P* und *G* auf unseren Jacken. Wir wollten sie ausziehen, sobald wir in den Dunstkreis eines Dorfes kommen. Dafür ist es jetzt zu spät, und ich achte darauf, dass die Männer meinen Rücken nicht sehen.

»Wo kommt ihr Burschen her?«, fragt der Alte.

Wir sehen uns unsicher an. Ich versuche, in Adrions Augen die unverfänglichste Antwort zu finden, und er sieht aus, als suche er die Antwort bei mir, doch er wird nichts finden, mein Kopf ist leer. Wir sagen lange nichts. Sie mustern uns. »Wir gehen spazieren«, sage ich endlich.

Wie glaubwürdig das klingen muss! Zwei junge Männer in

aufgerissenen Stiefeln gönnen sich zum Start in den Tag einen gemütlichen Spaziergang durch den Schwarzwald. Zufällig trägt einer der beiden eine verdreckte Feldhose, und der andere hat zur Feier des Tages die alte, zerfetzte Marinebuchse aus dem Schrank geholt.

»Uns könnt ihr es schon sagen, dass ihr aus der Gefangenschaft kommt. Seids ausgebrochen?«

Wir nicken.

»Wie lange seid ihr schon auf den Füßen?«

Wir erzählen den Waldarbeitern von unserer Flucht aus der Kaserne, und dass wir in die amerikanische Zone wollen.

»Da seid ihr ja grundverkehrt«, sagt der Alte. »So wie ihr geht, kommt ihr glatt wieder nach Freiburg rein.«

»Aber die amerikanische Zone liegt doch im Norden«, sagt Adrion.

»Im Nordosten, Buben, im Nordosten! Gradewegs im Norden ist Freiburg. Aber wir müssen auch in die Richtung. Kommt mit.«

Auf einer Anhöhe legt der Alte die Axt auf den Boden, zupft an seinem grauen Vollbart, streckt den Arm aus und zeigt auf einen bewaldeten Berg. »Das ist der Schauinsland. Da müssen wir hinauf.«

Unterwegs marschiere ich ein Zeitlang neben einem der beiden jüngeren. »Uns könnt ihr vertrauen«, sagt er, »aber der Alte wird euch noch sagen, wem ihr nicht trauen dürft.«

Nach einem steilen Stück durch dichten Wald erreichen wir eine Lichtung, auf der sich uns ein weiter Ausblick bietet. »Jetzt sind wir auf dem Schauinsland«, sagt der Alte. »Wir müssen hier arbeiten.«

Mit ausgestreckter Hand zeigt er in eine Richtung. Graue Haare kräuseln sich auf dem gebräunten Arm. »Ihr marschiert jetzt da runter. Immer der Sonne entgegen. Haltet euch vorerst mehr südlich, Richtung Feldberg, so weicht ihr den Dörfern aus. Es gibt Leute, die euch an die Franzosen verkaufen. Es sind die Bauern aus einem Gehöft mitten im Wald, ungefähr eine halbe Stunde von hier. Macht einen großen Bogen um den Hof! Die Leute dürfen euch nicht sehen, sonst wissen sie sofort, was mit euch los ist. Die locken euch in ihr Haus, geben euch eine deftige Brotzeit, und in der Zeit rufen sie im Gouvernement an, damit die euch kassieren können, weil die Franzosen den Bauern Kopfgeld zahlen für geflohene Häftlinge. Sechs, sieben Kilometer weiter ist noch so ein Hof, da gilt dasselbe. Geht drei, vier Stunden durch Wald und Felder, das ist am sichersten, und dann marschiert immer nach Nordosten, so kommt ihr irgendwann in die Amizone. Wo müsst ihr überhaupt hin?«

»Bei Regensburg.« – »Ulm«, sagen wir gleichzeitig.

Wir verabschieden uns per Handschlag von den vieren und bedanken uns für die Hilfe.

»Was ihr jetzt noch braucht, ist einfach Glück«, sagt der Alte.

20. Der Weg

Oktober 1946

Seit drei Tagen sind wir nun auf den Füßen. Sicher fühlen wir uns nur im Wald. Felder und weite Flure sind Alarmzonen. Wenn es uns in die Nähe der Straße verschlägt und wir einen Traktor oder ein Auto kommen sehen, ruft einer von uns »Tiefflieger!«, und wir werfen uns flach auf den Boden. Dadurch werden unsere Klamotten nicht besser, und wenn wir keine Scheune finden und im Freien schlafen müssen, bläst ein kalter Herbstwind unter die Stofffetzen, und wir rollen uns zusammen wie Igel im Winterschlaf. Trotz der Kälte in den Nächten dürfen wir uns über das Wetter nicht beschweren. Seit wir unterwegs sind, hat es noch nicht ein Mal geregnet, und die Sonne spendet uns täglich etwas Wärme.

Freiburg liegt weit hinter uns. Noch immer sind wir Freiwild, aber Zeit und Entfernung müssten unsere Spuren verwässert haben, also wagen wir es und geben der Sehnsucht nach einem warmen Essen nach. Wie auf glattem Eis trotten wir mit den zusammengerollten PG-Jacken unter dem Arm in ein Dorf namens Unterbaldingen hinein, und bald wird aus Unterbaldingen Oberbaldingen. Die Aufschrift *Gasthaus Hirschen* prangt groß an der seitlichen Fassade eines langen Hauses. Die Fensterläden stehen offen, und es hängen rote und rosarote Geranien heraus.

»Was, wenn die uns an die Franzosen verkaufen?« sage ich, als wir vor der Wirtshaustür stehen.

»Glaub ich nicht«, sagt Adrion. »Von Freiburg sind wir schon weit weg. Von woher sollen in diesem Kuhdorf Franzosen kommen? Vielleicht sind wir sogar schon in der amerikanischen Zone.«

Unentschlossen lehne ich an der Wand. Adrion macht die Tür auf und steckt seinen Kopf in den Hausflur. Der Duft von gebratenem Speck, frisch angemachtem Salat und kaltem Tabakrauch strömt uns entgegen. »Versuchen wir es einfach. Was solls«, sage ich endlich.

In der Gaststube begaffen uns rauchende Männer an zwei langen Tischen, und an einer gedeckten Tafel isst eine Gruppe von älteren Leuten zu Abend. Der Wirt zapft hinter der Theke Bier. Er hat ein rundes, gerötetes Gesicht, einen Schnauzbart und dunkelbraune Augen, mit denen er uns fixiert. Wir warten, bis er etwas sagt. Er muss uns für Penner halten, die nichts als Dreck in die Wirtsstube tragen, und genau so fühle ich mich auch. Ich überlege, ob wir lieber vorher abhauen oder auf den Rauswurf warten sollen, als er uns unauffällig zu sich winkt.

»Wo kommt ihr her?«

»Wir sind Kriegsgefangene und sind auf der Flucht«, sagt Adrion.

»Was wollt ihr?«

»Hätten Sie für uns was zu essen übrig?«, sage ich.

Der Wirt beugt sich über die Theke. Schweißperlen glänzen auf seiner Stirn. »Hier könnt ihr nicht bleiben. Aber in Unterbaldingen wohnen drei alte Leute. Die nehmen euch auf.«

Er erklärt uns den Weg und bei welchem Haus wir klopfen müssen. »Um acht sind meine Gäste weg«, sagt er, bevor wir gehen. »Da könnt ihr auf eine Brotzeit vorbeikommen.«

Das Haus ist schmal und hoch, und im Vorgarten steht Kitsch. Gartenzwerge, kleine Windräder und Holzfigürchen. Ich klopfe an die Haustür und fühle mich wie ein Bettler. Adrion lächelt. Er lächelt so wie ein Kind, dem man vor dem Besuch bei der alten Tante gesagt hat, es solle schön artig sein.

Die Tür geht auf, und ein kleiner alter Mann lacht uns aus einem fast zahnlosen Mund entgegen. »Haha! Aha. Aha!«, begrüßt er uns.

»Wer ist da?«, ruft eine singende Frauenstimme aus dem Hintergrund.

»Meine Frau.« Er zwinkert uns zu.

Sie wackelt vom Flur heran. »Ja Buben!«, begrüßt sie uns. Sie ist noch kleiner als ihr Mann. »So dreckige Uniformen! Kommts rein, kommts rein!«

Wir folgen den beiden in die Küche.

»Ihr kommts von der Gefangenschaft, gelt?«, fragt die Frau.

»Ja, wir sind aus Freiburg geflüchtet«, antworte ich.

»Was sagen sie?«, fragt der Alte.

»Aus Freiburg sind sie gflüchtet!«

In der Küche sitzt ein blondes Mütterlein auf einem Kanapee und nickt immerzu, als wir eintreten. Ihre Haare sind am Hinterkopf zerdrückt, und ihre dicken Beine hängen ein Stück über den Boden. Sie ist so klein wie die Ehefrau und auch nicht mehr die Jüngste. Bei ihren Füßen schläft eine rot getigerte Katze.

»Des sind zwei Buben aus der Gefangenschaft«, sagt die Ehefrau.

Die Kleine auf dem Kanapee blickt uns aus kleinen Augen an. »Ja meine Buben, setzts euch zu mir«, sagt sie mütterlich.

»Meine Schwester!«, klärt uns das Männlein auf und hebt und senkt drei Mal den Kopf.

Mit unseren schmutzigen Kleidern setzen wir uns zu der Schwester auf das Kanapee, und ihre Schwägerin holt Kaffeetassen aus dem Wandschrank und setzt Wasser auf. Trotz des warmen Oktobers brennt der Ofen. Die Wärme tut gut. Ich erzähle von unserem Ausbruch, und Adrion streichelt die Katze, die inzwischen auf seinem Schoß schnurrt.

Zum Kaffee sitzen wir alle gemeinsam an dem runden Küchentisch, Adrion und ich nebeneinander. Die Alten beobachten, wie genießerisch wir ihren Zichorienkaffee schlürfen. Er schmeckt süßlich und hat die Farbe von Karamell. Endlich etwas Warmes!

»Wo sind sie her, die Buben?«, fragt der Alte und sieht uns an.

»Ich komme aus Ulm und mein Freund aus der Nähe von Regensburg«, antwortet Adrion.

»Aah«, machen alle drei und nicken.

»Kennen Sie das?«, frage ich.

»Nein, nein«, sagt die Schwester. »Wir sind ja noch nie weiter weg gewesen. Nur am Bodensee waren wir ein Mal.«

»Oi ja, ich schon!«, protestiert der Mann. »Ich war in Frankreich an der Westfront.«

»Er schon«, sagt seine Frau. »In Frankreich. Im Weltkrieg.« Sie klingt wie eine Mutter, die mit ihren Söhnen spricht.

»Im Ersten Weltkrieg!«, verbessert ihre Schwägerin. »Jetzt musst sagen Erster Weltkrieg und Zweiter Weltkrieg. Sonst wissen die jungen Leut nicht, welchen Krieg du meinst.«

»Also können Sie uns nicht sagen, wie wir am schnellsten in die amerikanische Zone kommen?«, frage ich. »Wir kennen uns hier nicht aus.«

»Amerikanische Zone …«, nuschelt der Mann. »Amerikanische Zone, amerikanische Zone … nach Stuttgart. Gleich rauf nach Stuttgart und dann heim.«

Adrion und ich sehen uns fragend an. »Wie sollen wir nach Stuttgart kommen?«, fragt Adrion.

»Und warum nach Stuttgart?«, frage ich, den Rand der Tasse an die Unterlippe geheftet.

»Stuttgart ist …«, er sieht auf die Decke, »oh oh …«, und

wieder uns an. »Stuttgart ist für euch am sichersten. Immer die Straße weiter, von der ihr gekommen seid. Und … dann, wenn ihr bei … Schwenningen seid … kommt ihr an den Fluss. Ein Fluss … der Neckar ist das. Und die Richtung weiter, wenn ihr immer beim Neckar bleibt … dann kommt ihr nach Stuttgart.«

Der Dialekt und die zahnlose Aussprache machen mir Mühe, aber ich meine, ihn verstanden zu haben.

»Und dann?«

»Von Stuttgart aus … von Stuttgart aus könnt ihr mit dem Zug heimfahren.«

»Aber Franz.« Seine Frau sieht ihn mit großen Augen an. »Die Buben haben doch gar keine Zugfahrkarte.«

»Wir haben nicht mal Papiere«, sagt Adrion.

»Müssts schwarz fahren!«, nuschelt der Alte.

Ein paar Minuten vor acht kehren wir zu dem Wirt aus dem *Hirschen* zurück, der uns ein Abendessen versprochen hat. Er führt uns in ein Nebenzimmer, serviert jedem von uns einen Teller Spätzle mit Soße und ein Stück Hackbraten und lässt uns alleine essen. So können wir die beste Mahlzeit seit dem letzten Heimaturlaub in Ruhe auskosten.

»Ich glaub, ich könnt noch bis Mitternacht essen«, sage ich.

»Mir reicht es auch nicht ganz.«

»Aber wir können ja schlecht Nachschlag verlangen.«

»Ja. Das ist dumm.«

»Könnt ihr bei den Leuten übernachten?«, fragt der Wirt, als er abräumt.

»Können wir«, sagt Adrion. »Vielen Dank.«

»Und danke für das Essen! Es war ein Gedicht«, sage ich.

Der Wirt lächelt nur. Er macht kein großes Aufheben aus der Sache.

Zurück bei den Alten, umgarnt uns schon im Hausgang ein paradiesischer Duft von Bratkartoffeln.

»Wir essen gerade«, sagt die Frau, als wir die Küche betreten.

Mit Löffeln sitzen die drei um den Tisch und essen fettig glänzende, gelbe Kartoffelscheiben und glasige Zwiebelstücke aus einer gusseisernen Pfanne.

»Setzts euch her, Buben, und greifts zu«, sagt die Schwester. »Ist genug da.«

Die Ehefrau gibt uns zwei Löffel, und mit dicken Backen schaufeln wir die Kartoffeln in uns hinein. Sie schmecken nach Butter, nach Kümmel, nach Bekochtwerden und nach zu Hause. Die beiden Frauen legen die Löffel in die Pfanne, und bald ist auch der Alte satt. Ich sehe Adrion an, dann legen wir die unseren dazu.

»Vielen Dank«, sage ich. »Es war ein Ged…«

»Esst weiter, esst weiter«, sagt die Ehefrau, und die beiden anderen nicken heftig.

Breit lächelnd nehmen wir die Löffel wieder auf und machen uns an den Rest.

»Die haben Hunger, hahaha!«, ruft der Alte und zeigt seine drei Zähne.

»Wie habt ihr euch unterwegs ernährt?«, fragt die Schwester.

»Rohe Kartoffeln. Rüben. Krautköpfe«, antwortet Adrion kauend.

»Sauerampfer«, sage ich. »Wie die Hasen.«

Nach dem Essen sitzen wir gemütlich mit den Alten am Tisch. Ich will beim Abspülen helfen, aber die Frau weist mich zurück, und der Alte kann gar nicht mehr aufhören, darüber zu lachen. Im Dämmerlicht trinken wir Zichorienkaffee, und bald sind wir müde. Die Ehefrau führt uns in ein Zimmer im ersten Stock, in dem ein Doppelbett und ein Bauernschrank stehen. Wir wollen morgen gleich bei Sonnenaufgang losmarschieren, also bitten wir sie, uns um fünf Uhr zu wecken. Ich schlafe wohlig in den Daunen, mit vollem Bauch. Es ist der Himmel auf Erden.

Am frühen Morgen klopft es an der Tür.

»Herein!«, ruft Adrion.

»Guten Morgen, Buben«, sagt sie. »Jetzt suchen wir gleich einmal was zum Anziehen für euch.« Sie öffnet den Schrank, und wir steigen in Unterhosen aus dem Bett. »In solchen Lumpen könnt ihr nicht weiterlaufen. Und mit dem *PG* auf euren Jacken erst recht nicht. Für euch finde ich schon was«, sagt sie, kramt in den Kleidern und holt eine dunkelgraue Jacke ohne Futter heraus. »Nimm die du«, sagt sie und reicht sie Adrion. »Die hat schöne lange Ärmel.«

Für mich findet sie einen sandfarbenen Arbeitskittel. »Der ist aus der Zeit, wo mein Mann noch bei der Post gearbeitet hat.« Die Ärmel sind etwas kurz, aber sonst passt er mir gut. Er riecht nach Waschpulver. »Das ist zwar jetzt keine richtige Jacke, aber dafür habe ich für dich noch eine Hose.« Sie gibt mir eine graue Knickerbocker, die knapp über die Knie reicht. An die Länge werde ich mich erst gewöhnen müssen, aber endlich kann ich die Uniformhose mit den Läusen und Flöhen und den Jahre alten Pisseflecken wegwerfen.

Unten sind schon alle wach. Die Schwester kocht Kaffee und schmiert Butterbrote, und beim Frühstücken sagen die drei immer wieder, seids vorsichtig Buben, nicht, dass euch was passiert. Draußen zieht mich die Schwester zum Abschied zu sich herunter und drückt mich mütterlich an ihre Brust. »Kommts gut heim, meine Buben«, sagt sie.

Mit vollem Bauch, neuem Mut und dem Etappenziel Stuttgart vor Augen, marschieren wir nordwärts. Kurz nach Mittag erreichen wir einen Fluss. Das muss der Neckar sein.

Der Neckar wird zu unserem Kompass, die Felder und Wiesen zu unserer Speisekammer, und jede rohe Kartoffel in Freiheit schmeckt besser als lauwarmer Eintopf in Gefangenschaft. Wir laufen uns die Sohlen dünn.

Eines Abends finde ich in einer Scheune, die wir uns als Lager ausgesucht haben, ein Taschenmesser und ich schneide die Knickerbocker über den Knien ab. Ihre ursprüngliche Länge ist mir beim Gehen lästig geworden. Als wir vor dem Einschlafen im Stroh liegen, über uns die dunklen Holzbalken, darüber das Scheunendach als Himmel, denke ich darüber nach.

»Früher hätte ich so etwas nie gemacht«, sage ich zu Adrion.

»Was nie gemacht?«

»So eine Hose zerschnitten. Als Lehrbub war ich unglaublich ordentlich. Jede Franse hätte mich gestört. Und jetzt … jetzt sind solche Dinge so unwichtig geworden.«

»Wenn wir etwas gelernt haben in der Gefangenschaft, dann ist es zu wissen, was wirklich zählt im Leben.«

»Trinken, Essen und Freiheit«, sage ich, und der Wind rauscht durch die Ritzen in der Wand.

Trinken, Essen und Freiheit, denke ich mir im Stillen. Dagegen sind Dinge wie Freundschaft oder Familie kleine Lichter. Selbst die Liebe, dieses starke Gefühl, erscheint mir blass und unwichtig. In den letzten Monaten gab es Momente, da hätte ich für ein Glas Wasser, ein Stück Brot oder das Öffnen der Arrestzelle meine eigene Mutter verkauft. Aber was sind das für Gedanken? Im Augenblick sehne ich mich doch nach nichts anderem, als nach einem Wiedersehen mit meiner Familie. Was aber, wenn ich mich in einen gefühlskalten Mann verwandelt habe? Ist es so? Ich weiß es nicht. Es war notwendig in den letzten anderthalb Jahren, die Gefühle abzuschirmen, um aufrecht zu bleiben, sich nicht geschlagen zu geben. Wenn es gut läuft, bin ich bald zu Hause, aber ich habe Angst, nicht wirklich anzukommen, die Haut der Gefangenschaft nicht einfach so abstreifen zu können wie einen Regenmantel. Ich habe Angst, dass dieser Regenmantel die Sonne daran hindert, auf meine Haut zu scheinen und mich zu wärmen. Innerlich bin ich noch weit von zu Hause entfernt. Ich frage mich, ob es Adrion auch so geht. Ich weiß nichts von seinem Umfeld. Nicht, wie viele Geschwister er hat. Und ob er verliebt ist.

»Hast du ein Mädchen bei euch in Ulm?«, frage ich ihn.

»So halb. Bevor sie mich eingezogen haben, hatte ich eine Freundin. Ein Jahr lang haben wir uns getroffen, aber dann, als ich Soldat war und fort, habe ich sie in den Heimaturlauben nicht mehr besucht. Sie wohnt in einem Dorf, fünf Kilometer außerhalb von Ulm.«

»Und da besuchst du deine Freundin nicht? Warum?«

»Ach … ich hab mir gedacht, vielleicht hat sie einen anderen. Ich wollte in den Heimaturlauben jeden Tag genießen, und da bin ich dem Problem lieber vorher aus dem Weg gegangen.«

»Habt ihr euch nicht geschrieben?«

»Ein Mal hat sie mir geschrieben. Aber ich habe nicht geantwortet. Hast du ein Mädchen?«

»Ja. Aber sie weiß es noch nicht. Als ich das letzte Mal auf Heimaturlaub war, hat sie mich am Tanzabend die ganze Zeit angeschaut. Sie hat gedacht, ich merke das nicht, aber seitdem geht sie mir nicht mehr aus dem Kopf. Weißt du, vorher ist sie mir nicht aufgefallen, da war sie nur die kleine Schwester von meiner Schulfreundin. Und jetzt ist das fast zwei Jahre her, und wenn es dumm geht, dann heiratet sie einen anderen, nur weil sie nicht weiß, dass ich sie will.«

»Ach, so schnell schießen die Preußen nicht. Daheim schnappst du sie dir.«

Aber er kann mich jetzt nicht trösten.

»Vielleicht will sie mich gar nicht mehr«, sage ich.

»Wie kommst du darauf?«

»Ach, Adrion. Damals war ich ein ganz anderer Mensch.«

Nach weiteren drei Tagen durch Wald und Flure, und immer am Neckar entlang, erreichen wir Stuttgart. An jedem Tag wurden die Pausen länger, die Schritte kürzer und die Schuhsolen dünner.

Beim abendlichen Dämmerlicht tasten wir uns in die Zivilisation hinein, Adrion in seinem Mantel und ich in Postlerjacke und abgeschnittener Hose. Die Großstadt erscheint uns wie feindliches Gebiet und jeder Passant wie eine Mine. Wenn sie uns kontrollieren und Papiere sehen wollen, ist es aus. Wir laufen an den Häusern und Ruinen vorbei, kommen an einen großen Platz, und an einer Ecke des Platzes stehen drei Jeeps unter einem Torbogen und ein halbes Dutzend Polizisten. Auf den Kühlerhauben haben die Jeeps einen weißen Stern, darunter die Aufschrift *Military Police*, und die Männer haben Helme, auf denen die Buchstaben *MP* geschrieben stehen. Das sind also die Amerikaner. *MP*. Im Laufschritt überqueren wir den Platz, bis wir den breiten Gehsteig erreichen und um die Häuserecke verschwinden. Hier erwartet uns die nächste Nachkriegskulisse. Am Straßenrand klauben Frauen mit Kopftüchern Trümmer von zerstörten Gebäuden auf und reichen sie weiter zu einem Laster, so ähnlich wie wir damals in Tübingen. Ein paar Hundert Meter weiter haben sie eine Feldbahn errichtet. Das kenne ich aus Konstanz, als wir den Sportplatz aufgeschüttet haben. Die Frauen befüllen die Loren, und vorne zieht eine Dampflok. An der Lok hängt ein Schild mit der Aufschrift *Trümmerbahn*.

Wir biegen in die nächste breite Straße ein, es ist die Bahnhofstraße, und bald haben wir unser Ziel, den Hauptbahnhof, erreicht. Ein Turm überragt alle anderen Gebäude, so weit man überhaupt

von Gebäuden sprechen kann, denn es sind nur noch Grund-
mauern unter provisorischen Dächern. Aber der schlanke Turm
samt Uhr hat überlebt. Ihre Zeiger stehen auf zwanzig vor acht.

In der Bahnhofshalle ziehen Handwerker eine Mauer auf, andere arbeiten an einem Geländer, und Holzverkleidungen verdecken die Löcher in der Wand. An einer der Holzverkleidungen
finden wir eine Tafel mit Abfahrtszeiten, die zwei junge Männer
mit Hüten scheinbar auswendig lernen. Wir warten, bis sie verschwunden sind und suchen eine Verbindung nach Ulm. Um
zwanzig Uhr und zwei Minuten geht ein Zug. Bahnsteig vier. Familien und Männer mit Krawatten warten, eine Gruppe von Klosterschwestern nimmt die Sitzbank in Beschlag, und daneben
stehen wir beide. »Und jetzt?«, sage ich.

»In den Zug steigen und der Kontrolle ausweichen.«

»Auf unser Glück verlass ich mich nicht, wir müssen uns was
ausdenken.«

»Wenn wir einen der mittleren Waggons nehmen«, sagt Adrion,
»und der Schaffner von vorne kommt, können wir uns nach hinten verdrücken. Beim nächsten Bahnhof steigen wir dann aus und
vorne wieder ein. Und wenn er von hinten kommt, machen wir es
umgekehrt.«

»Glaubst du, der Zug hält so oft?«

»Was bleibt uns anderes übrig?«

Alles läuft nach Plan. Der Schaffner schwenkt die Kelle, wir
lassen zuerst die Klosterschwestern einsteigen und stehlen uns
auf die letzten freien Plätze eines Abteils im mittleren Waggon.
Ein Ehepaar mit einem Baby, ein einzelner Mann und eine einzelne Frau ignorieren uns oder grüßen halbherzig. Eine von den
Klosterschwestern sucht noch immer nach einem freien Platz,
dann setzt sie sich zwischen mich und die einzelne Frau. Aus

Angst, aufzufallen, sprechen wir in unseren letzten gemeinsamen Stunden kein Wort miteinander, aber wir verstehen uns durch Blicke. Brote und Äpfel werden aus Taschen geholt, und sicher würde uns jemand etwas spendieren, wüsste er um unsere Situation, aber nein, wir betteln nicht. Jetzt kein Risiko mehr. Die einzelne Frau – jung und blond – knabbert an einem Apfel, die Klosterschwester hat die Augen halb geschlossen, und die Mutter hält ihr schlafendes Baby auf dem Arm. Sie beginnt ein Gespräch mit der jungen Blonden darüber, wie oft in ihren Wohnungen der Strom ausfalle, und wie abhängig man doch heutzutage davon sei, und jetzt sei es ja schon besser, aber in den letzten Kriegsmonaten und in der ersten Zeit danach habe es überhaupt keinen Strom gegeben. Ich komme mir vor wie ein Gast aus einer anderen Welt, als ich sie reden höre. Was sich wohl noch alles geändert hat im zivilen Leben, wovon ich nichts ahne? Ich sehe Adrion an und glaube, er denkt dasselbe.

Nach über drei Stunden Fahrt über Behelfsbahnhöfe und provisorische Gleisführungen rollen wir unter dem hölzernen Dach des spärlich beleuchteten Ulmer Bahnhofes ein. Kontrolliert hat uns keiner.

Adrion ist zu Hause. Da steht er nun vor mir, grau und schmutzig, und von den Tagen im Freien gezeichnet, und was von seinen Schuhen übrig ist, berührt den Boden seiner Stadt. Hinter ihm scheint elektrisches Licht aus der Baracke, wo früher einmal eine Bahnhofshalle stand.

Nur um irgendetwas zu unternehmen, schlurfen wir ein paar Meter zusammen an der Baracke entlang. Im Schneckentempo. »Also dann«, breche ich das Schweigen, das uns in den letzten Stunden verbunden hat wie ein letzter Beweis unseres Verstehens ohne Worte.

»Der Eingang ist auf der anderen Seite. Wollen wir schauen, wann für dich ein Zug geht, Gottfried?« Jetzt, wo sich unsere Wege trennen, spricht er mich zum ersten Mal mit dem Vornamen an, denke ich mir.

»Schau, dass du heim kommst. Ich finde mich schon zurecht.«

Er nickt und presst die Lippen zusammen. »Dann … machs gut.«

»Machs gut. Servus.«

Und so wandert das Klappergestell mit den Segelohren den Bahndamm entlang in Richtung Innenstadt. Kein Händedruck, keine Verabredung, keine großen Worte. Kein Funke davon, etwas überstanden zu haben, gar feiern zu können. Keine Sentimentalitäten. Das Sentimentalsein wird einem als Soldat und spätestens als Kriegsgefangener ausgetrieben, wenn man es in unserer Generation überhaupt einmal gelernt hat. Wichtig ist die nächste Etappe, und für Adrion ist wichtig, dass die Eltern und Geschwister wohlauf sind und gesund.

»Machs gut!«, rufe ich noch einmal hinterher.

Dann verschluckt ihn die Stadt.

An der Eingangstür hängt ein Fahrplan. Um ein Uhr und fünf Minuten geht noch ein Zug nach Augsburg. Gleis sieben. Ich muss nicht mehr tun, als knappe zwei Stunden unauffällig warten, unauffällig aufstehen und unauffällig in einem Waggon verschwinden. Für diese Uhrzeit sind noch viele Passanten unterwegs, und wer sollte sich schon groß für mich interessieren? Am hinteren Ende der Baracke setze ich mich auf eine Bank und halte mich still. Jetzt bin ich alleine. Muss mit mir selbst bangen und selbst entscheiden, was als Nächstes zu tun ist. Leute schlendern an mir vorbei. Keiner, der sich zu mir setzt. Jetzt muss es nur noch ein Uhr werden.

Zwei Männer in Uniform wandern vom Eingang her an den Bänken entlang auf mich zu. Sie kommen näher. Auf ihren Helmen die Buchstaben *MP*. Plötzlich überfällt mich Panik, ich kann nicht mehr ruhig bleiben, meine Nerven spielen verrückt. Irgendein Gedankenimpuls, vielleicht ein kurzes Bild der Posten, die mich in Tübingen eingefangen hatten, muss das Chaos in mir ausgelöst haben. Fahrig stehe ich auf, trete hinter die Bank und gehe mit eingezogenem Kopf in Richtung Ausgang, den Posten entgegen. Für einen Augenblick trennt uns nur die Bankreihe, und ich spüre den Blick der *MP*-Männer. Mein Herz rast, ich gehe schneller. Dreißig, vierzig Meter bis zum Ausgang. Mein Kopf wird heiß, die Hände feucht. Mit einer abgehackten Bewegung drehe ich den Kopf zu den Amerikanern, und im selben Moment blickt einer der beiden zurück. Für eine halbe Sekunde treffen sich unsere Blicke. Im Laufschritt hetze ich zum Ausgang. Ein letzter Blick zurück. Sie sind tatsächlich umgekehrt und eilen mir hinterher. Hastig erfasse ich den Türgriff, schlüpfe nach draußen und ziehe die Tür hinter mir zu. Wie ein Auftauchender aus einem Bassin atme ich die frische Luft. Auf der Straße vor mir liegen Ruinen und Trümmerhaufen im schwachen Schein des Bahnhofslichtes. Ich drehe den Kopf nach allen Seiten, muss rennen. Wohin? Der Ausgang liegt genau in der Mitte, und die Enden des Gebäudes sind zu weit entfernt. Gleich werden sie herauskommen, und wenn sie mich davonlaufen sehen, werden sie die Pistolen ziehen. Ich springe zu der Ruine auf der anderen Straßenseite, ein Trümmerhaufen mit einem Rest Hauswand, und werfe mich hinein. Auf dem Bauch bleibe ich liegen, fühle die Kanten der zerbrochenen Steine unter meiner Brust und rieche den Sand und die Brösel der Ziegel, die schon die erste Feuchtigkeit der Nacht aufgesogen haben. Auf der anderen Straßenseite die Rücken der *MP*. Sie traben zum Ende der Baracke. Verschwinden. Kommen wieder. Laufen zum anderen Ende. Drehen um, zurück zum Eingang und verschwinden im Gebäude. Flach bleibe ich liegen. Auf der Straße sind kaum noch Menschen, es müsste mit dem Teufel zugehen, wenn mich hier jemand fände. Kurz vor ein Uhr werde ich schnell zum Gleis sieben laufen und ab in den Zug nach Augsburg. Kurz vor eins. Also in knapp einer Stunde … oder kürzer … oder länger … wie finde ich nur heraus, wann es ein Uhr ist? Ich verdränge das Problem und streiche mir über die Ellbogen. Bei meinem Hechtsprung habe ich mir die Haut aufgeschürft. Ich fahre über meine Knie. Verschmiere Blut. Für einen Moment vergesse ich die harte Unterlage, senke den Kopf auf die Steine wie auf ein Kissen, schließe die Augen und warte. Ich warte, und ich weiß nicht worauf ich warte, genieße für den Moment nur die Sicherheit meiner Verschanzung, und plötzlich schlägt die Kirchturmuhr. Zwölf Mal bimmelt die Glocke, meine Alarmglocke, meine Freundin, die in genau einer Stunde ein Mal schlagen wird, kurz bevor der Zug abfährt.

Beim Glockenschlag klettere ich aus meiner Stellung, schleiche hinten um die Baracke herum und steige über einen Maschendrahtzaun zu den Gleisen. Ein Zug mit der Aufschrift *Augsburg* steht bereit, und ich nehme den mittleren Waggon. Er ist nur halb gefüllt, und ich kann mich ausruhen. Im Falle einer Kontrolle muss ich wach sein, um in den hintersten oder vordersten Waggon zu flüchten. Das Ausruhen wird zu einem Kampf gegen das Einschlafen, und nur die ständigen Stopps halten mich wach. An jedem noch so kleinen Bahnhof hält der Zug an, und wegen der zerstörten Trassen fährt er Umwege.

Um fünf Uhr früh rollt er in Augsburg ein, ohne dass ich kontrolliert worden bin.

Auf dem Bahnsteig laufen Leute mit Koffern und Taschen

herum, die ersten Berufstätigen des Tages, und es sind mehr Frauen als Männer. Es scheint jetzt überall mehr Frauen zu geben als Männer. Ich lasse sie an mir vorüberhasten und suche einen Fahrplan, doch auf dem Bahnsteig hängt keiner aus, also muss ich in die Bahnhofshalle. Hundert Meter weiter führt eine Treppe hinunter. Ich bewege mich darauf zu, und plötzlich kommen zwei *MP* die Stufen herauf, treten auf den Bahnsteig und kontrollieren einen Passanten. Sie lassen ihn den Koffer öffnen und schnüffeln darin herum. Einer der beiden blickt mich kerzengerade an. Ich könnte mich umdrehen und in die andere Richtung laufen, weg vom Bahnhof in die Sträucher, aber damit würde ich mich verraten. Laufe ich davon, werden sie mich wieder einfangen – wenn nicht sofort, dann nach einer Fahndung. Wenn mich etwas retten kann, dann ist es Unauffälligkeit. Ich kehre also nicht um, stoppe auch nicht, werde nur langsamer und versuche, arglos und gelassen auszusehen. Sie lassen den Mann mit dem Koffer gehen und kommen mir entgegen. Ich werde noch langsamer. Ausweichen geht nicht mehr. Es ist aus! Ich muss es geschehen lassen, mich meinem Schicksal ergeben. Handschellen klicken in meinem Kopf. Eine Guillotine. Ich sehe eine Guillotine, obwohl ich weiß, sie werden mich erschießen, nicht köpfen. Noch sind sie dreißig, vierzig Meter entfernt.

Räder rollen über das Pflaster. Das Geräusch kommt von hinten. Ich sehe mich um, weiche zur Seite. Es ist ein Postarbeiter, der einen Paketwagen hinter sich herzieht, ein untersetzter Mann mit Mütze, und sein Arbeitskittel hat dieselbe hellbraune Farbe wie meiner. Er überholt mich mit seinem Wagen. Gleichmäßig zieht er ihn hinter sich her, die Pakete liegen lose auf der vergitterten Ladefläche. Am Ende des Wagens ist ein zweiter Griff. Ich lege meine Hände darauf und schiebe. Der Postler schaut um. Ich halte den Blick starr nach vorne gerichtet, sehe durch ihn durch.

Bleib stehen und sag was, alter Mann, verrate mich bei den *MP* oder decke mich – es liegt in deinen Händen. Er sagt nichts. Unauffällig zieht er den Wagen weiter. Als wir an den Amerikanern vorbeikommen, grüßt einer von ihnen mit kurzem Nicken, der andere beachtet uns nicht. Stumm zieht der Postler den Wagen weiter, ich hinten dran, bis wir am Ende des Bahnsteiges sind.

»Wo kommstn her?«

Die Waldarbeiter in Freiburg und der Wirt in Oberbaldingen haben uns mit derselben Frage angesprochen. Langsam wird sie mir vertraut, wie ein Erkennungszeichen für Leute, die es gut meinen. »Vom Franzosen.«

»Komm mit in die Pakethalle. Und dann erzählst du mir alles.«

Unter einem hohen Dach sitze ich mit dem Mann alleine an einem Tisch in der Ecke. Auf den Regalen und Paletten ringsherum stapeln sich Pakete. Er packt zwei Brote mit Leberwurst aus. Nur das Rascheln des Butterbrotpapiers unterbricht die morgendliche Stille.

»Komm, Bub, wir machen Brotzeit. Iss.«

Das Brot ist in der Mitte geteilt und zusammengelegt. Ich genieße den Duft der Leberwurst, genieße ihren Geschmack auf jedem Quadratzentimeter meiner Zunge, und während ich beiße, holt der Mann zwei Tassen und eine Thermoskanne aus seiner Tasche und gießt Kaffee ein. »Von wo bist du ausgebrochen, Junge?«

»Aus Freiburg. Zusammen mit einem Kameraden aus Ulm.«

»Ja, weißt du, ich habe einen Sohn, der ist in Russland in Gefangenschaft.« Als er es sagt, sieht er so traurig aus wie die Leute, die bei einer Beerdigung in der ersten Reihe stehen.

»Wie ist das gegangen mit eurem Ausbruch?«, fragt er.

Ich erzähle von der Flucht durch den Heizungsschacht, und er will alles wissen. Wie ich in die Hände der Franzosen gefallen bin, wie das Leben in den Lagern gewesen ist, was es zu essen gab, wie die Posten uns behandelt haben und wo ich jetzt hin muss.

»Wenn es nur mein Jochen auch so machen könnt wie ihr«, sagt er am Ende.

Er bringt mich zu einem Zug nach Regensburg. Beim vorletzten Waggon sperrt er eine Tür auf. »Das ist ein Sonderabteil. Da bist du sicher. Hier kann niemand rein, außer den Schaffnern, aber die kommen nur, wenn der Zug länger steht. Und wenn dich doch einer findet, sagst du einfach, du bist von der Post. Hast ja den Kittel an.«

»Danke für das alles!«

Er legt die Hand auf meine Schulter. »Würde ich für jeden von euch machen.« Wieder hat er diesen traurigen Blick.

Ich steige die zwei Stufen hoch.

»Und wenn du in Regensburg bist, steigst du einfach aus und haust die Tür zu«, ruft er noch, und ich setze mich auf die Bank in dem winzigen Abteil. Bis nach Regensburg habe ich nichts mehr zu befürchten.

Wie vertraut mir all das vorkommt! Zum ersten Mal atme ich wieder Regensburger Luft! Ganz anders als in den anderen Städten trifft es mich, als ich die Reste der zerstörten Backsteinmauern sehe. Ich hoffe nur, die Altstadt ist von Bomben verschont worden. Als wäre ich mir selbst erschienen, stehe ich in der Bahnhofshalle, in der ich in meiner Lehrzeit an so vielen Freitagen auf den Zug gewartet habe. Ich öffne die Glastür nach draußen und setze mich auf die Stufen. Hier stand ich vor fast sechs Jahren, hatte die Daunenjacke zugeknöpft und ärgerte mich über einen verpassten Zug. Wie ich mich nur über einen verpassten Zug hatte ärgern können! Was für ein kleiner Junge ich doch damals gewesen bin! Ich blicke auf das Hotel Maximilian hinunter und auf den Park. Keine Trümmer sind zu sehen, und auch kein großstädtisches Treiben, nur ein paar Geschäftsleute, Handwerker und Hausfrauen, die etwas tragen oder ziehen. Alles scheint wie früher. Wie es aussieht, wurde die Altstadt nicht zerstört, und jetzt, nachdem ich überall nur zerstörte Häuser gesehen habe, egal in welcher Stadt, weiß ich das zu schätzen. Von der Maximilianstraße her tuckert die Straßenbahn zum Bahnhof, hält mit Glockengebimmel, und zwei alte Frauen, eine junge Frau mit Kind und ein Bursche mit Kochhaube, dessen Gesicht von drei Pappschachteln verdeckt ist, steigen aus. Eine kurze Strecke noch, und ich bin zu Hause. Soll ich das Glück noch einmal herausfordern und schwarzfahren, oder gehe ich lieber zu Fuß nach Maxhütte? Die Frage wird mir hier niemand beantworten. Nicht die alte Frau, die ihren schweren Einkaufskorb über die Straßenbahnschienen schleppt, und auch nicht dieser Bursche mit den Pappschachteln. Aber dann wundere ich mich, als dieser direkt vor mir an der Treppe stehen bleibt, sich bückt und die Schachteln abstellt. Ich sehe in sein Gesicht. Ein grinsendes Gesicht. Das Gesicht von meinem alten Freund Kammerl!

»Hahaha! Gottfried! Mensch!«, ruft er laut. »Bist du jetzt endlich entlassen!«

»Sei leise, Kammerl«, zische ich. »Ich hab doch keine Papiere. Ich bin geflüchtet.«

Kammerl wird ernst und starrt mich mit großen Augen an. »Ich hol dir eine Fahrkarte. Ich hol dir eine Fahrkarte!«

Bevor ich reagieren kann, ist er weg. Am Fuß der Treppe liegen die drei Kartons. Käme jetzt die *MP* und fragte mich nach ihrem Inhalt, flöge alles auf, und Kammerl bekäme wegen mir Schwierigkeiten.

Doch er braucht nur eine Minute.

»Hier, Gottfried. Eine Fahrkarte nach Maxhütte. Dein Zug geht um zehn Uhr fünfzig.« Jetzt grinst er wieder.

»Mensch, Kammerl, du bist ein Freund!«

»Zehn Uhr fünfzig geht dein Zug.« Er grinst noch immer.

»Ich hab dich schon verstanden. Was ist eigentlich in deinen Kartons?«

»Nüsse und Zucker sind da drin. Ich arbeite wieder als Konditor.«

»Das wolltest du doch immer! Gibt es sonst was Neues in Maxhütte?«

Kammerl zählt auf, welche der Mädchen aus unserer alten Schule schon geheiratet haben, und mir kommt plötzlich alles so unwirklich vor. Ich, Prisonnier de guerre Frank, stehe hier in Regensburg und rede mit Kammerl, als ob der ganze Krieg und die Gefangenschaft gar nicht gewesen wären. Ich bin so gut wie zu Hause, und jetzt merke ich es erst. Bald wird es sein, als hätte ich die letzten anderthalb Jahre nur geträumt, abgesehen von dem Regenmantel, den ich nicht so leicht werde abstreifen können.

»Du, Gottfried, ich wünsche dir eine gute Fahrt. Jetzt hast du es gleich geschafft. Und ich muss weiter. Mein Chef wartet.«

»Wir sehen uns, Kammerl!«

Auch wenn es traurig ist: Nicht einmal am Bahnhof meines Heimatortes kann ich mich sicher fühlen. Bestimmt gibt es auch in Maxhütte *MP*, und überhaupt bin ich nicht scharf darauf, erkannt zu werden, und hier kennt mich fast jeder. Was, wenn die Leute Geld bekommen, damit sie einen verraten? So lange ich nicht mit den neuen Sitten vertraut bin, bleibe ich vorsichtig. Da ich jeden Winkel hier kenne, mache ich einen Umweg durch den Wald, in dem ich schon als Kind gespielt habe, vorbei an den zwei Weihern, bis ich mit Tränen in den Augen vor unserem Haus stehe. Das Küchenfenster steht offen, und der Wind trägt den Duft von gebratener Butter und Preiselbeerpfannkuchen in meine Nase. Jetzt wird mir klar, wie ich diese Düfte in den letzten anderthalb Jahren vermisst habe, und was ich die ganze Zeit wollte, stellvertretend für alles: Ich wollte zurück zu den Pfannkuchen.

21. Kreuzverhör

Oktober 1946

Ich drehe Runden im Garten. Gestern und vorgestern drehte ich ebenfalls Runden im Garten. Die restliche Zeit vertreibe ich mir mit Abspülen, helfe beim Kochen und Waschen oder schlichte Holz, aber jetzt ist nichts zu tun, und deshalb drehe ich Runden im Garten. Und ich habe traurige Gedanken.

Heute hat Mutter es mir erzählt. Sie hat mir erzählt, dass Fritz Schuster gefallen ist. Im Sommer 1944 soll es gewesen sein, in Russland, aber Näheres weiß Mutter nicht, und wahrscheinlich wissen es seine Eltern auch nicht, und vielleicht wollen sie gar nicht mehr wissen. Die Schusters hatten nur zwei Söhne, Fritz und Xaver, und jetzt haben sie gar keine Kinder mehr, denn Xaver ist schon 1943 gefallen. Der Krieg ist vorbei, und diese Leute stehen alleine da. Ich habe ihn überlebt, bin seit drei Tagen wieder zu Hause und kann nur Runden im Garten drehen, weil das sicherer ist. Voll buntem Herbstlaub ist der Boden unter dem Apfelbaum, an dem ich nach jeder Runde stehen bleibe. Durch die ausgedünnte Baumkrone pfeift der Wind. Er spricht zu mir, wenn ich ihm lange genug zuhöre. Mal spricht er mit meiner eigenen Stimme, mal mit einer unpersönlichen, als läse ich in einem Buch, und heute höre ich von da oben die Stimme von Fritz. Nicht leise aus der Ferne, sondern laut. Zu laut.

Brauchst ein Hamsterrad, weil du immer im Kreis drehst, Gottfried?

Endlich Feierabend, was? Komm, wir gehen ins Kino.

Hast du jetzt was Besseres als einen Kinofilm da oben, Fritz? Oder bist du gar nicht da oben? Ich reibe mit dem Fuß über das

Gras, bis die Erde zum Vorschein kommt. Oder bist du einfach nur verscharrt, um die einzige Bestimmung deines Daseins, das Verwesen, zu verwirklichen? Das ergibt keinen Sinn. Glaubt dieser Gott, so was wie du wächst einfach nach wie ein Grashalm, nachdem du dich mit all den witzigen Sprüchen in meine Erinnerung gebrannt hast? War es seine Idee oder die Idee des Krieges, dass du für mich in alle Ewigkeit ein fünfzehnjähriger Metzgerlehrling mit schwarzen Locken bleiben wirst, während ich mit den Jahren alt und grau werde?

Ich richte den Stoff meiner Hose, der unter dem Gürtel quillt, und spaziere weiter. Es ist Rudis Sonntagshose. Sie ist mir ein paar Nummern zu groß. Wie ein Sack mit Armen sehe ich darin aus, aber wenn man das Haus nicht verlassen kann, ist das egal, und ich kann froh sein, dass mein Bruder die Hose übrig hat. Kleidung erhält man immer noch über Bezugsscheine, wie zu Kriegszeiten, genau wie die Lebensmittel, aber ich habe weder Kleidermarken noch Lebensmittelkarten. Mutter und Rinner legen ihre Rationen zusammen und teilen sie durch drei. Wie ein Säugling an der Mutterbrust hängt, so sitze ich am Esstisch meiner Eltern, während meine Brüder voll im Leben stehen. Jeder von ihnen hat seine Arbeit und seine Freundin oder Frau. Hans wohnt mit seiner Familie im oberen Stockwerk und arbeitet in Regensburg bei der Eisenbahn, Albert ist im Büro beim Versorgungsamt und wohnt die Woche über bei Mariannes Tante, und Rudi arbeitet als Hausmeister, einen Steinwurf von unserem Haus entfernt, in der Vogelvilla, wo die stationierten Amerikaner mit ihren Familien leben. Lili ist jetzt seine feste Freundin. Jede freie Minute verbringt er mit ihr, während ich im Garten seine Hose spazieren trage. Wie ein Fremdkörper fühle ich mich in der ganzen Ordnung. Dabei herrschte vor drei Tagen noch die pure Freude, als Rudi mir die Tür öffnete. Er war als einziger von meinen Brüdern zu Hause. Hatte gerade Mittagspause. Ausgerechnet er, der Grobkörnigste von uns, verdrückte ein paar Tränen, als er mich so heruntergekommen in der Tür stehen sah.

»Mensch, Bruder, du musst doch nicht heulen«, sagte ich zu ihm. »Ich bin doch jetzt daheim, es ist gut ausgegangen.« Und als ich es sagte, bemerkte ich erst den salzigen Geschmack meiner eigenen Tränen auf der Zunge. Mutter drückte mich an ihre Brust, lief gleich wieder weg und holte mir Socken, Unterwäsche, ein Hemd und Rudis Hose. Rinner rannte den ganzen Tag mit einem Lächeln herum und schenkte mir seine neuwertigen Schuhe, die meinen bestanden ja nur noch aus Resten einer Sohle und Lederfetzen, und am letzten Tag unseres Heimmarsches hatte ich an Stelle der durchgescheuerten Socken Fußlappen hineingelegt. »Zieh dich gleich um, Bub«, sagte Mutter, aber der Duft von in Butter gebratenen Pfannkuchen machte mich trotz aller Wiedersehensfreude fast verrückt.

»Bitte, mach mir noch ein paar Pfannkuchen«, war mein erster Satz zu Mutter.

Dann setzte ich mich an den Tisch und aß, während Mutter immer neuen Teig in die Pfanne goss. Rinner heizte im Waschraum den Kessel für das Warmwasser, und ich verdrückte dreizehn Pfannkuchen mit Preiselbeeren und Zucker. Dann legte ich mich zwei Stunden lang in die Wanne. Nach dem Baden und Abtrocknen stieg ich in Rudis Hose, und jetzt, drei Tage später, wandere ich in dieser Hose im Garten herum wie ein Sträfling beim Hofgang.

Vor einer Stunde hat es geregnet. Die Enden der Hosenbeine saugen sich voll mit dem Wasser des nassen Grases. Ich wandere zum Gartentor und blicke auf die Straße. Die Semmlers von gegenüber haben jetzt einen Hund. Er schnuppert am feuchten Pfeiler des Gartentores und trabt hinter das Haus. Ein Hund, das wäre was! Ich könnte ihm hier im Garten Kunststücke beibringen und würde mich nicht mehr so gefangen fühlen. Nach einer Weile kommt der alte Semmler aus dem Haus, ruft den Hund, legt ihm eine Leine um den Hals und geht mit ihm Gassi, hinunter in Richtung Bahnhof. Wenn ich vorne rechts die Schulstraße hinuntergehe, werde ich Semmler nicht über den Weg laufen. Zum Teufel mit der Gartenhaft! Ich will einen kleinen Spaziergang machen.

Ich biege in die Schulstraße ein und sehe vom Schulhaus her meine alte Klassenkameradin Hilde einen Kinderwagen heraufschieben. Bestimmt hat sie mich schon erkannt, und zum Verstecken ist es sowieso zu spät. Ziemlich kernig sieht sie aus. Zu dick für meinen Geschmack. Sie trägt die Haare nach oben gesteckt, und ich denke mir: Was will ich mehr! Eine Entwarnungsfrisur! Denn so nennt man diese Haare jetzt, wegen der Luftangriffe, nach dem Motto *Alles nach oben, die Luft ist rein*. Die Stöckelschuhe klappern. Ich bleibe stehen, das Klappern hört auf, sie blickt mich ungerührt und abwartend an. Ich zwinge mich zu einem Lächeln. »Servus Hilde.«

»Gottfried, servus. Auch wieder daheim?«

»Ja. Seit drei Tagen.«

»Du warst in Gefangenschaft, nicht?«

»Ja.«

»Warst aber lange. Warst bei den Russen?«

Was weiß sie schon von all dem. »Nein. Beim Franzosen.«

»In Frankreich? Na, Hauptsache, nicht bei den Russen!«

»Und du? Bist verheiratet?«

»Nein. Warum?«

»Ist das nicht dein Kind?«

»Ja, das ist mein Kind. Aber dazu muss man nicht verheiratet sein«, sagt sie altklug.

»Lass doch mal anschauen.« Ich beuge mich über den Kinderwagen. Drin liegt ein lockiges, lachendes Baby von einem halben Jahr. Seine Haut ist braun wie milchiger Kaffee. »Ja so ein lieber Kerl!«

Hilde lächelt unsicher.

»Schön schaut der aus. Wie ein kleines Negerlein«, sage ich.

Hilde lächelt nicht mehr. »Also dann, Gottfried, servus«, sagt sie und schiebt weiter. Die Stöckelschuhe klappern jetzt schneller als zuvor.

Zu Hause setze ich mich auf das Kanapee, zünde mir eine Selbstgedrehte an und denke über Hildes Verhalten nach. Wie konnte ich nur so dumm sein! Wie ein Negerkind … ich Depp … wo Rinner doch erzählt hat, dass von den Amerikanern in Burglengenfeld die meisten Neger sind. Was, wenn Hilde mich bei ihrem Liebhaber verrät? Soll ich mich ab jetzt auf dem Dachboden verstecken? Was ist das für eine Freiheit?

Am Sonntag kommt Albert. Wir sind glücklich über unser Wiedersehen nach so langer Zeit, und ich lerne Marianne kennen. Sie ist lustig, und was sie sagt, kommt ohne Filter aus ihrem Mund. Ich glaube, sie passt gut zu Albert. Wir sitzen alle zusammen bei Knödeln und einer dunkelbraunen Soße mit viel Zwiebeln. Ich erzähle von der Flucht durch den Heizungsschacht und von dem Postler aus Augsburg und meinem Kittel, der mich gerettet hat. Von der Gefangenschaft erzähle ich nichts. Es fragt auch keiner.

»Onkel Gottfried«, fragt die kleine Christa, die Tochter von Hans. »Fährst du mit uns in den Tierpark nach Straubing?«

»Ja, bald«, sage ich, und ich weiß, es kann gelogen sein. Ärger steigt in mir hoch. Dann blicke ich in die Runde. »Mit mir kann es so nicht weitergehen.« Ich lege die Gabel neben den Teller. »Ich bin ja völlig vogelfrei. Ohne Papiere geht es nicht.«

»Rudi, du bist doch ganz gut mit dem Captain«, sagt Rinner. »Kannst nicht mal mit dem reden wegen dem Gottfried?«

»Ja, daran habe ich schon gedacht«, sagt Rudi. »Ich schau morgen mal in sein Büro. Der soll was machen.«

»Von wem redet ihr?«, frage ich.

»Der Captain. Der Oberste von den Amerikanern in Burglengenfeld«, sagt Rudi schmatzend. »Der wohnt vorne in der Vogelvilla mit seiner Frau und seinen drei Kindern. Den müsstest mal sehen, mit seinem Bürstenschnitt und seinem dicken Kopf. Jeden Tag, bevor er nach Burglengenfeld runter fährt, hisst er vor der Villa die amerikanische Fahne und macht eine Minute lang Männchen. Da darf ich ihn nicht stören. Das möchte man nicht glauben!«

Wir kauen eine Weile weiter. »Gleich morgen früh geh ich zum Captain«, sagt Rudi schließlich.

Hinter dem Haus sitze ich auf einem Schemel und rauche eine Zigarette. Rudi kommt von der Arbeit, auch mit einer Zigarette zwischen den Fingern. »Ich habe mit dem Captain geredet. Morgen früh sollst du dich beim Kriegsgefangenenlager in Regensburg melden zum Entlassen. Das ist neben der Zuckerfabrik. Und wenn ich nach einer Woche nichts von dir gehört habe, soll ich es ihm sagen, dann fährt er persönlich rein und holt dich raus.«

Ich überlege ohne einen klaren Gedanken.

»Ist das nicht gut, Gottfried?«

»Kann man deinem Captain trauen?«

»Was willst du sonst machen?«

Es ist fast wie früher. Wir haben Frieden, ich trage meine alte Daunenjacke, und in der Innentasche steckt mein Portemonnaie.

Ich bin frisch gewaschen, rasiert, und wäre ich kontrolliert worden, hätte ich eine Fahrkarte vorzeigen können, die ich selbst gekauft habe. Trotzdem fühle ich mich wie ein kleiner Verbrecher, der sich heute stellen will, und mit diesem Gefühl steige ich aus dem Zug. Wie werden mich die Amerikaner in ihrem Lager behandeln? In diesem Moment kann ich selbst nicht begreifen, warum ich freiwillig in ihre Hände laufe, und jeder Schritt ist wie ein Schritt zurück. Der Wind drückt sich mir entgegen, als wolle er mich aufhalten, und er ist so kalt, als wolle er die Zeit einfrieren. Wie in einen schützenden Kokon verkrieche ich mich in die Jacke, und meine Füße tragen mich von ganz alleine zum Lager.

Eine größere Baracke für die Gefangenen und eine kleine für die Verwaltung. Außenrum Stacheldraht. Das Bild holt mich zurück in die Vergangenheit der Lager, als hätte ich nur kurz Urlaub gemacht. Zusammen mit zehn Männern warte ich vor dem Eingang. Einige von ihnen tragen zerfetzte Uniformen, andere Zivilkleidung. Ein junger Blonder in Uniform hat soeben die Kontrolle passiert und diskutiert mit einem amerikanischen Posten. Er beteuert, bei den Russen in Gefangenschaft gewesen zu sein, doch der Posten lehnt lässig an einem Pfosten und winkt ihn mit einer abfälligen Handbewegung weiter. Kein Wort glauben sie ihm, und ich lege mich fest: Nur die reine Wahrheit werde ich sagen. Hier geht es vor allem um Glaubwürdigkeit.

Die Kontrolle macht ein Pole. Er tastet mich von der Brust bis zu den Knöcheln ab und nimmt die Wertgegenstände entgegen. Fragt nach meinem Namen und schreibt ihn mit Filzstift auf ein Kuvert. »Messer, Schlüssel, Feuerzeug, Portemonnaie?«, fragt er mit leiser Stimme. Er erinnert mich an Marek, den Polen aus Tübingen, dem ich das Schießen beigebracht hatte.

»Nur Portemonnaie.«

Er fährt mit dem Zeigefinger durch die leere Falte in meiner

Geldbörse, dann öffnet er das Münzfach, holt etwas heraus und legt es in seine Hand. »Was das?« Er sieht mich ernst an.

Mir wird heiß. Ich ringe nach Atem. In seiner Hand glänzt das silberne Hakenkreuz, das ich unter meinen Haaren bis nach Hause durchgebracht habe. Stolz bin ich gewesen, als ich es am Tag meiner Ankunft in die Geldbörse getan habe, damit es nicht so offen herumliegt. Nicht auf das Hakenkreuz als solches war ich stolz, sondern auf das Kunststück, es heimlich nach Hause geschmuggelt zu haben, und jetzt könnte ich auf meine Dummheit kotzen. Ich sehe ihm schuldbewusst in die Augen, sage »Ja … jaja«, und nicke verstört.

Er schüttelt den Kopf und gibt mit das Stück. »Schmeiß weg!«

Ich hole weit aus und werfe es ins Gras, und mit ihm das ganze Nazireich, in dem ich aufgewachsen bin und von dem ich mich lösen muss, nachdem ich mein Leben lang zum Nationalsozialismus erzogen wurde. Die ganze Lehre soll nun falsch gewesen sein. Aber warum erklären sie es uns nicht? Warum beweisen sie uns nicht, dass die Dogmen in den weltanschaulichen Schulungen nur schädliche Aufputschmittel einer verbrecherischen Regierung waren? Luftschlösser, die sie mit dem Blasebalg in unsere Kinderhirne gepumpt haben. Sie gaben uns Zeltlager und Lagerfeuerromantik, zogen alle psychologischen Register, um uns für ihre Ideologie zu begeistern, und jetzt soll ich das verteufeln und denen glauben, gegen die wir gekämpft haben? Denen, die mich in Gefangenschaft gehalten und geschlagen haben? Wir bräuchten eine neue weltanschauliche Schulung, die jetzt alles widerlegt, was uns in den ersten Jahren unseres rationalen Denkens als Wahrheit verkauft wurde. Das würde ich mir wünschen, doch die Häuser auf unserem geistigen Fundament, von Architekten der falschen Lehre erbaut, werden abgerissen, und niemand räumt die Trümmer weg. Wie selbstverständlich habe ich mich damals mitgefreut über den gelungenen Polenfeldzug, und heute, sieben Jahre später, könnte ein Pole mich verraten, mein Todesurteil fällen. Ein Wort von ihm würde genügen. Aber er tut es nicht, und dafür würde ich den Kerl jetzt gerne umarmen. Er tut es nicht und winkt mich weiter.

Der Amerikaner in der Schreibstube nimmt meine Personalien auf, ein anderer bringt mich in die Gemeinschaftsbaracke. Dreißig, vierzig Männer sind versammelt. Stockbetten und Strohsäcke. Ich will keinen der Männer kennenlernen und lege keinen Wert auf Unterhaltung. Ich warte nur auf meine Vernehmung, gehe im Hof spazieren, lege mich aufs Bett, langweile mich, bis mich am Nachmittag des nächsten Tages ein Posten zum Kreuzverhör in die Verwaltungsbaracke holt.

Vier Offiziere. Ein Tisch mit sechs Stühlen. Zwei sitzen seitlich an den Kopfenden, die beiden anderen an der Längsseite mir gegenüber. Die Glühbirne unter dem Schirm einer grünen Tischlampe blendet mich, und die vier Augenpaare mustern mich. An den Wänden stehen rundum leere Stühle und warten auf den Beginn des Verhörs. Der Offizier zu meiner Rechten, ein braungebranntes Muskelpaket, starrt mich an, als wolle er jedes Fingerkrümmen auf seinem Notizblock festhalten, doch er schreibt nichts auf. Die drei anderen sprechen. Auf Englisch. Zwei von ihnen lachen von Zeit zu Zeit. Der Älteste, ein Fettsack mit schwabbeligen Wangen, lacht nie. Er sitzt mir gegenüber, raucht ein Zigarillo und blickt mich an, als läge er im Schützengraben. Der Schatten seiner olivgrünen Schirmmütze verdunkelt seine Augen, die grauen Brauen verdecken zur Hälfte eine rosarote Warze. Er hat als einziger keinen Schreibblock. Es wird still. Nur das Kratzen eines Kugelschreibers auf Papier ist zu hören. Der Fettsack mit der Schirmmütze stellt mir die erste Frage. Er spricht mit diesem amerikanischen Akzent, als hätte er einen übergroßen Kaugummi im Mund. »Laut Ihren Angaben waren Sie in französischer Gefangenschaft!«

»Ja.«

»Sagen Sie mir die Lager!«

»Wo ich überall war?« Die vier fixieren meine Lippen. »Das waren so viele Lager … in Konstanz war ich. In Tübingen. In Singen. Sigmaringen … Heidelberg auch, glaube ich.«

»Sie glauben?«, unterbricht mich der Fettsack. »Sie glauben, Sie waren in Heidelberg?« Er wird lauter. »Heidelberg gehort zur amerikanischen Zone, Idiot! Sie glauben! Aber wir glauben euch nicht! Ihr Deutsche glaubt an Rassenreinheit und ethnische Säuberungen. Und wissen Sie, was ich glaube? Ich glaube, ihr Schweine gehort für eure Verbrechen bestraft!«

Die Gedanken rieseln aus meinem Kopf wie trockener Sand von einem bröckeligen Abhang. Nervös wandert mein Blick von einem Offizier zum anderen. »Colmar noch! Rottweil! Freudenstadt. Und Bretzenheim«, stammle ich.

»Fallen Ihnen die Namen von Lagerkommandanten ein?«, fragt der Braungebrannte.

Mir fällt kein Name ein. Wie ein überforderter Schuljunge bleibe ich stumm, durchbohrt von vier Blicken.

»Erzählen Sie die Story von Ihrem Ausbruch«, meldet sich der jüngste von den vieren erstmals zu Wort, nachdem er die ganze Zeit geschrieben hat.

Endlich kann ich meinen guten Willen zeigen und ausführlich erzählen. Ich schildere unseren Ausbruch, aber ich verliere den Faden, denn der Braungebrannte trommelt die ganze Zeit mit dem Stift auf die Tischkante, und das macht mich verrückt. Die Ausführungen geraten lückenhaft, was ich erzähle ist nicht stimmig, ich verzettele mich und verwechsle Zusammenhänge. Eine halbe Stunde lang diskutieren sie auf Englisch, dann führt mich ein Posten zurück in die Gefangenenbaracke.

Die Zeit schiebt sich durch den nächsten Tag, wie eine Wolke bei schwachem Wind über die Landschaft zieht. Nachts geht es mir schlecht. Die Ungewissheit raubt mir den Schlaf. Immer wieder zermartere ich mir das Hirn über die Namen der Kommandanten, aber außer Bastien fällt mir keiner ein, und wie Stalin richtig geheißen hat, weiß ich beim besten Willen nicht mehr. Ich zähle die Orte der Lager auf. Fünfzehn Stück. Jedes Lager erscheint vor meinem geistigen Auge. Die kleinen Unterschiede in der Anordnung der Baracken, die Schlafräume, die Gesichter von Mithäftlingen und Posten, all das erwacht wieder in mir, nur an die Namen erinnere ich mich nicht. Die Namen! Ich versuche es noch einmal. Der Ort in der Nähe des Lagers direkt nach Bretzenheim fing mit *H* an, aber bevor ich etwas Falsches sage, sage ich lieber gar nichts. Ich wälze mich hin und her, und kaum bin ich halbwegs eingenickt, blitzt der nächste Gedanke auf: Mit Heidelberg habe ich mich auch getäuscht. Also nur die sicheren …

Nach drei Nächten holen sie mich zum zweiten Kreuzverhör. Ich zähle die Orte auf, die mir eingefallen sind, nenne den Namen des Konstanzer Adjutantchefs Bastien, doch der Hass des Kappenträgers scheint in den drei Tagen gewachsen zu sein. »Stupid Idiot! Haut ab durch den Keller und glaubt, er kann hierher kommen und einfach die Entlassungspapiere holen! Willst noch ne Belohnung, was?« Sein Bellen dröhnt in meinen Ohren. »So einer wie du gehort nach Frankreich, als Sträfling! Deine Flucht war nichts anderes als eine Straftat!«

Der Braungebrannte fragt mich nach der Arbeit in den Lagern, und dann soll ich ihm mein Französisch vorführen.

»Je m'appelle Gottfried Frank, je suis prisonnier de guerre …
bonjour … au revoir … pièce complet«, stottere ich.

Zur Abwechslung schimpft der Offizier neben dem Fettsack,
ein dünner Choleriker, auf mich ein. »Was hattet ihr noch für
Arbeiten? Sie mussen die Arbeiten wissen! Beschreiben Sie, was
sie haben getan! Wenn Sie das nickt wissen, lugen Sie!«

Ich beschreibe das Sägewerk. Den Fettsack langweile ich, er
sieht verächtlich an mir herunter. Ihn interessiert das alles nicht
mehr. Das zweite Kreuzverhör ist nach einer Dreiviertelstunde
vorbei, und mir ist klar: Der Fettsack ist der Vorsitzende dieses
Gremiums, und er wünscht mir den Tod.

Ich rechne mit dem Schlimmsten. Überlege, was ich tun werde,
wenn sie mich nach Frankreich ausliefern. Die Franzosen werden
mich erschießen, wenn ich in ihre Hände falle, jedenfalls muss ich
damit rechnen. Also kann ich auch mein Leben riskieren, bevor
ich in ihre Hände falle. Mir fällt nur ein Ausweg ein. Ich muss
beim Transport vom Lastwagen springen, und wenn es ein ge-
schlossener LKW ist, muss ich beim Abladen davonlaufen. Wenn
sie mich erschießen, kommen sie den Franzosen eben zuvor, und
wenn sie mich verschonen, gibt es immer noch die Möglichkeit,
dass mich die Franzosen auch verschonen. Aber wenn ich davon-
komme, könnte ich irgendwo im Wald abtauchen und mich wieder von rohen Kartoffeln und Sauerampfer ernähren. Mein Leben
steht so oder so an einem Abgrund. Ich mache mir Vorwürfe. Ich
hätte diesem Captain nicht vertrauen dürfen. Der wird sicher nicht
hinterherfahren, wenn sie mich am Montag wegbringen. Ich könnte
in diesem Moment längst verurteilt und auf dem Weg sein, und
kein Captain hätte mich gerettet.

Am Montag bringen sie mich nicht weg. Sie holen mich zu einem
dritten Kreuzverhör. Keine Kappe. Auf dem Platz des Fettsacks

sitzt ein anderer Offizier, ein grauhaariger, der nach herbem Parfüm riecht. Er sieht mich gelassen durch runde Brillengläser an. »Wenn ich dich zu so einer harten Strafe verurteilen muss, möchte ich vorher deine Geschichte hören. Erzählst du sie mir?«, sagt er in perfektem Deutsch.

Er legt die gekrümmten Finger an den Mund, und den Zeigefinger hält er senkrecht, sodass die Fingerspitze den Bügel seiner Brille berührt. Er hört mir zehn Minuten lang zu. »Du warst bei den Engländern, hast du gesagt. Wie waren die Engländer zu euch? Erzähle«, sagt er dann.

Ich erzähle von Tysse und der humanen Behandlung durch die Engländer, und während ich erzähle, nimmt er die Brille ab, schürzt die Unterlippe, sagt »Soso« und »Mmm« oder schnalzt mit der Zunge. »Jetzt musst du also wieder nach Frankreich«, sagt er schließlich in tiefem Tonfall. »Erstmals nach Frankreich, kann man sagen, von deinen drei Tagen im Elsass einmal abgesehen.«

Totenstille. Mein Herz zieht sich zusammen. Todesurteil!, spukt es in meinem Kopf. Mein Todesurteil! Das war es mit dir. Vorbei. Vorbei mit Gottfried Frank.

»Jaja«, sagt er gelangweilt. »Nach Frankreich«, und glotzt hinauf zur Decke.

Halt doch dein elendiges Maul, denke ich und fixiere ihn mit einem tödlichen Blick. Er steht auf und fasst mir von hinten auf die Schultern. »Nein, nein, mein Freund. So ist es wiederum nicht.«

Ich beuge mich nach vorne. Ich will nicht von ihm berührt werden. Er nimmt die Hände weg. »Vielleicht bist morgen schon zu Hause, Junge.«

Ein Spaß! Ein kleiner Spaß mit meinem Leben! Nach Sekunden realisiere ich, was dieser letzte Satz bedeutet. Vielleicht bist morgen schon zu Hause, vielleicht bist morgen schon zu Hause, vielleicht bist morgen schon zu Hause! Ich werde die Worte nie vergessen!

Die Anspannung der letzten Tage entlädt sich auf einen Schlag. Tränen schießen in meine Augen. Ich sitze minutenlang auf diesem Stuhl und heule den vier Amerikanern etwas vor. Ich heule und heule, und als der Posten kommt, der mich zurückbringen soll, kann ich noch immer nichts sagen. Ich stehe auf und hebe nur die Hand, um mich von dem Mann zu verabschieden, der soeben die Wintersonnwende in meinem Leben eingeläutet hat.

Am nächsten Tag darf ich gehen. Der Pole am Ausgang gibt mir mein Portemonnaie zurück, ich schüttle lange seine Hand und bedanke mich bei ihm. »Bist ein feiner Kerl«, sage ich. Dann trete ich durch das Tor und bin frei.

Wir schreiben November, der erste Schnee ist gefallen, und auf dem Boden bildet sich Matsch. Ich will rennen. Ich renne mit den Entlassungspapieren in meiner Hand, sie flattern im Wind, renne bis hinter die erste Kurve und drehe mich nicht mehr um.

Endlich habe ich sie hinter mir gelassen, diese letzte Baracke. Endlich bin ich frei!

22. Der Vater

November 1950

Es ist glatt auf der Straße nach Teublitz. Der Motor meiner Victoria brummt, die Hämmer aus dem Eisenwerk schlagen metallen, und das Dröhnen der Maschinen fängt sich in der Senke, in die ich fahre. Alles, was ich sehe, sind die pulvrigen Kristalle im Lichtkegel des Scheinwerfers, und da ich keine Motorradbrille habe, muss ich die Augen zusammenkneifen wegen der Schneeflocken. Meine Victoria ackert den Berg hinauf, die Schläge aus dem Werk werden leiser, verstummen, als ich den Kessel verlasse. Noch einmal geht es den Berg hinunter. Nach Teublitz. Dort wohnt die Hebamme.

Die Kirchenglocke schlägt Mitternacht, als ich vor ihrer Tür stehe. Fertig angekleidet empfängt sie mich. Der Wind pfeift in mein Genick und trägt ein paar Krümel Pulverschnee auf ihre ergrauten Haare. »Es ist so weit!«, sage ich.

Die Hebamme träufelt ein Mittel in die Schüssel. Lisls Stirn liegt in Falten, leise stöhnt sie vor sich hin. Ich versuche vom Fußende des Bettes aus, ihr beizustehen. »Ruhig, Lisl. Ruhig, ruhig. Das ist alles nicht so schlimm«, sage ich. Gerade habe ich ihr aus der Küche ein Glas Wasser geholt, mich auf die Bettkante gesetzt, bin wieder aufgestanden, habe für mich ein Glas Wasser geholt, mich wieder auf die Bettkante gesetzt, und jetzt stehe ich am Fußende und will sie beruhigen, dabei bin ich es, der aufgeregt ist wie ein Kommunionkind vor der ersten Beichte.

»Wenn Sie was für Ihre Frau tun wollen, Herr Frank, dann besorgen Sie mir Tücher«, sagt die Hebamme. »Handtücher oder Geschirrtücher. Je mehr, desto besser.«

Ich sammle alle Arten von Tüchern. Drei aus dem Schlafzimmer lege ich für die Hebamme auf die Kommode, gehe ins Badezimmer, finde ein viertes im Schrank und lege es dazu. In meinem Eifer öffne ich alle Schubladen in der Küche. Kein Tuch mehr zu finden. Stattdessen fällt mir etwas anderes in die Hände. In der untersten Schublade bei den alten Zeitungen liegt ein zusammengefalteter Zettel. Ich entfalte ihn und lese.

Die Unterzeichneten Gefangenen der 10. Gruppe des Gefangenenlagers Tübingen ... Stunden der Gefangenschaft zu erinnern ... in echter Kameradschaft und alter Treue ... erfolgt am Pfingstsamstag 1947 ...

Das Treffen! Daran hatte ich nicht mehr gedacht. Wer verhindert war, sollte in einem Entschuldigungsschreiben zwanzig Reichsmark als Spende beilegen. Damals hatten wir das wirklich ernst gemeint, aber am Pfingstsamstag 1947 verlor ich nicht einen Gedanken an die Gefangenschaft. Ein Dokument aus einem anderen Leben ist dieser Zettel, dieser Vertrag, der uns damals wichtig war, so wichtig, dass ich ihn in meine Brusttasche gesteckt hatte, als wir aus der Schlafstube in Freiburg aufbrachen. Ich drehe den Zettel um und lese die Namen mit den Unterschriften. Ein paar Gesichter tauchen vor meinem geistigen Auge auf. Gesichter, die ich längst vergessen hatte, und ich muss grinsen, als ich *Hans-Jörg Adrion, Ulm* lese. Dich werde ich nie vergessen, flüstere ich leise vor mich hin. Dich nie! Auch wenn wir uns nie wieder sehen werden. So ist das eben. Menschen begleiten einen, sind für ein paar Tage, Monate oder Jahre wichtig, unersetzbar, und doch verliert man sich aus den Augen. Alle Kameraden habe ich aus den Augen verloren, bis auf Kammerl und den langbeinigen Diederichs aus Breslau.

Es war im Frühjahr 1947, dem Jahr nach meiner Heimkehr, als Diederichs eines Abends vor unserer Haustür stand. Er war aus der Gefangenschaft entlassen worden und hatte die ganze Zeit mein Angebot im Kopf behalten, sich bei mir zu melden, wenn er nicht wisse, wohin. Vom Bahnhof aus fragte er sich zu uns durch, dann stand er vor Mutter, sah verschämt lächelnd zu ihr herunter und fragte, ob hier ein Gottfried wohne. Drei Tage lang schlief er bei uns auf dem Kanapee, dann konnte er in der Maxhütte als Hilfsarbeiter anfangen. Es war für Diederichs ein harter Start in ein neues Leben. Das erste Jahr musste er mit drei Kollegen in einem Zimmerchen in der Arbeiterbaracke wohnen, bis er in Maxhütte eine Frau fand. Vor zwei Jahren hat er sie geheiratet, und vor einem Jahr ist er Vater geworden. Diederichs ist jetzt ein echter Maxhütter, und darauf bin ich stolz.

Ich suche weiter in den Schubladen, finde drei Handtücher und lege sie im Schlafzimmer auf die Kommode. Die Hebamme steht mit dem Rücken zu mir an Lisls Bett und hält ihre Hand. Sie ist eine zierliche Person mit grauen Zöpfen und der Haut eines jungen Mädchens, und mir ist, als hätte ich vor langer Zeit schon einmal mit ihr zu tun gehabt.

»Gottfried«, sagt Lisl. »Die Annelies weint.«

Ich stehe in der kleinen Kammer, in der nur ein Kinderbett und zwei Stühle Platz haben. Licht fällt durch die offene Tür. Annelies steht aufrecht im Bett, ihre Kulleraugen funkeln mich im Halbdunkel an, und als sie mich sieht, wird aus dem Weinen ein leises Schluchzen. Sie streckt ihre Ärmchen nach mir aus, ich nehme sie auf meinen Arm und streiche über ihre Locken. Die Locken hat sie von mir. Es sind nicht diese kleinen Schnecken, unter denen ich als kleiner Junge gelitten habe, es sind kreisrunde Wellen, die wie Daunen unter meiner Hand liegen. Ich wiege sie, sie beruhigt sich, und ich flüstere an ihrem Ohr vorbei in das dunkle Zimmer: »Morgen wirst du zwei Jahre alt, und heute bekommst du ein Geschwisterchen, ist das nicht ein Gedicht, mein Mädchen?« Ich lege sie in ihr Bett und bleibe da, bis sie eingeschlafen ist, möchte sie beim Schlafen beobachten, will versuchen, Lisl in ihrem Gesicht zu erkennen. Das mache ich manchmal. Ich betrachte so lange und konzentriert das kleine Gesicht, bis es sich in das ihrer Mutter verwandelt. Dann denke ich an die ersten Abende mit Lisl.

Es war an einem dieser klirrend kalten Tage im Dezember 1946, als ich Lisl zum ersten Mal alleine nach Hause begleitete. Sie war mit ihrer jüngeren Schwester Ottilie im Schützenheim beim Tanz gewesen. Jetzt war sie die Ältere, denn Maria hatte geheiratet, während ich in Gefangenschaft war. Als ich Lisl zum ersten Mal wieder sah, war ich gerade auf dem Weg zur Toilette. Im Vorbeigehen winkte ich ihr kurz zu, und vor dem Pissoir wurde mir dann klar, wen ich da gerade so beiläufig gegrüßt hatte. Das Mädchen, das drinnen an dem kleinen Tisch saß und sich mit seiner Schwester unterhielt, war die Frau, zu der mein Herz während der Gefangenschaft eine Liebe ausgebrütet hatte. Die Frau, an die ich gedacht hatte zur Aufmunterung, und die Frau, die mein größter Antrieb gewesen war, um zu überleben. Von ihr hatte ich den letzten knisternden Blick erhalten, bevor ich für fast zwei Jahre jede Romantik ins Exil meiner Fantasien verbannen musste. Hundert Mal hatte ich mir vorgestellt, wie ich sie nach meiner Rückkehr für mich gewinnen würde, und als ich nach dem Toilettengang vor den beiden Schwestern stand, hatte ich ihn wieder, diesen Blick, und ich sagte: »Servus, Lisl, lange hat es gedauert. Willst du jetzt mit mir tanzen?«

Beim Tanzen hielt ich sie in meinen Armen und berührte ihre Brüste. Sie waren gewachsen. Wie früher roch sie nach Rosen. Ich träumte beim Tanzen davon, sie küssen zu dürfen. Damit musste ich noch ein paar Wochen warten, aber ich brachte sie nach Hause, und seit diesem Abend tanzte ich nur noch mit ihr und sie nur noch mit mir. Ich wollte sie so schnell wie möglich heiraten. Mit meinem Lohn bei den Schamottewerken konnte ich für uns beide sorgen. Dort arbeite ich noch heute, nachdem ich es nach der Gefangenschaft bei Wanninger als Metzger versucht hatte, drei Tage lang, aber mit der linken Hand konnte ich nichts mehr greifen, wegen der durchtrennten Sehne. Mit Wanningers Beziehungen zu dem Direktor der ehemaligen Braunkohlewerke, die seit 1943 Schamotte- und Tonwerke GmbH heißen, kam ich im Tagebau unter. Ich arbeitete als Chauffeur des Direktors und als Straßenwalzenfahrer, hatte ein festes Einkommen und liebte Lisl. Nur Mutter war skeptisch, was das Heiraten betraf. Ein Mädchen aus einer Familie mit neun Kindern, und der Klapperstorch gibt keine Ruh, meinte sie, denn vor drei Jahren kam noch ein kleiner Bruder auf die Welt. So etwas wäre nicht das Richtige, und wenn ich es einmal zu Geld brächte, gäbe es immer jemanden, der Unterstützung fordert. Mir wären Mutters Einwände egal gewesen, aber Lisl wollte ohne ihren Segen nicht heiraten, also machten wir ein Kind und Mutter mundtot.

Im Februar 1948 wurde Lisl schwanger, und im Mai feierten wir die Hochzeit. Das war kurz vor der Währungsreform, und es war ein großer Unterschied zu der Zeit nach der Währungsreform. Wir feierten bei uns in der Küche, und zum Essen gab es einen Geißbock, den Lisls Vater gegen ein paar Gänse eingetauscht hatte. Die Gänse hätten besser geschmeckt, aber das Fleisch hätte nicht für alle gereicht. Den Bock für unser Hochzeitsessen stach ich selbst und zerlegte das Fleisch. Er schmeckte für einen Geißbock ganz passabel, aber das war nicht der Höhepunkt unserer Hochzeit. Den erlebten wir am Nachmittag. Wir saßen mit zwei Dutzend Gästen im Wohnzimmer bei meinen Schwiegereltern und konnten den Leuten nur ein paar frische Hefezöpfe und dünnen Kaffee bieten. Sie kauten an ihren Hefezöpfen, und plötzlich kam mein alter Kamerad Kammerl mit einer dreistöckigen Torte herein. Für viele war es die erste Torte überhaupt nach dem Krieg, und das auf meiner Hochzeit! Damals war Kammerl noch Geselle, inzwischen ist er Meister und hat in Regensburg seine eigene Konditorei.

Zwei Wochen nach unserer Hochzeit kam die D-Mark. Plötzlich gab es wieder alles in den Läden, von einem Tag auf den anderen. Nur Geld hatten wir keines. Ich arbeitete viel nebenbei, und Lisl nahm Nähaufträge an. Die Schamotte legte sich einen Bagger zu, ich durfte ihn fahren und bekam eine Lohnaufbesserung, und so konnten wir uns nach und nach die ersten Möbelstücke leisten.

»Und dann wurdest du geboren, Annelies«, flüstere ich meiner Tochter zu. »Morgen bist du genau zwei Jahre alt«. Da hatte ich meine Victoria noch nicht, ich musste die Hebamme zu Fuß abholen, und auch damals habe ich schon überlegt, an wen mich die Hebamme erinnert. »Während deiner Geburt habe ich schreckliche Bauchschmerzen bekommen«, flüstere ich weiter. »So, als wären die Wehen von deiner Mama auf mich übergesprungen, dabei war es der Blinddarm.« Zwei Tage später ließ ich ihn mir herausoperieren. Ohne Gegenwehr. Man wird vernünftiger …

Ein kräftiger, blutjunger Schrei unterbricht meine Gedanken. Ich gehe ins Schlafzimmer, stelle mich hinter das Bett und sehe diesen kleinen Körper. Mit einer Zange schneidet die Hebamme die Nabelschnur durch und wickelt das Bündel Mensch in ein Handtuch.

»Kommen Sie, Herr Frank. Ihr Sohn möchte Sie begrüßen.«

Sie hält mir meinen Jungen entgegen. Voll Blut ist er und voll gelber Schmiere. Ein Bub, denke ich mit Stolz und halte Lisls Hand. Die Hebamme badet meinen Sohn und macht die Handtücher sauber. Als ich ihre Hände ansehe, fallen mir die blauen Adern auf. Wie Zweige scheinen sie durch die Haut, wie Flüsse auf einer Landkarte.

Stunden später, im Morgengrauen, bringe ich sie zur Tür und bedanke mich bei ihr. »Eines möchte ich Sie noch gerne fragen. Haben Sie früher einmal als Totenfrau gearbeitet?«

»Sie verwechseln mich mit meiner Mutter, Herr Frank«, sagt sie lächelnd. »Die hat früher die Leichen verrichtet. Sie ist vor zwei Jahren gestorben. Warum fragen Sie?«

»Ich glaube, ich habe Ihre Mutter gekannt«, sage ich nur, bedanke mich noch einmal bei ihr, begleite sie zum Gartentor und winke ihr nach.

Lisl schläft. Ich sitze seit Stunden an ihrem Bett, halte ihre Hand und beobachte meinen Sohn, der neben ihr liegt. Er hat schon ein paar schwarze Haare, die sich leicht kräuseln. Wie ein richtiger Frank sieht er aus. Als Lisl wach wird, streichle ich ihre Wange. Ein Sonnenstrahl zeichnet eine helle Bahn auf die Bettwäsche und auf Lisls Gesicht. Sie lächelt. »Wie wollen wir unseren Buben nennen?«, fragt sie.

»Lassen wir Hans den Taufpaten machen.«

»Gut. Dann heißt er also Hans … wie dein Bruder.«

»Wie mein Bruder, ja. Und wie mein Vater.«